詩人　島朝夫の軌跡

目次

第三章　小品

詩人　島朝夫の軌跡

第一章　初期作品と詩論

小説　黄昏れる午前

　十数万坪の敷地に林立する高い鉄塔。その下に蹲る石と鋼の建物から建物へと、或ひは地上数尺の高さを、或ひは地面に沿つて、縦横に行き廻(め)ぐる油と蒸気のパイプ。それから吹出る過熱蒸気の白煙と、あたりいちめんの油臭。朝、私が勤める燃料廠の正門をくゞり、構内を東へ略々一キロも歩いて私の管理する工場詰所に着くまでに、燃料工場特有の粘つく様な空気が私を虜(とりこ)にする。陽は此の重い気流を掻分けてやつと浮び上つた頃である。昼ともなれば暖国の五月の空からは、既に夏めいた光が降り、土も空気も、じわじわと沸き立ちはじめる。油の様に盲目に沸き、又どろりと冷える毎日の生活がある。

　朝といふのに既にけだるい身体は、ともすれば、今そこから醒めて来たばかりの夜の中にのめり込まうとする。と、夢の無い夜の底抜けの平穏さと底抜けの空しさとが、激しく私を突きもどす。バッ夕の様におどおどと、そのくせ見た目には思ひ切りよささうな足つきで私は歩く。やつと海のかをりが、かすかに流れて来る。

工場に着くと私は試験室の二階に在る詰所に入る。夜業を終つて物憂い目付の幹部工員達が帰り仕度をしてゐる。その中の一人が、昨夜の操業状況を私に報告に来る。無意味なしかめ面で作業報告表に眼を落す私、海軍技術中尉。

……第一発生炉、石炭消費量一二三〇〇瓩、水性ガス発生量一五〇〇立方米、炉内温度、上部七〇〇度、酸化層一二〇〇度、灰層…。私はただ習慣的に眼を流すだけである。私の貧しい知識と経験とでは容喙を許さない目に見えぬ反応が、それらの数字を繋いでゐるのだ。私は報告表を机上に放り出す。

七時。拡声器が朝礼を告げる。私が受持つ二つのガス発生工場の作業員が二群になつて整列する前に置かれた小さな台に私は上る。五ケ月前まで私は一介の学生であつた。今、海軍中尉の服を着て、斯うして四十を過ぎた者もかなり居る工員達の前に、どうやら眼をいからせて立つ様になつてゐる。幹部工員が次々とする人員報告を、陰険な機械の様に聴いてゐる。最後の報告が終ると私は台を下り工場主任の前に行く、既に台の脇に出て背を丸め、軍靴の踵で土を蹴つてゐた海軍少佐は急に頭を擡げると、いぶかる様な目付きで私の報告を受ける。彼の注意深げな視線も然し、私の報告を吟味してゐるわけではないのだ。彼が狙つてゐるものは他の所にある。攻撃が最良の自衛である事を、我々は相互に黙許し合つてゐたのであらう。

私が再び台上に立ち、一日の作業予定を伝へ終ると、工員達の列が俄かに渦を巻き、めいめいの建物に向つて流れ出す。その渦の中の枯葉かなにかの様に私もずるずると台から引下される。物憂い一日の始まりである。

工場主任は自席で書類にせはしく目を通し始める。いつも口をへの字に曲げたまゝ、時折、上目づかひに詰所内の誰彼を意味もなくチラと眺める。思ひ出した様に靴が机の下でカタカタと小刻みな音を立て始める。年は私より四つ上の三十一歳。私と同じ技術士官だが、何故か老成した気分が、青白い額などに漂つてゐた。

私はと言へば、工場を見廻りに行く前の、小一時間ばかり、手持無沙汰な時間を、煙草をふかしながら、窓の下、岸壁に打寄せて白い波頭を砕いてゐる瀬戸内海の水面を眺めて過すのだつた。窓を背にした主任の机とは直角に向いてゐる私の席からは海岸一帯がよく見渡せた。

海と言ふと、私は少年時代の夏をよく過ごした事のある湘南あたりを憶ひ出すのが常だつたが、此の地に来て数カ月も経つて見ると、切れ切れに浮かぶ硝子絵の様な憶ひ出の風景は脆くも破れ、私は絵の向ふ側にはみ出てしまふのだ。

私の眼下で今、キラキラ蛍光を放つてゐる油に汚れたどす黒い海。砂浜などは更に見えず波打際はコンクリートで打ち固められ、それに沿つて七千噸もの油槽(タンク)がぎつしりと肩を並べてゐる。その重くおしかぶさる岸壁の下に、南洋方面で米英の海軍に追廻された挙句、九死に一生を得て逃げ込んだドイツのUボートが一隻、死魚の様な灰色の姿を浮べてゐた。此の敗残の船に補給してやらうにも、油はもう殆んどない。其の頃、つまり昭和廿年の四月の末頃だが、数多い巨大な大型のタンクは大方空つぽであつたが、それでも私達は、これみよがしに空のタンクの周りに防弾壁をせつせと築いてゐた。水平線にはO島がうすもやの中に横はり、肉眼でもそれとわかるいくつかの油槽をやはり抱く様にして浮かんでゐる。

流れ去る事もなく波に揺られて、単調な上下動を繰返してゐる水面の油、はつきりしない目的のために何故か忍耐してゐる様な私の毎日、特攻隊の様な死に方が自分にも出来たらいゝとしきりに思つたりする。反面、訓練期間の頃、技術士官ももう特攻兵器を造るのではなく乗る時が来たから喜べ、と上官から何かの訓示で聴かされて冷水を浴びる思ひをした自分を思ひ出す。

幼い頃からやかましい両親の躾の許で、私は何事につけ諦めがいゝ人間になつてゐた、と同時に、何故か、諦めるとは忍耐することなのではないかと思ひ始めてもゐるのだつた。何でも諦めることが出来る様な気がした。だが、何故諦めるのがいゝのか、私には分からないまゝであつた。答へて貰ふ事を諦めて居ながら、ふと海に問ひかけてゐる様な私の姿勢が毎朝の事であつた。

「チエッ、くさくさするなあ。なつとらんですな此の廠は。H廠の連中に較べたら問題にならんですよ。仁礼中尉、さうは思はんですか。」

そんな朝のひと時である。少し前、H廠に出張して例の人間魚雷を見てきた同僚の田島少尉がそれ以来口癖の様に、私達の燃料廠が不甲斐ないと言つて長歎息するのである。私はその若々しい覇気に溢れた言葉に、それが、上官の形式ばつた訓戒でないだけに、烈しい衝撃を受けながらも、例によつて、仕方がなからうとか、まあ我慢しろ、とか私流の返事で応じてゐたのだが、田島少尉の口吻はやがて廠全体は問題にならぬにしても、せめて毎日同じ所で顔つき合せてゐる私位が彼に共鳴するのが当然だ、といはんばかりになつてゐた。

「どうも仁礼中尉、煮え切らんですなあ」

さう言つて田島少尉が拳でドンと机を鳴らした時は、語呂の関係もあつたらうが工場主任がふつと笑つた。母親の口許のさゝやかな動きだけでその思惑をいつも見届けては、意に沿ふ様に何かと気を配る様に自分をならして来た私には、工場主任の小さな笑ひ声が、何を意味してゐるか分からないことは無論ないし、彼を満足させてやることも困難ではなかつた。すべてあの不動の姿勢、挙手の敬礼に自分を押し込めればいゝのである。けれど、私は依然として煮え切らぬ態度を執りつゞけてしまつた。私は田島少尉の肩越しに、鉛色に光る水面を見るともなしに見てゐたのである。

「結局……仁礼中尉もインテリなんですな。気が弱いんです。けれども、インテリが国を救へないなんて筈もないと私は考へてゐますがどうです？」

結論の様に言ふ田島少尉の語に、正面切つて答を返す元気がなかつた。国を救ふ、などといふ大時代的な言ひ方が気に食はなかつたが、それを切り返したところで、私にはその場限りの皮肉位しか言へなかつたであらう。確かに私は弱気だ。だが、此の弱気が何を意味するのか、私が知りたかつたのはそれだけだ。私自身、インテリなどと言ふ名前をつけられるのが嫌だつた。けれどインテリでなくなる事が、工場主任の日頃の言葉を借りれば、日本の運命には人間の測り知れないものがある、などと考へる事でもなければ、又、その反面、無抵抗な平和主義者となる事だとも考へられないだけだつたのである。

　主任の靴が小刻みに鳴つた。私達三人の間ばかりでなく、詰所全体を暫らく閉ぢ込めてゐた沈黙が破られ、主任が青い坊主頭を突き出した。そして前日から毀れてゐる第二発生炉のショベルの修理状況を直ぐ見る様私に申渡した。それを機会（しほ）に私は立上り、ぐるりと入口の方に向きを変へながら私は詰所内の人物の上に短い、けれど探る様な視線を投げた。幕が上がつた時の、まだ呼吸が合はない役者達が其所にはゐた。労務の藤本老人は、前に立つた一人の女工員から受け取つた書類を今更のやうに見直して口をもぐつかせてゐたし、女工員は顎をひいて机上を見つめてゐた。メタノール合成技手の青木。記録をつけながら、いつもは開いた八の字眉をぎつと締めつけて鉛筆を嘗めてゐる。ガス第二工場田辺工手は、真新しい刻煙草を丹念に煙管につめるところであった。ドアの所で何気なく私は内部を振向いた。顔を上げて見送つてゐる女工員とばつたり眼を合せた。工員達の名を私はまだ覚えてゐなかつた。私は詰所を出た。むつとする空気をふるはせて、工場からハンマーの音が響いてゐた。

　私の幻覚は小気味よく吹き飛ぶ。近づくに随ひ工場の騒音が私を遮二無二押包んで来る。爆音を発して呻つてゐるのは発生炉に空気（エア）を吹込む送風機である。ガス洗浄塔の中を水が落下する摩擦音。

ヴァルブ切替を報せるけたゝましいベルの響き。凝結灰（クリンカー）を破壊するハンマーの断続音。灰塵の舞ふ工場一階に私は足を踏み入れる。第二発生炉では折れた灰掻き（ショベル）を取外してあるのを一人の工員が私に見せた。私の背丈位もある不態な鉄棒を前にして私はただ黙つて頷くだけである。「修理工場には連絡したな？」やつとそれだけ言ふと、私は逃げる様に、発生炉に附属した鉄梯子を昇り出す。二階では炉の中央に開けた小孔から三米ばかりの鉄棒を突つ込み、クリンカーの破壊作業の最中だ。内部が一〇〇〇度以上もある炉の外側もあたら焦熱地獄だ。双肌脱いだ頑強な工員たちがハンマーを振り上げ打卸す。憂然たる音が耳朶に激突する。私は胸を張つて歩いてはゐるが、此の場面程、私を頼りない人間に思はせるものはない。炉の孔から申訳に内部の火を眺めただけで、真赤に焼けた鉄棒を避け直ぐ三階に昇つてゆく。階段の中途から既に床の上で、ヴァルブ切替への操縦桿を握つてゐる松野二等工員の姿が見える。空気吹込（ブロー）の次は蒸気の上向通気（アップラン）、次が下向通気（ダウンラン）、最後に駆出し（パージ）。一サイクル六、七分の此の操作を、日もすがら夜もすがら繰り返すのである。応徴して一年半ともなれば二等工員でも馴れ切つてしまふ。松野はヴァルブ切替への僅かな合間にでも、隣で操縦してゐる藤井二工に話しかける。無精髯の顎をかきむしりながら、汚い椅子を引き寄せて馬乗りに腰を卸す。切替のベルが辺りの空気を突ん裂いて響くと、そのままの姿勢で腕を伸ばし、桿をぐいと引く。だが、私の姿が階段から徐々に見え出すと、藤井が目ざとく見つける。松野に合図する。彼は飛び上つて操縦台の前に直立する。さうして切替へ毎に上下するヴァルブの標識を射る様な眼差しで監視し始めるのだ。松野ばかりではない。整備作業の連中も、炉の熱気に蒸され南側の窓際にたむろして風に吹かれてゐるのが、ごそごそと身づくろひして、何やら道具類を持ち始めるのだ。勿論私は注意もしなければ逆にさばけた態度もとれない。一瞥を与へるとたゞ流量計の圧を読み、ガスの分析値に目を通したりするだけだ。自分のこんな仕草こそ私は、彼らの人前を繕ふ態度以上に情なく思つてゐる。だが、何かゞ私をさうさせ、仔細気な工場巡視を命ずるのだ。工場内の炭塵と熱気を避けて私は非常階段に遁れ出る。私が遁れるのは工場の熱気ばかりではない事を自分でも知つてゐる。他ならぬ、私が監視する工員たちの眼からなのだ。私は階段の細い鉄柵にすがりながら一足又一足と降りる。発生炉の噴煙が影を投げて頭上を流れる。そして更に高く晩春の空を白い雲が何事もなげにゆつたりと滑つて行くのだ。私は立止まる。くたりと階段に腰を降す。

私は私の中にわだかまつてゐるものを、解きほごす様に話しかけられる相手を痛切に求めたのはこんな時だ。それとも逆に私の心をときほごして見せてくれる者、そんなものを我知らず私は求めてゐた。そしてそれは人間でない方が望ましかつた。私の休息或は寧ろ故障の時間とでもいはうか。そしてそれは永くはつゞかない。階段のはるか下にチラリと見えた誰かの姿に、私は飛び上がる思ひで腰を上げてしまふ。そして真剣な足取りで階段を降り始めるのだ。さういふ私の努力を彼等は彼等なりに無用の努力だと思つてゐるのではなからうか。思つてゐても何かがそれを言はせないのではなからうか。私は彼等の目の中にそれを確かめる勇気を持つてゐない。私は防禦し甲斐のないものを防禦するために彼等を監視せねばならなかつたのだ。私の疲れた思索を切れ切れに轟音の中にまき散らしながら…。

五月に入つたある雨の日である。前夜、思ひがけなく鳴つた警戒警報のため、一度は夜半に廠に駆けつけたりして、殆んど眠つてゐなかつた。工場主任と田辺工手が空襲された九州地区の話をしてゐる。油がもう空なことが敵にもわかつてゐるから、此処には来まい、などと言ふ声も聴える。私は工場の巡視を終へた後の落ち着かぬ気持のまゝで、例によつて海に目をやつたり、書類を無意味にひろげたりしてゐた。東につゞくK浜あたり小雨にけむつて二、三艘の機帆船が寄り添ふ様にして動かない。ほんとに来ないかな、私の脳裏にそんな途切れた言葉が浮かぶ。すると、私達青年士官用宿舎から少し山の手に入つたあたりの閑雅な暖国の春の風景などが急に頼もしく想ひ浮かぶ。が、嫌でも耳に入つて来る主任達の会話がたゞの憶測を根底にしてゐるに過ぎないのだ、といふもどかしさを感じさせて私は更に冥暗の深みにひき入れられる気持である。突然声を上げて笑つた主任が、靴音を立てゝ自席に戻つた。機械的に私は書類の頁を一つピンとめくつた。

「仁礼中尉、第二工場の今日の欠勤者の氏名わかつてゐるか」

主任は憶ひ出した様に尋ねた。

「はあ、人数は七名ですが、氏名は、えゝと」

四人は言へたがあとが出ない。私は労務の藤本老人に自席から声を掛けた。藤本はふと口許を綻ばせてゆつくりとあとの三人の名を告げた。

「ふむ、瀬川さち、まだ来ないな。仁礼中尉も知つてるな。瀬川がもう一週間ばかり来ないのは」

知りませんでした。と言ふのが躊躇された。第二工場は田島少尉が主に看てゐるのだが、彼は又四日程前から出張してゐない。責任上気を付けてはゐたが瀬川さちといふ女工員が一週間も休んでゐるのに気がつかなかつた。主任は不服さうに口をとがらせ頬をふくらませた。

「さうですか、一週間にもなりますか、さう言へば田島少尉が出かける前からでした」

私は出まかせを言った。

「欠勤届けが出てゐない。これを兎に角見て置いてくれ。田島少尉を通じて出てゐるんだ」

さう言つて主任が私に渡したのは「徴用解除願」だつた、さういふ願が出せるといふ事実が何故か私の胸をゆすぶつた。岸壁の方からかん高い汽笛が雨を突裂いて短かく響いた。「Y県、K郡、O村、瀬川さち、二十才」とあつた。理由として、二年前兄が応召し父母と自分と三人で農耕をしてゐたが、自分は昨年夏徴用されるし、此の頃は父親が病身で働けない、といふのである。正直のところ成程と私は思つた。

「そんな薄弱な理由で解除出来ると思へるか。おまけに一週間無断で休んでゐる。当たり前なら強制呼び出し、謹慎といふところだな」

私の方を見もしないで主任は、終りの方を声高に言つた。さう言はれればそれもさうかも知れない、と私は思ふのだつた。藤本老人が首をつき出して何か言ひたげな姿が私の眼に入つた。こんな事は係官たる私が疾くに始末すべき事なのである。簡単な様に思へても、工場の中で働いてゐる工員達と私との妙な距離感がすぐ胸に来て、何とも考へが浮ばない。早速処置しませうと主任には応へたが、又一歩、わけのわからぬ深みに足をめり込ませた、といふ感が深かつた。

私はふらりと立上ると、今、廻つて来たばかりの工場に向つて雨の中に出た。ガス槽（ホルダー）（タンク）が、ひつきりなしに軋みながら、むくむくとふくれて行く。一工場、二工場の建物を迂回して私はロボットの様にぎくしやく歩いて行つた。さうして盗人の様に、附属のメタノール合成工場の重たい鉄扉を身体で押し開けて入つた。此の建物の中には轟音がない。わづかに鈍い圧縮機の呻りが聴える。神経を鎮める様なアルコール類の香を嗅ぐと、私は急に我にかへつた様な真新しい鼓動を意識する。丈高い鉄の高圧反応管の並ぶ反応室から、蒸留室へ。ふだんでも余り明るくない建物の中が、雨で一さううす暗い。その中で鈍く光つてゐる磨かれた装置の蔭に工員の姿が見え隠れする。女工員は出来たメタノールの缶詰作業をしてゐた。皆、揃ひのカーキ色のモンペを着け、白い帽子をかむり、ドラム缶から石油缶へとパイプを渡し、メタノールを流してゐる。私は女工員の誰か一人をつかまへて、瀬川さちの事情を聴いて見よう、と思つたのである。だが、先刻素通りして行つた工場係官が又舞戻つて来た、と言ひたげな彼女達の無言の動作を見ただけで気が変り、石油缶の数を勘定する風をしたゞけで、私は外に出てしまつた。目の前で蒸気パイプが音を立てゝ真白な煙を噴いた。雨が途切れる、うすれた煙を頬にうけながら私は又、もたれた気持で詰所に戻るのだつた。

ありのまゝに申し上げますが、と冒頭して話し出した藤本老人の、瀬川さちに関する話であつたが、私はそれを何か遠い世界の物語でも聴く思ひで耳にしてゐた。一つには都会育ちの私には田舎の事情が雲を掴む程にも理解できない故（せい）でもあつたらう。けれどその遠い世界の出来事はそのまゝ信ずるよりは仕方がないものだ、といふ印象を、私は藤本の独り言の様な語調から受けた。六十を越した此の小柄で跛の老人は、他の工員とも余り喋りもしないが、皆は彼に用事を持つて来るとき、ひどく頼り切つた態度で話しかけてゐる。私達士官が詰所の内外で彼に逢ふと、彼はその跛の足を揃へて慇懃な敬礼をして寄越すが、私は些か面はゆい気持でそれに応じてゐた。瀬川の話を聴きながら、何故彼が私に対して丁寧な語を使ふのかといふ妙な錯覚を、時折感じたりした。

藤本から聴いた瀬川の事情を、私は直ぐ主任に伝へずその日は宿舎に戻つてしまつた。もう話は決つた方向に行くしかないと思へたからでもあり、又、主任と口を利くのが煩はしかつたからでもある。その晩、遅くに田島少尉が出張から帰つて来たのに宿舎の廊下で逢つた。私はほんの軽い気持で一寸、瀬川の話を持ち出した。

「あ、あのことですか。仁礼中尉、席に居られなかつたので直ぐ主任に渡しといたのです。検べられましたか？　どうです？」

検べる、と言ふ程の事が出来る人間ではない事を承知の上で言ふ田島少尉に、私は藤本から聴いた話をそのまゝ告げて、無理なからう、とだけ言つた。田島少尉はニヤリと笑つた様だつた。

「仁礼中尉らしい処置ですな。いや、ろくに私も検べもせんで何ですが、一寸難しいでせう。瀬川はあの通りシャンですからなあ。工場主任おいそれとは放しつこないですよ」

私はシャンな女工員をしきりに思ひ浮かべようとしたが、あの朝礼の列の中からも、作業場の暗がりからも、それと思ひ当たるのが出て来ない。私も苦笑で応へて、田島少尉と別れた。

翌日、廠に出ると、私は又も、藤本の話を今度は主任の前で繰返し、解除も已むを得ないのではないか、といふ意見を添へた。主任は例に依つてぶつきら棒な顔付で聴いてゐたが、私の話の終りを待ちきれない様に喋りだした。

「当てにならんよ。何も温情を示すばかりが本人の為でもないからな。それより、先づ、無断欠勤を処置しよう。今日中にひとつ法務官に連絡しておいてくれ。呼出しをかけて貰はう。話はそれからにしよう、な」

さう言はれると主任の話にも一応の理があるとも思へる。嘘か真か、瀬川がシャンであることなどを問題外にしてゐるとしか思へない態度とも受取れた。どうせ暇を持て余してゐる身であるので、法務官にも逢つて見ようといふ気になつた。

その日の午後二時。蒸暑かつた。昼食後、工場まで歩いて来ると、ただ睡い、といふ気分で一杯である。詰所にゐる三人の幹部工員も生気を抜かれてぐたりと机に打俯してゐる。這入つて来たのが私だと見ると、一時は身体を起すが、いつの間にか要領よく眼を閉ぢてしまふ彼らである。工場主任と田島少尉とは昼食後、部員会報に回つて未だ戻らない。私は、着任後一ヶ月ばかりは、各工場の連絡会でもあり、部長の訓示の会でもある此の部員会報に出て見たが、主任に代つて一度、工場の操業状況を報告させられた時、報告の仕方がなつて居らんと部長にきめつけられて以来、出るのを止めてしまつた。会で怒鳴られるよりは、出ない事で訓戒される方が耐へられさうだつたからだ。

私も頬杖をついて、何とはなしの解放感を味はひながら、両親を残して来た東京の風景などが、切れ切れに浮かんで来るまゝに、何処であつたか、しきりに追求して見たりしてゐた。ところが、はつきりその場所の名を言へる所は殆んど無いのを更めて驚き怪しんだりするのだつた。

「チエッ。みんなよく寝てやがる」

入口の所から田島少尉の声が響いた。工場主任も戻つて来たのだらう。私は素早く机上にあつた洋書をバラリとめくつた。シャルル・ペギーのジャンヌ・ダルクである。学生時代に買つたものを東京から送つて貰つて持つてゐた。別に感動して読んでゐたのではないが、何だか、いざと言ふ時の守袋位の用を果すかもしれない、などと思つてゐた事は事実だ。何時か、宿舎の食堂で晩飯についた酒の勢で某大尉が、仁礼の野郎、フランス語だ、ラテン語だなどと鼻にかけやがつて生意気だ、工場の中をひよろひよろ歩きしか出来んくせに！　などと声高に誰かに話してゐたのが、さうだらう、え、と突然、私の方に向き直つて怒鳴つた事があつた。その時だけは、何だか身に応へた。といふのも、鼻にかけてゐたからではなく、鼻にかけるものがなかつたからだ。

私は勢よく、ジャンヌ・ダルクを閉ぢた。そして席に着いた二人を尻目に入口に向つた。法務官の事を憶出したからである。工場の自転車にまたがると西外れの法務庁舎に向つたが、心では何か別の事をしきりに期待してゐた。

道半ば。丁度油槽地帯で、タンクの下を縫ひながら走つてゐた時である。サイレンが鳴り出した。警戒警報ではあるが工場に戻らねばならない。期待が半ば成就し、半ば外れた不安定な気分で、押しかぶさる様に聳えているタンクの下で、自転車を廻した。

工場に着いて見ると、警戒部署についた工員たちが例によつて、来る、いや来ない、と言つた会話を交してゐる。B29の編隊が、豊後水道を北上して北東に転針しつゝあると云ふニュースが入る。皆が一様に、おや、と思ふ。おつかぶせるやうに空襲警報がひゞく。初めての空襲警報なので、慌てた我々は、炉の運転休止、ガス貯槽の大気放出、メタノール反応筒の圧力低下。てんやわんやの騒ぎで兎も角も処置を済ませると、各自の退避壕に転り込む様に入つた。いつもは、豊後水道を上つてから西折して北九州に入るのが定石であつた。工員達の面上に不安な影が濃い。壕の入口から建物の合間に見える海が、青い肌をぴんと張りつめたかに思へる程、静まつてゐる。何分か経つた。遠くで鈍い轟音が立て続けに起つた。海岸まで出て見て、それが東の方、H工廠のあたりである事が、天に冲する噴煙で見当がついた。三人、四人と、いつの間にか胸を撫で下ろしたと言つた顔付の工員達が岩壁の上に塊まつて来る。工場主任と田島少尉が目をいからせて見遣つてゐる。銀粉を撒いた様な攻撃隊の機影が噴煙の上空にきらめく。

「田辺工手、心配だのう。」

誰かゞ声をかけた。田辺はO村の出である。O村はH工廠の北隣りの村だ。

「わしかの？　わしはどもないが、黒木工手が青い顔しちよるで」

田辺の呑気さうな声が聴える。

「お、、さうだつた。黒木工手、早う飛んで行かんかい」

はじめの声がふざけた調子で言ふ。

「えい、つまらん、つまらん事をの」

私の前の群の中から、ぐるりと振り向いた黒木工手の視線が、何気なく見てゐた私のそれとバッタリ合つた。照れた様に彼は目を反らすと又、海の方に向き直り、身ぶりで周りの者を制してゐる。

「黒木工手の家はO村かあ」

そんなことを滅多に言った事はないのだが、私自身何かバツを合せる様な気持で、つい声をかけてゐた。黒木は半身になつて私の方をチラと見遣ると、さうぢやありませんのです、と答へた。皆が含んだ笑ひ方をした。卑屈さとも憤りともつかない妙な気持で私は詰所前の壕まで引かへした。地下式コンクリートの壕から出てきた女工員達が外気を気持よげに吸つてゐる。私にとつては粘りつく様な空気である。

黒木工手はメタノール合成試験室の幹部である。工業学校を出てゐるので、年は二十五で若い方だが、仕事振りはテキパキしてゐた。面長で鼻の高い、一見暗い眼付の男だが、その蒼ざめた顔色に一種の気魄が感じられる。彼が瀬川さちを好いてゐる、といふのを聴いたのは、警報が解かれホッと緩んだ気分で饒舌になつた田辺工手から、同村の瀬川の事情をそれとなしに聴いた時である。田島少尉が話した工場主任の瀬川に対するい丶気な態度の事と言ひ、黒木の瀬川を好く気持と言ひ、私には妙にもたれた感じで受け取れ、全く他人事として田辺工手の話を聴いてゐた。だが、

「ところが、瀬川は黒木工手を好いちやおらんのです」

と田辺が終りに付加へたところで、私は急に我に返る様な心の動きを覚えた。

工場の運転が再開すると、私は又、自転車で、伊達と言ふ法務大尉に逢ひに行つた。

「そんなの、工場で片着けろや、君自身が行つて引張り出して来りやそれで終りだ」

伊達大尉は面倒臭いと言はんばかりに言捨てた。工場係官である少尉や中尉が、よく工員の家に調べもので行つたりするのを私も知らないではなかつたが、それこそ面倒千万な事といふより、気がひけて私にはできない事だつたのだ。工場主任は又、違つた。

「馬鹿言へ。女一人にわざわざ出かける事があるか。田辺工手に引張つて来させろ」

だが、十五歳の少年工が、先ごろ、家に帰つたまゝ出て来なかつた時、田島少尉を行かせたのを、工場主任も忘れてゐる筈はなかつた。

「二、三日中に行つて来ます」

私は心と口とがちぐはぐなのを意識しながら言ひ終ると、ぶらりと詰所外に出てしまつた。何を考へる事も出来ない。いや、考へる事にいつか諦めをつけて、ぼんやりとではあるが私も亦、なにものかに自分の肉体をぢかにぶつけなければならぬことを感じてゐた。海から激しく反射して来る陽光がまぶしい。私は目をそらす。鉄鋲を打並べた硬いタンクの肌。私は目をそむける。工場裏の人気の無い石炭山の陰に、私は隠れ家を探しでもする様に忍び込んで行く。が、その先にも、川向ふのタンク地帯がひろがり、煙を吐く無数の鉄塔が重なつてゐた。

当時、私達には勿論公休日がなかつた。特に所用ある場合に限り、といふ条件附で、月に一、二度位は休む事ができるだけであつた。翌々日、それは五月の半ば過ぎであつたが、私は瀬川さちの家を訪ねる事に決めた。

その日は朝からかなりの降りであつた。私は朝食を集会所で済ませ、昼弁当を作つてもらふと室に戻り、暫らく空模様を見ながら二階の窓に倚つてゐた。雨の中を同僚達が次々と出かけて行く。まるで自分が病で残つてゐる様な錯覚にとらへられる。

皆が出払つてしまふと、玄関前の広場に落ちる雨足の白さが急に目立つて来る。皆と一緒に出かける事は、変哲もない毎日の生活の反復に過ぎないのを承知はしてゐるが、斯うして独り残ってゐると、かすかな不安が胸を去来する。況してこれから、道も定かでない田舎に、この雨を冒して出かけるのかと思ふと、頼りなさ、わづらはしさがこみ上げてきて、やる方のない焦慮にとらはれてしまふのだつた。独りでゐる事も出来ない自分をまざまざと見る想ひ。集会所の女給仕の弾んだ声が雨の中に響く。楽しげな声だ。が、萎えた私の心に近づくこともなくそれは雨の音の中に消えてゆく。何故、私は一兵士になる道を選ばなかつたのだらう。そこではこんな甘い憂悶に似たものは根こそぎにされ、盲目的にせよ私を何かに向つて狂気の様に駈り立てる事が出来たのではないか。今更、思つても甲斐のない事が、じくじくと思ひ返されるが、こんな腑抜けた生活の中でも、私には、生きつゞける、といふ事が、一縷の望みを托するものであつた様だ。

九時を打つ時計の音で我に返る。身仕度をし、雨外套ひとつで外に出る。濡れた舗道を歩む時は、身体中の関節が緩む様なたいぎな気持に浸されてゐた。私が行きます、と主任の前で言つた時の、けしかけられた様に昂つた気持が、今は燃え滓の様に、冷たくごろりと心の一隅に転がつてゐる様だ。それでも私は胸を張って歩いてゐるのだつた。顔見知りの年長の下士官に出逢つて、いつもより一層格ばつた態度で敬礼を返した。さういふ時だけ、調節されるレンズの様なものが、私の中にも装置されてしまつたのだらう。

朝の出勤時を外れた駅は閑散で、待合室のベンチにも十人足らずの人影が見えるだけである。中には放心した様に大時計を眺めつゞけてゐる者もゐる。B駅までの二等切符を買ふと、私もベンチに腰を降ろし、いつか大時計を見上げてゐた。

ローカル線の汚れた二等車に乗り込んだのはそれから十分もしてからである。車の中央辺に、くつろいだ風態で座り込んでゐる佐官級の将校数人の他はガラ空きである。彼等の方に向かつて形ばかりの敬礼を送ると、私は、朽木が崩れる様にボックスに腰を卸した。離れ難い場所から引剥がす様に、車が私を運んでゆく。雨滴の流れる窓の外を、燃料廠の長い長い塀が走る。時折、高い鉄塔、煙突が、雨ににじみながら現はれては消える。廠を後にすると、しばらく鉛色の海面が見えた。うす皮が作るあるかなきかの皺の様なさゞ波。水と陸との狭間を雨にうたれたえまなく軋みながら私を運ぶ汚れた車。戦ひといふ遁れられない軌道の上に在りながら、何故か私はほんの一瞬ではあつたが、その単調な車の運動が、真二つに切開かれた未知の虚空めいたものの中に私を連れ去る様な幻覚に捉はれた。私には責任と名づけられるすべてのものが重荷に思へた為に、斯うした無責任な運ばれ方がふと気に入つたのかもしれない。

汽車一つゆれて出発しようとしたのがB駅だと気づき、敬礼も省略して、飛び下りた。水溜りが足を奪ふ露天のホーム。蕭条たる雨の中に、居ないに決つてゐる道連れを探し求めるかの様に見廻す視線が、いつか、やり場を失つて宙に迷ふ。

古い小さな駅の建物を出て、私は始めて今日の目的をはつきりと摑み直す思ひで、ポケットから、藤本老人が描いてくれた地図を取り出した。わかり難いから、と言つて彼が節太の指で鉛筆を握りながら要所要所に何か印をしてくれたのを憶ひ出すが、私は彼の言葉をうはの空で聴いてゐたのだ。声音だけが妙にはつきりと耳に蘇つてくる。他の殆んどすべての工員達の眼が私に向かつて人形の眼の様に光を失つて見える時に、藤本の眼だけは、何故か、私はそれを見なくても当たり前に輝いてゐる事が感じられ、それが却つて私を落着かせないのだ。雨滴が紙の上にポタリと落ちた。私は慌て、指の腹で拭き落す。

初めての中国地方の片田舎、それも雨に降られて殆んど二時間近くも私は迷ひ歩いてしまつた。さうしてもう疾くに今日の目的を遂げる事は諦めてゐた。雨外套をとほした雨は背中にじとじととしみ込んで来てゐるし、帽の縁からは滴りがひつきりなしに額際に流れ頬から首にまで伝つて来る。濡れた麦畑の上を風が重たげに流れてゆく。行先は雨に煙つて見えない。人影もない。冷く固まつた憤懣に似た心を抱きながら、私は泥水を撥ねて歩きつゞける。駅の方向に引返す方途を考へ始めてゐた私の眼に、丈高い木の並木が見えて来た。それが、欅の並木でなかつたら、私は文句なく諦めて帰るに決めてしまつたらう。けれども、行きついて見ると、素人目にも欅らしかつたし、部落の入口らしい気配が、時折見える人家の屋根にも感ぜられた。思ひがけなく私はそこで瀬川さちに出逢つてしまつた。いや、彼女が私を見つけたので、私がそれと理解したに過ぎない。

洗ひざらしたモンペ姿の田舎娘が私を自転車で追ひ抜いた。そして如何にも気懸りといつた態度で振り向く。そのまま二、三米も動いたかと思ふとヒラリ、と降り立つた。雨のしみた麦藁帽のつばを上げて笑つた。

「仁礼中尉」

彼女の声を聴く前に私もそれが、瀬川さちだとわかつた。ためらひもなく私の面上に釘附けにする彼女の視線を遁げて、私は卑屈な笑ひ顔になり、

「瀬川…だな」

と言つてから、いつもの深刻気な表情をつくつた。

「君の家に行くところだ」

並んで歩き出してから私はやつとそれだけを言つた。合点してゐる、とばかり彼女は頷着き、自転車を押し進める。

「こちらです。部員」

小さな流れに沿つた曲り道のあるところで車の向きを変へながら、彼女は命令する様な口調で言

ふ。二、三歩惰性で歩きつゞけてゐた私は、その言葉に操られる様に向きを変へた。

「まだ少しありますから、後にお乗り下さい」

自分は既に車に跨りながら、私を促がす。澄んだ目と、やゝ高すぎるかに思へる鼻の下できりりとしまった口もとがあざやかである。

「俺か、歩いて行くさ」

冷静を装つて言つたものの、少なからず狼狽へて居た。先を越された。と言つた様ないまいましさと、妙な安堵感とがこんがらがつてゐる。私の頑なさを見てとると、彼女は、

「この道を真直いらして下さい。先に帰つて傘とつて来ますから」

さう言ひざま、私の返答も待たずに走り出してゐた。平凡な田舎娘の後姿を見せて彼女が道の曲りにつれて見えなくなると、急に背すぢの冷たさや雨の音などが意識に入つて来た。

傘をさし、下駄にはきかへた彼女と再び出逢つたのは欅か何かの林の外れだつた。梢の簇葉が重り合つて頭上を覆ひ、受け止めた雨を大粒の滴りにしては、そこゝに落してゐる。滴が地面を打つ音が私の心の在所でも確かめる様に響くのだつた。先刻は麦藁帽の下に隠されてゐた短く剪つて束ねた髪が襟許に垂れてゐる。

「ハイ」

手にさげてゐた傘をひらくと、彼女はそれを無雑作に私に差出した。士官は傘をさゝないのが常識だつたが、今度は断ることも出来ず雨外套の帽をはねて、私は傘を受取つた。がつしりした山門の様

な彼女の家の門につくまで、私は何も言はなかつた。不意打ちに崩れかけた、私のまはりの障壁が、その破れ目を閉ぢて合せる自衛作用の営みの中で私は目を冥りながら歩いてゐたのだ。

眠り難い夜を過した翌朝、皆より遅れて宿舎を出かけた私は途中で田島少尉と一緒になつた。黙つてゐる私の様子を窺ふ様に田島は私の後になり先になりして歩いて居たが、廠門をくぐる頃は何時もの彼になり切つて喋り出すのだつた。

「昨夜は瀬川のところへ行かれたさうですね。工場主任、自分で行きたかつたんぢやあないですか。ふ、ふ。ところでどうでした？」

「やつぱり駄目さ」

私は出来るだけ口数少くして居たかつた。神経痛とは表沙汰のことで、たうたう寝込んでしまつた瀬川の父親の痩せた肺病人の姿を思ひ浮べた。

「へえ、さうですか。さうですか。ぢやあ主任にはお気の毒様で済むが、黒木の奴、たゞぢや済まんだらうなあ」

ひとの気を惹く様な独り言めいた口調で田島は言つた。

「黒木つて黒木工手か」

思はず声が弾んでゐた。

「さうです。」

「彼奴がどうしたといふんだ？」

「どうしたつて…」田島少尉は美味いものを頬張る様な口つきで言葉を切つた。

「仁礼中尉。工員の下情に通じなけりやいけませんな。彼らにも気の毒だし、逆に馬鹿にもされますからなあ」

「………」

「いやあ大した事ぢやあないんです。瀬川に抱きついたのは黒木位だらうと言ふ事なんです。」すらすらと言ひ終つて私の反応を確かめる様に一寸顔を向けて来た。

「彼奴は大人しさうに見えて、どうしてなかなか精悍な行動派ですからね。圧縮機の陰で抱きつく位わけないですよ」

「ちえ、見た様な事を言ふな。俺はそんな下情には通じたかあない」

うつかり田島少尉の話に乗つて来た自分に舌打が出た。

人の好ささうな母親と炉ばたに並んでかしこまり、私を見据える様に眺めた、さちの面影が浮かぶ。時折立つては茶を入れかへに行つた物腰。母親のくど過ぎる打明話を私が無感動な表情で聴いてゐるのを、或時は非難する様な、或時は羞らふ様な顔色で彼女は窺ひ見るのだつた。私は頬のあたりに痛いものを感じてゐた。

朝礼が終ると詰所で主任が催促する様に前日の模様を聴きにかゝつた。詰所には藤本は勿論、田辺工手も黒木工手もゐた。私は一通り見たままの様子を話した上で、父親の本当の診断書でも添へてもう一度届出をしに来る様に命じてきた事を主任に告げた。ふむ、と言ったまゝ掌の上に顎を乗せてゆらゆらと身体をゆすつてゐる主任。幹部工員らが聴き耳を立ててゐるのがよくわかった。私は語を切ると、いつもの習慣の様に田島少尉の肩ごしにチラリと海に目を遣つた。汽艇が一隻、波にもまれながら沖に出て行く。エンジンの鈍い断続音。みをにいつもの様に蛍光を放つてゆれてゐる油。全くいつもの様にだつた。

「工場主任。早いところ代りの女工員を労務で当つときませうか。その方が、きつといゝのが見つかると思ふんですが……」

突然田島少尉が、その時の奇妙な空気を破る様な調子で喋り出した。

「ま、そいつは待て。慎重を要する」

苦笑でそれに応じた主任は私の方に向き直つた。

「で、必ず来るんだな、瀬川は」

「はあ、来なきやどうなるかはわかつてるだらうと脅かしときましたから、まあ今日、明日中には来ると思ひます。」

「さうか、ぢや、又その時の事にしよう」

話はそこで切れた。工員たちがのそのそと席を立つて行った。

「解除願」を出してあるから休んでゐても構ふまい、という瀬川母娘の気持は、理屈よりも生活そのものから割出したと言へば言へるので、さう簡単には出て来さうもなかつた。殊に父親の正式の診断書はどうするか私にも判断がつかなかつた。脅かしなどは実のところ考へもしなかつたのだ。

「兎に角、来てくれなきや俺が困るな」。帰り際につい、きいた軽口が私の真情らしく見えたかもしれない。さちは歯を見せて笑つてそれには応へず、

「仁礼中尉は気が弱い方です…　インテリでいらつしやるから…」と言つた。田島少尉の言つたのを聴いてゐたのは彼女だつたのだらう。彼女が出て来ようと来まいと、実際どれ程困るか考へるのも煩はしかつたが、その言葉が妙に応へた。黙り込んだ私に、道を教へる、と言つて、雨のはれた午後の田舎道を、私に寄り添つてさちは歩いて来た。濡れた草が彼女の素足をとらへ、名も知らぬ雑草の細かい実だの種子などをすりつける。水溜りに映つた淡い空を雲が静かに渡つてゐた。欅並木のトンネルでは流れる空気が肌に冷たくさへあつた。

「きつと参りますから御安心ください。」

ふと、いたづらつぽく見える眼の輝き、それは初め雨の中で出逢つた時、家の中で私をまともに見据えた時とも違つてゐた。

その眼が昨夜しきりに私を目覚ませた。あれからも黙つて歩いてゐる私に、彼女は、駅までの道を詳しく話してゐた。川の上で別れ際に、下手を指し、白壁の田辺工手の家を教へた。

「黒木工手もこの辺だつたかな」

そんな言葉が私の口をついて出た。はつとした面持で私を見遣つた様だつたが、さちはすぐに、それでもゆつくりと

「いいえ、あの人は廠の向ふです」
と答へるのだつた。急に口が重くなつた彼女を残して私は後も見ず歩き出した。
「中佐だあ」「馬鹿、中尉でよ」すれちがふ学童の声が道にひゞいた。

隣県のN飛行機会社工場が六日程前一日にして壊滅した。そこで働き場を失つた三百名の半島出身応徴工員が、この燃料廠の整備作業応援に回されて来た。彼らは特別作業隊といふ名で、例のタンク地帯の油槽一つ一つを高さ十米ものコンクリート壁で囲む作業に加へられたが、その指揮に比較的暇な工場の係官である私が当てられたのは、何とも言へぬ皮肉なことだつた。尤も、私は工場に縛りつけられてゐる必要がなくなつたことは気楽にも思へた。と云ふのは、二日しても三日過ぎても瀬川さちは出て来なかつたので、黙りこくつた工場主任と顔突き合せてゐるのは有難い事ではなかつたからだ。田島少尉は、代りのシャンな女工員を見つけて廻つてゐるのだらう。黒木工手の蒼い顔も余り見なくなつた。

タンク地帯の一角の空地。そこに長さ八〇糎、巾はその半分位の長方形の木の箱型が無数に造られてゐる。三台のコンクリート・ミキサーから吐き出されるどろどろの灰緑色の混合物を、工員達はひしやげたバケツに汲み入れては列を造つて箱型の中に流し込みに行く。一方、固つたものは順次に枠を取外し、二人がかりで天びんで吊るし、巨大なタンクの下に運ぶ。このコンクリートの四角なブロックをタンクの足許から一つ一つ積み上げ、凡そタンクの肩辺りまで巻き込むのである。高くなると鳶職出の日本人工員が上からブロックを引き上げては重ねて行つた。テンポののろい気長な風景であつた。而も、全然軍隊的訓練を経てない半島出身工員は、仕事に飽きれば遠慮なく地面と言はず材木の上と言はず坐りこむ。休憩、体操時間には群をなしてその場に寝そべつた。監視に回つてきた本部の兵科出の土屋といふ大尉が、

「仁礼中尉、このざまは何だ。起こせ。オイお前ら、起きんか。」

面上朱をそゝいで怒鳴った事がある。彼らはどんより光る目をチラチラ私達の方に流しながらそれでももぞもぞと起立つた。

休憩が済んでも人数の揃つたためしはなかつた。集つた者を仕事に付かせると、私は或時、附近の倉庫の裏に回つて見た。案の定、殆どぼろぼろの作業服から赤黒い肩や腰をのぞかせた大きな男が三人寝転んでゐる。肩を突いて起こす。彼らの体軀の重量感が無気味に私に伝つて来る。唇をなめなめ、私をじろりと一瞥して作業場に出て行く彼らの後から私は藁人形めいてついて行くのだつた。こんな時私はふつと瀬川さちを想つた。私のもつ何ものも通用しない相手であることは、さちも彼らと同じではないのか。さういふ意識が閃光の様に私の内部で燃え上がる。瀬川さちの瞳と、彼らの物言はぬ体軀とが私の前に立ちはだかる。

さうして一週間経つた。私はブロック作りの空地からタンクのまはりまで、無意味に往復して暮した。私をロボットにするあの工場の轟音と炭塵の代りに、ここには土から涌いたかの様な群衆がひしめき合ひ、私は影の様にその間をすり抜けてゐるだけだ。たまにはタンクの上蓋によぢ登つても見

た。目くるめく思ひでその縁から後退りする私の身体を、陽を受けた鉄板がむかつく様な生ぬるさでおし包む。一望の許に見える海からの潮風も思ひなしか肌にざらついた。

その日作業隊に特配の握り飯を配つたあと、屯ろした彼等に交つて、誰と顔を合すでもなく、私も飯粒をかんでゐる時だつた。藤本老人が人を探す恰好で来るのが見えた。立上つた私の前で丁寧な敬礼をすると、笑ひをふくんだ穏かな口調でさちが来た事を告げた。

「主任が今日は曹達会社にお出かけですから」彼はさうつけ加へた。

詰所に向つて歩きながら、行き逢ふ工員たちに答礼するのを私は忘れてゐた。疲れ果てた身体をベッドに運ぶ時の様な、一日の終りを感じてゐる気持だつた。だが、私には自分の衣服を脱ぎ裸となる事は、一層煩はしい事に違ひなかった。

詰所の女工員二人を相手に何か元気な調子で話し合つてゐたらしかつたが、入つて行く私を見て会釈したさちの目の下などに一抹の憔悴の色を私は見逼さなかつた。

「部員、大変遅くなりました」

席に着いた私の傍らに立つて彼女は一通の封筒を差出した。中を更めるとY市の某医師の署名のある父親の診断書であつた。レントゲン診断を図示した説明もついてゐる。さちの言ふところによると、母親と再三問答の末結局さち自身の意見でさうしたのださうである。

「あいにく主任が今日は留守だ。気の毒だが又来るんだな。主任が直接話もある様だから」

私は言ひ棄てゝ、吐息をついた。さう言はせるのは私自身でもあり、私を囲むこの澱んだ風景でもある。破らうとして破りきれない皮の下でもがいてゐる私は、自然に開かれてゆく花弁の前で瞠目の果てに崩ほれる。

作業隊に戻つて小一時もした頃、同僚と話でもしてゐたのか、さちがタンクの向側の道を急ぎ足で帰る姿を見た。私は引きつけられる様にタンクを迂回してさちの前に出た。

「明日きつと来い。早く片附けた方がいゝ。大丈夫だと思ふ」

私をはつとして身を引かせる程の、さちの明るい顔だつた。ブロックに蹴つまづきながら身の置きどころもない仕事場に私は紛れ込む。

翌日はよく晴れた日だつた。朝礼後、詰所で、さちの齎した書類を主任に渡し、今日又来る筈だ、と告げると、当てにならんな、といふ返事だった。海の鷹揚なみじろぎ、くつきりと水平線に浮ぶO島、冴えた汽笛。そんな落着いた明るさが、私にふと虚しい想ひを投げかける。私は作業隊指揮に出かけた。

十時過ぎ頃だつた。サイレンが鳴った。天気が余りいゝので陽気にも思へる響きだつたが、「第二警戒配備ヲナセ」といふ廠内スピカーの指示で、私は作業員を集めて、かねて決めて置いた廠東端の海岸防風林にまで退去する様に申渡した。すると日頃のそのそと押しても動かうとしない彼らは、急にわけのわからぬ喚き声を立て、ぶつかり合ひ揉み合ひながら、先を争つて駈けて行くのだつた。

詰所に戻らず、先に工場の様子を見に入つた。運転休止のための人員だけが、防空服装で各部署に居残つてゐる。三階の窓から西に長い廠内建物が思ひ思ひの形で、白煙や黒煙をかすかに洩らしてゐる。

「部員、瀬川さんは解除になりますかの」

突然横合ひから話掛けたのは田辺工手だつた。

「大丈夫だらう。今日、主任に逢ひに来る筈だが」

「いえ。先刻もうお逢いしちよりましたが」

「さうか」

私はつと窓を離れて階段まで行くと、そこから駈ける様にして下まで降りた。メタノール工場に入る。静かな筈の圧縮機室（コンプレッサー）から、ハンマーの音がけたゝましく聴える。肝癪を起こして自棄に叩いてゐる様な音である。道具をガチャガチャと混ぜかへす音。又、思ふさま撲りつけるガーンという音がした。大きな圧縮機のこちら側からのぞき込みながら声をかけた。

「誰だ？　おい、第二警戒配備だ、部署につけ」

じろり、顔を上げて私を一瞥した目が異様に充血してゐる頬がひきつゝた。黒木工手だ。さちと何かあつたな、私にもそれと直感出来た。

悲鳴の様なサイレン、空襲警報である。私は詰所に飛んだ。さち、田島少尉、主任の順でどやどやと飛び出して来て、前の広場の地下壕のあたりに集つた。私は例のジャンヌ・ダルクをポケットに捩ぢこむと鉄兜をかむつて壕にとつて返した。女工員が集つて来ては潜り込んでゆく。声を立てる者がない。一杯にガスを孕んだ貯槽のヴァルブを開けたので、上蓋が時折ギーッときしんで沈む音が沈黙を破つた。

「おーい、見えるぞう」

誰かのうはずつた声が聞こえた。地上に居た者は一斉に南の空に眼を向ける。晴れわたつた青空の中を、罌粟粒ほどの銀色の輝きがいくつか、午前の太陽の下を西へ向つて飛ぶのが見える。一隊、又一隊、無気味な沈黙の中を攻撃隊は西へ西へと移動してゐた。地下に潜つてゐた連中も、あちこちで顔を出し、

「なにかい、おどかしよるの、又九州へ入るんぢやろが」

気楽なことを言ふのも居た。南に見えたいくつかの編隊は、そのまゝ西の空に吸ひ込まれ消えてしまつた。ホッとした私も、壕の入口の女工員に混つてゐるさちに目を遣った。さちは私をその前から眺めてゐた様に、私の眼を受けとめてかすかに微笑んだ。よかつたな。初めてそんな気分で傍の主任の横顔に何気なく視線をうつした時、轟然たる爆音がこだまし始めた。はつと息を呑んだ皆は音の所在を求めて首をめくら滅法に回した。

「うわあ、来たあ」

絞り出す様な叫び声があちこちで起つた。思ひがけなく東の方から、ぐんと低高度で巨大な翼の梯団がみるみる廠の上空に殺到して来るのだつた。我勝ちに壕に逃げ込む間もなく、激しいしゆう雨の到来を思はせる爆弾の落下音が大気をつんざく。つゞいて、地面ごと揺り上げられる衝撃。私はコン

クリートの壁に背を押しつけ、震へを耐へながら目を冥つてゐた。長く長く息苦しいまでの時間だつたが何分位の事だつたらう。ふいに爆音が遠のいた。目を開けたうす暗がりの中に、私の正面に坐つたさちが、背も丸めずまばたきもせず私を見凝めているのが感じられた。かつと血が逆流する。私は矢庭に階段を駈け上つた。火だ。工場西側のタンク地帯から、三階建ての工場屋根を遥かに越す巨大な焔が、風を巻き起し沖天してゐる。一つ一つのタンクから灼熱した湯玉、煮えかへる油の奔流が火の滝となつてタンクを囲む土手に溢れ、私の工場との境をなす川の中へまで押し寄せて来る。

「又、来たぞう」誰かゞ絶叫する。狼狽へた私は、突嗟に近くの粗末な壕へ逃げ込んだ。ザザーッといふ落下音。と、激しい衝撃で壕壁の丸太がはじけ、バラバラと土砂が舞ひ込む。鼻をつく硝煙の香。「死ぬなら皆一緒だ……」聞き覚えのある声が暗い中で響いた。それを聞くと私は崩れかけた入口の土の上を這ひ出た。「部員、危い」と叫ぶ声に「見廻つて来…」来る、と言はうとしたが舌がもつれた。逃げ出したのだ。粗末な壕の不安さに耐へられなかった。だが、いくら思ひ出さうと焦つても、堅固な壕の所在が浮ばない。無暗に焦り駈け回つた挙げ句飛び込んだ壕は更に粗末で壁も土がむき出しだつた。もう私の耳にはひつきりなしに爆音が聴える。そしてさち。さちは助かるだらう。あのコンクリート壕なら助かる。私は、私だけ死ぬのはたまらない。何とかして生き伸びねば……又しても私は這ひ出した。ギラリ、銀色とも紫ともつかぬ一つの光となつて海が視界の中で横転する。タンク地帯から上つた大黒煙が高空で拡がり陽を覆ひ薄暮の様な暗さである。その黒煙の中を更に編隊が襲ひかゝつて来るのが見えた。私が最後に潜り込んだのは、二人入るのが精々のコンクリート造りの監視壕だつた。「誰か来てくれエ第三壕が埋まつたあ、来てくれえ」必死の叫び声が聴える。私はぐたりと腰を卸すと、肩で息をしながら、監視用の覗き穴から意味もなく外を見た。工場裏の海沿ひの道路。入り込んだ海の一角、泡立つ様な暗い水面。狂ふ大火焔がパッと映る。見えるのはそれだけだ。私は目を冥る。身体の震へはまだとまらない。第三壕。さうだ、死ぬなら一緒…とあの声が言つた壕だ。悪感の様な冷たさが背中を走る。攻撃はまだつゞいているが、目標が西に移つた様だ。地面を伝はる衝撃も緩やかになつた。ジャンヌ・ダルクがポケットにないのに気がつく。がうがうといふ火焔の音がきこえて来る。時折何かの烈しい爆発音、助かるかも知れない、さう思つた時だつた。

「仁礼中尉、仁礼中尉」

叫んでゐるのは田島少尉だ。夢から醒めた様に私は壕を出た。

「こゝだ」応へる私を見つけて「工場主任がやられました」

叫びかへす顔は泣かんばかりに歪んでゐる。

「何イ」私は詰所前の広場に走つた。建物の角を曲つた途端に目に入つたのは不態に掘り起された厚いコンクリートの崩れた壁である。土中から覗いてゐる側壁にへばりついてゐる血とも何ともつかぬ体液。私は穴の縁に立つと眼だけをあちこちにさまよはせた。ゐない。生きてゐさうな何者も見えない。気が落着くにしたがつて、泥にまみれた肉片が見別けられ、べつとりと血で濡れた衣服が見える。思ひがけぬ所に飛び出してゐる片足。攻撃はしつこくまだ続いてゐる。が、私は立ちつくしたまゝで爆弾の落下音を聴き、衝動に耐へてゐた……。気がつくと爆音が遠のいてゐる。暗い。見渡すかぎり黒煙。煙ともつれる火。溶け歪んで中天から打倒れる鉄塔。サイレン。空襲警報解除である。煙と土とで塗り込められた顔が、白い歯をのぞかせ、あちこちの物かげから、フラフラと起き上がつて来る。笑つてゐるとも泣いてゐるともつかぬ表情。

私は思ひ出した様に、死傷者の処置を命じた。埋つてゐる者もゐる筈である。元気な工員達が道具を手にして思ひ思ひの壕に向つた。爆弾は工場の列をそれて建物の間に多く落ちたため建物の被害は案外少かつたが、かなりの死傷者が出た模様である。私が脱け出した壕の二つまでが直撃を喰つた。

十人許りの工員が、詰所前の壕の掘出しにかゝつてゐるが、厚いコンクリート壁を起すには起重機でもなければ手もつけられない。めり込んだ壁に沿つてわづかに掘下げて行くばかりである。

「げえ、たまらんの」下腹部をつぶされた女工員を掘りあてた藤井が、自身つぶされた様な声を出した。

「出た、出たで」向ふ側の誰かが叫んだ。穴の底、壁の下から捩じ曲つた片足、モンペが見えてゐた。泥をはねて見ると見覚えある青いソックスが生きてゐる様に鮮かに目を射た。さちは殆んど全身を壁の下に圧しこまれたまゝそこで死んでゐた。くらくらと襲ふ眩暉。

「誰かの？」

二、三人が寄って来て覗き込む。黒木工手の顔も見える。

「瀬川さんと違ふか」泣き声を上げたのは、偶然、別の壕で生き残つた女工員の一人である。身体をのめらす様にして覗き込んでいた黒木工手は、ぷいと立上がると、

「さう……かも知れんで」

一言、言ひ捨てるなり燃える様な一瞥を私に投げるとシャベルを担いでスタスタと歩み去つた。彼が向けた殆んど嘲笑に近い表情が私に、一つの感情を涌上らせた。カーン、カーンと無暗に機械を叩いてゐたあの黒木の歪んだ顔付が脳裏をかすめる。ぐつ、と私の喉が鳴つた。唇だけが奇妙な笑ひの形で引つる。黒木の蹌踉たる後姿と重なる私自身のぼやけた影を私は冷えた心で見送るのだつた。

東端海岸の防風林まで来て見ると、半島人工員達が、青ざめ切つた顔で蹲み込んでゐる。ずらりと居並ぶどの顔もまだ夢から醒め切らぬ様にぢつと海を眺めてゐる。私の顔を怪しむ様な表情でみつめるもの。此の辺は殆んど被害もない。タンク地帯から空に拡がつた煙もこゝではかなり淡く、陽は嘘の様に白い光を其処に降らせてゐる。

「皆、ゐるのか」彼らの中で主だつたものに尋ねてみると、十人許りがゐないと言ふ。作業場に残つたに違ひないと言ふのである。急に皆が息を吹き返した様に口々に何か私には理解出来ない言葉で喋り出した。一番遠いタンク、つまり海岸よりのタンクに行つてゐた者達がゐないと言ふのださうである。

岩壁に沿つて眺めると海に突き出したタンク地帯はただ烈しい火焔と煙、その中に、ゴム風船がつぶされるかの様にひしやげてゐるあの大きなタンクの真赤な姿が見え隠れする。とても生きてゐる望はもてない。

「行つて見よう」

夢でも見てゐる気持ちで私は幹部の半島人を顧みた。唇をひくひく動かしながら、彼はそれでも十五、六人の元気さうな男を呼び出した。もう攻撃は本当にすんだのだらうか、彼らは執拗にそれをきゝたがる。もう来ない、安心しろ、と言ひながら私は盲目滅法に遁げ廻つてゐた自分の姿をありありと思ひ浮かべて、身体が萎縮するのを覚えた。目的のタンクの傍には道路が火でふさがれて行く術もない。私達は油でぬるぬるする岩壁下の細い縁に降りて水際伝ひにタンク地帯に入つて行つた。土が沸騰して燃えてゐる。岩壁の上に再び上る事も出来ない。熱気で立つて居られさうもないからだ。中央部を捩ぎ取られた狭い桟橋が見えて来る。と、アイゴー、アイゴーと言ふかすかな叫び声とも悲鳴ともつかぬ声、私の後につゞく工員達が興奮して騒ぎ出す。声は桟橋の下、橋と岩壁とのわづかな隙間で起つてゐる。傷だらけの男達五人が橋桁につかまり喚いてゐた。片方の足を、腿の付根から吹き飛ばされて即死した男の死骸の傍で。二人で一人を支へながら、危かしい歩どりで私達は引返す。私は彼らの後からつゞいた。来る時とは逆に、行手には雲ひとつ浮かんでゐない青空があり、緑濃い岬が這ひ、なめらかな水面があつた。今までの事が世界のほんの片隅で、僅に四、五十分の間の出来事にしか過ぎなかつた、といふ気持が涌いて来ると、私は何故か落胆して、足を油に取られさうになつた。振返ると視界は又しても渦巻く煙と劫火。ドス黒く光つて足許まで這ひ寄る海である。まだ興奮の絶頂で、負傷者を運んでゐる目の前の半島人工員達の姿が不快な動物の様にも見えた。泥からのぞいたさちの足がふつと浮かぶ。遠い空が視界の隅で同時に光る。一度に重荷を背負はされた様な重圧感。サイレン。警戒警報が解けた。何もかも投げ出してしまひたい気持。だが、それは昨日も一昨日も持つてゐた気持だ。それは投げ出さうとしても投げ出し得ないものの存在をたしかめあぐんでゐる心に違ひなかつたからだ。

（「新表現」昭和二七年三月一日発行）

象徴詩派と詩的現実

象徴詩派は終つた、と考へられてゐるのは事実である。だが、詩の生命を生き、詩の現存を把握し、詩の可能性を信ずる者が詩人である限りに於いて、詩人は一生命の持続の中に在る。この生命の自覚に立つ時、一詩人の精神世界内では、過去は必ずしも過去でなく未来も又然りであらう。とは言へ此の事は、歴史的過去乃至未来の一地点に、観念的にのみ自己を繋縛する事を意味しない。自己の現存の確信以外によつて我々が過去と未来とに関はり得る術は無いのであつて見れば、我々が現在以外を語る事は在り得ない。

詩の歴史は言ふまでもなく時代的、社会的環境の中に在る。此の事は、詩の生命が現実社会から独立して在り得ぬ事を意味するが、同時に、詩的生命は社会的情況によつて、その本質に突然変異を蒙るものではない事が知れる。況して恣意的な変革行為を敢へてする事は、詩を涸渇に導びく以外の事ではない。周知の通り、詩的現実は所謂客観的社会的現実ではなく、詩を通してのみ把握される存在構造の実態である。さうして詩は、それ自身に課された宿命に忠実である限りに於いて存在の実態に関はり得るのであり、社会的現実が決定的契機となつて詩的生命を開花せしめるものではない。

　ポエジーは本来、作品をして真に詩人の詩（ポエム）たらしめる源泉である限り、それは単に生物学的乃至心理学的一作用力ではないところの精神の自意識を前提するものであり、詩の現存は詩的生命力が現実的諸条件を条件である限りに於いて、又条件であるが故に之を糧として具体的に存続する事の謂である。斯く、条件としての環境との有機的生命連関の中に果される詩の営みは、詩が詩で在る事の為に自己の破壊への抵抗を通じて克ち獲らねばならぬ宿命的要素を持つ故に、一象徴派の歴史は所謂過去のものとして葬る事は出来ない。蓋し、一つの詩の詩的現実を問題にする事が当の詩を、我々の現在に対して正（まさ）しく在るべき距離に置く事になるであらう。

　一口に象徴詩派と言つても内容は複雑多彩であり、全般的な概説すら容易ではない。私はこゝで、我々がフランス詩に接する時、それを特に象徴詩人と名づけて理解する前に、多分に個人的特異性は具へてはゐるが詩的生命の発現或は単に詩の生成に関し一つの共通な性格を看取し得る数人の詩人について特に強く印象づけられるところを表白するに留めたい。

　一八六六年、ルイ・グザヴィエ・ド・リカアルが中心となり、カチュル・マンデスの協力を得て発刊した第一次「高踏詩集」に、既成の詩人たるゴオチェ、ルコント・ド・リイル、ボオドレェル等に伍してヴェルレェヌ、マラルメ、リイルアダン等が初めて詩を発表した。そしてヴェルレェヌ（「海景」「よく見る夢」）マラルメ（「嗟嘆」「海の微風」）等には既に高踏派の所謂不感無覚の態度と古代的、異国的趣味を脱した詩風が見られる事が指摘され、殊に第二次「高踏詩集」でマラルメは、後の「エロディアド」を発表して高踏派からの離脱を著しく示した事が固く認められてゐる。一八七六年の第三次「高踏詩集」には、ヴェルレェヌ、マラルメ共にその作品の掲載を拒絶され、決定的に夫々の道を歩み出す事になつたが、時代は自から彼等の行手を拓き始めてゐた。

一八八〇年代から九〇年を頂点とする最盛期を経て一九〇〇年頃までに活躍した象徴派詩人たちは多く一八六〇年前後に生れてゐる。当時フランスの社会は大革命の余震とも言ふべき、進歩的勢力とその反動との衝突が繰り返され、その間穏健な市民的勢力の台頭を漸次促しつゝ一八七一年に至つて内外の情勢の一段落を見るに至つてゐる。して見ると、此等の詩人達の青少年時は、名実共に近代国家に変貌しようとする最中の動揺に充ちたフランスの、所謂「金には富んだが、血に貧しい」時代に過されたと言つてい〻。妊つた醜い形姿では折角の舞踏会に行けないのを嘆く母たちがあり、その懐疑的思想で学生の理想主義を揉み消してしまふ教師がゐた。青年達を沈欝と熱狂の交錯するデカダンスに導いた社会の背景には一方に迷信的交霊説（スピリティスム）、他方にアナルシイが徐ろにはびこり始めてゐたのである。何れにせよ、か〻る時代に、詩に関心を寄せる青年達が高踏派の消極的非現実性に飽き足る筈はなく、彼等はヴェルレェヌ、マラルメの抱懐する新世界への歩みに追従する事になつたのである。

ヴェルレェヌ、マラルメの詩が高踏派のそれと袂別するに到つた所以は、既に諸家により縷説されてゐる通り、詩的宇宙感覚の相違、又それが必然とする表現形式の変革である。これらの変革は彼等に先立つて既に、ボオドレェルがその緒を開いてゐる事も周知の事実であらう。即ち『悪の華』一巻を貫く「交感(コレスポンダンス)」といふ現象、乃至認識の技巧的表現を、象徴派詩人たちはその殆んど可能な極限にまで押し進めたのである。さうして此処で私が触れたいのは、既に論じ尽されたかの観があるこの「交感」の詩的現実面を、私なりの立場から観る事である。即ち「交感」意識が、詩的現実としてボオドレェルからマラルメへ、更に又ヴァレリイへと継承されるに当つて象徴派自身の内部で遂げる変革が何を意味するか、といふ問題である。象徴派はもとより多彩な個性の集合であり、各人に夫々の特異性が有る事は論をまたないが、詩の歴史的生命を現実的に意識する者にとつては、上の三者間の流れは単に個人的差異としては片附け得ないものを持つであらう。

先づボオドレェルの「交感」意識は何に胚胎するか。我々はこゝで詩人の詩の生成の場に立入る事になる。彼は好んで、都会、巴里をうたつた。殊にその憂愁を。憂愁が彼の美意識に如何に不可欠なものであつたかは姑く措くとして、彼が憂鬱な巴里の表情に生涯愛着を棄て得なかつたのは、いはゞ彼の分身を其所に見出すからに他ならない。自己は嫌悪すべきである、だが自己を棄て切れぬ事は如何ともし難い。彼は自己の無力と悪業に峻烈である、と同時に其の峻烈さは彼の清純な自負ともなる。当然の成行きとして彼の頽廃的生活と誇りかなダンディズムとが均衡する場として倦怠と憂愁とがある。巴里はその憂愁の故に彼に親しい。何故なら憂愁こそ彼の荒廃した生活にも拘らず彼を動物に堕す事なく人間として在らしめる唯一の可能性であつたからだ。彼の憂ひを含んだ眼の中に海が光つて居る、又海の彼方の「交感」の世界が。

ボオドレェルはその生活に於いて、罪業に蝕まれた自己の肉を、研ぎすまされた理智のメスで切刻んで新しい美の典型を創造しようとする。肉体を原罪なき姿に、我自から引き戻さうとする彼自身の宗教の劫初に在つた「言」が「交感」である。即ち美の宗教であるダンディズムの「言（ロゴス）」は、改悛を通じてでなく憂愁のさ中に可視となる「交感」の理念と言つてよからう。いはゞ肉体と精神との分離を決定的にした近代的宿命の苦悩を、未だ生々しい原始的な情況に於いて体験するのがボオドレェルの生活であり、この肉と霊の相反を或る均衡の中に統一して彼の実存を支へる事となつた現実的理念が「交感」なのである。かくて「交感」は近代詩人に予め与へられた、まさしく近代的意味に於ける「救ひ」の護符となるのである。即ち、自然的自然に対決して、詩人の自我が創り出す新世界の象徴、として……。

彼が「交感」を詩として表現した場合、色、香、音の漠然たる混和の美を単に凱望したのでは勿論なく、寧ろ峻敏すぎる知性が透視し解体した現象を融和する再構成を意図したのは事実であるが、詩の上での「交感」の駆使は後の象徴派諸詩人により期待すべきものであり、此処では「交感」がボオドレェルの生にどの様な現実的意義を持つたかに注目したに留まる。

かうしてボオドレェルが提出した「交感」は象徴派の詩人達に如何に継承されたであらうか。

Mon âme vers ton front où rêve, ô calme sœur,
Un automne jonché de taches de rousseur
Et vers le ciel errant de ton œil angélique
Monte, comme dans un jardin mélancolique
Fidèle, un blanc jet d'eau soupire vers l'Azur
—Vers l'Azur attendri d'Octobre pâle et pur
Qui mire aux grands bassins sa langueur infinie
Et laisse, sur l'eau morte où la fauve agonie
Des feuilles erre au vent et creuse un froid sillon,
Se traîner le soleil jaune d'un long rayon.

—S. Mallarmé《Soupir》

わが心は、烏乎静かなる妹よ　きみが額の
朽葉色のまだらに染みし晩秋(おそあき)の　夢みる方に、
また　きみが天使の眼相(まみ)揺めける空に向ひて、
昇りゆく　さまのさながら、鬱憂の苑の中なる
噴泉(ふきあげ)の真白き水の、弛みなく、蒼空に注ぐ溜息、

—蒼空は、仄かなる純（きよ）き十月に　色和みてはてしなきその
倦怠（ものうさ）を　大いなる池に映せば
落葉の鹿子の色の懊悩の　風のまにまに漂ひて
水尾を冷かに穿ちたる　澱める水に、
ながながと入日の光　いざよふよ、色は黄（き）に。
—マラルメ《嗟嘆（といき）》

この詩はマラルメが第一次「高踏詩集」に発表した作品（訳は鈴木信太郎氏による）である。沈鬱の庭に溢々として昇る噴泉の、孤独な音楽を思はせる階調に乗つて我々は此の句を読む。女の額、その眼、噴泉、蒼空、鹿子色の落葉、水面の水尾、たゞよふ光。マラルメが「その不可視の風景に美を把へたと共に、その魔術によつて、現実的生の中に散在するあらゆる些事をとり取めて歓喜の透明な泉を湧上らせる」（モオラス）形而上学者であり、抽象家である面目がこの小品にも明瞭に現はれてゐるのを看るが、この詩の生成の端緒はボオドレェル的自然観に促がされてゐる。マラルメの作品中 l'Azur（蒼空）は一篇の詩となつてゐる他にも屢々（しばしば）出て来る語であるが、蒼空を前にするマラルメの心情は、非情な時間を響かせる自然に対ひ合ふボオドレェルのそれを髣髴させる。即ちマラルメも亦、若年にして生に疲れた詩人の姿を描き、清澄な蒼空の下で倦怠し、美しい死を想ふ孤独の中に生きた。世界は黙して、その何物にも期待をかける事が出来ぬ。そして彼も亦

L'insensibilité de l'azur et des pierres
蒼空と石との非情

を装ひ纏はうと願ふ。それは直接的自然に対する彼の防禦であり抵抗に他ならぬ。だが、此の彼の非情は、高踏派の無感動とは対蹠的であり、此の抵抗に秘められた現実感が彼を駈つて象徴派に於ける美の高楼を築かしめるのである。蓋し「――私はいつも孤独を愛した。――それ故私は永い永い幾日を唯独りわが猫と、また唯ひとり、拉丁廃頽末期の作家の一人と暮し果したと言へる。それは純白の女性がこの世を去つてから、奇怪にもまた不思議にも私は『凋落』といふ語に要約されたあらゆるものを愛したからだ。――同じくわが精神が爰に怡楽を求める文学は羅馬終焉期の瀕死の詩歌であらう」と語るマラルメは、確かにデカダンスの薫香に秘かに酔つた詩人であるが、その陶酔が同時に「肉体（シェール）」を「悲し」き追憶として持つ「倦怠」の孤独な悶えが、彼を何処かに船出せしめずにはおかなかつた叡知に貫かれてゐるのを見る時、我々は彼の「創造」の現実態を垣間見る想ひを持つ。肉体はボオドレェルにとつて、ま新しい悪業の巣として常に彼に現前してゐるが、マラルメにとつては、「倦怠により冷く凍つた水鏡」に映る「乱れ散るわが夢の裸の姿」として識られるのである。彼の夢とは何であり、裸とは何であらうか。

凡そ象徴派詩人の詩法として知られてゐる事は、詩美と他の芸術美との、殊に音楽のそれとの交流であらう。絵画の面では英国の pré-raphaélite の影響があるが之も形式主義よりは内面性を採る点が象徴派に受容されたので、結局、音楽が流動する音の連鎖によつて内面世界を表現する好適な手段を持つと見做された事は、詩の音楽化の趨勢を決定的にしたと考へられる。斯くて当代の詩は、「音や香の様に発散する」ものたる事が要求された。音、香、色の交感といふ事は、対象それぞれの写実を排して情緒による変形を施し、いはゞ明光の許から翳の中に移して一種模糊とした状態を現出する事を意味する。随つて詩の形式上の規律がかなり自由なものとならざるを得なかつた事は、見易い道理である。

然しながら、マラルメをして象徴詩人の一高峯たらしめた所以は更に深刻なものがある。我々が彼の難解な詩句に抵抗を感じながらも惹きつけられて行く、之等の詩句間の階調が何に起因するか、換言すれば、彼の詩的現実が人間の如何なる言語操作を惹起せしめるかの問題である。

マラルメ自身の意のある所に随つて言へば、魂はこれ全て一つのメロディであり問題は之を再集成する事である。この為に各個の楽器が在り、これ在つて後、メロディを自由に組合せ転調し得る真の条件乃至可能性が与へられる。詩に於いて象徴派、頽唐詩人達が遂げた変革は、自然のまゝの素材、それを秩序づける直接的思惟を拒否する理想主義（イデアリスム）の位置に立ち、暗示以外の方法を採用しなかつた事である。此の意味で、映像間の関連を構成すること、正しくは、諸映像からそれらとは別な流動的且つ鮮明な形象を抽出して暗示の読解に資するのである。換言すれば、対象の本性をその外面的性質から離脱せしめて、何らかのイデーに再生せしめる事であり、かゝる高度の知的言語と言ふべきものは、一切の事象に内在する、関係の集成である限りに於ける音楽を当然且つ明白に産出すのである。——大体以上の様に、詩と音楽との交流に抽象的な根拠を与へて後、詩句が我々の無意識的記憶を喚起するといふ詩句の魔術性を語つてゐる。この詩句の魔術性についてヴァレリイは「声の抑揚と緩急とは、声の喚起する観念的なものに打勝つてしまふ。即ちそれは、われわれの精神に呼びかける以上に、われわれの生命に呼び掛けるのである——これらの言葉は我々に理解するといふ刺戟を与へるより遙かに、そのものに成る、という通達をするのである」と語つてゐるが、要するに、マラルメの詩の魔術は、事物の底に把へられる、その純粋観念として実在する語句を流動する映像との交感のさ中から汲み出す、といふ事にならう。これが「詩の富を音楽から奪ひ返す」可能性を原理づけたのである。

マラルメはあらゆる存在の奥底に結ばれてゐる夢を聚めて、それらの真実の姿をとらせずには措かないのである。

なほ、マラルメの詩精神は、ヴァレリイが言ふ様に、文学に於ける、思考の連続性の回復を果たしたものである。それは曽つて、浪漫主義によつて、それ自身生命的でもあつたが動物的でもあり得た破壊作用を蒙り、詩的現実の世界は幾つかの断層によつて、いくつかの世界に分たれてしまつた。象徴派の世界がたとへ微妙な暗示の世界であらうと、かの分裂への抵抗意識は確かに、詩的現実把握に於ける一進展と見るべきであらう。思考する精神の連続性は世界を分析と綜合によつて一なるものとして認識する基礎的な条件であり、この点、象徴詩派は「交感」といふ多角的、高次元な認識手段に訴へて、美と人間的現実との近代的関連の追究を完成したのである。即ち、マラルメ、ヴァレリイ等の知的抒情詩がそれである。といふのは、近代当初に於いては生の普遍的原理と認められた人間の精神的自律により自己の現存の内部に遂げ終せた醗酵の醸もす毒の甘美さの中に、漸く喪失されようとした現実的生感覚を回復するには、更に精神と肉体とを峻別せざるを得ぬ勢があつたのだと言へよう。そしてそれは言ふまでもなく明晰且つ孤高な精神の仕事であつた。

Oui, c'est pour moi, pour moi, que je fleuris déserté!

然なり、わが為、わが為に、たゞ咲き匂ふ、寂しき女よ。　《エロディアド》

Seul! ... mais encore celui qui s'approche de soi

ただ独り！　…　而も尚、自身に近づいて行くもの…　《ナルシス断章》

だが終りに、マラルメの象徴に於ける詩的現実とヴァレリイのそれとの異同を顧み、象徴詩精神が、続く世代に残した乃至残してゐる問題を考へよう。例へば、二人の詩人に最も関心の的である「自己」が、夫々どの様な形姿をとつて表白されるか。

et cherchant mes souvenirs qui sont

Comme des feuilles sont ta glace trou profond

Je m'apparus en toi comme une ombre lointaine,
木の葉にも似し　わが思ひ出を　探し覓めて　汝の中に
杳かなる影のごとくに　われは現はれぬ

《エロディアド》

Tout m'appelle et m'enchaîne à la chair lumineuse
Que m'appose des eaux la paix vertigineuse!
すべては私を喚び、私を光に濡れた肉身につなぐ、
目眩むばかりの水の和かさが私に向ひ合せる肉身に！

《ナルシス断章》

一つの自己は「倦怠により冷く凍つた鏡」の中に「杳かなる夢の如」くあらはれ、他は清澄な水面に光輝く姿として映る。蓋しマラルメの、映像と映像を結合する詩的生成は、類推の堆積であり、如何なる座標系を以つてしても把へ難い飛躍、随つて幽暗を合んでゐる事は否定し難い。之が、彼の「鏡」の内面の世界である。ヴァレリイの追究は、如何に確信されたものにせよ飛躍そのものを拒絶する絶対的連続を志向する。ことに「骰子一擲」の思想の運命に沈思する詩人が視る「杳かなる影」と、存在を原質に還元せずには已まぬ明光の知性を恃む詩人が描く「輝く自己」との詩的現実の相違が明瞭である。換言すれば、マラルメの世界乃至詩そのものが、我々の世界に類比的な或る世界である。彼がうたふ「非在」（「白い蓮」）も純粋概念としての此の世界の不在をうたふものであり、難解ながら

彼の作品は、此の世界に触れる何ものかを伝へ、為に却つてその難解さが我々を拒み不安にするのである。一方ヴァレリイは、名付けようのない文字通りの「虚無」の世界、仮令観念的にせよ我々の破産を意味する場に我々を導かうと努める。ボオドレェルに於いて現実的生を支へる理念であつたもの、そしてマラルメの類推を可能ならしめたもの即ち「交感」は、ヴァレリイに至つて、現実的自己を絶対に拒否するものとの「交感」になつた。正にその故に、彼の詩がその極限に於いて全く新しい現実感を産み出すのを看る事が出来る。思へば彼の詩に於ける精神と肉体との相克のドラマは当初から勝負が定つてゐたのであり、彼は自身「見出したが故に求めた」に過ぎない。然しその果てに彼は「見出さなかつた」ものに直面し且つ求めぬ故に、彼の詩は此処で終り所謂象徴詩派の幕を閉ぢようとするのだが幕は完全には下りてゐない。彼が「見出さなかつたもの」或は「見出さうとしなかつたもの」、之は彼の光栄ある悲劇に恐らくは一つの解決を与へるものとして、我々の現代に残されてゐる。

　象徴詩派について重要な幾多の面、又、ランボウ、ヴェルレェヌ、クローデルその他の詩人によつて闘はれた詩的現実の問題には触れなかつたため、一面的たるを免れないが、紙面の都合もあり、他の機会を期したい。

（「詩学」一九五〇年五巻一〇号）

ヴァレリイ小論

――その夢と現実を回って――

「人は一篇の詩を、思想を以ってしても、感情を以ってしても作らない。語を以って作る。」というヴァレリイの言葉に接して、我々は、詩が畢竟、時流的思想の代弁でも、また片々たる感情のあだ花でもなく、創る、という行為の中に作者の生を賭する絶対的価値を認識せしめる芸術であることを言おうとするのを理解することが出来る。この行為は観られたもの、感じられたものの叙述ではなく、観ること、感ずることであり、自己の形式的把握でもあり、更に換言すれば、存在世界を、その再構成を通じてする認識でもあるのである。彼はボオドレェルの詩才に結びついた知性を賞揚した。また、マラルメの制作における厳密にして一切の偶然を排せんとする詩法の完璧さに傾倒した。

芸術活動における、かかる批判的方法論への傾倒は、直接的現実の生態から詩人の目を一応剥離せしめるかの様相を呈するが、この態度なしには作品そのものに信を置き得ない誠実な作者には絶対的要請でもあり、ヴァレリイの詩作行為にあって、我々は遂に、彼のカルテジァン的制作態度が、遥かな迂回の果てに現実的生の核心に迫るのを見ることが出来るのである。この意味で、象徴派の歴史の終わりを飾るヴァレリイの制作は、既にそれに先立って現実社会と格闘している諸詩家の制作態度と無縁のものではあり得ないし、むしろダダイズム、シュルリアリズムが広汎な意味での象徴的風土に包含されるものであることを理解するとき、彼の制作は、生と制作に関する核心的問題を提起せずにはいない。

かく彼を眺めるにあたって、彼の制作上の苦行的態度は私を圧倒する。しかし彼への愛着と抵抗とは遂に彼個人への愛着と抵抗に終わるものではなく、彼を超える現実的な詩の立場を要請する堅固な意識であることを明らかにして見たい。

認識と構造と

「私には、作業は作業の所産よりも無限に多くの興味を覚えさせせる」という意味のことをヴァレリイは何回か言っている。作業とは言うまでもなく制作的行為の謂であり、この言語はヴァレリイの作品批評家としての態度はもとより、詩の制作者としての態度を最も特徴づけるものであると言えよう。けだし芸術に於ける表現活動は、既に見出されたものの模索という矛盾統一的な作用であるが、一作品を通じてこれを窺知しようとする場合にはこれが、分析され解体されてあらわになる作品の諸要素の恣意的総合にすり替えられてしまう危険が一般であるのに反し、ヴァレリイは表現活動そのも

の の統一的側面を、厳密な自己の内観から演繹しようとするのである。

例えば詩作に関して、「時間、精励、精緻、願望を以ってし、順序を踏んで遂に詩に到達すること は不可能であろうか」とヴァレリイが言うとき、彼は、詩の価値を決定するものは、その表現作用ないし実現過程である、とまで考えているのである。雑多な砂粒の中から鉄片を、ある排列を持たせながら引き出す磁力、もしくは磁場に類比されるものを、日常的言語の中から語を選択して為る詩の構成の底に見ようとする、かかる力線に沿って働く事、彼の詩作はそれ以外でない。故に彼は創作というよりは操作（エグゼルシス）というのである。そうであれば当然問題となることは、一つにはかかる根本的規制となる力、もしくは原理の認識、二つにはこの認識と本来自由な創造的行為との関連である。

けだし芸術作品は、任意な行動からは誕生しない。一つのイデーに向かって強烈に収斂して行く表現、イデーの肉化がその本質であり、芸術家が神を意識する、つまり彼の生死を握る審判者を見るとすれば、この表現作用以外には無い。かかる表現力を確実にしかも恒常的に自己のものとすることをヴァレリイは念願する故に、彼はデカルトの如く方法の探求者となり、また構造の本質の追跡者となるのである。「制作することが認識の造形的実証であり、また認識そのものでもある」人間としてレオナルド・ダ・ヴィンチを論ずるヴァレリイの意図は、認識と方法との心理的順序と論理的順序とが一つであり、二つでないことの証明であり、この意味から彼の言う認識と構造とについて考えることはむしろ彼の精神の生態そのものを考察することになるであろう。

マラルメの作品はヴァレリイにとって一つの解決であるとともに課題でもあった。言う意味は、制作者の美学というよりは倫理ともいうべき厳密な規矩をヴァレリイは前者の作品の中に認識する。しかし一つの欲求(デジール)がヴァレリイを衝動する。すなわちマラルメがそう在った如く彼自身がまた、その倫理、その体系を共有することであり、しかもその倫理体系はある深奥な科学を思わせるものであるために、彼自身もそこに登攀可能な境域として意識される。自ら所有することは、すなわち自ら再建することとである。その意味でマラルメの世界は無限の修練を以ってして、到達を望み得る課題となるのである。無限な、と言うのは、ヴァレリイがマラルメに傾倒する底にはその詩法の純粋さ、完璧さを見るからに他ならない。完璧という理念、またそれへの意思、これらがヴァレリイの核心を成している。けだしこの語こそ彼の認識と構造をつなぐ主因であるからである。つまり誤り無い認識は、必然的に誤り無い構造に一致すると考えるのである。

デカルトの明晰な方法的思惟と、飽くなき厳密を座右銘とするレオナルド的造型とはヴァレリイの血肉の中に入り込んでいる。しかしながら、デカルト的認識の普遍数学的方法に対して、近代数学(解析学)の連続概念、もしくは極限概念を、思惟を支える根本的要素として考えるところにヴァレリイの二十世紀的な性格があるので、原理と結論の関係を同時に見る直感の連鎖としてのデカルト的演繹論理は、原理を認識する思惟そのものの中に結論への必然性を見る思惟の連続性の確信に変わっているのである。感性的個人の主張ないしは名人気質のロマンティシズムを揚棄するものとしてヴァレリイがボオドレェルを称揚するのも、実はボオドレェルの中にこの思想の連続性の回復を見るからに他ならないのである。ヴァレリイの言う厳密とは抽象的には、かかる思惟の連続性の堅持以外のものではない。あたかもデカルトが認識の客観的基礎として実在したものが、思惟する実体としての我ではなく、思惟そのものとしての我という抽象的なものであったように、ヴァレリイが認識の基礎とするものも、連続的思惟そのものとしての自我である。彼の認識と構造はこの自我主義（エゴチズム）によってのみ相関せしめられるのである。

それならばかように認識方法に近代数学的連続概念を導入した思惟が存在をいかに把握するかと言えば、すべて現実的諸存在をその極限状態において把える、という極めて抽象的な認識が考えられる。この認識は、言わば新しい現実を再構成する目的を持つアクトとしての自我の現実追跡（あえて分析とは言わない）なのであり、連続性を本質とする思惟が飛躍なしに対象を把握することを意味する。構造するという、偶然を許さない行為の認識が、認識方法そのものを規定して、現実を再構成可能な極点において捉えることを要請する。この構造性を本来的に担った構造的認識の目は対象をディフェランシェするとともにアンテグレェする精神の目であり、一切の物事が一切の変貌可能である相において対象を見る目なのである。すなわち諸々の事物の中に、それが解析され、その固有性を失うある原質的状態、その故にまた、諸々の事物に変換され得るであろうような変換点を探り当てることを意味する。ヴァレリイがレオナルド方法論、およびこれに続く沈黙期間における覚書で探求したことは、要するに、思惟の連続性の確立と、一切存在を変換可能な普遍的相の許に観る方法の確信とであったと言えよう。

「意識は遂に面輪なく起源の無い存在、宇宙の全試企がここにかかり、これに関係している存在の真実相似の子として己を擬する……。いま少し進めば、意識はもはや二つの本質的に未知な実存『自己』と『X』としか必然的存在とは見なさなくなるであろう。二つとも共に一切から抽象され一切を包含しつつ一切の中に包含されているものである。相等しく同質のものである」。

デカルトが懐疑の末に「我」を把握するかの極点。そこから自然学的哲学的、一切の体系を出発せしめるために、いわゆる方法的懐疑の駆使によって設定することが必要であった基点にも似て、ヴァレリイは構造即認識なる彼の思惟展開の必要上、対象の方法的検証の果てに如上の普遍的変換点を探り出したと言えよう。かく、対象たる諸事物を一つの相の許に観ることは、ヴァレリイの場合それが連続的思惟そのものである自我に起因することである故に、自我の普遍性の方法的確立をも同時に意味すると言えよう。普遍的精神人の典型としてテスト氏を書いたヴァレリイは、それによって、自ら普遍人となるべく二十年の歳月を費やしたのである。自己の精神の純粋な持続、すなわち完璧な構造であるために、ヴァレリイはこの「一切が一切にメタモルフォーズする」限界点に自己を収斂させてゆくのである。

「現われるもの一切から休みなく例外なく離脱すること。精神の人は何であろうとも、何者かであることを制限も無く拒絶する。」かくて彼はまた「すべては相等しい。……一切の事物は置換され得る。」と言うのである。

ヴァレリイの存在把握はかように、「一切の事物が置換され得る」根源的情況の認識を基底に持つ。

制作者と言うものは、超自然的完璧な秩序のイデーと自然的存在世界の中間に位する自己を認識する。詩人ヴァレリイはかくて、「順序を踏んで」完璧な詩に至るために、自己が世界の本質と対決し、これを支配する創造者たる条件を確認せねばならず、それを、明晰な意識的思惟と、緻密な構造的行為の相関する場であるところのかの極限点に求めたと言うことが出来よう。故に、ヴァレリイ的世界の展開は常にこの「変換点」の意識を現在として担っている。それは、「変換するもの」が即ち「自分自身に対する一切の愛情と、己が希望に対する一切の愛好を放棄すると同時に、一切の創造物、一切の業績、諸々の己が最大の意図までもの彼方に赴いてしまった」ところの純粋自我、純粋精神であるからである。

ヴァレリイは創ろうとして観る、あるいは創りつつ観る詩人である。そうして、創ることの方法的探究を、レオナルド方法論で遂行したのであるが、観ることとそれ自身は一応テスト氏の中に要約される。夜と昼と、肉体と精神の相克を主題とするヴァレリイの詩篇の背景となって存在を完膚なきまでに透視する精神の目は、テスト氏の目である。常に極度の注意を自己に強いて自分の肉体までが精神に透明になる。言わば存在をそれ自身の相において眺め、そこで己れの歓喜を無限に殺してしまう境涯に在る、ただ一切を看る目、として在る普遍人がテスト氏である。このような精神が、構造する精神と融け合って構造する人として描かれているのは、けだし「建築家ユーパリノス」篇であろう。ここには制作の倫理が即ち生の倫理と重なり合う制作者の苦悩と歓喜が物語られる。その意味でユーパリノス篇は、ヴァレリイ的生解釈への一つの手懸りともなるであろう。

構造するということは、あるいはイデーの肉化を目指す人間の半ば盲目的な作業である。しかもヴァレリイが音楽と建築とを芸術の双璧とするのは、方法的に見てこれら二つのものは、何らのモデル無しに遂行される故に、その過程は全く人間の任意性に任せられているということと、それが芸術である限りにおいて究極の理念に規制されるある法則に適ったものであるという、相反する二つの原理を併せ持つことにおいてである。創造的であるということは優れて任意的であることであり、また芸術的であるとは最も法則的である、というのがヴァレリイの立場である限り、彼は人間でありながら非人間的な能力の所有者とならねばならない。認識が構造に重なり合うための絶対的条件として、ヴァレリイは、上に述べた「一切が一切に相等しい」存在の極限的状況に身を置くことを求めた。これは別の言い方をすれば「任意性」が「必然性」と不断に交流する点に身を置くことを意味する。完璧な構造者とはかかることが可能な人物に他ならず、ヴァレリイはユーパリノスを以ってその象徴たらしめる。けだしこれは最も強烈な自我主義、しかも自我を極度に一つの運命に殉じさせることに執心する限りにおいての自我主義と言ってよい。

さて、ユーパリノスに先ず見られる建築する精神は、レオナルド論で語られる構造する精神に異ならない。すなわち「構造するという行為は、ある企てであるいは一定の考えと、そのために選ばれた材料を両端として成立する。すなわち、問題は当初からある秩序に代えるに或る別な秩序を以ってする」と言い、また、「人間の構造物から我々は時としてあたかもそれらの材料を扱った人間がそれらの間に何らかの秘密な関係が存在するのを知っていたかの如くに、正しさとか、緊密さとかの印象を受けることがある」と言う言葉は、そのままユーパリノスが、自分の仕事場に散乱する石や丸太を、それらが既に置かるべく運命づけられた将来の位置に視る、という具体的表現に当てはまる。つまり、一つの秩序、自然の生物学的ないし地質学的秩序と創作者の構造的秩序との交流が可能である、存在世界と人間との一交感点が、ここには前提されている。その意味で建築家ユーパリノスもまた、かの連続的思惟を以って存在に迫る人物である。

「私は思惟に公正さを求めた。それは事物を洞察することにより思惟が明晰に産まれ、あたかもそれ自身からのように私の制作行為中に変貌するようにである」という一面、「私が思惟するところは造り得べきものであり、私が造るところ、それは知覚さるべきものに関わる」と言うのは、認識と構造との交流を意味する以外の何ものでもない。彼の建築物は彼の思惟のメタモルフォーズである。彼の建てた寺院（タンプル）は、彼がかつて愛した、一少女の数学的コンタンプラシォンの肉化像そのものである。実に思量（コンタンプレ）するとは時空の世界に殿堂（タンプル）を建てることを意味する。自然的な肉体を、新しき秩序を整えた肉体に再構成すること、それは存在世界の深奥を探った精神が希求する勝利の幻でもある。しかしそこには、繰り返し言うように、物それ自身をあらわに眺める純粋視の非情な体験が常に抱懐されていなければならない。制作者がかかる境涯に身を挺することは、無際限の明澄さの享受であると共に、無限の可能性の中に一つの出口を求めて息をつめる不安と期待とに充ちた場所でもある。「全思想の極限には吐息がある」。がしかしこの吐息の中に建築者の作業の全行程が現在として揺曳する。

Temple du Temps, qu'un seul soupir résume
A ce point pur je monte et m'accoutume,
ただひとつの吐息の中に見渡せる時間の寺院、
此の純粋な境涯に私は到り、私はなじむ
（海辺の墓地）

ユーパリノスにおける建築物の誕生は、また、ヴァレリイにとっては詩の誕生である。事実、ヴァレリイの詩は陰に陽に、この「純粋な境涯」の意識を包蔵しており、その故にこそ彼の詩が批判の対象になりもし、彼の詩精神が現在超克さるべきであるならばその端緒はここになければならない。しかし詩そのものを対象として論ずることは後に譲るとして、ここでは単に問題を指摘するに留め、あくまでも構造という作業の問題を主にして考えてみよう。

存在の極限まで立ち到った認識と、厳密な構造とはいかにして可能か、この問題の解決にヴァレリイは数学を援用する。すなわち一つの運動体の軌道を完成するために人は第一段階としてその物体をある位置に認識し、その具有する条件を整理し微分方程式を作ればよいのである。次の段階はもはや現実の対象から離れて数学的必然にしたがってこの方程式を解けば、軌道を与える方程式を得る。構造するとは、ヴァレリイによれば斯様に一対象の運命を決定することである。「マラルメは言語的宇宙における一単語の運命を知悉した」とヴァレリイが語るのはこの間の事情を説明するに足りる。彼が構造する行為（アクト）を説明するとき、最初の雑多な対象を整理して行為の端緒を与えるものは「言（パロール）」であるとする。「言」によって偶有性に整理され一つの意図を可能にする条件を与える。必要にして充分な条件が整ったとき、精神はあたかも方程式を解く如く自働的な行為となるのである。斯様な条件をなす純粋な「言」とは日常的言語以前の「言」であり、ヴァレリイの表現を借りれば発生期における言、なのである。すなわち、存在の、質と量との間の比喩的な関係を示す一種の符牒語である故に、かの「自己とX以外の他、何らかの必然的存在を認め得ない」限界状況から、行為の自由にして必然的な道が開けるというのである。この行為を称してヴァレリイは純粋精神の行為、あるいは純粋行為と言う。そうして今やこの行為は構造の過程であるのみならずその目的そのものにもなっているのである。何故なら一つの必然に従って持続する行為はすでにその現在に、過去と未来とを担っているからである。このような観点に立つ時、我々は、純粋詩を標榜して自己の詩作を操作（エグゼルシス）とあえて言った心意を察することができると思う。現在における無限の方法的刻苦精励、それ以外に純粋な生は無いのである。かかる生を、現代の精神はすでに過去のものであると意識するが、その正当な批判は、デカルトが一度び現実的我に接しながらもその体系が抽象的自我観念の客観的実在化の躓きを負っているのに似て、ヴァレリイはいわゆる「存在の極限」で一度限り「現実」そのものに触れながら、あえて純粋行為の構造の世界を開拓したことを指摘せねばなるまいと思う。

ヴァレリイが建築に魅惑を覚えたのはすでに少年時代のことである。当時はおそらく、数学的調和に対する異常な嗜好が原因であったと思われるが、「レオナルド論」を書いた時はすでに、建築の幾何学的整正美のイデーのみが彼を導いていたのではなく、先に述べた、連続的思惟に関する分析の裏付けがある。すなわち建築が数理的芸術である故に評価したのではなく、存在把握の秘鑰(かぎ)が偶々数理性に具現されているからに他ならない。ヴァレリイによれば、美しい建築は空間的整正さと共に本来音楽的持続をも表象しているはずなのである。それは空間と運動とが、まのあたり結合されているという現実的状態について言うのではなく、存在の把握ということは、時間空間を変換、あるいは結合せしめ得るある変換点において可能であり、そのような可能性を現実化し得る場である限りにおいて意味を持つと考えるべきであろう。音楽性、数理性が第一義なのではなく、「一切が一切にメタモルフォーズする」極限における存在の均一性と、またそれに照応する自我意識とを現実的世界を標指する限りの芸術として評価されるのである。つまり、科学ならざる深奥な科学によって捉えられる世界の現出が彼の構造の主題であり、所詮それは非人間的な超人の希求に他ならない。その自我主義においてヴァレリイはデカルトと軌を一にすることが考えられるが、デカルトの新世界は、やがて自然科学的世界像に道を譲るべくその先駆をなしたものに留り、ヴァレリイの創造者は存在世界を混沌(カオス)と看、変換する能力たる精神のみを武器として自我を神にまで昂めようとする烈しい欲求(デジール)に駈られている人間である。我々はこのような生の在り方を批判するに先立って彼の作品についてその根拠を確かめてみたい。

絶望せる明断

ヴァレリイの思惟と制作の核心をなすものはその両者の交流する一つの精神的情況、すでに述べたところを繰り返せば、一切存在のメタモルフォーズの可能性を孕む変換点であった。それはヴァレリイ的連続思惟が必然的に到達すべく予見されるところ、また、一切の飛躍と偶然を排する構造の論理的出発点となることからして、認識即構造であるヴァレリイの作品の中に常に現在し、作品そのものを性格づけていることが理解される。ヴァレリイの作品の理解を音楽性を通じてすることはヴァレリイ自身これを要求するまでもなく我々に納得される事柄である。しかし詩はそのまま音楽ではあり得ない。況んやヴァレリイの賞揚する音楽が必ずしも楽音を以って現実化される必要はなく、むしろ論理的に先立つ抽象的形態を重視するのであってみれば、ヴァレリイが音楽の中に認める意味、すなわち制作者の任意性と、楽音美のイデーが要請する必然性とが融合、合体されて、持続する作品として展開されるというその意味が、いかに彼の詩の中に生かされているかを見る必要があるし、この事はまた、何よりも彼の存在把握の態度そのものとして詩の内容の重心となっている。したがってヴァレリイの詩の理解、批判は、単にその音楽的、建築的表面に限定されてはならず、むしろ、それらの根拠をなす、ヴァレリイその人の認識と構造を支える「生の意識」を探り当ててみることが必要である。

ヴァレリイ的存在理解と制作との関連を、それのみが彼の生の意識であり方法であった連続的思惟の線に沿ってすでに考えてみたが、彼の作品自体についての考察はこの問題の一層明確な理解を齎すであろう。このような前提を持たなくとも、我々が彼の詩篇に接すれば、そこで詩人がいかに知性のドラマを展開しているかをみることは容易である。

ヴァレリイは一つの美的宇宙のイデーを持つ。それは太陽が世界を光被して影を残さぬ如く、知性の明光に照被された、調和の中に持続する世界である。彼にとって神に創られた世界とは要するに超人間的な美のイデヤの国を近代的知性で透観しているに過ぎない。だが、彼に特異なことは、かかるイデヤの国に、彼の肉体から解放された霊魂が還帰することを希求するのではなしに、言わば「言が肉となった」という基督教的表現の裏を返した、「肉をロゴス化する」という欲求(デジール)に貫かれていることであろう。言わば肉体を純化し知性の住居とするための営々たる修練が積まれるのだと言えよう。そうして、偶然とか飛躍はおよそその意に介するところではなく、ただそれのみが唯一絶対な道に随って彼の操作を行施するばかりである。このような厳密を設定する時に、彼の行路はかえって一つの傾斜に沿って下る自由さを得るのである。

……mais docile aux pentes enchantées
Qui me firent vers vous d'invincibles chemins……
お前らの方へ、打越え難いかずかずの道を開いてくれた快い傾斜に順(したが)ひ……

（ナルシス断章）

けだしかような精神の歴史の劫初にはテスト氏が立ち、また、その歴史が一つの円孤を閉じて更に飛躍しようとする断層にも、テスト氏が立っている。すべてを見ているテスト氏と、その目自身によって自己を殺さねばならぬテスト氏とである。少なくともこの道程にあってはヴァレリイは認識の神秘的直観に埋没もしなければ、またその無限の距離にただ瞠目してばかりもいない。彼は自己が人間であることを、他の何人にも優って意識する。思うにヴァレリイにあって人間とは、常に、夜の意識、肉体的自我の反撃を刻苦して抑え、闇そのものの中に真昼の光（精神的自我）を滲透せる、そのような相剋を孕む存在以外のものではない。彼が観る美の統一的宇宙は、言わばエーヴの住む無垢の楽園、パルクの歩む光の世界であったが、彼は人間として、自ら彼処に歩みよることをあえて意志する。それは何物を以ってしても留め得ない知性の渇望である。死に目前に迫られながら水に向かって走る敗北の牡鹿を駈る渇望である。また、苦痛に目覚されたパルクは、その理由を自己の内心に問いかける眼で、彼女を噛んだばかりの蛇が逃げて行くのを見つめている。

Et quelle soif sombre de la limpidité !
明晰を冀（こひねが）ふ何といふ不安な渇望！

この渇望は蛇のものであり、蛇に噛まれたパルクのものである。誘われて禁断の木の実に口をつけた、人間の内部のメタモルフォーズ。神に相対する「巨人」たろうとするこの渇望。その故に、噛まれたパルクはすでに光明の中を快く無自覚な歩みを運ぶ楽園的原人ではなく、自己が一つではないことを知っている。かつて「太陽に比肩するもの、またその配偶者たる」自己を持ち得た調和ある私は、今や人間になる。「決意の程を私に示す粗々しい私の肉体の弓」と、「燃え上がる一人の姉妹」との相剋の場、人間。

Dans ma lourde plaie une scrète sœur
Brule, qui se préfère à l'extrême attentive,
私の重い傷の中に秘められた姉妹が一人燃え上がる。
極めて注意深いものよりも自己をいとほしむところの……。
（パルク）

太陽の下の無意識よりは、夜の中の自意識を選ぶ悲劇を担う者がヴァレリイの人間であった。悲劇が悲劇なるが故にこれから離脱すべきでもなく、またそうなし得るものでもない。むしろ自らこの悲劇の幕を閉じようと意志するもの、それが人間なのである。故にこの秘めやかに「燃え上がる姉妹」は、楽園のエーヴが蛇の囁きに耳を藉した宿命的な弱さの中にそれは同時に自己を昂揚する限りにおける事件であるところの自己となって燃えるものである。肉体はこれから離脱し逃避してイデアの世界に憧れる場所ではない。肉体は「闇の殿堂」となり立ち塞がり反抗する。故にこれは征服し支配すべき存在である。何によってか？　言うまでもなく精神、存在の極限まで降りて行こうとする純粋持続そのものの思惟によってである。この可能性を、「素描」における「蛇」は倦むことなく語りかけ、エーヴを誘う。蛇は囁み「精神の胚種」を植えた。また蛇は潜り込み「魂の自己満足」そのものとなるのだ。

Qui que tu sois, ne suis-je point
Cette complaisance qui point
Dans ton âme, lorsqu'elle s'aime ?
おんみが何であらうとも、私こそは、魂が自ら愛しむ時に、
おんみの魂の中に生まれ出るあの満足ではなからうか？

（蛇の素描）

このような蛇の誘いは、人間にとっては彼が呼吸して生きる大気の中に浸透している微妙な香のようなものである。それを吸わずには生きることはできず、それを感ずる時、人間の変革は手間を取らない。「見られもせず、知られもせず、風の中に来る香」、知性の仕事は、「素描」の蛇の魔力でもある。

J'étais présent comme une ordeur,

Comme l'arôme d'une idée
Dont ne puisse être élucidée
L'insidieuse profondeur !
私はそこにゐた、香のやうに。
一観念の芳香のやうに。
その険悪な深遠さは説く術もない——

（蛇の素描）

さらに蛇が

Dore, langue...
Use de tout ce qui lui nuise :
Rien qui ne flatte et ne l'induise
A se perdre dans mes desseins,
金で飾れ、舌よ、彼女をそこなふあらゆるものを使へ。
彼女（あれ）に阿ねり彼女を誘つて私の計画に夢中になるやうな一切のものを……

（蛇の素描）

というその魔力ある「言」は、蛇が天上から掠め取ったと自負する知恵を蛇から受けた人間が自ら用いる時のそれでもある。知恵は自己を苦しめ練成しつつも、自らに恃むことを知ってその行路を営々として歩む本質のものである。それはナルシスに、求める純粋な自己への道の開拓を確信させるものであり、その故に「眼を開けたパルク」もまた、その終極が、望み果てる地獄と意識しながら砂漠の深みをはるかに渉っていこうとするのである。

……je m'avance et je m'altère pour voir
De mes enfers pensifs les confins sans espoir…
私は進む、私は渇望する、
望みも果てる私の思念の地獄の辺境を見んものと……

（若きパルク）

すでに一つの予見が現れる。「思念の地獄の辺境」とは何を言うのか。蛇のあの巧緻を極めた誘いは、また人間の思惟の精緻さの象徴である。蛇の魔力は今やパルクの精神の歩みそのものと化している。そうしてそれは無限の忍耐を要請する底の精神の苦行（アセティスム）であり、すでに述べた認識の極限、一切を見つくすであろう一切のものの変換点への到達、それは懸つてこの血みどろな精神修練の現在にある。逆にいえば、現在のこの無限に苛酷な刻苦の道は、その極限、思念の地獄の意識を必然的に招来する。斯様な寸毫も余地を残すまいとして現在の中に存在の極限をかいま見る精神の狂暴さに対して、彼女の現在、彼女の肉体がその抗いの手段として、押しつけて来るものは「倦怠」である。勿論、思念の地獄の意識が、なお現在そのものでない間、「倦怠」もいまだパルクを時として「仮死の女」たらしめることはあっても、根底から脅威するものとはならない。ボオドレェルが非情な「時」の流れにまのあたり触れて意識した存在を震撼する「倦怠（アンニュイ）」に照応するヴァレリイの倦怠についてはなお、後に語ることができよう。

さて、精神の旅する広野は、広漠として、しかもその辺境は望みに充ちた所ではない。そこは精神が自らに課する苛烈な修練を通じてのみ、またついに恐らくは力尽き果てることによってしか臨み得ない場所であるに違いないのだが、その故に自己をそこにまで押し進めることが自己自身になることであるとする自我にとっては、かつて光明の世界に住んでいた調和ある自己は所詮死すべき姉妹であり、袂別さるべきものなのである。

Adieu, pensais-je, Moi, mortelle sœur, mensonge...
左様なら、私は考へてゐた、「私」、死すべき姉妹よ、虚妄よ……

こうしてあたかも「神々なくして神々の方へ往く」「言ひ難き歩み」は始められる。存在の不可分をもなお、分かとうとして滲透していく精神の拡散現象。それは高貴な酒の一滴が、大海の中に注がれて打見たところもとのままの海となるようなあの液体の拡散にも似ている。そうしてそれこそヴァレリイ的精神が存在を理解し吸収し去ろうとする作為なのである。だがそれはまた、大きな抵抗なしには遂行され得ない。すなわち肉体の抵抗が今や本来の相貌をとって現れる。肉体を理解し吸収し、新しい形姿（すがた）に創り直そうとして倦くことを知らない精神に対して肉体は最も強烈な反撃を開始するであろう。

肉体、とヴァレリイが言う時、二つの意味が考えられる。一は自然的な肉（chair）としての肉体、他は完全に美的な形としての肉体である。制作者とは自然の肉体から出発して新しい美的形式（秩序）を具備した第二の肉体を造型する者である。そしてヴァレリイの場合この働きは正（まさ）しく精神の作用であり、それは自然的肉体の秘密を暴き、その光のもとで徹底的に検証し、第二の肉体の創造へ向かうことを意味する。自然的肉体の否定、ないし支配はそれをゆるゆると点検することだ、という意味のことをヴァレリイはレオナルドの性愛描写の例を藉りて言っている。一方、建築家ユーパリノスが自己の肉体について語る場合にはそれが肉体の美的イデーを現実化しているかのように言う。

「肉体はそれから快楽、非痛感あるいは生活に不可欠な行動のみを引き出すべきものではない。実に嘆賞すべき器具であり、これが宇宙といかなる関連にあり、いかに驚くべき素材を以って造られているかは等閑にされ得ない。肉体は私の思惟を肉付け、強め、確実にする。」

いわば精神の肉体、あるいは「法則それ自身の持つ本来の形」というべき肉体概念である。したがって第二の肉体はロゴス化した肉体でありヴァレリイの制作者の究極の目的である。そうして彼の詩は存在対思惟の問題を自然的肉体と精神の相剋のドラマに転化して歌われているものに他ならない。第二の肉体は、「かつての調和する私」としてのパルク、またナルシスが相逢う水に映る姿もそうである。あるいは、また、

Mon cher corps...Forme préférée,
Fraîcheur par qui ne fut jamais
Aphrodite désaltérée,
私のいとしい肉体、選まれた形姿(すがた)よ、
そのすがすがしさにヴェニュスも曾て渇望を癒される事がなかつた。
（ピティ）

というデルフの巫子のかつての肉体もそうであろう。が、いま精神に対する、しかも克服されねばならぬ闇としてあるのは言うまでもなく自然的肉体ないし肉体的自我である。精神はこれの徹底的検問を果たさねばならない。

Remonte aux vrais regards ! Tire-toi de les ombres, ...
Toi, frappe au fond de l'être ! Interprelle ta chair,
（魂よ）まことの眼差しに立ちかへれ。おまへの闇から脱け出でよ。……魂よ、
存在の奥底まで到達せよ、おまへの肉を検問せよ……
（セミラスの歌）

強烈な征服意欲にもかかわらず肉は卒爾として精神の検問に身を曝しはしない。認識の電光は遥に

閃めく。だが精神の真昼は歩一歩たる刻苦の中にしか近づかない。そこにパルクの倦怠が、またナルシスの不安があったし、絶望的な時間が流れてもいる。だが精神の歩みは遂に絶たれない。かくまで苛烈な精神の歩みは常に肉をさいなみ、死に曝さずにはおかない。

Je sens dans l'arbre de ma vie
La mort monter de mes talons !
私は感ずる、私の生の樹身の中を、
死が私の踵から上がつて来るのを。
（ピティ）

精神の目覚め、肉克服の意欲、純粋自我ないし存在の極限の認識等々、精神の前進の過程を物語るヴァレリイの諸詩篇の中で、「ピティ」は直接には苦痛を以って死に絶えようとする肉を描いて精神の凱歌を奏でんとしている。今にも反転して精神をくらおうとする肉の希願に似たものを敢えて。そうして精神は遂にその行路の終末に到る。それは自己に課した厳格な苦行の果ての勝利であるのだが、それはどのように語られるだろうか。

前に述べたように、制作者の秘密、一切が解体され、一切に変じ得る変換点とはまさしくこの精神の到達する一つの極限である。存在は遂に精神の検証の果てに、それ自身の相貌を失ってXとなってしまう。

Tout est brûlé, défait, reçu dans l'air
A je ne sais quelle sévère essence...
一切は燃焼し、解体し空の中で合はされる、
何か酷しい原素となつて……

（海辺の墓地）

宇宙が、一つの純粋な「視」の中でその結節を解かれ崩おれるのである。

La terre ne m'est plus qu'un bandeau de couleur...
Tout univers chancelle et tremble sur ma tige,
大地はもはや私にとって色彩の帯にすぎない……
全宇宙は私の軀の上でよろめきふるへる。

（パルク）

事物をありのままに眺めること、それは事物を変換されうる相のもとに観ることである。在、不在の照応し滲透しあう或る一つの姿に捉えること。人間とはかかる極限を見て生きるものである。そうして見るとは、事物が今そうであるものでない事を認識することである。

自己は、遂にその肉体を純粋な思惟形式の中に吸収し、もはや自己と名づけようのないものまで超出してしまう。それこそヴァレリイの自己以外の何者でもない。自我に死のうとして現前する純粋な自我。

Je soutenais l' éclat de la mort toute pure
Telle j'avais jadis le soleil soutenu
...Où l'âme, ivre de soi, de silence et de gloire,
私は純粋そのものの死のかがやきを留めてゐた、
曾つて太陽を留めてゐた如くに。
……
そこで魂は自己に、沈黙に、光栄に酔ひ……。　　（パルク）

かつて「太陽に比肩した」パルクは、目覚めたパルクにとっては「純粋な死」であった。が、今や目覚めたパルクが、自らの能力の限界においてかつてのその「死のかがやき」も留めようとするに至ったのである。実にひたぶるの思念の後の報酬（むくい）として訪れる陶酔のさなかに、「迷妄の綾のもはやないひとつの夢」をまた、酒を注がれた海の潮風の中に「深いものの形姿（すがた）」を見ようとするのは他ならぬヴァレリイその人である。それは恐らく建築家ユーパリノスが建てるところの、彼自身のメタモルフォーズとしての永遠不壊の「歌う寺院」（Temple chantant）の夢を見ることでもあろう。

ヴァレリイの言わば知性の叙事詩についての考察は、要約すれば上の如くである。しかし我々は彼の抒情をも聴くことが出来るのではないか。それは上に述べた認識の極限から洩れて出る「新しい声」でもあろうか。それは皮肉にも知性に練成されつくした「ピティ」の肉体から洩れる「新しい声」とは異なる。むしろ「ピティ」の殺されかかった肉体は果然息を吹きかえし、ヴァレリイの肉体から一つの声を叫ばせるのである。「私のすきだらけの存在」、それが不死を願うことに遂に抵抗するのである。「不死」は「存在」にとって「死」であるゆえに、「存在」は「死」にかけて自らの「生」を守ろうとするのだ。一極限に収斂しようとする無限級数は、無限にかの点に近づきながらもなお、自己の前に横たわる距離をいかんともし得ない。存在を吸収して非在の純粋に到達しようとしたヴァレリイの思惟はついに究極に到るまで存在の影を消しかくすことが出来なかった。それは彼の連続的思惟そのものの運命であり、自己の渇望をついに癒し得ない。持続的である故に無限の彼方での非在との接触の可能性を望み得、その故に現在におけるその不在に恒常的に直面せねばならなかった悲劇。これを呼んで「絶望せる明晰」あるいは「絶対的倦怠」と人が呼んだのは正しい。この持続の中に「生の飛躍」は起こり得ないし、起こってはならない。いかに「かのもの」は自身に真近にいとおしい似姿を向かい合わせて来ようが、それを現在に引き寄せることは、一切の死を意味する。

mais ne vous flattez pas de le changer d'empire,
Ce cristal est son vrais séjour ;
Les efforts même de l'amour
Ne le sauraient de l'onde extraire qu'il n'expire....
然し彼と場所を変へようと自恃してはいけない。
この結晶は彼のまことの在所だ。
愛しみにあふれて努めても、
彼を水から引き出す時に彼は息絶えてしまふだらう……

（ナルシス）

不可能な死を可能にしようとする焦燥。それが、ゼノンに向かって叫ばしめた。「苛酷なゼノンよ」と。空間に釘づけになった矢を、ヴァレリイの自我主義は動き出させる。すなわちユーパリノス的創造者の純粋持続としての行為の中に。しかしながら「海辺の墓地」終末数節においては、詩人の「肉体」がそれに抵抗している。私はこの場合、「肉体」という語をヴァレリイ的には使っていない。ヴァレリイをして「摧け、私の肉体よ、この思念の渋滞した形式を」と自身に向かって叫ばしめるものは、ヴァレリイ的連続思惟の肉体解釈そのものの蹉躓である。したがってこの叫びは、それまで彼の詩の支えてきた思惟そのものから、逸脱している点を注目すべきである。ともあれ、存在の極限を目指したヴァレリイの思惟がついにそれを寸尺の間に望んでついに陥ることになった「絶望せる明断」

の境地から、ヴァレリイ自身の意図している脱出の方向について考えられる事実は、ユーパリノス的古典的芸術至上主義、それは同時に絶望であることを意識しながらなおそれに向かうことが人間である故に実践的には詩の操作に没頭する生の態度に通ずるものである。二としては彼の意図いかんにかかわらず、「生きねばならぬ」と決意するその態度そのものが一つの方向を持つということである。

「建築家ユーパリノス」篇の結末に語られる創造者の姿は、世界、宇宙のデカルト的「新解釈」ではなく、古きカオスの自然世界の終末（おわり）に在る「言」によって、世界を再構造しようとする強烈な意欲に貫かれた行為者のそれである。「存在の極限」にまで迫った、ヴァレリイの構造的認識は、まのあたり、すきだらけな自己の現実的存在を把握する。別の表現を用いれば、デカルト的方法論を二十世紀の精神状況において制作上に実践的に押し進めた場合の、限界を意味するものであり、しかもこの場合にはもはや、デカルトが現実世界に対決するに援用した暫定倫理の忍び込む余地はなくなっている。現実世界は裸身の「我」を吸収し尽くそうとする完き闇、ないし無以外ではなく、「我」と「彼」とは滅ぼし合わねばならぬ二つの極として対立する。

ヴァレリイはここに当たって、制作の倫理（美学）としてユーパリノス的創造者、すなわち、純粋持続たる精神の行為（アクト）に変貌して、現実を光被し再構成する道を開拓せんとした。その理念するところは、観照におけるテスト氏的非人間性を、行為的に揚棄するに他ならないが、この飛躍の原動力は、非人間的精神に対する狂暴な非人間的意欲以外のものではないはずであり、ヴァレリイ自身がパスカルを評して言った言葉がそのまま彼にあてはまるのは皮肉である。すなわち「かつて出現した最早熟の、最精確、しかして最深刻な知性の操作の必然的所産は、一つのほとんど動物的に近い苦悶である」と。

　しかしかように強烈な意欲（デジール）の企投によって、純粋精神を守ることが、所詮、制作者ヴァレリイの自由であり、この自由への陶酔はかの詩篇「円柱頌」に透明な夢となって結晶しているのを見ることができる。すなわち、石と空隙、音と沈黙とが相結んで刻々に晶結を急ぐ透明な時間、それはまた、強烈な欲求の息吹の閑雅な吹き溜まり。ここにうたわれる円柱（寺院（タンプル））――純粋精神の行為の作品でもありまた、行為自身の象徴でもある――は、実にヴァレリイの非人間的欲求に支えられ超自然的大気（アトモスフェール）の中に建つ夢の建築なのである。

　かかる苦渋に充ちた白昼夢への陶酔のさなかから聴こえてくる今一つの声に我々は耳をかさねばならない。知性の太陽の光の下、自己の肉体の影を怪しむかつての声ではなく、肉体そのものを透視し尽くした果てのこの夢を、一度限り揺り覚ます新しい声である。ヴァレリイの諸詩篇の中にその声は遂に主題としてうたわれることなく、前述したように「海辺の墓地」の終末近くにわずかに暗示されるに留っている。この生きねばならぬという意識は、かつて彼の精神に、彼自からが強烈に反抗せしめた肉体が放つ声ではなく、彼が精神と肉体を駆使して織りなした巧緻な戯曲総体を覆す新しい声として、聴かれねばならぬのである。デカルト的分離主義の必然の結果として、精神をその極限たる普遍的様相に近づけるにしたがって、ヴァレリイも、ますます、行手に闇として立ち塞がる肉体を鮮明に意識せねばならなかった。かかる精神と肉体の相関関係は、ヴァレリイの意識の中でついに根本的転換を遂げることをせず、普遍的精神人と悪魔的存在との対決として、この解決を晩年の「我がファウスト」の中にも求めようとして、神なき神秘性を一段と深めている事実には、かつてユーパリノス的創造者を意図した狂暴さに比して、あらわな苦悶と焦慮さえ窺われるのであるが、これはすでに彼がその制作方法論の完成を確信して、二十年にわたる沈黙を破って詩作を再び開始した時に胚胎するのであり、爾来隠然として彼の制作態度に抵抗する一つの力が存在したことを意味すると言えぬであろうか。我々が新しい詩の立場を彼の中から彼を超えるべく見出さんとするのは、正しくこの点である。

ヴァレリイはこの意味において、彼の完結した世界、いわば「精神の孤島」に自己を閉鎖する者ではなく、むしろ、群衆の中に砂漠を意識した哲人よりは更に切実に我々に呼びかける詩人である。彼が形而上的詩人であると言われる場合、我々はその詩の中に、知性が、肉体が、蛇が、また、エレア的存在がうたわれていることを以ってそう言おうとは思わない。むしろ、全詩篇中の一箇所でもが、現実的生の大気を渇望して開口しているその事実の故に、形而上的であると逆説すべきであると思う。

彼が、ひたぶるの思念の報いとしてうたわねばならなかった、絶望と生への意志とは、その経路の特殊性の故に現実性を喪失するものではない。しかし、その制作行為そのもののカルテジァン的追求は、今日の状況に在って、絶望を通して以外には現実に接触し得なかった点にヴァレリイの限界が我々の制作意識には明白に認知され、現実の直接的把握から出発することを要請される我々は、彼への抵抗なしに詩作することは不可能であり、極言すれば、この抵抗意識こそは、ひとりヴァレリイの歩んだ道に我々を回帰せしめることからは勿論、現実的生と我々自身とを隔離せんとするあらゆる力に対して、我々の自由を保障する力であることを想うのである。

（一九五〇年）

テレーズの微笑

…ガルデールはテレーズの手さげ袋を手に持ち、もう一度、穴のあくほど彼女の顔をみつめた。女房から知恵をつけられて来たに相違ない。「よく見ておいておくれよ、どんなぐあいだか、どんな顔をしているか…」ロラック氏の馭者のために、テレーズは本能的に例の微笑をとりもどした。「この女がきれいか醜いかなどと自問しているひまはない。たちまちあの女の魅力のとりこになる…」と人々に言わせた例の微笑を。

私はモーリヤックの仕掛けたわなにうまく引っかかります。しかしこのわなは自分から引っかかろうと思わなければたいした偉力のないわなであります。『テレーズ・デケールー』を読みはじめて、彼女の「例の微笑」というところで私はひっかかったのです。このわなの網目の理解しがたい混沌とした手ざわりは、そのまま、テレーズが良人ベルナールに説明しつくすことの希望を断念した「感情と感情の間にある通路の、隘路の網」に似ています。一九二七年のモーリヤックが発明した、いや発明せざるを得なかったわなはテレーズの微笑という、いかにも詩人らしい、束の間の輝きのなかにすべてを語らせようとするねがいに充ちた表現をとったのです。この微笑はテレーズにとって、「例の微笑」としてわたしたちに映って来るよりは、どうやら「取ってつけた微笑」として映るのですが、作者は「例の」にしたかったに違いありません。「とってつけた」様に見えるのは、小説の中でそれが「とってつけた」様な場所に出て来、説明されているからに他なりません。しかし小説技法上のことはここでは論じないことにします。それよりは、そんなぎこちなさの中に浮かんで来る作者の真剣な顔つきを直視する方が読者としては大切です。真剣になれない、或は真剣になったら相手にされないので殊更、技法のどうのといいたがるいわゆる作家が多い我々の国では、モーリヤックだって持っていないどころか持ちすぎている位の技術の問題よりは、その陰にあるもっと粗野な、見ぐるしくもあり、間違ってもいるけれども、そうしなければ生きられない作家の姿を読みとることが意味あるように思います。

『テレーズ・デケールー』はモーリヤックの作品のなかで異教的系列に入るものだと言われることがよくありますが、一体、そういう目で小説を読むことが出来るのかしら、と私は疑います。それは我々の住む世界が異教的だ、と言うのとおなじで何の意味も持たないことですし、もしモーリヤックがカトリックであるということを念頭においての批判であるなら、我々がカトリックとして我々を他から区別するとき、もはやカトリックでないのは我々自身だ、とガブリエル・マルセルが言ったことを想起すべきでありましょう。小説を裁くものは、人間の核心に触れているかいないかであり、その上でのみ立場上の議論は行なわれてしかるべきです。モーリヤックはテレーズと共に夫に毒を盛るのです。またテレーズと共に生きたいと望むのです。しかしそれもただテレーズと共にだけではありません。良人ベルナールと共にテレーズの晦渋に憤激もするのです。そうして、ランドの村人たちと共にテレーズの面上にあの「微笑」を見ようとするのです。そして私もいましばらくこのテレーズの微笑に焦点を合わせて見ることにします。

人前でするおおかたの微笑とおなじく、テレーズの微笑も亦、彼女の保身の術であります。彼女の微笑というささやかな行為を通してのみ人生と和解しているのではないでしょうか。それは彼女が本能的にする数少ない行為のひとつであるという点から見ても言えそうであります。

しかしそれを言う前に、彼女が人生と相対している姿を少し見ねばなりません。「テレーズ劇」が、良人に毒を盛る、という事件を軸にして回転していることは確かです。究極的にはテレーズの微笑の魔術的な魅力を描くためにモーリヤックはこの事件を持ち出したと言っても過言ではありません。実際には、事件とそれにつながる諸現象のみが作品の前面にあらわれて、テレーズの罪深い姿の印象を一般的にしています。作者は此の女主人公に不可思議な愛着を抱いていますが、それを正当な形で呈出するにはまだ彼自身が熟していなかった。むしろテレーズの悲劇を深める方に筆は進んで行ってしまったのです。が、彼女に存在理由を与えたいというよりは、それを発掘するための試みが主たるものであることは明らかです。何らかの形でそれを表現することが出来る。その複雑な可能性がつつましい「微笑」の形で与えられているのです。テレーズの生活を見るとき、何故彼女がそんな微笑を持ち得たかを我々は訝っていい筈です。たとえば良人ベルナールとの生活。

欲望が私たちのそばによる人間を似ても似つかぬ怪物に変えてしまう。いっしょに罪に落ちた相手から私たちを引きはなすのは相手の失神状態が一番だ。私はいつもベルナールが快楽の世界に入り込んでゆくのを見とどけた。そして私は死んだふりをしていた。たいていの場合、最後の歓喜のふちで夫は突然自分の孤独を発見した。いたましい熱狂が中断する。ベルナールはあとにひきかえし、砂浜に打ち上げられたような私を、歯を喰いしばり冷たくなっている私を見つける。

凡そ微笑みとは縁遠いこの嫌な冷酷さはたしかに不自然であり、なにか倒錯した犠牲を献げる者の心理としか言い得ません。肉欲に侵される以前に何ものかに侵されてしまっている人間が、冷たい眼をパチリと開けているのです。テレーズには愛することが出来ません。しかしこの事は少し深く探ってみる必要があります。というのは事件後にも、彼女は免訴となって裁判所から暗い夜の道に解放されたとき「生活の匂い」をみつけ、「大地の息吹に眼を閉じたり」する程に人生を懐かしむ人間です。しかもその意識の中に昔失踪したという以外何も知らない見たこともない祖母の面影が浮かび、自分の影と重なるのです。彼女の身うちには、はげしい愛の渇望があります。五体を焼き尽くす程の真夏のランドの熱気が充満しています。それなのに愛はその対象を得て燃え上がることがない、愛の技巧は彼女を砂浜の死魚同然にするばかりです。モーリヤック自身も言っているように、本来、対象の無限を望む愛がこの有限な世界の個々の対象に対して感じるはげしい虚無感と言ったものでこの心理を説明してしまうことも出来ましょう。たしかに「テレーズ」を書いた時代のモーリヤックの態度は「愛の対象の永劫の遁走」いうパスカル的思想に裏打ちされたものでありました。しかし人間は霊と肉との相剋の場であるという古い人間観に極めて類似していながらも、モーリヤックには更に「人間は二元的」であるより多元的だという漠然たる意識があったのです。「多元的」ということの明確な意味は測りがたいのですが、ここにモーリヤックの小説の少くとも一つの大きな秘密はあります。つまり、よく言われるように「モーリヤックの作中人物が一つの宿命のもとにおかれている」ように見えながら、宿命そのものが必ずしも明確でないということにより人物は決して割り切れた存在にはなり終ってはいないということであります。そこでは恐らく人が任意にとったりつけたりすることの出来ない人間の条件への問いかけがなされていると考えるべきではないでしょうか。愛し得ない、ということは普通の意味で現実的ではありません。我々は愛し得るのです。モーリヤックの作り上げる悲劇はおもむろに矛盾を曝わにしてその極点でバネをかけるという通俗的な悲劇とは異なり、すでにかかっているバネを外し愛と共に自由を得ようとするものの実りない努力の姿を繰返し描くのでありますす。人間を踊らせるためにしかけられた見えないバネ、と微笑、この妙な対立の間にテレーズの巧緻な知性が柔軟でしぶとい網を張りめぐらします。テレーズがアルジュルーズというその故郷で一人の異邦人であったとすれば、それは彼女の優れた智恵の限りをつくして人間にしかけられたバネを外そうという抵抗に没頭していたからに他なりません。その点、カミュが見せてくれる異邦人ムルソーなどとは対蹠的です。それはモーリヤックとカミュという二人の作家の創作態度からも言えることであります。モーリヤックは人形にゼンマイをとりつける、カミュはそれを取外して繰りにするというわけです。恐らくモーリヤックの人生そのものから彼がどんな精巧なゼンマイを作り出して彼の人形にとりつけるか、それが彼の小説のリアリティを決定するでありましょうし、カミュの場合、作者の指がどんな衝動にかられるかによって彼の人形の人間らしさを決定するのです。おそらくテレーズは夫を殺し得たでありましょう。しかしムルソーは人を殺さなかったのです。別な言い方をすればテレーズは罪を犯し得る人間の一人であり、ムルソーは罪を免れさせられた…無罪を主張させられる人間の一人なのであります。もっと言い直せばテレーズは自由を獲ようと足掻く人間であり、ムルソーは自由を（観念的にせよ）与えられてしまった人間であります。

　こう見て来ればテレーズは決して非現実的な人間ではなく、多かれ少なかれ我々がその性質を共有している人間の中に入ってしまいます。ただ、テレーズは人生の無意味を嘲（かこ）って異邦人らしくなっているのではなく、意味がありすぎて吐息し地団駄を踏んでいるのです。「現実の根拠」を探り出そうとする彼女の分析的な知性、非情な視線、それらがテレーズの非凡な性格となっていると共に、その故に彼女は不幸であるということは、またしてもモーリヤックがパスカルから借りた人間像に他なりません。が、それはともかく、テレーズの不幸の実体をもう少し考えてみることにしましょう。つまり再び彼女の微笑に戻るのであります。

「テレーズ劇」に於いてあるかなきかの存在であるこの「微笑」に私が執心するのには理由があります。もちろん、我々はこの小説の古さをいろいろな角度から考察することも出来、しかもモーリヤックがごく最近の作においても依然として人間がある宿命ではなく宿命的なものに反逆している姿を描いている（たとえば『ガリガイ』）のを見るとき少なからぬ失望をも抱かざるを得ません。モーリヤックは小説家としての使命をもう終えた、と言うことも当るでありましょう。しかし小説家としての使命などというものを認めない作家が、ともかく小説家としてはたらくことに労力を傾注したモーリヤックの小説を今日読むときに皮肉な誤読をおかすことがあります。それは、より現実的だと考えられる社会的な問題思考の方法の中によりは、ロマネスクなモーリヤック小説の中にささやかなりとも現実性が現存するということ、言いかえれば人間の自由への意志を不断に蘇らせる力があるということを見落とすことなのです。私ははじめに、テレーズの微笑が保身の術だと言いました。保身と言えば消極的ですが、今日流に抵抗と呼んでもいいのです。ボオドレェルのダンディズムもそのひとつの場合でもありましょう。現代の進歩的な思想の持主の、こうした個人的な保身の術を既に無用のものと割切っているかにみえる生き方のなかに、果たして自分以外の者との内面的な連繋の意識を、現象による眩惑のため以外の形で確認し得るかは何べんでも疑ってみる必要があります。しかしテレーズの微笑はもちろん保身術なるが故に一概に問題にされるなどとは思いもしません。それはやはり彼女が内に秘めた苦悩を隠す法外な努力の産むものであり、それゆえにこそモーリヤックは「それが美しいか醜いかなどと問うまえに魅かれる」という妙な或はインモラールな衝撃を人に与えるものとして描きたかったのであります。彼女にとって、自身が直接体験する罪悪感的な苦悩は、殆んど柄の異なった着物をとりかえる様な皮膚の表面の感覚だったのであります。この直接的な罪に対する無関心さは言うまでもなく現代の一つの特徴でもあり、この地点から我々は引返すか更に進むかしなければ、我々は人間に立戻ることは出来ません。モーリヤックはもちろんテレーズを行き得るところまで押しすすめます。恰かも我々の衣装、我々の所有物と化したかに見える罪業から、我々の存在の条件となっている罪性の感知にまで。我々は社会的な技術によって善を一つの形あるものとして処理し得るもの、そこからは倫理的顧慮が消散してしまう、その様な善の所有を可能にしたのでありますが、悪についてもそのことは言えます。むしろ善悪何れかが単独で所有物になるということは稀なことであります。しかしモーリヤックがテレーズに直面させる苦悩の根源は、無関心に捨ておく事が出来たり、逆に取引出来たりする物としての悪ではありません。若しそれに無関心でいるならば我々自身を無視することであり、若しそれを売り買いするならば我々自身を売り買いすることを結果する様なそういう悪の根源なのであります。そしてテレーズはその少女時代からすでにこのいわば原罪と呼ぶべきものと膚接した生活を送った稀有な人間の一人として描かれているのです。彼女の清純といえば清純であった少女時代をおしつつんでいた「さだかならぬ光」の意味はそこにあります。ここではもはやモーリヤックがその初期の作品『鎖につながれた子供』『悪』『炎の河』などで手がけたカトリック的世界からの離脱乃至はそれへの抵抗を示す人物が登場するのではなく、原罪との格闘という形で悪魔に抵抗する人物が描かれるのであります。しかし悪魔への抵抗とは此の場合、神への帰順ということをのみ意味するのではないことは言うまでもありません。むしろ悪魔的な力の屈折した支配を明らかにすることが、テレーズに負わされた運命でもありましょう。

すなわちモーリヤックの本領たる愛の情念の悲劇が、ここではジャンセニスト的な色濃い明暗で彩られる代わりに、この悲劇の根源をテレーズの絶望的な孤独と、その中にも生きつづけようという執念を通してあらわにするという形で与えられるのです。モーリヤックがカトリック的なリアリズムに開眼するにはどうしてもこの夜の女であるテレーズを通過せざるを得なかったのであります。けだし此の時代のモーリヤックの精神に投ぜられた最も現実的な問題は、人間がその良心を犠牲にしてもそれとの格闘にその精根を傾けねばならなかった相手、つまりテレーズのうちにひそんでいた爬虫類のささやきの実体を、それに喰いやぶられる彼女の姿のなかにつきとめることだったのです。そしてこのささやきの威力をおそれつつもこれを押し殺すために注がれる苦渋に満ちた努力を人知れず保つこと、ここにテレーズの言い知れぬ魅力が胚胎したのであります。彼女の微笑を或は仮面と呼ぶことも出来ます。しかし多かれ少なかれ「仮面」なしで生き得る人物は二通りしかありません。極端な聖人か、極端な罪人か。この二つの極の間を浮遊する中間的な存在である人間は何がしかの仮面なしに生きつづけることは不可能であります。そして、罪業の深みから清純な恩寵の世界を絶望的に渇仰するモーリヤック的人間はその分裂の姿を幾度か我々の前に現したのでありますが、いまテレーズという人間を創るにあたって作者は、次第に彼女の正体をあばいてゆくに先立ち、彼女をこの世の中に先ず何らかの意味で認められる人間とする必要があったのであり、ここに、曽て分裂していた二つの状態、聖性と罪業との共存を象どるものとしてテレーズの微笑という仮面を創り出し、彼女をその村人の中に置いたのであります。もちろん、テレーズの微笑のなかに聖性が宿っていた、などと云うことまで作者は言おうとはしていませんし、我々がそこまで忖度するのは故意としか思われぬでありましょう。しかしながら、それによってテレーズと周囲の者との或る特異な内的交渉が可能であったということは、この場合、人間が共通に持つ罪性の同情的共鳴であったと考えるよりも、いやたとえそれが事実であったとしてもそれに劣らず、健康な生活への憧れ、無意識であればいっそう、その共鳴が可能ではなかったと考えるのであります。実際この小説で、テレーズの微笑の占める位置は大したものではありません。それはやがて深い闇のなかに消えて行ってしまいます。しかし、人間の二元的な相剋における恩寵の勝利ということを、『テレーズ』に先立つ或る作品に於けるほど観念的に描いて満足することも出来ず、また後年の作品に於けるほど現実的に描くことも出来なかったモーリヤックにとって、そのモラリスト的現実観が一つの恰好な表現を得たのがテレーズの微笑なのであります。それは『テレーズ』の序文で作者みずからが、「私の小説の主人公にさらに輪をかけたいまわしい人間」と呼んでいるそのような人間を描くときの人間モーリヤックの面上にふとおとづれる微笑であります。はじめにも言いました様に、テレーズの微笑は、小説の中ではとってつけたように読まれるのですが、それはこの様な小説を書くに当って自己の内面を確認してみたかった作者の要求に他ならなかったのであり、小説としてはこの微笑の意味をもっと別な形で、より正確に追求する道はあった筈です。

とまれ、小説家モーリヤックは徐々にテレーズの仮面をはいで行きます。事実、小説としては此の微笑は無暗に出るべきではなく、またそれでこそ『テレーズ・デケールー』は傑作となり得たのでありテレーズはこの微笑を失ってゆくことにより、新しい女性の、また人間のタイプとなるのであります。

テレーズはもはや肉欲と聖性との背反に引裂かれた人間ではなく、肉欲をその空虚と苦患から解き放つためにその根源をあばこうとする意欲に充ちた存在となっているのであります。それは第三者的に言えば「原罪の消滅」を自己の使命と考えるところの、純粋にして自恃に充ちた精神の誕生であります。これは単に「神であろうとする」という言葉によって類型化される神なき現代人の姿を意味するものではありません。人間でありながら、原罪を償却しようとするもの。一人の人間のなかにこの悲願が宿った場合の悲劇がテレーズの生活なのであります。彼女はいつも不安でありました。彼女の繊細な精神の網をすり抜ける更に繊細微妙な賢しい霊にまつわられて不安なのであります。そして彼女は自分が無思慮にも身を任せた逃避行――結婚――のなかで、遂にはあのささやきから逃げることが不可能であることを思い知らされ、捨て身の攻勢に転ずるのです。攻勢と言っても、彼女は何ものかに対して復讐を企てたりする現実的行為がそれであると思ったわけではありません。彼女に欠けたものの回復、「自分自身になる」ためのひたむきな修業とも言える生活がそれであります。

このようなテレーズのなかに、もう何の刺戟もなくなった田舎のブルジョワの生活に倦怠した女の姿を見るというのも見る人の勝手であります。その顔に浮かんだ微笑が崩壊を前にしたブルジョワジィの精神内面に光を放つ頽陽のあえかな残映と見るのも勝手であります。さらにまたこの微笑に前述の様な意味で自ら魅かれていたであろうモーリヤックの心情が、罪との馴合であるとするある方面の見方にも敢えて詮議立てする必要はありますまい。しかし、

「私はおそろしい義務に屈伏したのです。そうです、それは義務ともいうべきものでした。」

と言うテレーズの言葉のまえで、我々は何びとも彼女にそんな義務を負わせた覚えがないと言い切る者が、彼女の幸福な良人ベルナールを除いて何人いるでありましょうか。たしかにベルナールが押しつけた義務は、彼女に生きながら死なせることだけでありました。彼という牡馬のかいば槽にすることだけでありました。そして横たわった彼女の死骸同然の姿にぶつかって歓喜のふちから退却するのがベルナールにふりあてられる役目であります。ベルナールにとっては他人でないものはありませんでした。彼は処理という技術によって他人を結びつけることが出来たのです。或はまったく引離すことが出来たのです。そして、ここに幾分の誇張はあるにせよ、彼の処理の埒外にでてしまうことはもとより、彼の本能にもはげしく抵抗するものとして置かれるテレーズの肉体は、物に似て物ではない

ことを証する存在であると言うことは出来ないでありましょうか。
キリストの十字架が見る者の目により愚かなるものである程に、テレーズの義務も亦、荒唐無稽であります。私は好んでキリストとテレーズとを並べているわけではありません。ただ、人間を愛する神はキリストの十字架を必要とせざるを得ないように、人間と共に生きる作家はテレーズの試練を作り出さざるを得ないのであります。しかし、

「私は自分の罪を知ってはいない。ひとが私に着せる罪を自分はおかすつもりはなかった。自分が何をするつもりだったのか自分にはわからない。自分の身うちに、それから自分の外に、あのがむしゃらな力が何を目ざして働いていたのか、一度も自分にはわからなかった。その力が進んでゆく途中で破壊したもの、それには自分自身うちひしがれ、びっくりしたではないか…」

そして、

「大きく口をあけている罪のなかにおちてしまった。」

というテレーズの述懐はまた、かの義務に忠実であろうとしたものとして何という意外な響を我々に伝えることでありましょう。そこで我々はテレーズが良人に毒を盛ることになったあたりの事情を見直さねばなりません。しかし、モーリヤック自身このテレーズの心理に関しては意識的に語るのを避けているように見えます。

事件の日、遠くで松林が燃えはじめました。樹脂の焼ける匂いが酷熱の日の空をみたしています、男たちは皆そとに出かけ、テレーズはひとり自分の悲劇以外に無関心な態度でみずみずしいはたんきょうなど割っていたのです。良人が帰って来ます。薬液を一度呑んだことを忘れてまたコップの水の中にたらしはじめます。テレーズはその危険を知りながら沈黙を守っているのです。

テレーズはめんどうくさくてだまっていた。むろん疲れていたのである。この瞬間彼女は何を望んでいただろうか？「初めからだまっていようと思っていたなどということはあり得ない」

此の場面だけとらえて見れば、例のカミュのムルソーの殺人の状況とかなりの類似があることに驚かされます。しかし我々にムルソーの心理はかなり任意な解釈が可能であるに反して、テレーズのこの行為のなかには、前後の事情から推して当然読みとれるような形而上的論理をモーリヤックは暗に用意していると言えないでありましょうか。なぜなら、彼女に義務として反省されるところの「自分自身になること」言いかえれば、自分の苦悩の源泉を自ら涸らそうとする絶望的な自負は己を否定するものでない限り、その目的が、自分以外の者によって果たされることに素直に妥協する怠惰を孕んだものであるからです。もちろん小説家モーリヤックはその心理の具体的径路として一つの情況を挿入することを忘れません。テレーズがひとつさらに深い闇の扉を開くに先立って彼女には、恰も曽て一人の聖者が神の前に召出されるに先立って霊魂の暗夜が訪れたごとくに、それにふさわしい精神の暗夜を過ぎるのです。婚約に先立つ束の間の幸福な想い、また事件の前の「人も物も自分自身のからだも精神も蜃気楼のようにながめていた…」という心理は疲労した自負の虚しさ、そこに更に「凶悪なる者」を誘い入れる部屋を用意することではないでしょうか。前に悪魔の屈折した支配と言ったのは、この意味においてであります。

我々は、ヤコブがした「天使との斗い」ならぬ「悪魔との斗い」を通じてテレーズが悪のうちに転落してゆく姿を見届けることが出来ます。人間の自恃（Orgueil）の運命に関する鮮やかな例証をモーリヤックはここに提出したのであります。「神なき人間の悲惨」という言いふるされた言葉をここにまた想起するのですが。この言葉は決して現代流に無神論者の反人間的な言動とその社会的文化的効果などに対する反論として持ち出したところで何の足しになるものではありません。テレーズの「神の無さ」に較べれば、無神論的社会思想家たちはまだ神の側にあるのです。彼らはまだ人間同士の何らかの繋りを信じ、人の善い小悪魔のお先棒を振っているに過ぎないではありませんか。神のないことは、つまりテレーズの逢着した自恃の限界状況というものは「人の味わい得る限りの孤独」というものであり、文字通り「生きながら死ぬ」こと、地獄の境涯であります。そしてこれこそ、人間の自恃が望んでやまなかった「自己自身になった」姿であります。

――ベルナール、私は姿を消します……林だって闇だってこわくありません。闇は私を知っていてくれます。闇と私とはおなじみです。私はこの荒れはてた土地にかたどってつくられた人間です——。

　そしてベルナールも病み呆けたテレーズのなかに、悪魔憑きとして「罪を犯すか」、人間として「犠牲者になるか」、どちらかでしかない運命を見ずにはいられなかったのです。いまやテレーズは生一般に対して、曽て彼女がベルナールの情欲の行いに対してとったその貌をとるのであります。もう彼女の顔には、ベルナールとの袂別に際しても、あの微笑は無理に作ろうとしても困難なのであります。たとえそれに似たものが彼女の顔にあらわれたとしても、それはただ虚偽の仮面にすぎなかったのであります。なぜなら彼女はここで完全に、生きるということを除いては我々と共通なものを持たぬ悪魔的存在となったからであります。彼女の愛への渇望は、もう人との結びつきの可能性を信じたり、その困難に苦悩したりする性質のものでなく、人と人とを断ち切る悪魔的（diabolic）な性質のものと変わったのであります。それは彼女の確信であります。誇張をおそれずに言ってみれば、彼女のここまでの生涯は、悪魔をおそれ避け、反抗し、屈伏し、そして身を売ったのであります。彼女は人間として生きることに絶望しました。しかも人間の絆をはなれて生きたいという意欲は悪魔への献身以外の生き方ではあり得ません。彼女は人々にとって「すっかり退散するまでは安心できない」種類の人間としてうつって来るのです。

　しかし以上の様に言うことはきわめて恣意的な解釈ともとれます。なぜならこの小説の終末近くでも作者はこの女主人公に多分の愛情を注いでおり、いまにも彼女が人間の世界にかえって来るかに思われる端緒を少なからず与えているからであります。そしてまた、我々読者の胸にひびく共鳴に似たものも、実は作者のこの憐憫の調子であることも確かであります。しかし彼女に我々が共に生きるものとして共感をもつべきであるなら、作者は、前にも触れたように、あの微笑の意味を積極的に掘り下げるべきでありました。表面上の格調と情感に美しく織りなされたこの終末部分は、この女主人公にモーリヤック流の神秘化作用を施していると見られなくはないのですが、むしろ、筆を措くに当って作者の内面に沸々と涌き来ったノスタルジア、「救われた世界」への切ない渇仰が表面に出ざるを得なかったのであり、またしても渋面にかえったモーリヤックを思い浮かべることを余儀なくされるのであります。我々は『テレーズ・デケールー』がここで一つの終末をもつことが自然であると思います。彼女が再びいやその後数度にわたってモーリヤックの小説に出て来るためには、このような曖昧な終末も必要であったとはいえ、新しいドラマ、つまり人間がそこで屈服する悪魔との斗いではなく悪魔それ自身の苦悩がテレーズの身体を通して演ぜられるドラマが描かれるためにも、作者はしばらくパリの群衆の中にテレーズを放たねばならなかったのであります。そしてそれは比較的速やかに一つの影であらわれます。一九三五年の『夜の終り』がそれであります。この間モーリヤックの内面で演ぜられた精神のドラマに我々はもっと多くの筆を費やすべきかもしれません。けだしパスカル的な賭けにおいて、既に「神あり」と賭けていた信仰者モーリヤックが賭けに含まれる観念性に作家としては尚さら飽きたらなくなって来るのは自然であり、その意味ではここにテレーズの微笑を描いたモーリヤックの態度は、既に、人間のより堅固な現実的把握の可能性をかなり確実に期待させるものであります。これらのモーリヤックの作品は、我々が精神の自由を唯々諾々として放棄する気にならぬかぎり、今日でも、或いは今日なるが故に、我々と共に生きることの資格を保ちつづけるでありましょう。

（「世紀」一九五三・一〇）

金子光晴「作品論」

金子光晴その他、かなり長い詩歴を持つ現存の詩人を論評する場合には、詩における過去と現在とはなお分かち難い一つの時期を形成して未来に向かって開いていることを認めねばならない。しかし、昭和初頭と、戦前および戦中と、戦後とは社会的にもかなり明確な特徴を持つことは、一応認められるであろうし、殊に敗戦後という時期は我々にとって、実践的な生活様式は、その原理如何で多くの形が可能であることを予想させた。それらの諸原理、諸形式のもっとも昇華された姿における言語芸術としての詩の世界も、いわば狭い峡谷に鬱積したいくたの河流が堰を切って平原に溢れ混流するに似て、多くの流派や立場があるにせよ、いずれも単なる芸術論的な相違から自らを他と区別することよりは、自己が如何に他と通じ合い得るかを検討することが、その芸術を涸渇から救う方途となっていると思う。金子光晴の作品を、過去に溯って分析し、以って現代の作品の限界、乃至可能性を問うことは大きな興味ある問題には違いないけれども、私は与えられた紙面の中で、特に彼の戦後の作品に重点をおき、上に述べた様な観点から、光晴の作品の現代的意義といった問題を考えてみようと思う。言うまでもなく、作品を論評する場合、作者が意図していると否とに拘らず、可能な限り現代の我々にリアルな課題の有無を指摘し、また発掘しなければならないと私は思っている。

一、金子光晴の作品における抵抗と自我の問題

これは過ぎ去った問題の蒸し返しのようで気が進まないのであるが、主題への緒として、光晴の作品から受け取られる抵抗という問題を考える。戦中に書かれて、戦後発表された『落下傘』『鬼の児の唄』などから読みとれる光晴の抵抗詩人としてのエネルギーの強烈さ、豊饒さが一時喧伝され、光晴の思想とか生活とかは一応措いてあるコミュニスト達からもかなりの支持を受けていたことも事実である。しかし、戦争が終って後はじめて抵抗詩人の存在とその作品が明らかにされるという現象は、我々の国でこそ経験される悲しくも可笑しい現象であり、またそこに我々の国における抵抗というものの実相を見得る様にも思う。これは何も金子光晴の抵抗がいくじなしであったなどという卑怯な追打ち的議論をするために言っているのとは正反対で、私が金子光晴を評価しようと思うのは戦時中の抵抗云々の問題についてではないと言うことである。光晴の場合、今更抵抗詩人呼ばわりされるのは迷惑なことと思うし、また迷惑でないにしても、それを第一義的に考えることは問題にもしてい

ないと思う。抵抗と言えば光晴は生来的に抵抗家であったので、第一詩集『赤土の家』から戦後の詩集『非情』に至る系列はすべて抵抗詩集ならざるはない。しかし人間の現実を歴史的社会的な制約の下にのみ解明し得ると考え、またそうしようとする偏向性ある人々が特に『鮫』『落下傘』或いは『鬼の児の唄』などをもてはやすのも理由がないわけではない。

抵抗というものをかりに考えるべきであるとすれば、それを特に社会的、歴史的な制約面でのみとりあげることを止めて、我々の場合、一歩退いて、これを自我の発展のドラマと関連させて追究する方が、より実り多い結果を産むのではなかろうか。というのは、形式的、乃至観念的個人主義にせよ、エゴイズムは、戦後は無論のこと、戦前も遠い時期に我々の国に紹介され、かつ信奉者も持ったが、エゴイズムを生きる芸術家乃至詩人というものはそう矢鱈には見出せなかった筈である。「金子の詩には光のとどかない暗いところがある」と言う意味の語を誰かが言い、何人かが引用していたのを憶い出すが、「暗い」という語をどういう意味で使ったかはともかく、少なくとも、単なる歴史的思惟を基盤とする芸術批評からはすり抜けて理解されない部分は勿論あるし、如上の批評はむしろそう批評する側の自我の稀薄さに由来する言葉だと私は見たい。光晴の詩における象徴派的性格は何よりも彼の自我と密接なかかわりを持つものであって、作品におけるミスティフィケーションは、類比的に存在世界における光晴の自我の存在性乃至その自意識の性格につながるものと見るべきである。抵抗という問題はおそらく、この自我の他との関連という場で一般的に考えられて後、作品に於ける具体的な抵抗が本質的に規定されるのである。

光晴の初期詩集の一つである『こがね虫』は、現代の眼から見るとき、いかにも季節外れの詞の花壇の趣を呈しているが、彼の詩作のしたがってまた自我の性格を知る上には読み落とすことの出来ない詩集である。何故ならそこは彼の自我の錬金術のささやかな工房であるからだ。彼は己れの皮膚の各部分が特異な名前を持つ動物や植物に変貌するその過程のうちに自我の誕生を感覚している。たとえば花々の膩粉と没薬、梩椰、小米桜、欖欖や乳汁や琥珀の酒、また金亀子（こがねむし）や蜜蜂や、蚪、眼鏡蛇、襟蜥蜴、馬蛭など枚挙に遑ないこれらの異様な光沢と形象との蒐集は彼の秘かな自我の世界の防壁であり、また自我の生理そのものでもあったのだ。これらを彼の異国趣味乃至ブルジョワ的逸楽とも見る人は見るかもしれない。しかし彼の自我確認の具体的道程として、彼にとって異邦でしかなかった此の国の風土の開拓によりは、それが単なる異国であるが故にではなく、彼に未知であったが故に可能性を孕む異国の風物を切開し縫合するところに、自我の構築を夢見たことが頷けるのである。それは妄執に似た人工楽園構成の欲情であり、悲願でもあり、ボオドレェルからランボウに向かう象徴的な詩法の底に流れる精神に通ずる。この自我は何よりも生の存在、粗大なものに甚だしい嫌悪と侮蔑を感ずる。それは倫理の埒外に出た反撥なのであり、光晴の対世界感覚が生理的感覚を意味する語で表現されるはるかな由因は此処にあるとしなければならない。それが一見特異な性格であることを批判する前に、我々は彼が自己の生感覚に大胆に忠実であったことを高く評価しなければならないだろう。何故ならこうして、昭和初頭以来の我が国に、少なくとも一つの典型として顧みるに足る自我の歴史が出発するからである。

二、作品の形成

金子光晴の作品はそのモチーフから見て二つに大きく分けることができる。一つは前節でもすでに触れた抵抗的性格の作品、他は、ニヒリズムを直接表面に出している作品である。軽妙にして諷刺的な作品はこれら二つの傾向の混血児であると言えよう。『こがね虫』はこういう見地からすると何れとも決しかねる。二つの傾向がはっきり出てくるのは大正十五年の『水の流浪』以後である。これは前にも言ったように『こがね虫』が自我形成期の作品であり、世界の現実面に目を向けてその意味とかかわるという種類の作品ではなく、自我の生理的滋養となり得る特殊な要素を世界に向って要請し、また蜜蜂のように営々としてその吸収同化に努めることが主要な動機となっているからである。

しかしこの自我が存在世界に向き合うときは明らかに二つの反応を示す。人間、社会、そうした彼の自我と元来同質的なものに対しては激しい抵抗となってあらわれ、自我と異質なもの、これに彼は何とも適当な表現を与えていないが、それに対応するとき彼のニヒリスティクな傾向がむき出しになる。よくも悪くも彼の自我は生理的なものである以上、その確信抵抗も不安（ニヒリズム）も生理性が他と対置されたときに感じられる、そういう次元のものである。歴史的乃至社会的な人間形成の面から見れば、彼の抵抗詩の一系列は重要なものとなるであろうが、私が此の小文で重点を置きたいのは、むしろ日本におけるエゴイズムの発展としての意味を持ち得る彼のニヒリスティクな作品系列である。詩としての技巧もこの場合は自然発生的なプリミティブなものではなく、彼の自我を常に異質なものの検証の許におきつつ、彼独特の象徴的手法が駆使されていることがうかがえる。

たとえば『水の流浪』では、彼の自我に対立するものとして、水及びその周辺の存在があらわれる。詩人は自然に対しては素直である以上に無力である。彼の自我は此の場合、自我を明確に否定するものの存在を無意識にも探っているのだ。それは言換えれば自我の積極的肯定の可能性の探究なのであるが、ここでは詩人はその自信がないままに、秘かな馴れ合いというべきものをおかしている。

水のにほひは、人のこころの芯の
根元の憂愁にかよひあふ。
海水でささくれた船床に
腥い魚の腹の冷たさよ。

（漂泊の歌）

そうして彼の生存の姿は、「晴れがましい日光のなか」の「憔悴しはてた生物の游行」と重なる目標のない自我の漂泊なのである。しかし光晴が此の時期に挙げた収獲は、現実の観照的な把握であって、それは却って自我の具体的存在性を、後年社会的な抵抗のうちに露呈させる重要な契機としての意味を持つのである。この系列は「古都南京」「寒山寺」（詩集『鱶沈む』）から、遠く詩集『落下傘』

の中の「追放」「寂しさの歌」を経て『蛾』にまで及ぶ。そしてその間の自我の発展は、「おっとせい」『鮫』から『落下傘』の多くの作品を派生しながら、『蛾』に至って大きな転回の契機に遭遇している。

上に記した「寂しさの歌」は、もはや曽ての「こころの芯の憂愁」という如き観念的色彩の濃い、それ故に、より無機的な存在によって象徴される寂しさではなくて、彼が反撥しつつもそこで生きざるを得ぬ現実的な環境との具体的な対決から窺知し得た寂しさである点、彼の自我は一段と明確な現実的意識となっている。そこに光晴の激しい抵抗が生れて来ており、その表現は更に生理的臭気に充ちたものとなる。『鮫』から『落下傘』『鬼の児の唄』に流れる抵抗のあり方は、近代の合理的機械主義の非人間的圧力に対して、実存的に捉えられた人間の抵抗という公式的な、したがって観念的な精神類型として固化しやすい抵抗意識としてあるのではなく、合理主義者たると実存主義者たるとを問わず、凡そその生き方に潜んでいる日常的な俗物性、生臭さに対する反撥なのであって、よい意味で日本化されたダンディズムと見ることも出来る。彼は彼が秘かに抱懐している人工楽園をそれら俗物の臭気で汚されることに耐えられない。それらは野放図に彼の楽園に侵入してくる生臭い生き物なのだ。またその権力なのだ。遠くなるにつれてますます閃きを増す星となる彼の楽園とそれを包む無辺際の時空との観照を、泡立つ放尿や、コンクリの圧力でブチ毀されること程、彼にとって憎悪すべきことはない。彼もまた「奴らを咀い」「奴らを破壊しよう」と叫び、せめて「此の膝ががくんと曲がらないように、杖をくれ。これが最後の抵抗だ。がんばりだ」と悲痛な声をしぼる。此の声は戦争に駆り出された民衆の怨恨と絶望、破壊と遁走の果てしない繰返しを主題として彼が奏でる悲壮な交響詩を貫いて一きわ高く響く声である。だがここで再び考えさせられることは、この民衆の怨恨、遁走が、金子光晴の絶望的な叫びと、どのような生の状況で協和しているかということである。詩集『落下傘』に見られる人間の悲劇は、詩人によって見られた悲劇であるとともに、生きられた悲劇であるが、その交響的な効果が詩人のどんな生の体験から産み出されたのかを問うとき、少なくとも生きものの記録としての歴史的な役割は果たしているこれらの作品を支えている力は、

しかし、もうどうでもいい。僕にとって、そんな寂しさなんか、今は何でもない。

僕、僕がいま、ほんとうに寂しがっている寂しさは、この零落の方向とは反対に、ひとりふみとどまって、寂しさの根元をがっきとつきとめようとして、世界といっしょに歩いているたった一人の意欲も僕のまわりに感じられない、そのことだ。そのことだけなのだ。

（寂しさの歌）


と言うまでに生きることの深みに独りふみ込んだ自我の意識ではないかと推量される。この意識は、すでに、自己と異質なものにせよ、同質なものにせよ、それらの存在が作りなすカオスの統一原理として把握され始めた意識なのである。我々は此のように現実の層を通過した具体的な自我像が提出された例をそう多く他に知らない。そして実は、我々が現代の目から見て最も関心を寄せるのは、この現実的な自我の運命なのである。

三、戦後の作品について

金子光晴の戦後の詩『人間の悲劇』『非情』の出発には、戦争末期の作品『蛾』があるとするのは私の見当違いであろうか。先に述べた『鮫』『落下傘』その他の作品が流派の如何を問わず好評であったことは、これらの作品が現実的（レアル）であったことを示すものである。しかしこれらは光晴の生得的な生理感覚が作品の直接的な骨子となっており、前節の終わりに言ったような自意識が意識的であったとは思えない。この自覚はむしろ、光晴が所謂生理的な抵抗を放棄するときに発生するものであった。岡本潤が戦後の光晴の作品を、単なる冗舌ときめつけて、『鮫』『落下傘』などの価値を再認識していたのを読んだが、これらの作品を支えた抵抗意識で今日の詩を書くことは自ら詩の公式化の墓穴を掘るに等しい。逆説めくが、如上の作品が広い領域から価値を認められたということは、歴史の中に跼蹐（きょくせき）しない作者の生感覚が一つの時代に社会的な抵抗を可能ならしめたという事実を知る必要がある。今日、金子光晴に要求することがあるとすれば、その生感覚、つまり上来触れてきた彼の自我意識そのものの発展なのであって、彼が求めて戦を避けるまでもなく、既に戦は終った。彼の作品の直接的な動機となる抵抗感はもはや十有余年前のそれではなく、更に本質的な存在の要請としての抵抗感でなければならないであろう。私が戦後の彼の作品の出発に『蛾』を置いて考えようとするのは、そういう見地からである。

帆柱はおしすすむ。あらたな悲しみの封緘を截る、ものうい、いたいたしげなあかつきさして、
むなしくも。

草や木は鬱々とひろがり、ふかいりしたものどもは、たがひにまさぐりあふ。
こころを越えて憂愁は、みなぎりわたる。だが、日はない。

蛾はおもたい。さしわたし一丈もある。無数に蛾のあつまつてゐるきよらかさは、
どんな穢ないこころで記された頁よりもあかるい。

……

煌々としたその明るさを僕はゆく。湖のながい汀にそうて、
はてしもしらず蛾のしかばねの柔らかさをふんで。
かへつてくることのない際涯をめざして。

これらの断片は作者自身が「自分にとつてたよりになる」と記している彼の「柔らかさ、弱さ」の産んだ詩、『蛾』から抜書きしたものであるが、私は此処に詩人の平静な心臓の音を聴く。かつて趣味的に彼が集めた世界の形象が、ここでは単純な蛾のあかるさにとって代り、彼の自我を浮出させている。彼が宗教にでも心を寄せる詩人であったら、祈りの二つや三つを呟くところでもあったろう

が、彼は、新しく連なる果てしない道を予感して、自我を整理確認することに意を注いでいる。そして『人間の悲劇』『非情』の世界は、この自我の否定から出発するものとは思われず、むしろ不敵な変貌を物語るものである。とまれ、光晴は『蛾』の運命を担ったものとして戦後の世界に出発するが、それかあらぬか『人間の悲劇』は「航海」と題する詩ではじまる。

　ポケットの底をひっくり返して
　僕は、僕の底をはたいた。
　煙草のこなも
　文明のごみも
　……
　船足がなんとかるがるしたではないか
　跛をひいたこの船が
　たとへ、旧世紀のぼろ船でも。

　彼はもう一度若者にかえる。しかしこの航海の風景としては、彼が真実に若者であったときの航海のそれがはめこまれてはならない筈である。『人間の悲劇』とは光晴にとって彼の自我の宿命を物語ることなのであり、『蛾』の明るさを通って出た戦後の世界で彼が自己に要請することは、現実的（アクチュアル）なニヒリストとして在ることなのではなかろうか。それは憂愁の影もない奇妙な明るみの中に生きることだ。彼はその意図を諷刺的に「亡霊のいない真空について」及び「真空にあこがれる歌」で示している。どちらかと言うと軽妙な作品であるこれらの詩は、彼の非情のあらわれとして一応まとまっているが、その意図は明確でも、問題は掘り下げられていない。「僕らにはもう、判断の主体、自我とよぶものすらないのだから……」という観念性、肉体の業苦の象徴である「屍体」とは異なる「蒙昧な死」の恐怖の生理性など、やや弁証法的思考によって自己を確信しようと努めている点は後戻りだとも言えよう。この点で先に引用した岡本潤の批評は少なくとも半分は当っている。それは『人間の悲劇』がその名に価しない（と言っても別に深刻なものを期待しているわけでは勿論ないが）作品をかなり含み、それらがある程度独善としか受け取れない散文によって繋がれていることは賞めるわけにはゆかない。しかし、此処にある意図は岡本の批評にもかかわらず、一応認めてその発展をこそ期待すべきであろう。すなわち、金子光晴のニヒリズムの徹底が、どこまで現実（レアル）的な自我の成立にまで迫るかということである。光晴自身も気がついてないかも知れぬ内部のくらやみに、どの様な表現を与える契機が与えられるかという問題である。彼が上って行くニヒルの螺旋塔の眼下には『水の流浪』の風景がある。その風景と現在のそれとの距離を詩人は如何に目測しているのだろう。ともかく「人間から反れてゆく方向と『放棄』だけ」に感じられる安堵の「深さ」は、遺憾ながら『人間の悲劇』からは読みとれず、金子光晴の詩の悲劇が目立つというのは言い過ぎであろうか。

　しかし『非情』になると事情は変る。彼はそのニヒリズムを更に一歩、極限に向って前進させている。彼の自我は世界の何ものかに対応する形ある個体というよりは、世界と同質でありながら、あたる光の屈折の相違からわずかにそれと判断し得る細胞核のようなものになっている。それはただ密度の大きさで規定される、うす皮もない生感覚の凝集体なのだ。詩はその動揺の自己自身におとす投影となって生れる。その密度の大きさを生んでいる力への無意識の確信が今日金子光晴を支え、おそらくは明日も支えるものとなるのであろう。その力について光晴が明晰な分析をしている様子がないことが惜しまれるのであるが、彼はあらゆる方角に同時に背を向けている不可能な生き物であることを誇示することで、自己の証明をするかの如くである。

影をうりわたしたシャミツソオの寂しさよりも
影ばかりがさまよう僕のはかなさは、嘘の僕が呼びかけ、呼びかけられること。
影はあつまってきて、札のように重なり、一つになり、光に挟まれて倒れ、闇の袖を
くぐり、影の背を影が出発する。
（自我について）

我々はこの自我を単なる心理のニュアンスと見做すことは出来ない。ヴァレリイの詩が彼の護符であった知性への絶望的な殉死であり、記念碑であった如く、金子光晴は日本におけるサンボリストとして出発し、そのうづもれた生理感覚を基調として、世界に対する多様な変容をとげたのちに、むき

出しになった生理感覚に殉じようとしている姿はまさしく人間の悲劇と言ってよいだろう。残された問題は、彼が自身の手で、すでにむき出しとなっているその生理感覚を切開し、内部にひそむ未知の要因に、彼の存在と世界とが関与する新しい可能性を発見するか否かである。それは全く新たな価値（例えば宗教性）の導入ということによって果される必要はなく、おそらくは彼が今後かいま見ることがあるかもしれない無礙な抵抗（存在の要請としての本質的な抵抗）が孕むエネルギーの源泉を、更にむき出しの姿において認識するか否かにかかるのであろうことを蛇足までに付け加えよう。その時、彼の詩は、詩が本来象徴的なものであり、歴史的、社会的制約外にあるものと本質的にかかわるものであることを、更めて証明することも可能なのではなかろうか。

（「詩学」一九五六年二月号）

西脇順三郎文学の地平

Ambarvalia

――旅人の出発――

『Ambarvalia』という饗宴によって、西脇順三郎は、私たちにどんなもてなしをしてくれただろう。まず、Hors - d'œuvre というには、メスの丹精のあと鮮かな一皿のギリシャ的抒情詩、脳髄に浸透する爽快な酩酊感。もと貧寒なギリシャの風土を、東洋の文芸の士たちが、清朗透明な地中海の光を浴びる、抒情のふるさとの如く描くのは、この辺りに始まるのか、いや、もとより詩人のいうギリシャは、ギリシャならざるギリシャであってみれば、野暮な言葉はつつしもう。詩人は私たちに「皿」から「ガラス杯」へ、思わず吐息を洩らしたくなるような、綾なす色、香り、形象によって、ピトレスクな旅を堪能させてくれる。バックで奏でられるのは「拉典哀歌」。われわれはアンバルヴァリアの大地と酒と愛の熱気にむせかえり、思わず「クピードウ」と呼び、「明日の恋」の祈りに声を合そうとする途端、舞台の幕があく。

「馥郁タル火夫」が登場し、いささかのぼせた私たちの脳髄のあっちこっちの橋梁に爆薬をしかけては通信途絶を謀ったあとに、悠然と現われるのが「紙芝居」の親方という演出だ。救世主の到来か、とばかり見守るのも、したたか破壊された脳髄のせいであるが、ボオドレェル氏や萩原朔太郎氏の声を腹話術的に聴かされて、少し夢から醒めかかると、また口あたりのいい「五月」や「コップの原始性」そして「セーロン」などの味で完全にわれに戻らされて、追い出されることになる。

戸外には遠く近く硝煙の臭い、そして思想の一角が雪崩れ反転する音。昭和八年という年である。

私が『Ambarvalia』に向って抱く讃嘆は、少なくとも二重の色合いをもつ。一つは言うまでもなく、読者としてこれら新鮮な作品に接するときの、素朴な感銘の心情と、もう一つは、この新鮮な美の底に流れる、したたかな詩人のエゴイズムに対する驚きの念だ。詩集『Ambarvalia』は、西脇順三郎の第一詩集（日本語の）であるとはいえ、既に齢四十歳、西欧古典文学、近代文学、そして語学の研究者としても一家をなした時期に編まれたものである。二十歳やそこそこで出された詩集における若年の心意気の奔出といったものには縁がない。四十歳といえば、既に若年の稚気の、ふるい落さるべきは落され、一人の男として、ペルソンとして、キャラクタリスティクなものの形成された時期であろう。ということは、青春時代からの、いわば生得的な感受性をフレームとして、彼の知的情的獲得形質が充填された、そしてそれによってその後の生涯の大部分を引受ける筈の人間実体がそこにあるだろう、ということだ。特殊な思想信条にかかわることならいざ知らず、一人の人間は、よくもあしくも、その感受性の生態を、そう激烈に変え得るものではあるまい、ということは、西脇の詩業に顕著な発展がなかったなどというのではない。その発展が、彼の感受性の構造のどんな部分の動態もしくは静態にかかわるものであるかを問うてみればよい。具体的に言えば、『Ambarvalia』は、彼の青年時代からの詩精神の自覚的な結晶であったと同時に、その後、四十年に垂んとする彼の詩業の核となるべきものもまたそこに潜んでいるであろうということであるが、凡そこうしたコンテクストにおいて、少しばかり、『Ambarvalia』とその周辺に光を当ててみよう。

この詩集所収の作品は、その初出にかかわりなく見わたすとき、ほぼ三つの群に分けられるのではないか。一は詩集の後半の主体をなす「馥郁タル火夫」「紙芝居」と「失楽園」中の「世界開闢説」「内面的に深き日記」等、やや長篇の、そして奔放な意識の流れに沿って書かれた作品群、二は、古典その他を本歌として、翻訳というよりは、西脇自身の歌として成立しているもの、即ち「拉典哀歌」「恋歌」など。そして第三は、比較的短章の「ギリシア的抒情詩」および「失楽園」後半の数篇などである。初出の時期を必しも追っていないこの詩集の構成に対する鑑賞者の反応としては、この小文のはじめに、いささか粗雑のそしりは免れないが記してみた。それはこの集の、いわば縦の構成の効果をたどってみたつもりなのだが、西脇詩の詩法を探る意味では、いま言った三つの群を考えてみたいと思う。もとより三つの群が質的に截然と分たれると考えるわけではない。長篇の中の一節が独立させられて、短篇グループの一作品になっておかしくはないものがある（「内面的に深き日記」中の三、四節は、「体裁のいい景色」の中では、はっきり（9）と（15）という形で区切られているし、その他にも入れ替えの例はある)。というより、長篇の作品は、それだけのボリュームを要求することによって、過不足のない結構を成すに至っているかと言えば、必ずしもそうではない。されぱといって、そのどの節をも切取って独立させられるわけでもない。それが西脇作品の特性なのだ。作者の意識のまにまにイメージは結合され、分離されつつ、美の航跡を描けばそれでよいのだ。大正十四年、日本に戻った西脇は、我が国の詩壇詩に飽きたらず思いつつ、西欧現代詩を紹介することに意味を見出してはいたものの、彼自身の詩は、西欧シュルレアリズムのそれとは似て非なることを強く主張しようとしている。この二つの動機が、『Ambarvalia』に至るまでの作品活動、評論活動にはきわめて鮮明である。その意味から、これらの作品を、私は、西脇のマニフェスト的実験的要素の濃い作品と考えていいと思う。そうして、この詩の実践と、詩の本質への反省とが融合した形の下に書かれた作品が、『トリトンの噴水』(後のANDROMEDA。題としては、このアンドロメダの方が俗な意味では面白い)である。たとえば、

言葉の神。汝の渾沌とされたる言葉の洪水を我が明瞭なる世界の中に流して崇高なる不明瞭をつくれ。倒れたる樹木にこしかけて小鳥の記憶を思ふときは我が脳髄のねむりはアムバの如くなる!

不明なる世界をつくるポエジイは純粋なるポエジイである。象徴も明瞭なる世界にすぎない。ア

ルテミスの影もあるルーマニア人も明瞭なる世界にすぎない。あのシュルレアリズムも夢が明瞭の如く明瞭にすぎないか。純粋なるポエジイも明瞭に最後になるか。けれども純粋なるポエジイは不明瞭なる世界に対する最後の希望であり最初の希望である（中略）故に純粋なるポエジイは希望も失望もなくただ渾沌たる意識の世界をつくることにすぎない崇高なる仕事である。

（『トリトンの噴水』）

ここには初期の西脇の詩の本質論のエッセンスがあるとみていいだろう。さらに

再び戦慄し来たるか明白なる世界よ。汝の如き果樹園の如きものをつくり或は学校を遠くからみたる如きものをつくり或は銀の水流のかすかなるものの喜びをつくり或は再びふくらみたるものの夕暮をつくり或はなにも考えられぬところのものを作り或は透明なるものを作るものをつくりて或は狂人の水のほとりを散歩する以前のものをつくりて無限の運動を起す脳髄の中に自己が自己の中に生れしむるものをつくりて自己の中にある自己がキプロスの青年の水晶の耳環を旋転せしめる時の如くにならしめるものをつくりて……略（同）

という箇所などは、詩としての迫力もあるだけに、彼の詩作者としての切実な応えを聴く感をもつ。これに比べると「紙芝居」におけるマニフェストは、もっと平静で自覚的、そして機智に富んだイ

メージ結合を駆使して語られる。よく知られた箇所だが、

我が音楽者はダビデや天体音楽者やオルフェウスや
シェラザードやストラビンスカヤなどの如きものは知らない
我が踊手はダッタンの奇術者で、北方のマーズの如きは単に乞食のヨッパラヒにすぎない。
――中略――
我が言語はドーリアンの語でもないアルタイの言
である、そのまたスタイルは文語体と口語体と
を混じたトリカブトの毒草の如きものである

というあたりには、昂然たる作者の姿を透視することが出来よう。

ここで注意したいのは、自動記述的、意識の流れの如きスタイルをとるにせよ、あるいはかなり意図的に〝経験意識〟の破壊にもとづくイメージ構成をするにせよ、作者が経験そのものに追いつめられているという心的姿勢は看てとれないということである。いやむしろ、ヨーロッパのシュルレアリズムが、一種、現実からの強迫を動機として成立って来たことを、詩の廃墟に通ずるものとしてはっきり拒否している。言いかえれば、彼が滞在中のヨーロッパの現実（両大戦間のメタ・ステーブルな期間の）への彼地の詩人たちの反応は、西脇の言う〝純粋な〟芸術家の反応としては、ずれていると

みたのである。けれども、もちろんそれは、西脇が現実から逃避したとか、それに無関心であったと言うことと同じではない。西脇は、彼の純粋芸術あるいはそれを実践する自己に対して、激烈なまでに忠実であったのだ。このことについてはまた触れるとして『Ambarvalia』における他の作品群に目を戻そう。「恋歌」あるいは「ヴィーナス祭の前晩」などには、恋愛感情を表わす表現が多い。高良留美子は、これらを注視して、西脇の情動の露出と見、「西脇順三郎はあとにも先にも、これほど自分の血を流す魂を裸かにした作品を書いたことはないだろう」といい、実は、西脇の「日本語の日常言語への復帰ないし移行のはじまり」を、この詩あたりに見ようとしている（「蛸」二号〜三号）ようだが、私はこれらの作品にみられるトーンを、ストレートに西脇の情動の発露とは見なし得ないものを感ずる。いささか過ぎた臆測になるかも知れないが、帰国後、比較的早い時期にかかれたらしいこの「恋歌」は、日本ではじめて詩作するに当ってかなり慎重な姿勢で書かれたと思う。自己の裸かの情動の表出よりは、その表出のスタイルの効果を吟味する気持の方が強かったのではないか。西脇のストレートな心情は、むしろ、「内面的に深き日記」の「こんな森はおれに一つの遠くの人生を想はしめる／しかし柔かい土壌は悲しい思想の如き植物／を成長さすために」というような朔太郎張りの一節に読みとれるように思う。しかし「恋歌」、「拉典哀歌」などで、西脇が、情動のイマジナシオンに努めたことは事実ではある。しかも、方法的に見て、「恋歌」はやはり、先に挙げた第一群の作品に重なり、作品としてフォルムの完結性をもっている「拉典哀歌」との異質性を見逃すわけにはゆかない。フォルムの完結性ということほど、この時期の西脇順三郎の心情から遠いものはなかったかも知れない。けれども、古い詩歌のもつ原始的情感が素朴な形式をもったこと、この事実に古い時期にソネットなどを手がけたことのある西脇が目を瞑ったとは思えない。いわば、流動するイマジナシオンを分節化すること、あるいは流れる意識（時間性）に空間性を附与することとの意味と言ってもよい。それは伝達の最も原始的な道でもあったわけである。そのようなクリスタリザシオンという視点からみるときに、あるいは不本意ながらにせよ西脇が作った「ギリシア的抒情詩」が、彼の混沌たる詩情から析出した結晶として直截に人の心をうつものとなったと言えよう。

ところで西脇順三郎のこれら初期の作品の、どれが後半の彼のいわゆる〝日本回帰〟の萌芽となっているのか、といった詮索には私はいまのところ関心をもたない。私としてはやはり、彼の詩法の根幹となっている〝経験意識の世界の消滅〟をもって〝純粋芸術〟と断ずる、詩精神の本質を少しでも明らかにしておきたいと思う。即ち西脇によれば、「経験意識の世界即ちモアの世界」であり、これを「消滅させるメカニズム」が「純粋芸術」なのであった。そして「自我の消滅とは、自我が無限に拡大すること」そして「この消滅の心理的印象は、自我の経験意識が消滅して、即ち自己の存在意識が一時忘却されてただなんとなく無限な淡い快感を感ずる……」と説明され、この消滅のメカニズムの構成要素として、

一、エステテイクの世界において二つの相異なる経験意識を連結すること

二、強烈なる生きんとする力、換言すれば美を求めんとする強烈すぎる力が必要である。

この力がなければ第一にあげたメカニズムは単にコミックな効果にのみ終るのである。と言う周知の原則が語られる。逆に辿れば、〝美を求めんとする強烈すぎる力により、エステティクの世界において二つの相異なる経験意識を連結する。かくてモアの世界すなわち経験意識の世界は消滅し、なんとなく無限に淡い快感を感ずる〟ところに詩が成立つといおうか。まことに西脇詩は、経験意識を破り、超えんとする苛酷な戦いであり、それは深まりこそすれ、反転することのない作業であることを想うとき讃嘆の念を禁じ得ない。

だがここで一つ吟味してみたいのは〝経験〟あるいは〝経験意識〟そしてその〝消滅〟という事件と、〝現実〟との関わりの問題である。〝経験意識〟の根拠としての〝現実〟は、西脇の目にどう映っていたか。

詩は現実に立っていなければならぬ。しかしその現実につまらなさを感ずることが条件である。なぜ人間の魂は現実につまらなさを感ずるのか。人間存在自身が淋しい。……人間の魂を解剖してそのどん底まで行ってみると、この淋しい気持が本質的に存在している。人間が考えるために却って苦しむ。（『超現実主義詩論』）

すらりと書流されるこの一文にも注目すべき箇所がいくつかある。一は、「詩は現実に立っていなければならぬ。」と明言していること。これが、彼のシュルリアリズム拒否の論拠であることが、彼の論説のあちこちで示されるだろう。二は、「人間が考えるために却って苦しむ」それが「人間存在自身が淋しい」という認識を生むということ。必ずしも西脇に独自の思想でもないが、この二つの認識は、その後十年の彼の詩集において変ることがない。もうひとつ、彼の目に映る〝現実〟のすがたとして『あむばるわりあ』の「あとがき」から抜き出しておこう。

「われわれの人生の経験の世界の諸関係は自然物の世界の如くに相当固定し、どうにも転移することが出来ない関係の組織を作っている。これが人間の現実である。この現実からどうしても離れることが出来ないことも人間の現実の一つである。この経験の世界に変化を与える、すなわち一つの破壊を行なう作業として詩が要請されるが、この破壊は、現実＝人生そのものを破壊する暴力的なものではなく「経験の世界にかすかに変化を起し、その世界にかすかな間隙が生まれる。この間隙を通してわれわれは永遠の無量なる神秘的世界を一瞬なりとも感じ得るのである。」

かつての「火夫」「紙芝居」における覇気横溢したマニフェストは、繊細微妙な表現に変っているが、詩の行為は、「無限で淡い快感」という感覚的内容の産出から、「永遠の無量なる神秘的世界」認識という形而上的射程をもつ作用に言いかえられる。それは一応おくとして、ここで是非ともはっきりさせておきたいのは次のことだ。西脇的世界においては、〝現実〟の諸関係が、「自然物の世界の如くに相当固定し、どうにも転移することが出来ない関係の組織を作っている」のであり、この認識自体は、素朴なリアリズム的認識であるが、実は、この、殆んど固定される関係としての世界それ自体は、つまらないものでもつまるものでもないということである。つまらないと判断するのは、人間存在自身の淋しさ（これ自体は通常、意識表面に上っているものではない）が、先の、関係組織の世界に映る（この語は不充分だと思うが当面こうしておこう）限りにおいて、現実は、その〝つまらなさ〟の外貌をとる、というふうに考えざるを得ない。すなわち、個々の〝経験意識〟は、単に外部世界の、脳髄への心理的投影であるが故に〝つまらない〟のではなく、己れの〝淋しさ〟の分散した影であるが故に、つまらないのである。

一方、「美を求めんとする、強烈すぎる力」は、したがって、淋しさの美などを表現するといった人生派的な努力として作動するのではない。それは個々の経験意識として、われわれに不断につきまとう、バラバラの、淋しさの影、を打ち倒す努力に他ならない。寸断される淋しさは、美しくない、つまらない。そんなものを追うのは詩人としての估券にかかわる。「経験意識消滅」という詩的行為は、他ならぬ「淋しさの影の破片」を媒介として、「淋しさ」そのものからの脱却の意図をもつ。見方によればすぐれて現実的な行為に逆転するのだ。見方によれば、と言ったのは、もちろん淋しさに貫かれている詩人自身に、また、同様な淋しさを自覚している者にとって、ということである。

この視点から、いわゆる「相異なる経験意識の連結」という詩法をふり返ってみよう。一つの経験意識＝一つのイメージ、これに内包される諸属性を示す概念、つまり、それ自身の性質をさまざまに敷衍する形容詞副詞をいくつならべてみても、そのイメージの〝つまらなさ〟はむしろ増殖するばかりなのだ。つまり詩的な意味での素朴なリアリズムの効果には、はじめから限界がある。あるいは、比較的同質のイメージの組合わせも、同じことになるだろう。〝つまらなさ〟の破壊とは、ただ、言葉の上の機智とは質的に断絶したものなのだ。すなわち〝異質のつまらなさ〟同士を結びつけることによって、破壊効果を狙う。ゼロでもいい、つまらなさゼロになる地点を望むこと、これが西脇詩学なのであった。これを実現する詩、それが西脇が、日本語世界で詩作するに当って、探究さるべき詩なのであった。

彼は早くから自分の詩学が、ヨーロッパのシュルリアリズムなどの換骨脱胎ではなく、自分自身の説であることをはっきり述べている。先でも少しふれたが、シュルリアリズムを彼が認めないのは、いわゆるつまらない経験意識の無自覚な羅列であるからであり、場合によっては、現実よりさらにつまらぬファンシイを生むことを指摘してもいる。さらに、西脇は、かなり傾倒した筈のマラメルの詩法さえ、そこで、詩が何ものかを象徴する限り、現実と絶ち切れていないという視点から、認めようとしない。いかに〝模糊とした〟印象を生み出したところで、〝淋しさ〟の影のまた影にすぎない、といいたいのであろう。

以上は粗雑だが、私なりの西脇詩学の解釈であり、これを前提として、主として、〝経験〟、〝経験意識〟、〝詩〟の間の関係をめぐってさらに突込んだ批判的論議をしてみる予定であったが、紙面の関係で別な機会に譲ろう。今までのところから、批判の方向は大方出ているかも知れないが、要点を挙げておけば、次のようになろう。詩人が、人間の〝淋しさ〟を原点に据えて、世界の中に在るかぎり、〝経験〟は、〝経験意識〟としてイメージあるいは言語の次元に転位され、行為とは、その意識操作として位置づけられるにとどまり、〝淋しさ〟は、自己の中の〝無〟あるいは〝空〟として、無傷のまままますます内面化されるだろうということが一つ。このような、見方によれば殆んど絶対的な〝淋しさ〟を西脇は『Ambarvalia』時代にすでに自己の中にもっていたのであって、恐らく、現実の〝経験〟は、それをますます確実なものとするのに寄与したのであろう。ここには、世界と、究極的な自己（彼が言う、経験意識の世界としての〝モア〟などではない）との対立もしくは断絶というよりは、自己深化の素材としてある限りの世界と、自己との関わりがあるだけである。これは、見方をかえれば、〝自然〟を絶対化し、これに自己を融合させるところに両者の関係を見る自然主義的立場を裏がえしたにすぎない。そしてそれは、美への強烈な欲求をもつ詩人の、いうなれば特権として受容される。それゆえ西脇はボオドレェルも、ランボーも、そしてマラルメ、クローデル、すべて、自己の詩学と重り合う部分をしか受取ることが出来なかったのだ。西脇は自分の〝淋しさ〟と、たとえばボオドレェルの〝淋しさ〟の質を虚心に対比したことがあるのだろうか。自己のうちに、決定的な〝淋しさ〟の巣喰っている詩人には、霊と肉との苛酷なせめぎ合いも、西欧ダダ、シュルリアリズムの悲劇性も、彼の「経験意識」を通ずる限り「淋しさ」を腐蝕する現実とはなり得なかったのだろうか。とすれば、大正から昭和にかけての、デモクラシー、プロレタリアートの挫折といった日本の現実も、まさしく〝つまらない〟ものとして映ったにちがいないし、それはそれで詩人の鮮烈な姿勢として見事であるといわねばなるまい。思うに、詩人西脇にとっては、先にも言った通り、現実は、彼の〝淋しさ〟の反映として、山川草木、犬や猫、そして、人間に至るまで、〝つまらない（くだらない、ではもちろんない)〟ものであったろう。経験意識の〝変革〟をではなく、〝消滅〟をこそ希求するところに、西脇のラディカリズムがあることを改めて認識しておこう。そして、経験意識の〝変革〟が、どんな世界──人間関係において起り得るものであるかを、示すことによって、〝消滅〟の美学は批判されるものと思っている。とまれ、自己内奥の〝淋しさ〟に向い合うことは苦難の仕事であろうし、向い合うことはすなわち〝淋しさ〟の棄却、あるいは〝永遠無量なる神秘的世界〟の瞥見であるやも知れず、詩人西脇は、〝淋しさ〟の猟人として、旅に上ったわけである。この視点からみるとき、『Ambarvalia』は、壮年の覇気、マニフェスト的要素、そして尨大なヨーロッパ土産を勘定に入れて読むとき、「旅人かえらず」以後の作品と、隔るところさして遠くない基調音が全篇を浸していることを読みとることは困難ではない。その意味で西脇順三郎は、当初から、ヨーロッパの経験意識を存分に使いこなし得た、独自な日本的詩人であったと言っておこう。

(「詩学」一九七一年五月号)

覇王のみち
――山本太郎小論――

山本太郎の『覇王紀』は、今日の詩における一つの記念碑としての資格を認められたようだ。たしかに、どの方角から望見しても、いくつかの力勁い稜線と、圧倒的な面の組合せとが見るものに迫って来る多面的な碑である。言語をこのように巨きなマッスとして構成し得る詩人が今日、何人数えられるだろうか。山本太郎自身についてみても、既刊の詩集がこのような整合性を持っていたとは言いがたい。マッスとして構成されていると言うのは、細部はともかく、全篇の狙いがピタリ、詩人の内面の発展に照準されて、ゆらいでいない、ということだ。そのことによって、この詩集は、作品として、山本太郎という一個の存在からはじめて離れた、つまり、我々読者が、山本太郎という人物にまつわりつく過剰な情緒を、それほど気にせず読めるものとなったといえるのではないか。ここに登場する「タロロ」にせよ、「タロック」にせよ、さらにまたズバリ「太郎」にせよ、ここでは、充分に対象化されて詩の要素となり了せており、「俺」さえ一つの声の人称代名詞としての節度を守っている。こうした構成の歯切れよさが部分的な不整合をカバーして、読む者を強く吸引する詩集となっている。

ところで山本太郎は一貫して人間をテーマにしてうたって来た。初期詩集の「あとがき」などには、殆んど殉教者とも言えるような、人間擁護の痛ましい心根があふれている。人間についての深刻な思考の翻案ではなく、在るがままの人間の叫びが、つまり人間の抵抗が、問いという形で詩にならないなら、詩は彼にとって文字通り遊びであったろう。

あゝ人間に何が出来る

何が出来る　この醜い　ずるい
臆病でスットンキョウな
穴ぼこだらけの見切品　涙で肥った小悪魔に
しよせんこわれた人形
祈りで何でも停める

（かるちえじやぽね）

また

人間は俺しかいない
その俺は　見知らぬ破片の集積
あいつらの認識の数だけ俺がいる
やりきれん

（右に同じ）

人間は俺しかない。という一見自負にみちた言葉も、戦後の彼の出発の動機を思えばむしろ苦渋にみちた悲鳴ときくことも出来る。彼の詩は「俺を苦しむ神」にむかって、「存在の悲しみを『問う』」、問いとして定位された。詩人の主体は「簡単には客観化され得ない秘かな主観」を、存在するという行為の源泉に深くおさめていたが、存在形態としての「俺」は、「見知らぬ破片」「あいつらの認識の数だけ」いる「俺」に分裂解体するという無惨な宿命をおっている。存在の悲しみを問う、ということは、この、自己の無惨な遍歴を詩と化する行為に他ならない。

一方に強烈な自我の存在感、というよりは、死のうにも首にかけた綱は切れて地上に突戻された時の、地との衝突意識、から、彼は持続の何たるかを体感していた。他方に、間断なく崩壊に曝されている「俺」。このコンプレックスこそ彼の詩のイメージ（?・）構成の磁場となっている。彼の存在感、持続の意識は、彼のイマジネーションを、世界の普遍的存在へ対応させる機能を担い、一方「俺」は、現実の亀裂にそって自からもズタズタに裂かれながら、ズタズタのイメージを増殖させる。彼の詩は構成といったキレイ事ではすまされない。この二つの作用の拮抗が続く限り（それは続かざるを得ないが）、二つのイメージ系列が、むしろピントを合すことをさけつつ打込まれてゆく詩を産み出した。さきの「かるちえ・じやぽね」を例にとれば、

　　俺はそいつを知らないが
　　おそらく　そこに　敵がいる

とか
〈生きたい！その為に必要な誰かを！〉
あるいは、
　俺はシリウスの光で俺の肉の奥行をチラと覗く
　存在である　存在である俺は一個のケイレン質である
また
〈しかし誰かがいる　しかし誰かがいる〉
〈誰かが　誰かが…〉
など、そして山本太郎の重要な志向として周知の原始のイメージ

ああ　タイコがきこえる
血祭の火がみえる
俺の原始がたちかえる
生きる事に於て猿よりも些か
積極的であった祖父達よ
人間の誇りと尊厳の名で犯した
貴方等の誤謬は美しかった

これらは山本太郎の固有の内面性の形象化であるといえるし、一方、彼の定かではない足どりのままに彼の視野を構成する自然発生的なイメージ系列、といえばいいだろう。

山本太郎が「荒地」の一種の知的フォルマリスムに批判的なのは、山本が意図的に合すまいとしているピントを、「荒地」派のある人々は余りに見事に合せ（その限りでは戦後詩の一つの典型を生んだ）たが、その自己増殖を拒む定式化への危惧からであったのは見易い道理である。一方山本がまた、比較的若い世代の詩を評して「言葉への不信を理由に、現代の詩人は、言葉を再び道具に戻してしまった。僕たちの言葉は、思想の強要と伝達、状況の分析と報告とでせい一杯散文化してしまった……彼らは中途半端という甘えた姿勢で、半端な連帯感だけを支えに、状況報告の詩を書いている……」とかく時は「簡単には客観され得ない」「主観」の衰弱を衝いているのであろう。

もちろん、山本太郎の多彩な作品を右のような二系列の拮抗という関係から割切ってしまうことは、事実を枉げることになるかも知れぬ。なぜなら、二つの系列は、重ね合されることを拒むどころか、相互に破壊し合いさえする場面も少くないからだ。そしてそれは彼が、一つの声ではなくて、さまざまな声を作品に参加させる「うたい語り」の意図的詩法と密接に関わっている。

彼は資質的には「うたい」の詩人であるとしても、宮沢賢治の即興的語りの詩法が、山本の第二の天質となる程の影響を持ったことも事実だろう。ここで一言触れてみたいのは、しかし、賢治の即興と山本太郎の即興的語りの異質性だ。賢治の即興の襞は、かなり硬質の稜線をもっているが、山本のそれは、多分に情緒的な、転移のあいまい性が感じられることだ。これはたとえば、「永遠」という観念に対する両者のアプローチの差でもあると私はみている。あるいは、自然認識のリアリテの差という面もある。(自然を殆んど〝存在〟の固さとして自己との厳しい対立において捉えた賢治に較べれば、山本の自然は、彼の情緒との混成系である。そこに山本自身が指摘する白秋と賢治の自然の把え方の相違をみる場合、白秋の位置に山本をおいてみればはっきりするだろう。)山本が、「神」とか「永遠」とかの観念を呼びこむのは、言うまでもなく、彼のあの存在感の対応者としてであるが、それを既に抽象に留まることを許さず「老醜」や「紙人形」に化してしまう「俺」がいるということが重要である。してみれば、彼の詩は、彼と世界との格闘であった以上に、彼自身の内部における共喰い的闘争という悲劇の表現に他ならなかった。しかし、「神」とか「永遠」が、「俺」にとってなかなか喰つくし得ぬ食べ物であったことは事実のようで、詩人は、そういう食べ物を、意識的に食膳からおろした。彼の詩が賢治の作品のような透明な結晶性をもたない一因がそこにあると私は思う。

『覇王紀』というマッスを鑑賞するのがさし当り私の目的なので、山本太郎の詩的系譜を吟味するのがこの小文の狙いではない。けれど、『覇王紀』を読むにつれて、非常に妙な言い方だが、私はダンテの神曲におけるダンテの位置を思い浮べたということだ。われわれがダンテの位置におかれているようだ、という意味である。つまり、『覇王紀』という地獄（これはただのアナロジイ）の中に、かつて山本太郎という現実を賑わしたさまざまな形象に、ここでまた特異な光の下でお目にかかれるのである。もっとも神曲の地獄篇を持ち出したのはまずかったかも知れない。なぜなら、『覇王紀』でのもろもろの存在は、むしろ、地獄的現実から、『覇王紀』といういわば天的風土に移しかえられているという意味では「楽園回復」こそ、思うべきであったかも知れない。が、これは大したことではない。山本太郎という詩人は、「人間」の詩人であり、その点で彼のテーマに飛躍はない。しかし、彼の詩の組織の分裂と増殖とは、決して等速的膨張をしているわけではない。彼のように長詩をいくつも書く場合一篇の詩の中でもいわば誘導期（激烈な反応が起る前の準備期間のごときもの）があり、それが作品にリズムを与えている。このことは、彼の詩的宇宙の膨張の全体についても言えるのではないか。すなわち、『糺問者の惑いの唄』の時期がその一つに当るように思うし、『覇王紀』もこうしたリズムのある位相を占めるものとしてみられるのでないと、あまりに固苦しいものになってしまう。問題は、その位相差が少しでも感受出来ればいいのだ、と当面の私は考える。将来、本格的な山本太郎論を書く人があれば、この点は更に解析されねばならぬポイントとして挙げてみたいわけである。

先に挙げた「〈しかし誰かがいる……〉」という詩句や暗き巨いなる顔というイメージが、山本の詩法が一つの位相への転位を果す可能性の表現であることは事実だ。しかし、「意味への偏より」を峻拒する詩人である山本は、詩法上は、豊かな感性の刈込みをしてまで構成に殉ずるとは思えない。むしろ、もし彼の内部で意味の深まりということが起るとすれば、これに見合う情緒領域の拡張に衝き動かされる、そういう詩人であるだろう。しかし、『糺問者の惑いの唄』は、却って刈込まれた構成をもつ詩集であるのはどういうわけか。これを私は一つの「誘導期」とみるわけだ。そしてわたしなども、ここまで来ると、ホッとした想いで山本の作品に接することが出来る。たとえば、『消える旅』のユーモアとペーソスなどは、楽しく読めると同時に、詩人がどこかで「我れ消す故に我れ存…」と言いかけているような気息を思いやるものだ。そうしたきびしさが透明な風のようにこの集を吹きぬけているのだが、「地獄の位置に関する一考察」は、この時点の彼の格闘としては未熟であると言わねばなるまい。系列としては「永遠」の列にある課題に彼は挑んでいるが、ランボーの地獄の中で徒らに山本太郎の声のみが反響するのを耳にする。山本は「病む」「飢える」といった表現で「孤独」を処理するタイプ（すでに『覇王紀』の中に入ってしまうが、「七のうた」覇王への序曲、参照）の詩人だが、ここには、何と言っても、「永遠」という課題を肉の次元に結びつけようとする詩人の苦闘が見える。もちろん、肉と精神を安易に分離するの愚はさけよう。肉は肉自体で病みも痛みもしないし、精神もまたそれ自体で痛まない。問題は、何が肉を痛ましめ、精神を悲しませるかである。山本がかつて「存在の悲しみを」と言ったことは、ここでもう一度考え直さざるを得ないわけだ。

神様
われら天涯の不倫児
杖にすがり　智恵の実もて
あなたの眼を　撃たんとするもの

とかつて山本は覇気にみちてうたった。しかし彼は神様をいつしか下ろしてしまった。その抽象性に耐えられなかったのであろう。しかし、もともと永遠とか無限とかは、殆んど肉を離陸しようとする精神の苦い食べ物なのだ。そこをあいまいにして地獄に下りてゆくのは装備不足といえるのではないか。

『覇王紀』を読むに当って、右にかきつらねた程度のことを予め想出してみることが必要であるなどと言うつもりはない。むしろ、私は、先にも言ったように、読みながら、以上のことをダブらせて考えていたというのが正直だろう。けれども、ここでやはり『覇王紀』そのものが、山本太郎の詩業において、一つの膨張期に位相する点を指摘してみよう。

『覇王紀』全篇は「八つのうた」に大きく分かれる。一から三までが誕生とそれにかかわるコメンタール、四は、「タオ・タオ・チュアンの盗賊」の唄と対話を通して、覇王の騎士団の出現をうたう。そして五は、騎士ドン・コロリ・デ・ナ・モンチャの見聞録という形で「青馬の乱」の語り。六は銛打の漁師の子、太郎と母の対話を主体とする。七は覇王への序曲として、対話形式のコメンタール。太郎と老人、船乗徐福との対話、八が「きたえあげよ敵を」、これは「上陸」と題する詩一篇からなる。

誕生は、一種の創世記的ドラマとして展開するが、そもそも空中生活者のミソッカス的存在であったタロロが、「汝、ゆきゆきて地の塩になれ」という声をきいた同類の中から、つき落され「地面にまっすぐつきささる」のである。本当の誕生はこのあと、男を知らぬ娘の腹が

大草原のように燃え
世界の明日を踏むために
一つの誕生がえらばれる
子は母の乳房を襲い
心の臓を吸いだして
血まみれのうぶ声をあげた

というふうに描かれるが、この赤ん坊の「顔がうらがえしなのだ」。この辺の描写はグロテスクであ

るが、スタイルはすっきりとして読みごたえがある。旧約や、ユーカラ、賢治的童話のムードがたくみに組合されているようにとれるが、タロロの墜落を、山本太郎のかつての地面への衝突（前出）と重ね合わせてみると、その重みが伝わって来る。タロロは生長し、「岩塩の山となり千年露営し兵法的に卵熟して乱波となる」が、これら幻の騎士団の暗殺の征旅は人間の擬体を抹殺する抜くべからざる否定の意志の主張だ。

テキストについての私の勝手な解釈はいい加減にしておこう。問題は詩人山本太郎の内面の位相であった。この観点からは、七と八のうたはその緊密な構成にもられた内容から言って、この集の背骨を形づくると言えるだろう。

まことに戦いは
人称の消去法ではない
ひとつの声が土を踏み
（俺は）と言った
そのときから
王への道を歩きはじめる
足があるのだ

（きたえあげよ　敵を）
俺はもう横切るものでもなく
単に過ぎ去るものでもない

名告らさね　はや

俺はあらゆる「君」を体験し
だんぜん「彼」には移行しない人間だ
俺は時間の散乱ではなく
統一だ　そのために
敵を　きたえあげる

また
歩け太郎　踏べ太郎
横たわれ太郎　坐れ太郎
立て太郎　泣け太郎
黙れ太郎　笑え太郎
叫べ太郎　いちどきに

　それら全部であれ太郎
（以上「八のうた」の一部）

に対して、『糺問者の惑いの唄』の一節を並べてみよう。

おれは一片の翔ぶものだ
けれど間違ってはならぬ
重い石や絆でもあつたのだ
おれは
はじめから軽かつたのではない

おれには鳥の血は流れておらぬ
まして風や雲の族ではない
おれは自らの存在をほどいて
運動に転じたものだ
（絆）

後者では、「おれ」が直接主語として働きながら、「石や愛や絆」であった時代を潜りぬけて「運動」という非人称的存在（それは、停止するものではないにしても）へのメタモルフォーズをうたっているのに対して、『覇王紀』の作品では、「俺」はという主体の確認の上に立って、「対立」をではなく、「対立者」を求める「統一的存在」であろうとしている。思考の構造はいささかラフであることを免れないが、「いちどきにそれら全部で」あろうと意欲する声は、かつて山本太郎の作品できくことがなかったのではないか。しかし、当面山本の決意は、「ひとつの襲うべき耳を持つ」ことなのだ。

先に、山本太郎の闘いは、世界とのそれではなく、彼の内部における、大きくは二つの系列の、そしてまたそれらの分裂から生ずる複雑きわまる闘いであると言ったが、いま、彼は内部の混戦をおもむろに明確な一つの戦い、すなわち、一つの声と、襲うべき一つの耳とのそれに収束しようとしているようだ。そして「きたえあげよ。敵を」と命じているのは、まさしく「一つの声」に対してであり、その敵とは他ならぬ崩壊にさらされつづけて来た「俺」なのだ、と私は見る。混乱分裂という自然発生的な見かけの矛盾を離脱して本質的な矛盾を問うこととそれに「王位」をかけようとする戦いの序曲が奏でられる。この視点に立つとき、山本太郎が、多くの人が言う饒舌な私詩を書くことに甘んじないことが期待出来るし、またいつか「惑い」の季節が訪れるとしても、それは、恐らく、「七のうた」の明断な内省のコメンタールを更に深化する誘導期であろう。そのためにむごい言い方かも知れないが、もう一度彼には、墜落して貰う必要があるのではないかと思う。どこへ？　逆説的だが「意味の世界」へ、である。それが、いま、一つの記念碑を前にしてこの国の、ある意味では生えぬきの詩人に対する私の期待なのである。

（「詩学」一九七〇年三月号）

加藤楸邨句業管見

今年の元旦の朝日新聞に、楸邨は

成木責しつつ故郷は持たざりき

という句をのせた。そのあとすぐ、楸邨自身から成木責について聴く機会をもったが、「…しつつ故郷は持たざりき」という詠み方に楸邨の心音をききつける思いで、ひそかに味わっていたのであった。その後、「寒雷」四月号で、楸邨は躬ずからこの句について語り、「乾いた都会生活」でも「庭に立つてあれこれ呼びかけてみると『なりますなります』といふ声が聞えてきさうである。故郷を持たなくても成木責はできないわけではない」と記している。その文では「故郷といふべき土地を持たない」彼楸邨が、木を血縁のものと感じさせる趣きある「成木責」という民俗的行事に「深いあこがれ」を抱いており、そのつもりになれば、身辺にも成木責はあり得ると言っているのである。楸邨のその言葉をもっともと聴く半面で、当の句の私の受けとり方を考えていた。つまり「しつつ」と「故郷は持たざりき」の効果である。ありていに言うと、〝故郷を持っていない〟宿命の自覚に、「しつつ」がかぶさっている。しかし「持たざりき」であり、また、やはり「しつつ」である。杭のように打ち込まれる「持たざりき」は、ずしりと重い。が、それは「しつつ」という柔らかなせせらぎの中に立っている。その〝流れ〟と〝杭〟とのもつれ合いが、奇妙に終りのない関わりとして言い止められているのだ。ついでに言えば、「故郷を」ではなく「故郷は」であることが、それが楸邨個人の体験の枠から出て、読むものの宿命にまでおしひろげられてくるのである。

楸邨が、故郷を持たざる俳人であることを今さらことあげしようとは思わない。ここで考えてみたいのは、俳諧としてはいささか逆説的であるが、楸邨の句における〝重み〟の問題、それに関連して、句のいくつかの性格、あるいはエトスとでもいうべきことがらである。管見ではあるが、『山脈』以後、楸邨には句ごころの自在性がみえるように思う。けれども、楸邨は〝軽み〟につき抜け切る俳人であろうか。「故郷なし」の〝なし〟に遊びきれる人であろうか。むしろ、その〝なし〟を、生涯かみしだいて生きることに、ひそかな情念をもやしているのではないか。とまれ、そのような文脈において、ここでは『まぼろしの鹿』を主にふりかえりながら、楸邨俳句の姿のよって来るところを探ってみたいと思う。

いささか天邪鬼的であるが、まず次の句。

咲かねばならず待たねばならず牡丹の芽

鳴かねば見えぬものあるなり百舌鳴けり

二句とも『まぼろしの鹿』巻末近くに収められた四十一年の吟である。定型にこだわらず詠み下した自在な句法と言うことも出来るが、ここではむしろ、この吟によって自己の虚像をつき崩してゆこうとする楸邨の句心の〝逬しり〟とみたい。もちろん、二つの「ねばならず」の重みが「芽」へと重畳してゆく前の句と、「見えぬものあり」の壁を「鳴けり」で切開く後の句との、結構のダイナミズムの相異を無視しようとは思わない。むしろ、その相異をふまえても、敢えて、うまみを破壊する心意がそこに見えてくる。四十年の作の

霧ははれゆくもう見えるものしか見えず

にも、そのことは言えると思う。これらの句の観念性の過剰に、句としての不満を訴えるむきもあるだろう。それはそれで肯ける。しかし、いま私は、これらの作に、「見えるものしか見え」ない地

平から、「鳴かねば見えぬものある」地平をのぞむ自己を、初心、もって確認している作者の心情の〝迸しり〟を窺っておけばよいとするのである。

楸邨の句で、迸しる、あるいは噴上げる、という動性を性格としているものを随所に見る。人間楸邨の歩みを見るとき、句集『起伏』に至るまでの時代に、むしろ噴出させたい、内部の熱く重いマグマの如きものがあったにちがいない。けれども、それらの時代の作には、右に触れた意味での破壊的性格としての迸しりと見えるものはまれである。鬱屈する内圧のエネルギーは真摯なまでに句の練成に向けて放たれ、情念の昇華を助けたと思われる。周知の

かなしめば鵙金色の日を負ひ来
冬日没る金剛力に鵙鳴けり

はその典型であろうが、

木の芽ただ萌ゆべきものか萌えにけり
その日萌え今日萌え隠岐の木の芽かな
鵙の天まつくらなりし嗚咽かな

（以上三句『雪後の天』より）

などにも言えることであり、特に鵙を詠んだ句にその感を深くする。『起伏』所収の、

鵙の黙冬霧の壁もう動け
冬鵙へはがねのごとく病めるなり

から連綿として『まぼろしの鹿』にも、先に挙げた句の他、

ひぐれ百舌はがねの断面見ゆるらし

を含めて、その数は多い。これら「鵙」の句は、今日に至るまで、楸邨のみはるかす句の林の天空へ迸しる声であり、その鮮烈な飛跡によって、楸邨の俳諧の時空を切開するメスとしても働いている。もちろん鵙の句が、いつも迸しる態のものではない。けれども、たとえば

鵙がみだせし時間雀がしづめをり

のごとき、重篤な病の床での吟にうかがわれる、低く呟くごときイロニーや、

横向いてふくれ野仏鵙きかず

における豊かな俳諧の味も、右に言ったような鵙をその背後に見ないでは、充分に味わうことができない。こうして見渡せば、「鵙」は、楸邨の句の連らなりの中に、一つの「座」を与えられてもおかしくない、などという考えも浮かんだりする。

それはともかく〝逆しる〟態の鵙の句だけを見ても、あるとき、それは、「かなしび」の直截な昇華の形姿をなすことあり、また、句境の円熟にまつわりつく〝硬化〟の、かすかな兆しにも敏感に反応する抵抗の体にもなる。それは、そのまま楸邨の、句作者である限りの〝道〟を成すものである。だが、句作りにおける〝道〟論議は専門の研究者に委ねるとして、ここでは、もうひとつ、楸邨作品の主要な、というより、それこそ独自な性格、つまり、はじめにも触れた〝重み〟について考えてみたい。私が感じているのは、静力学的な圧としてのそれではなく、動力学的な、言いかえれば〝動き〟として、さまざまな貌をあらわすものだ。そのヴァリエーションは、ほとんど切れ目のないスペクトルをなしているが、それらをその発生源との関係という角度から眺めることはできないだろうか。

句作者としての楸邨の生涯のうちで、大げさな言い方をすれば、戦争体験よりも意味をもった経験、それが、『雪後の天』の時期、もっと狭めれば、隠岐の旅、にあったと私は思う。もっとも昭和十六年初のことであれば、既に戦争の流れは、断崖への奔滔を前にして渦巻いてはいたし、切り離してみることはできないであろう。が、私は敢えて楸邨の内面と句との関わりに照準を合わせる。なぜなら、昭和十三年、日野草城らが『麦と兵隊』について試みた句作行動を、楸邨は激しく論難した一方、自己の句作に「言いがたい『飢』の感」(『雪後の天』自序)を抱いていた楸邨の句心を、こよなく貴重なものと見なすからである。

折りから激しい風雨に見舞われた隠岐の海と島との鳴動を前にして、楸邨は、すでに時あって自己の内部から迸しりでていたものの母胎のごとき熱い重いかたまりが〝うごく〟のを覚えなかったか。驚嘆、畏怖といった素朴な心情の波立ちとは隔絶した、言ってみれば、彼のかかえたもののまるごとが、自然のとよみに応じて起こす鳴動を感じなかっただろうか。初子を産む母親の身体は全身が子宮となって動顛する。その子宮の脈動、その〝動〟と〝断〟の生産力を、句作者楸邨は、己れの実存のかたまりの脈動のうちに把えたにちがいない、と私は推測したいのである。

　さえざえと雪後の天の怒涛かな

はもとよりであるが、

　荒東風の涛は没日にかぶさり落つ

炎だつ木の芽相喚ぶごとくなり
隠岐や今木の芽をかこむ怒涛かな

などの句は、そうした子宮の脈動に見合った生命として生み落とされている。そして隠岐の怒涛の句を誦する私に、北斎「神奈川沖浪裏」が髣髴とするのも、こじつけではあるまい。

山本健吉氏はじめ、楸邨を、カオスを抱く人とみるむきは多く、私も同感である。ところで問題は、このカオスを秩序あらしめることなどではない。大なり小なりカオスを抱かぬ人がいる筈はないとすれば、楸邨をカオスの人と呼ぶとすれば、カオスの秩序づけを拒否する何かを彼がもっていること、そして、カオスをかかえこみ、しかも、それと分かちがたい強靭な子宮とも言える肉の層をもっていること、それを看ることではなかろうか。句作における真実感合ということも、私流に言えば、この肉の層における世界と私との一体化に他ならない、と思う。楸邨にとっては、そのカオスの総体、強いて言えば「血と土と」の混淆である己れの現存を、脈動する子宮と受けとったことが、隠岐の旅の貴重な収穫ではなかったか。時あたかも楸邨の芭蕉研究は「野晒」にさしかかり、芭蕉の内面世界の拡大の跡を追っていたらしいが、そしてまた、〝かなしび〟は楸邨の句心の基調として深く彼自身の内部に沈められていたのも事実であろうが、右の意味の〝動〟体験こそ、楸邨がユニークな〝重い〟句の作り手となる基盤をなしたと考える。

楸邨の句のダイナミズムは、そのような文脈において読みとられるだろう。特に、矚目のささやかな動き、身ぶりを吟ずるに当たって、かの重い巨きな脈動が、それらの時空にわたる奥行きを構成して背後から支えるとき、一見、軽やかな風物詩に、読む者をして思わず息を呑ませる密度を担わせているのである。というわけで

壘々たる石の頭を夕焼過ぐ　（『山脈』）
霧と芽と相搏つ谿を満たさんと　（『まぼろしの鹿』）
啞蟬や放てば山の紺きたり　（同）
雨夜どよもす薄のはてはまた薄　（同）

や、句集には収められていないが、昭和三十七年、病後の

内満つる木の芽よ山河動きそむ

などの句々の、〝動〟の充満と流動とに私は感銘する、とともに、

死の眸秋燈の穂がのびあがる　（『野哭』）
露の重さか紅花摘の踊の手は　（『まぼろしの鹿』）

春暁の檸檬一顆とめざめゆく　（同）
暗きもの身を出て柿となりて光る　（同）

における、静謐な〝動〟との感合の姿を見事と思う。特に「春暁の」の句は、やはり三十六年、病中の吟であるが、夢からうつつ、死から生への転移をラディカルな危機意識としてではなく、「一顆の檸檬」が、さし初める光を得て徐ろに息づき出す、ゆるやかな、しかし、まぎれもない、またの命めざめを美しくとらえている。ついでに言えば、「檸檬一顆と」の「と」は、軽く漸くききとれる程合いの音として読むべきだろう。「と」を強く読んでしまうと、此の句におけるかすかな音、空気の流れにも崩れてしまう生命のめざめは現前しない。

ここまで見てきたところで、もう一度、例の「成木責」の句における「しつつ」と「持たざりき」をふり返ってみる。「しつつ」は「成木責しつつ」となって、ささやかながら、民俗的生命の持続を、楸邨の句の子宮が抱きとめる姿勢で言いとめた措辞であり、「持たざりき」は〝動〟を充填された〝迸しり〟（意味上は否定であるが）と見ることができる。こうした充填によって、また楸邨独特の、鈍刀で断ちきるごとき措辞が生まれる。既にかかげた「鵙」の句の多くのもの、古くは例の

鮟鱇の骨まで凍ててぶちきらる　（『起伏』）

この句には、鮟鱇のかもすユーモアもさることながら、作者の自己凝視の苦衷を重く感ずる。また、『まぼろしの鹿』では、

砂に墓あり烏賊干し烏賊干し生を終へし
花芯のねむり蛾のねむり別の我めざめよ
我を生かししもの甘藍ほぐししもの
冬欅少年に解けざりしもの今も
冬青菜ぬきとるは目をぬくごとし

の諸句に、充実した気息が一挙に貫くさまが看てとれる。更に、この線上に

若き元旦易々として死を口にせよ
無数蟻ゆく一つぐらいは遁走せよ
白桃や声あるものはすべて去れ

などが考えられるが、句としての不満は残る。

俳人であると共に学究でもある楸邨が「風雅のまことを責める」に当たって、自家薬籠中のものとしていた古今の詩人たちの俳諧の心が、いわゆる発想の契機をなしたであろうことは見当がつく。そうであればなおのこと、人間探究派をもって任じた楸邨が、その全実存を挙げて真実感合を求めるに難渋したであろうことも想像に難くない。彼の営々たる、句法の探究の道のりを、いささか斜の視角から、私は以上のように眺めたわけであるが、実を言えば、これは、事の半面にも充たないことは承知している。私流の管見からしてもなお付け加えたいことは少なくない。その一つ。それは、私はどうやら、楸邨の句の、動性、力感を言うのに急であって、その〝虚〟の面に触れずに来た、ということである。脈動にもリズムがある。巨きな緊張のあとに大きな休息が。あげ潮が、引き潮に転ずる一瞬、実は、そこに、あたかも、死を前にして全生涯の想起のように、己れと世界との関わりを透かしみる契機がひそんでいる。そして、おそらく、動には静が、静には動がより添う瞬間に、それぞれ動、あるいは静の姿が射とめられて、俳諧は浮かび上るのであろう。その意味での優れた句が、作者の道程の折り折りに、句心の節となって現われているのは不思議ではない。そんな視点から、もう一度『まぼろしの鹿』のいくつかの句を眺めてみよう。多かれ少なかれ、そこでは、雅と俗との「関わり」が句を彩どっている。

胸熱し越の雪代みな北へ
人焼くや飛驒の青谷蟬が充ち

今も目を空へ空へと冬欅

など、明澄な視線が放たれている句、また

郭公や石中深く黙すもの

のような感合のたしかさが響いてくる句など、私は愛誦するものであるが、終りに、楸邨の、自身ならびに身辺との応接をうかがっておくことにしたい。そこには、ある意味で、もっとも捉えようもないものへの追究が顔をのぞかせるからでもある。

楸邨の現代作家としての個性の一面は、たしかに、そのあくなき自己凝視にある。俳諧が、物と心、世界と私との感合であるならば、物を射とめること即ち心を、世界を把えること即ち己れを把えることというのは、原則としては正しい。それは、人間が己れを即自的には把え得ぬことを最も端的に言い表わしていることに他ならず、句は、まさしく〝自己離れ〟という営みが、自己を場として最も端的に演ぜられる逆説的な〝生起〟であろう（その〝端的〟な、という性格が、禅などに結びつき易いことは肯ける）。そのように見るとき、楸邨の自己凝視が、『山脈』以後、それ以前の若いヒューマニズムの色合いを徐ろに払拭し来たったことが感知される。彼が、動物、殊に、鵙・牛・蟇・蓑虫・蟻、などを詠む姿勢は今もつづいているが、〝自己離れ〟の営みは、はじめの方で挙げた

横向いてふくれ野仏鵙きかず

に看られるし、

秋風やしめ木にかけし一ねむり
蓑虫や宙明るすぎ土暗すぎ
産み終へて蟇は見かへることもなし

などの気息もそれに通ずる。が、それにもまして、

ふるさくら鶏はくるりと頚まはる
水無月の忘れ矢車からからと

この二句は、「秋風やしめ木にかけし一ねむり」と殆んど同時期、つまり、昭和三十六年の重篤な病中の吟であるが、私は、特に「水無月の」の句境に、いまも注目している。

終りに、楸邨の自己凝視には重要な課題であると思われる、夫人知世子氏との応接、これを句の上

で私は注意して追って来ているが、紙数もつきたここでは割愛させていただく。

（昭和四十七年八月三十日）

楸邨俳句の〝観念性〟

楸邨氏の句集『山脈』の表紙に染めぬかれた句

　冬嶺に縋り諦めざる径曲り曲る

は私の好きな句の一つであるが、この句について、楸邨氏が時折り見せる観念性のかった作であるとか、〝修身的〟とかの評をきく。ところで俳句には素人である私は、おそらくは楸邨氏が自然（じねん）に吟じていると思える、かかる観念性深き句を愛するものである。それは作者が、生涯にわたり、内にためている白己凝視のきびしさ、深さから、時あって「已むを得ずしてひらく」花と観られるからだ。前掲の句にしても、足下にけわしく曲折している。〝現実〟の表象に他ならない。そこまで登っていない者に、〝修身的〟にひびいてしまうのはやむを得ぬと言うべきか。

　咲かねばならず待たねばならず牡丹の芽

などにも言えることであろう。なかんずく

　霧ははれゆくもう見えるものしか見えず

　鳴かねば見えぬもののあるなり百舌鳴けり

の二句は私の愛誦措かざるものである。前句は、〝見えなくなるもの〟のあることを、後者は、それを〝見る〟機微を、否定と肯定のレトリックを用いて味わい深く定着している。特にあとの句は、句作という〝見る〟行為そのものを吟じているという意味で、考えさせられる。佳作、名吟を生むために鏤骨の労を厭わぬのは作家の当然として誰も怪しまない。そして、〝作る〟という行為について理論的反省をするのならこれまた当然であるが、その行為自体が素材として、苦しまれ、形をなすというところに私は感銘する。

　現代俳句の世界にあって、楸邨氏の句のスケールの大きさ、重さが独自のものであることは衆目の認めるところであり、それによって俳句は新しい世界を持ったとさえ言われるであろう。それに異論のあろう筈はない、それゆえというか、私はあまたの作の中に時あってか露頂する、作者の一所懸命の息吹きに接して声をのむのである。

世に謂うところの〝観念性〟の真意を、私は深く吟味したわけではないので口幅ったいことは言えないのであるが、〝観念〟は俳句と背反するとも言えないのではなかろうか。俳句が芸である以上、頭でっかちは邪魔になるかも知れないが、真実、あるいは存在の理法といったものが、俳句を支えていないとは思えない。いや、それを私に知らせてくれたのは、他ならぬ楸邨氏の句業であった。

思うに、物言えぬこと、物言わぬことの意味を、私などは楸邨氏から痛いほどに教えられたと思っている。すでに数年前、楸邨氏は教師としての職場を去られたが、二十年に近い在職中、教授会は健康上の都合以外は休まれることがなかった。が、その精勤ぶり以上に私をおどろかせたのは、会議で楸邨氏が発言されたのは、私の記憶では一回きりであったことである。後輩である私たちの冗言が、その自然態の沈黙に、どのように応えたものか、想い出すたびに忸怩たるものがある。とは言え、楸邨氏が高邁な修道者のごとき存在だなどとは誰も思ってはいない。むしろ今でも傷つき、憤り、笑っている市井の人であることを知るゆえに。

秋の風むかしは虚空声ありき

といった〝観念性〟濃き吟を、じっくり味わってみたいと思う昨今ではある。

（一九八一年　『加藤楸邨全集』八巻月報）

第二章　作品論・交友録

憂愁そして幽囚
――牧章造小論――

……略……
私は体のうちに小さな疼みを知った
私は私の春秋を月と星とに象嵌した
……略……
淪落の水かげろう犯しの足跡
ああ私の地上　私の自覚　私の決意
すなわち私は木の実に似た別名を拾った
私はもうひとりの私と入れ替った
すでにして歳月は虚妄と化して
私は老い朽ちる私から不在のままだ
しかも無きにひとしい流浪をつづけ
忘却の此岸に葦間をさがして
快ろよく女とともに裂けていた
……略……
私と私との離合
揚棄の果ての現在よ
パカの谷間から吹いてくる微風よ

聖なる父と母

地上の肉と霊の交わりよ
億兆の死の蘇えりよ
決して私の不在を振りかえるな

Longue-absence と題した牧章造のこの作品を、「核」誌上（一九六九年）で読んだとき、私は久しく鳴るのを止めていた琴がかき鳴らされ、一人の詩人の生涯をうたう、低い声音を聴くように思った。

卒直に言って、上の出来とは言えないけれども、彼が十年の北海道生活に終止符を打って帰京してから、六九年という時点で描いた自画像として、また、彼の詩的イメージの集成として私の脳裡に残る作品であった。

一九五三年夏、牧章造は最初の結婚生活にやぶれたのち、昔からの彼のよき理解者であり、また同じく結婚生活に破綻を来していた女性と相携えて、津軽海峡を渡る。そして、阿寒山地、足寄の住人となった。

思う存分　自己放逐をする必要があった
能うかぎりの極限へ　これでもか　これでもかと――
そのさい果てが此処だった
酷烈な北の太陽が彼を視ていた
ときに忘我の時間の訪れに
彼は自分を見失っていたようだ
またときに　忘れがたい都会の思い出に
失われた希望が蘇った
……そうだ　もう一度
彼の心は起ち上って
もとの道へ足を踏み出そうとしたが　思いとどまった
彼は面を伏せた
彼は傷痕を押さえた
……中略……
そのときの彼の忘我　そのときの彼の非在を驚くばかりの疾さで
野獣のごときものが　突きぬけていくのだ
彼のものではない（いやそれこそは彼のものだ！）
高らかな咆哮を原始林にこだまさせて

（海峡『罠』）

この作品は、彼が渡道して間もなくの頃のものである。戦後の「街」あるいは「雑閙」のなかに、彼ほど人間の悲しみを嗅ぎわけた詩人は多くはいない。そしてこの作品にみるように、それら都会の日日は、想い出として遠のくには、まだ余りに生々しく、彼の背中に灼きつけられている。後を振りむかずとも、背はまだ焔を感じているのだ。「そうだもう一度／彼の心は起ち上って／もとの道へ足を踏み出そうとしたが思いとどまった／彼は面を伏せた／彼は傷痕を押さえた」。ここには牧章造独特のゼスチュアがあるとしても、新生を渇仰する詩人の、いつわらざる心情が吐露されているのである。彼は「彼の非在を」「驚くばかりの疾さで突きぬけていく」「野獣のごときもの」に開眼しようとしている。

「私の渡道は一面逃避行であったし、本誌前号（「内在」一号　一九五五年）でも、島朝夫が『北海道に隠遁した牧章造云々』というようなことをこの欄で書いていた。（中略）今日もなおそのように見られるのは望ましくない（中略）ここにいて私の身体と精神は若くなる。また私の文明観も世界観も改まる。すでに私は一個の野獣のごときものになって、爛々と眼を輝やかせているのだ」と「内在」二号に音信をよせているのと符号する。もちろん私も、彼の渡道をただの隠遁と考えたわけではない。彼がその言葉通り「爛々と眼を輝やかせて」いたか否かはともかく、「東京」に荒地を視た眼が、北海道の原始林をいかに視るかを問いかけた筈だった。彼に、ただの「先祖還り」をして貰いたくなかったのである。渡道前の数年間、彼の生活上の変転の一齣一齣に、ほとんど密接していた私は、彼も生身の人間として、その身心の疲れを癒やす時期をもつことに異存のあろうはずはなかった。だがしかし、である。パリならぬ東京の憂鬱を脱け出していった牧章造に私が期待したのは、逆説めくが、その憂鬱のさらに深まらんことを、であった。詩人としての彼の可能性がそこに賭けられていると私は思っていた。

北海道十年の間、牧章造は、彼地の河邨文一郎、永井浩らとの「核」に拠りつつ、東京の諸誌にも作品を送ってきた。その間の主要作品は第二詩集『虻の手帳』にまとめられているが、

もうぼくにあの火の山の日々は訪れてこない。
それでいい。

（『虻の手帳』）

と言い切る牧章造について、鈴木亨氏が、この詩集に附した解説の中で「北方の大気を呑吐しつくして飽き」ず「まことに法自然のこの逸楽の牧歌集『虻の手帳』——『復楽園』を書きとげた……」と言われるのは、全体として至当である。たしかに「つり橋」「グズベリと少年と熊」「雪虫の話」「長靴幻想」「アンリエットの歌」「沐浴」「鳥獣の月日を懐しむ」などの諸篇では、満身の瘡痍を山の湯に浸し、癒えてくる感性の弾力を験しながら描いたクロッキーとして、軽やかな語法を楽しむことが出来る。また、牧章造の原始林体験として「暁の原始林で」と「原始林を歩いていく」を並べてみるとき、「そんな乖離の悲しさが、むしろいまは冴え冴えと、生を確められる原始林で、最初に出会うものの予兆を見ている。（中略）ああ、都会の日日の、あれいらいいかなる忍従よりも、ぼくの現在は飛躍であるように、ぼくの現在は孤独であるように」という心象から「ぼくは狩猟に来たわけではない。ぼくは観察者ですらない。零に近づく限りない願望。それだけだ。ぼくは着物を脱ぎ棄ててよい。（中略）ひっそりとして、ぼくは原始林の中を歩いていく。ぐるりからぼくの体もぼくの思いも悉皆り透けて見えているのを羞かみながら。……」というまさしく「法自然」の境域への転移も、素直に受とってよいのだ。しかし、牧章造の誤読者でありつづけようとする私は、詩集『虻の手帳』の中の一篇、「廃坑」をさらに掘下げてみたい誘惑にかられる。それは呟やくよう

に、静かな呼吸で語られる。「ぼくの……」「ぼくに……」という章造流の重い破裂音は一つも現われない。

肉体の中にも廃坑がある
ときにその廃坑を覗いて見るがよい

廃坑を誰か知らん
たったひとりで歩いている
消えかかったカンテラをぶら下げて

それは時として立ちどまる
なにかを思案するような
忘れものを探しあぐねているような

凝っと聴き耳をたてると
それはなにかを耐え
声もなく泣きじゃくっている

けれどもカンテラが
揺れ動いている間は
何故か愉しそうに見えてくる

肉体の中には廃坑がある
そこに幽閉されている者がいる

恐らく、彼が勤務した硫黄鉱山の、とある廃坑を歩いての作であろう。鉱山もまた、歴史の中で、人間の文明への野望が、自然と激突した戦いの最前線であった。自然のかくれた〝構造〟のポテンシァルと、人間の〝構成〟のエネルギーの変換の場であった。そして、どちらがついに敗れたのかは知らない、その静まりかえった、無人であるべき廃坑。そこに「在る」「誰か」。「なにかを耐え声もなく泣きじゃくっている」「幽閉されている者」。「カンテラが揺れ動いている」とき、はすなわち、牧章造の内部への、束の間、愉しき外部の投影とみていいだろう。しかし問題は「幽閉されて」「泣きじゃくっている」「誰か」は、何ものか鮮明ではないにせよ、本来、牧章造の作品の基底にあって、作品をアニメしているものであり、この作品は、むしろ、彼のその詩作の内的構造のイマジネーションとして注視しておきたいのだ。私は自然と世界における幽囚の感覚をこそ牧章造が展開することを期待した。

　私見によれば、牧章造は泣かせる、ではなく、泣ける詩人であった。泣きながら、ではなく、真に泣くことを通過することによってのみ生れる、特異なかげりが彼の作品を性格づけていた。第一詩集『礫』は、その集成であった。先に、北海道移住によって、彼の憂欝の深まらんことを私は期待したと書いたが、言葉を換えて言えば、専ら、「自己」を俎上にのせて、哭かれねばならぬ人間を掬い上げようとした『礫』の情況を、らせんを一段上ったところでもう一度、反芻し、かつて自己しか括り得なかった括弧で、括るべき新たな存在を発見することを期待した、と言えるかも知れない。それかあらぬか、彼は、安西均氏のすすめを受容れて、（帰京後であるが）「僕の現代詩史」を「山の樹」に連載しはじめた。第三詩集『罠』は、必ずしも牧章造の詩精神の発展としては受けとめられない。収録されている作品は、かなり古いものもあり、彼が以前から試みていた詩の拡張を「物語性」に求めて行った努力をまとめたものだからである。そういう意味で、私は、「僕の現代詩史」が『礫』の時期にさしかかるのを待ちもうけていた。私は、詩集『礫』を愛惜すべき記念碑として忘れることがない。とともに、牧章造に、『礫』を越える仕事をして貰いたかったし、彼の旺盛な詩への意欲は、その死に至るまで、変ることなく燃焼していたのであってみれば、藉すに数年の日月をもってすれば、私の期待もかなえられたであろうことを信ずるものだ。最近の作としては、此の小文の冒頭に掲げたLongue-absenceに、作者自身かなりの自信をもっていたと記憶している。私としても、たしかに『礫』を越える過程における貴重な一作として認めるに各かではないけれども、すでに彼の薬籠中のものとなったイメージによりかかっている箇所が少なくないと思われ、その不満の旨は卒直に表明しておいた。かつて純粋、ひたむきに泣いた牧章造は、そのようには泣かなくなった。帰京後の彼は、自から「七つの大病にとりつかれた」と言っていた通り、病苦との闘いに死力をつくしていた、にもかかわらず、彼の挙措はとても「七つ」を背負っているとは思わせなかった。私は、彼の涙が、深いところで流されていたであろうことを想うにつけ、その深みを彼の筆によって描く「時」を与えなかった天にむかって沈黙するばかりである。

＊　＊　＊

追悼号の文章としては、何か死者に鞭うつようなことを書いたようで気が重い。しかし、私にとっては牧章造の作品が生あるものとして語りかけて来る限り、こう言うことが彼に対する私の友情のあり方であろうと思う。いま私の机上に、昭和二十三年、仙貨紙の「群像」十一月号がある。彼の「礫」を載せた号である。戦後はじめて私の家を訪れた彼が、手に丸めて持っていたその雑誌を、ポイと拡げて「どうかね」と言った。ヴァレリイまがいの作品を手前勝手に書きためていた私は、内心の衝撃をかくして、彼の甘さに不満を言った。爾来、私は彼の作品を彼自身にむかって、賞めあげることがなかった。「この野郎、あんなことをいう」彼は先輩としての自信にみちた口調で応酬しつづけてきた。こうした二十年の関わりを、追想すれば不覚にも筆は乱れてしまう。最初の衝撃を頂点として、個人的に、感謝しきれぬものを彼に負っているからであるが、それはまた「私の知己牧章造」といった形で整理し、いつか描いてみたいと思う。（一九七〇・十二）

『一角獣』の視線
――西垣脩論――

西垣脩氏の詩はみごとなものだと誰しも言う。極度に洗練されたものでありながら（或は、それゆえに）、彼の作品はあからさまな拒否で読者を困らせたりしない。作者の巧みな語りくちに乗って、思わず知らず彼の世界のなかに入っていってしまうていの、どちらかと言えば、とっつきのよい詩である。しなやかな修辞は精巧な美術品の底光りする質を感じさせ、長い鑑賞に耐えるものだし、かなり大胆なイメージの飛躍に感じられる一瞬の眩暈も、かえって作品の深みを暗示する魔薬的効果を生むものとなる。

詩集『一角獣』にあっては、「早春」「夏休み」「海風」などの作品は、いわば、彼の世界への入口であろう。そこでは、あたたかく、ヒューマンな感性が、我々を招きよせる。そして、魅せられるように彼の作品の深みに入るにつれて、我々は奇妙な焦慮に捕われるのを感ずる。我々の粗雑な神経が、あまりに迂遠な道をとってゆくので「もう来なくてもそれはそれでいい」のだと言っているような微光につつまれた拒否に、はじめて出逢うのである。

コムニケイションを問題とせず、拒否に終始する独善的な詩のことは姑く措こう。むしろ、彼の拒否が何であるかを伝えようとするかのように、我々にうたいかける詩として、我々は『一角獣』をとりあげ、その拒否の磁場の中に我々の存在を置いてみることが理解という行為なのだと思う。

詩人の視線というものは、彼が存在の形（フォルム）とその秩序を把えるのに用いる知性の一つの面では勿論ない。詩人は視るとき、一つの神秘とも言える繁殖行為をしている。つまり彼自身でありながら、彼から脱け出てゆく〈彼〉を視ることによって、世界と交わっているのである。この場合、一方においては、行為的な認識、つまり身体を張った一つの賭（実存主義のある場合を含めて）としての認識（所栓は自然主義の埒外に出ない自己否定）が否定されると共に、他方においては自我の一元性を根拠とし、世界をそこに構築する（換言すれば、自己の中に閉された世界を想像し構想するにすぎない）、依然として自然主義的な自己肯定もまた否定されるわけである。とは言え、詩人が生む〈彼〉は、彼の分身などと言うものではない。今在る彼が、それを通してのみ彼の存在の全貌を把え得る可能性を孕んだ〈彼〉なのである。視る、とは、彼と〈彼〉をつなぐこと、そしてそれは無機的な結合力を設定することではなく、愛とも言える関係の創造である。そこには機械の非情でもなく、感覚に流れた情緒でもないきびしい関係がある。この関係を充分に純化することによって、詩人と世界との交わり、いわば美しい作品の創造の基盤が与えられるだろう。

　詩人西垣脩もまた、彼の〈彼〉が、旅立つのを、いとしみと、きびしさの練り合わされた視線で見送る。そして彼がどこまで〈彼〉を追い、見失ない、そしてまた、ゆくりなく再会するか、このようなドラマとして彼の詩を見、その位置づけをすることが許されると思う。

　こうした角度からみたとき、

深更ぼくが机に凭って坐るのは
書冊に身を投じて炎えるのではない
筆をとって蔓葉をかかげるのでもない
ただ書のやまのひまに　塵を吹き
一壷をすえて孤り酌み　ひたすら
紅蜀葵のまぼろしの泛びでるのを待つのである
（幻花）

瀬音のなかを　まぎれず
一すじに走る……

（秋の水）

秋の水を追い、「湖面をわたる」一角獣の淡々たる足どりを追う。水は「かなしくどこまでも滑って」ゆき、「一角獣はその手をきみの肩にのせかけ」にゆくというが、〈彼〉は彼のファウストを演ずる岩場へと登攀していた。

透明で冷たい風に
岩場は座をきよめて待っていた
宙の一点に身を立てると
山菜をむさぼりすぎて
酩酊のたゆたう胸元へ
がっと熱いショックがくいこんだ
とおい辛夷の花の梢が
がくりと回転して　それきり

とか

又それらのためにぼくはまた時間を喪なう
そして終日〈眠り〉の思惟を強いられる
寒飢にかられて災える眼と四肢の戦き
夜明けその必死の逃走の車灯が照らしあてた
あの……

（一角獣三）

などは、シチュエーションこそ対照的であるが、〈彼〉の出発をうたうものだ。そこには宿命的な旅の重みを感じている緊張と期待がある。そして、彼の視線は、

笛の音がはしる……
霧のこめた裏を
陥ちてゆく滝
こまかに激し　ふるえ
泡を抱いて　いそぐ
冷たく熟れた果樹園をすぎ

身は無造作に墜ちていく……
ながい一瞬の
こだま。
（獲物）

この作品が詩集『一角獣』の巻頭に置かれたことは大いに意味のあることと思う。なぜなら、ここには彼の世界の頂きがのぞまれるし、それはまた彼の一つ一つの作品に予感として、或は追憶として見えがくれに姿をのぞかせるからである。この作品が頂きであると言うのは、彼の世界の要素がここには集約されていると言えるからだ。透明、きよらかさなどは、西垣氏の作品の至るところにヴァリエイションを見出す。酪酊そして花は、既に前にも触れた通り、彼が我々を彼の世界に引き入れる媒介的な詞である。そして、もう一つ、これは、上の「透明」と不離の関係にあるが、彼の視線の極限を象徴する死の形（フォルム）、ここでは無を背景として世界の唐突な旋回と等価に置かれた死の形があり、これこそ、彼の作品に引込まれた時、我々が出逢う拒否の正体なのである。ところで「死」は、勿論、西垣脩のみならず、もう詩人という詩人の手で使い古されてしまった詞だ。けれども、多くの詩作品において、死は、あまりにも意味を持たされてしまっている。死を、能動的な、ある存在として発見することに詩人は勢いこんではいなかっただろうか。死が華々しく、もしくは悲痛に描かれるとき、描かれたものは、華々しい、もしくは悲痛ななにものかではなかったろうか。たしかにそれは作り出すものであるゆえに、結構詩として通用するのが我々の周囲の手放しでは喜べない情況でもある。それはともかく、死が何か積極性につながるとすれば、不死の存在に掬い上げられるしかないだろう。それは、我々のうつろい易い感受性の手管の外にあることだ。その意味で西垣氏は、彼の視線を、〈彼〉の宿命に添わせ、死のニヒルな性格を浮び上らせているのである。彼はそれを「生理を踰えて跳び、心理を超えて翔ぶ」極限の形としてうたいたかったのではあるまいか。その時、彼の視線はもはや何ものも見てはいない。彼は〈彼〉を見失うのだ。我々は、彼が、もしくは彼の作品が、我々を拒否すると言った。が、それは、言直されねばならない。つまり〈彼〉を拒否するもの、それが作品の中から我々にも透けて見えたに他ならないのだ、と。更に逆行して言えば、彼の死のヴィジョンは、彼が我々に親しげにうたいかける作品の端々にまで、ひめやかな波となって打よせて来ているということなのだ。

我々も岩場から後退して、彼の珍獣がその跳躍と飛翔のあとに、姿をあらわすのを見届けるのは困難ではない。たとえば「押しのぼる霧と　押しくだる霧との　声なく渦巻くくぼみがある　その渦にねそべって豹がしろい胸毛をしずかに濡らしている」情況の「稀薄」な「冥さ」は「思わぬ崖のくぼみに玉となだめられて　しんと在ること……　気流のいたい調和にしんと在ること」につながる。こうしてみるとき、西垣脩の詩は、彼から絶え間なく出発した〈彼〉が、その所謂心理と生理とを超えた飛翔のあとで再び彼に向い合うという天路遍歴のうたであり、殊に、〈彼〉の足跡のない旅路の部分を死もしくは無として謙虚に引受けるという彼の折目正しい姿勢を示すものでもある。……

彼の詩を一方では賞揚しつつその端整な結構に物足りなさを感ずる人も多い。それだけのことならいいのだが、人間西垣脩の根性に革命を齎すことによって、彼の詩のスケールの拡大を期待する向きがあるとすれば、俗な無いものねだりか、彼及び彼の詩を甘くみすぎているかのどちらかだろう。彼は盲しいて神に触れるより、無の輝やきを視つめることに使命を感じている、まじり気のない東洋的紳士の一人である。本能的にもしくは風土的に無に親しむが故にそうなのではない。自己を否定する契機があるとすれば、それは、思潮の大勢でもなく、況んや感性の昂揚などではなく、まさしく自己自身の手がそうであるという頑くなさを彼は持続けるであろう。風狂の狂たる所以である。私は詩人としての彼の視線を追いつつ、いくたびか、視る人(ヴォワイアン)ランボウを想起させられていた。一角獣からリルケなどを連想する以上に、詩的認識の形式では、ランボウと並列してみることに興味が感じられるし、強ちまちがっているとは思わない。けれども、それすら、彼の視る自我の根深さを現実に捉えてみることなしには意味がないだろう。詩集『一角獣』への感想として、私はその点を改めて確認しておきたかったのである。

（「山の樹」一九六三年）

忍と美と
――『西垣脩詩集』を読む――

「花綵島」という作品には想い出がある。昭和二十五年頃は、故牧章造氏とともに、西垣さんともよく逢っていた。そのある一夕、渋谷の白十字によって話込んだとき、西垣さんが、「海」という題で即席の詩を書こう、と言い出した。牧氏の作品は想い出せない。

私は、鳴っていた音楽にひっかけて潮騒の詩をかいた。その時の西垣さんの作の一節、「時の締木にかけられた」という一行に、牧氏ともども感じ入って、今日まで忘れられなかった。いま、こうして詩集中に再現されてみると、

どうぞ私の生の
時の締木にかけられた
しずくの一滴も
無駄になりませぬよう。

という一節が、まさしく詩人西垣脩の生の象徴として迫ってくる。

　西垣さんの作品については、詩集『一角獣』について本誌に書かせてもらったことがある。彼の作品の構想のディナミスムを探ってみようと試みたのであるが、いま考えてみると、私の一人芝居の論であったという感が深い。

　西垣さんの作品の一見平易な、とっつきのよさの底に潜む強靭な腱のごときもの、それが何なのか、私はいら立ったものである。彼が孤高な魂の持主であることを知れば知るほど、その実体を探ってみたい気持を深くした。あるとき彼は、竹取物語のあのかぐや姫が空にかえる時のであったか、その足どりの軽やかさを熱っぽく語ったことがある。後半、私はそれを、一角獣の「湖面をわたる足どり」という詩句に接して思い浮べたのであった。恐らくそれは西垣さんの超俗の精神の一表象であったのだろう。しかし一方においてその超俗の魂がこの地上を旅するとき、その生は〝時の締木〟にかけられ、しずくをしたたらせてゆかざるを得ない。彼の作品の一つ一つは、まさしく美しきしずくとして受けとることができるのではなかろうか。

　やはり故人となった小山弘一郎氏が言っていたように、西垣さんの詩には、なまの感情の表出はみじんも見当らない。生きることは、時の締木にかけられていることに他ならなかったが、その痛みをはげしく作品の中に流しこむことなどは、そもそも彼の超俗を冒瀆することであったろう。しかし、俗に傷ついていないといえばまちがっている。俳人西垣脩は、その傷をほとんどあらわにしていないが、

　雪を吸ふ海にむかひて渇きをる

という一句などは、傷つくことに甘んじようとする彼の詩作の姿勢に通じている。超俗を死守するとなればすべての発語を自から禁じなければならない。西垣さんはもとより左様な修道者として在ろうとしたのではなかった。俗の深みに踏みこみながら痛みを耐える「忍」を「悲」にメタモルフォーズさせるのが詩人西垣脩ではなかったか。

——だが季（とき）はずれの荒涼の糠雨に
いま　芽はいそがない
それらは蕾のように息をつめ
最終の実のように
じっと目を瞑っている。

壮年の西垣さんは、自己の美学への自信、ゆとりある自信を、抱懐していた。「芽」はすでに「蕾」と「実」の時間のなかに、位置をもっていた。「悲」が「忍」に養われ、さらに「忍」はたえず「悲」に昇華するさまが、素材は異にしても、彼の作品の折目正しい性格として読みとれた。それは軽みのある作品にも、雅やかな光沢を与える。

　けれども、時の締木は、五十路にかかる西垣さんを容赦なく締めつけたのではなかったか。晩年の西垣さんの作品に対座すると思いがけぬことを見る気持がする。かつて「引掻いても血が出ない」とまで言い切った「自己」の面輪に一筋の血が浮いている。

あんちゃんたち
……
かなしいかな
ぼくは信用できないのだ
きみらの憎む日常のなかで

孤翔におのれを賭け
　生きるまずしさを学ばぬうちは

　生きる、あるいは存在することの条件としての〝時〟の働きかけに対しては、西垣さんは「忍」の倫理をもっていた。しかし、その〝時〟にとって替ろうとする人間の傲りに対しては深い憤りを感じていたにちがいない。しかもそれを証しすることは、いっそう「孤翔におのれを賭け」ることでしかなかったのだ。つまり「流謫」そのものの境涯、いいかえれば「忍」の極まるところに身をさしかけようとしていたのではないか。それは青春を戦争のなかに過した世代の一つの典型ともうけとれる。異国を旅して「流謫」を確認して来た人にとって、故国は必しも故国ではない。つまるところ、詩人は自分の〝時〟のはじめとおわりを繰返し問い直してゆかねばならないのだ。

終りか始まりか　それはわかりませんと
言いかけてやめた　さいわい
言葉を風がちぎっていった
……
ああ　それにしても　この海の色
何ともつかぬこの色は時間のいろかと
わたしは胸の奥に　問いかける

　戦後の現代詩の世界において、西垣さんの詩が独自の位置をもっていることを私は確信しているが、それを明らかにするにはもっと客観的な立場からの評者を必要としよう。私はここにきわめて主観的な感想をまとめることで、満足しようと思っている。

（「山の樹」一九八〇年）

西垣さんの死を悼む

西垣さんと最後に逢ったのは、考えてみると、二年前のことになる。ここ数年、私の全く個人的な生活問題から、〝山の樹〟にも幽霊同人さながらになっていた折、〝青衣〟の集りに招いてくれた。そして、いつも変らぬきめの細かい、筋の通った作品批評を通して、私の怠惰に鞭打ってくれた。詩に関しては厳しく確かな西垣さんの眼は、彼を識って三十年になろうとしている今日まで、私の反省の原点となるものだった。

終戦後しばらくしてから、故牧章造氏を通して西垣さんに引合された。とかく消極的であった私が伊藤さん、堀口さん、鈴木さん、安西さんたち、詩の先輩を識ることができたのは牧さんのおかげである。当時の記憶は鮮やかだ。大河内令子さんの家、新橋は故小山弘一郎さんの所、戦後の荒廃消えやらぬ東京の街を、私は先輩たちについて詩を求めて歩いた。たしか、神田で、北川冬彦氏の〝時間〟発刊前の講演会に出た時であった。やはり牧さんに引張り出されたのだろう、西垣さんが会も半ば過ぎる頃、顔を出した。帰路、渋谷の喫茶店で一息ついたとき、突然西垣さんが題を出し、一作ずつ書こう、と言う。こういうふうにも作れなくてはならんのだ、と言うわけである。その時の西垣さんの作の中の、〝時の絞め木にせめられ〟であったか、その一行に牧さんが感じ入っていた声が耳に残っている。いつも呻吟の果てにしかまとめられない私が、やぶれかぶれで書いたものを、西垣さんは意外にも賞めてくれた。彼が認めてくれるということは、自分も書いていいのだ（書けるのだ、ではない）という最低限の承認を貰ったように思えた。そういえば、その後、私が書いた戦争物語をほめてくれたのも西垣さんと、もう一人、伊藤桂一さんだった。殊に伊藤さんは完璧を期するため、全部書直しを要求し、徹底的にコメントしてくれたものだった。西垣さんを想うことは、私にとって、やはりあの頃、私を鍛えてくれた先輩たちへの想いと一つになる。〝凝視〟〝内在〟〝新表現〟そしてしばらく後に、復刊の〝山の樹〟。これらを通じて、西垣さんの、しなやかにしてしたたかな作品と、鋭く説得力ある批判に接するにつけて、西垣さんの眼はゴマかせないことを思い知らされて来た。

　まことに、一方的に与えられて来た、としか言い様のない私の西垣さんに対するかかわりである。わずかに、私が彼をもてなしたことがあるとすれば、三年前の秋、たまたま、私たちの滞欧が重なっていた時のことである。スレ違いではあったが一緒にパリで過した半日、ささやかな昼食とワインをふるまったこと、それぐらいであろう。西垣さんは、根拠地のロンドンから、パリ経由で、イタリヤはエトルスクの美術を見にゆくのだと言っており、翌日バリを発った。同じ日、私は逆にイギリスに渡ったというわけで、文字通りスレ違いであったが、日本にいても西垣さんと二人きりで半日を過した経験はなかった。パリで彼を迎えた私が客をもてなす恰好にはなったとは言い条、二人の話の主役はいつもの通り西垣さんであった事は言うまでもない、ロンドン生活、北欧への旅などを淡々と語った挙句に彼の口から出たのは「つまりこれは流謫の境涯そのものなんですね」という言葉だった。国文学者でありまた西欧文物に深い理解を持っていた西垣さんの、西欧とのかかわりをある意味で要約する言葉であったとすれば、それはまた、私たちの〝要約〟でもあり得るということを、西垣さんと別れたあと考えつづけたものである。

　西垣さんを識った多くの人々の中の一人として、西垣さんの死を悼みつつも、私は、彼の眼が、私の怠惰と不実とを見据えるものとして在ることを有難いことと想わざるを得ない。

（「山の樹」一九七八年）

遠い？『遠い教会』
——安西均詩集を読む——

いささか不謹慎の趣きある題を冠してこの小文を始めさせていただく。安西さんの繊細としか言いようのない措辞、しかしてしたたかな批判の毒の盛られたかずかずの詩作活動については、すでに多くの人の論説がある。「山の樹」にかかわりある範囲でも、伊藤桂一氏、鈴木亨氏らが、近くにいる者でなければ見えないであろう詩人像を活写している。想えば私も詩誌「凝視」「内在」以来今日まで永らくおつき合いさせていただいている。「内在」のあと、私の責任で出していた「波紋」などという小冊子に、時あたかも編まれた安西さんの第二詩集『美男』について、安西さん自身の意向で岡本潤氏の評文をいただいて載せるなど、かなり近い距離から安西さんに接したこともないではない。とは言え、この距離にしても、安西さんからはやさしい思い遣りのみが与えられるという程々の距離であり、きびしい批判をつきつけられる程には近いものではなかったと申さねばならない。

　僅かな紙面をかかる個人的感懐などに費すのは申し訳けないが、日頃の御無沙汰を謝する意もありお許しを願いたい。

　さて『遠い教会』のことであるが、この題のもとに書かれた作品は、一九七一年刊の『機会の詩』詩集で私も読ませていただいた。その詩集の冒頭に「詩法抄」と題して短詩がかかげられている。

　私の詩は
　槓桿の毀れた耕耘機である
　ふるさとを掘りかえすことができない
　未来のゆうぐれを耕すことができない
　脚をいためた牛のように
　納屋のすみにかがみこんだままだ
　汚れた涙のように油を垂らして

「掘りかえすことができない」「耕すことができない」という否定形でしか語られていない、それゆえかえって詩人が何をいかに掘りおこそうとしているかを強烈に暗示している。またそれゆえにであるが、

　私の詩は両替のきかない古銭(コイン)であるが
　私が吹聴するほどの贋金ではない
　そして私自身も服用したことのない高価な惚れ
　薬である

というように、充分な逆説とひねりに耐える、その詩の強靭さと味わいの深さとに、自ら恃むところあ

るのが安西さんの詩であり作品活動なのであった。屈折のない安易な自己肯定ほど氏を焦立たせるものはなかった筈であり、その姿勢は今日いっそう強固なものとなっているのではなかろうか。昔、安西さんは一種の自己批評めいた言い方で、「夜学」の詩人、「裏通り」の詩人という意味の言葉を時おり口にすることがあったのを想い出す。けだし、当時、戦後詩の一つの試みとして〝華々しく〟提示された「マチネ・ポエティック」の美学的姿勢、あるいはもう少し身近なところで「荒地グループ」の一部の思想と詩想における観念性の過剰などに対し、ひそかに己れの存在をかけた詩人の生きざまから、自ずと発せられる言葉と聞こえた。さきの大戦をはさむ、詩人の青年への出発の時期が、ただ戦時なるが故ではない苦渋にみちた日々であったことが思い合わされもするのである。

などと書き連ねてゆけば『遠い教会』から遠ざかる一方になってしまう。が、実は『遠い教会』を遠望するのが私の分に合っていることなのである。甚だ安易なたとえで気がひけるけれども、安西さんの詩業全体を一つの巨きな会堂に見立てるのも面白いのではないか。その全作品のなかからこのたび「神・イエス・十字架・奇蹟・教会・牧師館・その他の語彙(ごゐ)、あるひは聖書からの引用句を含んでゐる」ものとして選ばれた『遠い教会』所収の作品は、さし当り、会堂の四周にはめこまれたステンド・グラスの趣きがある。ということは、これらの作品は、この会堂の柱であり、壁を形づくる多くの他の作品に支えられ、その座を与えられていた筈であるからだ。その全体の結構について述べることがひいてはステンド・グラスの鑑賞につながるのであろうが、今は、一つのカテドラルを、観光客のように回ってみることで満足せねばならない。

安西さんの詩の世界への入口として、私はかの「実朝」が据えられていると思うものだ。

その目は煙らない
その目は寂しい沖にとどく
遥かなる実在の小島へ
その目は　ずい！　と接近する
それから島のまわりで
波が音もなくよろめいているのを
その目はズームレンズのように見る

「その目」は実朝の目に重なった安西さんの目である。つまり氏の「詩法」である。これが若き日の詩人が提示した表向きの「詩法」であるとすれば、右のさきに掲げた「詩法抄」は、円熟した詩人が、表向きの「詩法」に渋皮のごとき〝裏打ち〟をするものと言えるのである。こうした二重構造の詩法をたよりに安西さんの作品世界をみるとしても、はみだしてしまうことの方が多いのだが、一応念頭においておく意味はあろうと思う。「遥かなる実存の小島」、それは〝遠い〟ところに在りながら、つねに詩人の〝実存〟のただなかに、異物のように見えてじつは自己のものに他ならない、中枢的な組織の傷(いた)みとして疼いている筈だ。しかし、あるいはそれ故に、その〝小島〟のまわりで「よろめいている」日常の、もの憂い営みに目をすえ、シニカルに、コミカルに彫琢する冴えたのみを揮うのが安西均という言葉の彫金家なのである。さらに彼によれば、

その目は鹹い永劫が
しなやかにうねり
割れ
砕け
裂け
散ってしまうところまで細かく見る

のであり、身辺に己れを狙う「暗殺者」の「白刃」までも見透しながら、〝憂愁〟をほとんど確固とした一つの〝実在〟に化するまでさすらわせ、熟した

よく見るとそこの波頭(なみがしら)が動いていた
空がほころびていた
鉛の波のゆふぐれ

（「葡萄酒の害について」）

時に、そしてある意味では必然的に、〃遠い〃存在に向って放たれる、ほとんど「実朝」のそれにかさなる安西さんの〃視〃の産物であるこういう一節を繰返し読んでいると、氏の詩的認識において〃遠さ〃の感覚は、対象構成の欲求の強さとパラレルなのではないかと思える。いや、我々が近いと視ているる存在との関係のなかに、むしろ〃遠さ〃は一つの本質的要件として組込まれているのだと教えているかのようである。

最も遠い人を信じてから　けふ私が何かに変り
ゆく静けさだ

（「秋立つ日のソネット」最終行）

目となってゆく。

その詩は壮大なコスモスの片隅に、けし粒のようにたゆたう意味を掬い上げかがやかせる。そういう精微な詩法をたとえば「天の網島」や「業平忌」、「鶯」などで堪能することができるだろう。反面、おなじくけし粒のような汚点を惨酷なまでにズームアップして告発もするが、ときにはさりげなくそれから眼をそらせる（その眼は、姦淫の女からそらしつづけていたキリストの目をふと思い起させる底のものだ）という〃悲〃の詩でもあることを痛い程に感じさせられる。

ところで『遠い教会』について私がここで触れ得ることと言ったら、先にも断ったとおりその〃遠さ〃の感覚だけだと言っていい。

鉛の教会
黒枠の窓
海の遠くにただひとところ日がさして

珠玉のごとき抒情詩のただ一行を引く愚を敢えてするのも、〝遠い存在〟に対してする詩人の反応が端的に示されているから、と弁じておこう。親しい存在は限りなく遠のく。そしてそのきわみ、〝姿〟を剥ぎとられた〝神〟が忽焉として身辺に登場する。

「ふるさとを掘りかえすことができない」とうたった安西さんはしかし、倦むことなく筑紫を想い、その歴史をまさぐり、ふるさとの男女の時間を超えてひびいているさんざめきを、その耳で聴いている。聴かせてくれさえする。声ばかりではない。彼らのよく動く表情、舞い踊る姿も髣髴と浮かぶ。だが〝神〟は居るとすれば、

家族そろつて食卓を囲んだときに
かならず欠けてゐる　あの寂しい誰かのことだ
（「聖夜」）

という風に、杉本春生氏も適切に指摘している通り、神は〝欠如としてとらえられている〟のである。しかしこの姿無き神は、何と素直に、リアルに〝登場〟していることか。私たちの風土に棲み、人と〝交わった〟神々はいざ知らず、ここに詩人の「掘りかえすことができない」という言葉が適切に妥当するのは、〝異邦人〟としての私たちに〝欠けたもの〟として実感される〝神〟に他ならないのではなかろうか。それが〝何であるか〟を解析し、掘りかえすことは、哲学者か形而上学者に委ねればいいだろう。詩人には〝剔られた痕〟としてそれが世界と人間とを浮き立たせていることを証しする以上に何をのぞむことがあろうか。安西さんは身辺日常に〝よろめいている〟、そして無邪気にさわいでいる男、女の営みの重層する波間に、〝欠けているもの〟もしくは〝欠けていること〟を視ている。それはかの〝暗殺者〟の〝白刃〟を視るよりも確かに見

ているのだと私は思う。生活の場に絶対に突出してくることのない〝負の存在〟。負であることによって詩人の〝正〟の生の在り様を支えているもの。だが安西さんの詩は、うっかりすれば軽さに終始すると見られるほどに、激しい措辞を拒否している。けれども、実は誰でも気づくことだが、小さな刺（とげ）（それは人を死に追いやることもできる）のような言葉が、軽く重なり合う〝葉〟のあちこちのかげにのぞいているというわけなのだ。

葡萄酒の汚染（しみ）は
この世でいちばん優しい肌の手術創だ
洗つても落ちない羞恥の匂ひだ

という〝優しさ〟のこもる目が、実は「レントゲン」にもうつらない「肉の刺（とげ）」を見透（す）かしている。「葡萄酒の害について」という作品は安西さんの目が、遠く近く、陽なたから陽かげへ、現実から超現実へとさりげなく、しかし適確な折目をつけながら往来し、自分を含めて人間のみじめさ、いじらしさを描いて彼の詩法の理念である憂愁の美学を証している味のある作品と言えるだろう。詩想の硬直した詩人には立入ることの出来ない領分である。などと書けば安西さんの迷惑気な顔が浮かばないでもない。が、この国でキリストとか教会とかを文学の形で提出する場合、右にもふれた〝負〟の体験の堆積する層を、それこそ素焼の器を滲み透る水のように、精神が通過する、〝忍〟の美しさを形象化する努力が要求されることを、安西さんは長い詩の遍歴を通して語りかけているのである。安西さんの詩が、詩人のダンディズムの一所産であることは、大方の認めるところのようだ。ダンディは鏡の前で暮さねばならぬと言ったのはボオドレェルであったが、ダンディズムの本質論はともかく、酷薄なまでの自己検証なくしてダンディをもって任ずるわけにはゆかない。一見磊落な安西さんがそうしたきびしさを秘めてあえかに歌うところに氏のダンディズムに、屈折せる憂愁の美が生れているのだと合点することができる。杉本氏も言うように、安西さんの詩の奥行きは、よく使われる「どこだか」「どこかで」といった不確定性を孕んだ修飾語によって構成されているとみることもできるのだが、安西さんの詩の憂愁の契機をなす特徴的な語として、「鹹い」なる語を見逃すわけにはゆかないことをつけ加えておきたい。

ろくに『遠い教会』を精査することなく、回りくどいことのみ書いてしまった。だが、何故遠いのか、については少しばかり考えてみたつもりである。けだし、〝現場〟に立つとき詩は消滅する。だから安西さんは、聖書物語を想うに当っても、自分を追いこしてゆく〝賢者〟たちを、その足跡によって描くし、キリストに膚接すると見るときも「老いたクレネ人」に身をやつしたりする。また、「魚を食ふ」復活せるキリストを写す有能なカメラマンがいなかったことをネラン師とともにおどけて嘆いたりしているところは、妙に心があたたまるのを覚えると言おうか。ともあれ逆説めくが『遠い教会』は、私にとって安西さんの〝遠さ〟に見合った遠い『遠い教会』なのであった。私はヨーロッパに滞在した折、教会の遠望をこよなく愛して、ろくに内側を見て来なかったことを、今でも物笑いの種にされている。

（「山の樹」一九八二年）

「柵」から「海へ」
——立川英明小論——

同人会にしばらく御無沙汰する期間があったので、立川さんと会で親しく言葉を交わす機会は殆んどなかった。立川さんについては、前詩集『空っぽの柵』と、このたびの『願船』とに寄せられている西垣、鈴木両氏の跋などで存じ上げている以上のことを識らない。しかし、まさしく〝事故〟による彼の生涯の転換が、余人の想像を絶するものであったろうことは、私などにも推し量れるような気がする。

それはともかくとして、彼の詩から受けた感銘、それについて考えさせられたことなど、不充分ではあるけれど記してみよう。

立川さんの詩の舞台はじつに簡素だ。そして聞えて来る言葉も、およそ昂揚とか、激情の表白とは縁がない。抑えのきいたモノローグが主体だ。ところで、『願船』について語るに当って、彼が主として二十歳台の作をまとめたと思われる前詩集のことを、ちょっと想い出してみた。

そこでは『柵』の世界が、やはり、若年の作とは思えない静かな筆で描かれていた。登場する形象も決して多種多彩ではなく、何の花とも知れぬ花、木の実、鳥、などにすぎないと言っていい。しかしそれでよかったのだ。何故ならこの詩人は、世界に溢れる数知れぬ形象とその運動とに彼の感性を浪費することを、資質として免れていたからである。このことはまた彼の作品の長さ、というより短かさに体質的にかかわりがあるのだろう。積極的に言えば、一篇としては短かい作品を、同じ主題のもとに重層させることによって、変幻きわまりない世界の一面をリアルに浮び上らせることに成功したのであった。しかしここでは「柵」は舞台であるとともに主役であるという、謎めいたかかわりを脈絡とする詩の空間が構成された。世界を内と外とに画する柵を視ている者が、いつかその柵を作り成している杭の一本に化している。という、視点あるいは主客の変換が、作品を分裂させることなく、西垣氏の言われる「うたそのものの呪縛」のなかに我々を引込む効果をあげているのである。柵のうちそとの交感、あるいは、柵を越えるという行為が、同時に一本の杭として立っている自己の内と外のせめぎ合いという人間の古典的な課題と重なってくるのである。それは「この柵をこえるにも／こころの柵をこえねばならない（中略）そしていくたび／これが最後の　柵をこえたか／――めくるめく／柵は七重によみがえる」という作品などに明らかである。ところで、このたびの詩集『願船』を読むに当っては、前詩集の終りに近いいくつかの作品を意識せずにはいられない。たとえば作品21。「ひとはわたしをさけてゆく／とおまわるものよ／さけるから／わたしはおまえに立ちはだかる（中略）近く　わたしに近く／わたしを倒し　踏みこえよ／こえるおまえのこころこそ／立てるわたしにはだかれよ」などは、『願船』で、詩人が対座してまみえようとするものの「願」にすでに触れているのではなかろうか。

さて、『願船』に移ろう。ここでは立川さんは、きわめて率直に「みほとけよ」と呼びかける作品を掲げている。現在の境涯をそのvocationとして受容れたであろう詩人として最大の関心事が、詩に凝縮してくるのに何の不思議もない。ただ、ここで私は、いわゆる宗教と文学、信心と詩について、当然すぎることを一言断わった上で先に進もうと思う。それは、深い信仰、信心は、文学的言挙げとは関わりないということ。そして信仰の言語表現としての〝祈り〟もまた文学的価値を求めているのではないということ、である。このことはいろいろ言いかえが可能である。〝祈り〟は美しい詩になり得る。そういう美しい祈りであり、詩であるものを私は多く知っている。それは、祈る者（信仰者）が、詩人としての素養を具えていたからに他ならない。そしてそういう詩人は、いつも祈りだけを詩にしているわけでもない。しかしその人の世界の見方が、宗教的であるということは、彼が神や仏を作品の中に登場させなくても、何らかの形で作品に投影することは当然であろう。けれどそのために作品がより美しくなったり、深いものになったりするとは限らない。こんなことは、宗教に限らず、ある人間観、社会観といった思想なり、主義なりを持つ人と文学あるいは詩との関わりの場合とまったく同じであって、特に宗教について言うべきことではない。いや宗教的信仰の在りようは、むしろ不立文字というか、神や仏との沈黙のうちでの交わりを原点かつ極点とすると言うべきであって、発語を促がすよりは失語に誘う底のものであるはずだ。しかし幸か不幸か、信仰者が詩人である場合、その失語体験が発語への強力なバネとなるものも事実である。それが言葉の洪水となるか、岩清水のごとき姿をとるかは資性の問題だろう。

立川さんの詩は、その意味で、人一倍失語への負荷をかけられているために、いっそう扮飾を脱ぎ捨てる形となっているのではなかろうか。

我々は彼の詩から「みほとけ」の何たるかを知らされることを求めないだろう。言うまでもなく、そんなところに彼の本意があるはずがないからだ。正直言って、『願船』一巻を読みすすめば、西垣さんの残した言葉ではないが、立川さんの詩についてあれこれあげつらうことの空しさを感じさせられる。私は彼の詩の骨組みが、『柵』において主客の不断の相互媒介であったと考えるとともに、『願船』においては、「願われること」と「願うこと」、別な見方をすれば「名のる」前に「名のられている」という存在関連の認識が基底にあることを思う。しかし、ここではそういう脈絡について云云するよりは、「海」にのり出した人間のたたかいの姿からうける率直な感動を書きとどめておきたい。
済渡を願う者にとって生は〝苦海〟であるのは当然すぎるが、まずもって詩人が描く海はこうである。

とびこんでも　とびこんでも
わたしのこころはうちあげられる
ひとのこころはしけていて
あまりにうねりが高いのだ　(2)

〝人間のエゴイズム〟、〝愛の不毛〟、そういう観念の一切をひっくるめた、業の深さを、〝苦しみ〟というより〝苦がみ〟に裏打ちされた詩句として「ひとのこころはしけていて」はみごとであると思う。

けれども、そこに身を投げこんだ者の「みほとけよそしてわたしも／南無とよせ　阿弥陀とかえす／あなたのうねりの／しぶきのようないのちでしょうか」というような海の表現は、立川さんにしてはじめて可能なものと言えるのではないか。もっともこうした斬新な表現はこの詩集の随所にちりばめられているので、いちいち採り上げるのはよそう。冗言で予定の紙数をこえてしまったいま、一つどうしても触れておきたい箇所がある。

たった今わかれたばかりの
背をむけたあなたであっても
くりかえしあらたなであいのために
いのちはふかくあなたをもとめる　(18)

そして順序は逆になるが、

なぜなら　あなたの声がしない夜

おもわずわたしはさけびそうです
くりかえしあなたがわたしに声かけた
倍もあなたがよびたくなって　（17）

この詩句だけみれば、あたかも恋する者への呼びかけと読んでもおかしくない。しかしこれは「みほとけよ」という呼びかけにつづいている。「たった今わかれたばかりの」とか「倍もあなたがよびたくなって」というような表現が、立川さんの宗門への沈潜から浮び上った言葉か、それとも、リルケなどへの共感がうたわせたものか、といったせんさくはしないでおこう。私としては、はるかな旧約の「雅歌」、あるいは十六世紀カルメル修道会の神秘思想の主唱者であった十字架のヨハネの「霊の讃歌」のいくつかの詩句と見紛うもののあることを感じると言っておきたい。

立川さんの作品にはこれと言った破綻がない。それは言葉に無理な役割をおしつけることをしない、つまり言葉を未熟なままに引回したりしない誠実さのしからしめるところであろうし、このことは、存在の理法に謙虚でありたいと願う作者の姿勢のあらわれでもある。「願い」と「願われること」のバランスをとりつつ、海を渡ることが願わしいことであるのに相違ないが、時に「願い」の昂揚、特に「願われてあること」のめくるめく現前。そういうことが苦海の現実であることを想うとき、その大きな振幅を包むものとして立川さんの詩が重量あるものに育ってゆくことを期待すると言ったら俗世界人の妄言であろうか。

（「山の樹」一九七九年）

『決められた以外のせりふ』
――芥川比呂志著――

収められた文章、約百篇。この二十年ほどの間に、新聞、雑誌、劇団機関誌などの求めに応じて書かれたと思われる。扱われている内容から言えば、芥川氏の幼年時代、つまり大正末期から今日にいたるまでの四十年余りにわたり、全篇は内容上十三の章にわけられている。例えばⅠは幼年期の回想から新劇研究への情熱を蕊として送られた戦時下の学生時代から、戦後「緩い曲り角」をまがって俳優としての本格的生活へスタートするまで。Ⅱは一転して、ヨーロッパと日本国内とでじかに触れた外国演劇をめぐる省察、随想など。以下、舞台の上、劇場の外における演劇人芥川比呂志の生活と意見といったことになるが、話題は、内外の人物論から服装、食べもの、タクシー談義にいたるまでまことに多彩である。

尤も私は、この小文を書き出すまでに、何度かペンを握っては、抛り出した。いまでもそうしかねない。というのは、私もまた芥川氏とほとんど同じ頃、戦争直前から戦中にかけて、渋谷、本郷、銀座などをわたり歩いて過した、暗い火のような学生時代の想い出があるから、ウインナ・ベーカリとか三昧堂書店、人で言えばルイ・ジュヴェなどの名前を持ち出されると、途端に一服盛られたような症状を呈して、昭和十四、五年頃の渋谷の舗道をうろつき、妄想をふくらませてしまうので始末がわるいのである。当時の「山の樹」には無縁であった私がこうなのであるから、芥川氏と同人としてつき合っていた鈴木亨氏はじめ旧い仲間の人たちにも、書きやすさは書き難さに通ずるところがあるのではなかろうか。

本題に戻ろう。――一貫して面白いのは、とりどりの人間の姿だ。そこに小説家とは違った味わいが感じられるのは、一人一人の人物を、これら短かい文章という舞台にのせて演技させる演出力というべきなのかも知れない。場面を切りかえながら人物を浮彫りにしてゆく「チネ子の話」などは、逆説的だが一篇の短篇小説だと言っていい。描写の奥に、寛く、あたたかい愛惜の念が感じられる。「チネ子」における、いわばまとめ上げられた人間描写とは対照的に、彼が、一人の人間に魅了されている現場に立会うことが出来るのは、例えば、演出家ピーター・ブルックとの出逢いの場面であろう。パリに四ケ国の俳優を集め、「即興と選択」という劇を、調度博物館の展示場という変った場所で上演するに当って、ブルックが演出計画を説明するのを、同席した芥川氏は聴いている。

「話を聞いているうちに、私はだんだん、自分が、この演出家に魅惑されつつあるのを感じていた。話す声は、静かで、ゆっくりしている。歯切れがよく、声の抑揚は微妙である。言葉が一つ一つよく考えられ、選ばれて、語られるのである。あるいは、そのように語られていることを示すためである。青い表情の豊かな眼がじっと一人の顔に注がれ、次の顔に移る。それが、ふと自分の内部の声に耳を澄ます眼になる。言葉が切れる。手がゆっくりと上り、指が動く。それはある想念を喚起しようとする際の無意識の動きのようにも見え、あるイメージを明確にするための意識的な動きのようにも見える。聞えない旋律と、見えない動きとを暗示するように、ある時は花を摘み取るように、ある時は翻る鳥のように。ある時は水中の小石を探るように、ある時は幼児の頬に触れるように、指が、掌が動く。そして新しい言葉が生れてくる。」

一人の人物の、内面としぐさの緊密な関連を、別の一人の人物が感受するということは、つまるところ、感受者の詩的なイメージ模索の過程に他ならないことを、この一節は物語っている。「水中の小石を探る」という表現などは際立っている。ピーター・ブルックは「『テンペスト』の原作中から、不可欠のせりふは十行であるとして、他は全部抹殺したという」反文学的立場から演劇の自立性を押し進めようという演出家であるが、従来の日本の新劇のレアリズム志向の、ある意味では「最後衛」的位置に身を置かざるを得なくなっている芥川氏が、「最後衛」であるが故に、ピーター・ブルックの、詩劇的演出に心をゆり動かされている姿をみる想いがする。因みに、芥川氏は、ラルフ・リチャードスンの演技にふれて「好きだというだけなら、リチャードスンより好きな俳優は大勢いる」といい「ただ、僕がリチャードスンに強い関心をもつのは、彼が恐らくは、骨太な十九世紀風のリアリズムの演技の最後衛――それを守りながら、『現代的感覚』の演技の追い討ちと頑固に戦っている最後衛の、傑れた第一人者であるからに他ならない。」と書いているが、もともと十九世紀的「新」劇として出発した日本の新劇の、ある意味では曲り角とも言える最近数年間の情勢は、芥川氏などの心中に、リチャードスン的保守（ただし、日本の場合完成したものを、ではなく、もう一歩そこへ踏みこむ必要の痛感から）の心情と、ブルック的変革への架橋者としての苦しみを顕在化させているにちがいない。

話を戻すと、右に引用した「ブルック氏」における描写は、芥川氏の、一人の人間観察の記録である以上に、彼の演技者、演出家としての、人間創造のキイ・ノートとなっていないとは言えない。こういう演劇人間の螺旋状サイクルは、演劇人としての芥川氏の生活の現実そのものであるが、一つのサイクルの充実感、つまり、演劇人がとらえる「生」を、芥川氏は、いみじくも「役者の生死」を通して物語っている。

ルイ・ジュヴェ。この名が私に喚起するもの、それは先ず、「舞踏会の手帖」がはじまって間もなく、捕吏に引かれてゆく一種の雄々しさを発散するジュヴェの姿であり、また、引かれてゆく前のしばしの間、ヴェルレーヌの「Colloque Sentimental」を、マリー・ベルに囁く、重くさびたその声である。私などの網膜にも灼きつけられたジュヴェという人間。その存在の重みは名状しがたいものであったが、芥川氏も「ルイ・ジュヴェなしには、夜も日も明けぬ思いをした一時期が、私にはある」という。ジュヴェは一九五一年に死んだ。その死ののち十数年、ある晩、テレビで偶然「犯罪河岸」を見た芥川氏は、この映画に出て来るジュヴェが幽霊じみて見えることに抵抗を覚え「ずいぶん長い間その人について、その人の仕事や芸について、あれこれ思い廻らして来た他ならぬジュヴェが、幽霊じみて見えては困るのであった」といい、「名優といえども、その人の死によって、『一般の映画の場合』映画は変質しないと言い切れるだろうか。」と問う。たしかに私も「犯罪河岸」のジュヴェが、あのジュヴェかと目を疑ったものである。私はジュヴェの不在に焦立ったままやりすごしてしまったが、演劇人芥川氏はそこから、役者の死の意味をつかみ出す。

「『現実の幻』（映画）そのものがどんなに完璧であったとしても、その裏にある役者の死という動かし難い事実、あるいは事実の欠落が、その映画の本来もっていた濃度を薄め、弾力を弱め、充実を損ねて、観客はそこから自分の現実の世界に戻って来るのに必要な、しっかりした手ごたえを感じなくなるのではあるまいか。そう思うのは、私の身びいきであろうか。」

　これは、演技が終った後に、架空の映像としてのみ反復して観られる可能性をもつ映画が、その生命を却って日常性あるいは現在性に負っているという認識、一方、生まの演技が舞台上でじかに観られる演劇が、演じられぬ限り観られぬという限界を持つことにより、限界のなかで燃焼する役者の生命は、その時しか本来的に生きないのだという、舞台俳優としてのギリギリの体験に裏打ちされて言えることである。「傑れた役者たちは役を、時には芝居をまるごと、墓場に持って行ってしまう」という言葉は、舞台演劇が本来、歴史の、つまり反復不可能性を刻印された生のすぐれた象徴であることを暗示している。したがって、死んだ役者は忘れられなければならぬし、芝居は「生の儀式」であるというパセティクな言葉を、単なる身びいき、思い上りと断ずることは出来ないだろう。

　はじめにも言ったとおり、この本は、面倒臭い演劇論などではない。芥川比呂志という演劇人の頂点は言うまでもなく右にふれたような演劇⇅人間の問題であろうけれど、それは此の本に盛られている、ある時は軽妙な、あるときは繊細な人生体験の堆積に支えられているのである。そういう断章に私たちは、笑わされたり、頷いたりしながら、いつのまにか彼の巧まざる現代文明批判に加担していたりする。たとえば「テレビをみながら」の篇では、当世、大人、子供の区別なしに蔓延のきざしがみられる話し方の「定着型、他発型」を歎いて、流動型、自発型の尊重を望むあたり、一般人としても同感という他はない。話し方と言えば、此の本がいっそう読み易く親近感を覚えさせる一つの大きな要素として、「会話」の見事な使い方が挙げられる。一人の人物の描写でも、その人が話すただ一言を挿入することで、当人のイメージを浮彫りにする文体は鮮かである。これも「決められたせりふ」に生命の息吹きを与えることに身をけずる思いをしている人の余徳というべきなのだろう。ともあれ、これだけ豊富で柔軟な感受性につき合うことは楽しいことであったし、それは俳優としての芥川比呂志氏がもつ、ジュヴェのいわゆるコメディアンとしての資質とかかわりを持つのではないか、などと想像しはじめたところで筆をおくことにしよう。

〝大正〟の旗また一つ

「死は芝居の世界では禁句である。死んだ役者は忘れられる。と言うより忘れられなければならないのである。…一晩の芝居は、血肉を具えた生きた存在である役者と共に始まり、役者と共に終る。芝居そのものが一種の生の儀式なのである」

劇と俳優とのかかわりについて、こういう含蓄ある言葉を、しかもパセティクに語り得た芥川氏は歌舞伎でもなく新派でもなく、まさしく日本の〝新劇〟に殉じた俳優であり、かつ思索の人であったと言える。彼がその死によって「まるごと墓場に持って行ってしまった」彼の芸術についての論議は、その道の専門家に委ねよう。私としては、大部分が〝戦中派〟としてその二十歳台を過した大正生れの芸術家の人間劇に、ゆっくりと照明を当ててみる必要を感ずる（いまはスポット・ライトを当てることで満足しなければならないが）。例えば鈴木亨氏が西垣脩氏の周辺を刻明に再現させている（「詩学」連載）如くにである。なぜなら、明治、大正期にすでに活動を開始した先達たちの西欧文物と人間とにかかわる知識の吸収のあとを受けた戦中派の芸術活動は、戦争協力か抵抗か、はたまた転向かと言った単純な形では現わし切れない〝痛み〟を本質としているからだ。ルイ・ジュヴェが芥川氏を魅惑したという場合、同じ演劇人であるということはいっそう意味があるけれども、それだけではない、人間の造形あるいは造形される人間の本質が芥川氏の心底に灼きついたからであり、こうした心性と〝戦争〟という現実はどう細工してみてもつながるものではない。そういう日々は言うならば自身を拷問にかけつづけた日々なのであって、運よく生き残った者たちの戦後の活動の展開に本質的な影をおとしている。

昭和一ケタは、育ちざかりを食糧不足に苦しんだからかどうか、早死が多いといわれる。その史的意味というものもあるかも知れない。しかしいま六十歳台で世を去ってゆく〝戦中派〟の旗手についていは、一人が死ぬごとにその戦中派的人間観（戦前に芽生え育った）が、戦中から戦後にかけて果した役割というものを明らかにすることが日本の現代と未来に対する文筆家の義務のようにさえ思われる。

芥川氏の死とともに、一つの時代の死があるのだが、これは埋葬ということですまされないだろう。

（一九八二年）

成熟するマリア像
――村上博子詩集『冬のマリア』を読む――

西欧の文学、芸術には時代を問わず瀬々とマリアが登場するのは周知の通りだ。彼の地の場合、それら芸術活動に先立つマリア信仰の成立が、教義の面と信仰のからみ合った現実としてあったと言える。キリスト教信仰においてマリアとは何者なのか。素朴に言えば、処女であるままイエスを妊もり、母となった女性である。その点から、カトリック教会は、マリアを教義上「神の女」として位置づけ、諸他の徳性を認めているわけだが、一般信徒としては、イエスの母となることをうべなった乙女、イエスの生涯を見守り、特にもその十字架上の刑死の運命に与った母、女性としてのマリアである。教会の祈りには、マリアへの讃美、またその忍耐と苦悩とに与ろうとの意図のものが多い。日常的に唱えられるのは、いわゆる「天使祝詞」（アヴェ・マリア）、つまり〝受胎告知〟を起点とするマリアの運命への祝意と、取りなしを願う祈りである。そのほか「お告げの祈り」「マリアの連祷」「ロザリオの祈り」など信仰生活を支えるものとされる祈りが多い。私個人としては「サルヴェ・レジナ」を愛唱する。参考までに〝文語〟訳のを引いておくと。

「元后、あわれみ深き御母、われらの命、慰め、および望みなるマリア、われら逐謫の身なるエワの子なれば、御身に向かいて呼ばわり、この涙の谷に泣き叫びて、ひたすら仰ぎ望み奉る。ああわれらの代願者よ、あわれみの御眼もてわれらを顧み給え。またこの逐謫の終らん後、尊き御子イエズスをわれらに示し給え。寛容、仁慈、甘美にましますマリア。」

いささか時代にそぐわぬ趣きもあり、語句にもひっかかりがないでもないけれども、祈りの主旨と流れは、ついてゆけると思っている。祈りは本来、直接神に向けられればいいのだが、「われらの代願者（advocata nostra）」としてマリアを位置づけるところに意味がある。

村上博子さんの『冬のマリア』の感想を書くのに、右のようなカトリックのマリアを持ち出しておく必要もないと思うが、また「その面を避ける」必要もないと思うので、村上さんが〝余計なことを〟と思うかも知れないがあえて前置きにしてみた。もっと言えば、たとえばフラ・アンジェリコの『受胎告知』における、ミケランジェロの一連の『ピエタ』におけるマリアを云々したいところであるが御推察に任せるとして、近いところで、マリア一辺倒とも言えたシャルル・ペギーのシャルトル〝巡礼〟とかかわる一詩句を挙げておこう。

暁（あかつき）の星、近よりがたき女王よ
われら　いま　おんみが宮居へと進みゆく
みよ　ここは　われらが哀しき愛の原野
みよ　ここは　われらが果てしなき苦しみの海原
……
おんみはみそなわす
塵に染み　泥にまみれ　雨さえ含みて
ただ一すじの道を往く　われらを
凪にさらさるるこの大いなる扇の上
わが歩む広き道すなわちわれらが狭き門

（ボースを捧げる歌）

マリアを考えるとき、私などには右のようなコンテキストを抜かすことができないので、村上さんのマリアの解読にはむしろ不適任とさえ思う。だが三十年にわたる長いつき合いを背景にして、村上「マリア」を présenter すればどのようになるか。

村上さんの世代の少女期は、「桃の節句」と深く結ばれていたと思う。春の陽ざしの中に雛人形をとり出し、ひとときの「夢」のあと、また惜別の念とともに暗い蔵の奥にしまい込む。年毎に雛は変らぬ顔かたちで立現われては去ってゆく。が、その貌が語りかけてくる言葉は意味を変えていったにちがいない。村上さんの第一詩集は『立雛』と題された。そこでは、彼女と、母と祖母と、特にも若くして逝った姉とが、雛をめぐる美しく幽幻と言える世界を構成していた。

ひとがすべてを忘れたとき
ひとがこの世の形象を
愛し愛してついに黙すとき
ひとは己が愛するものを
なお知らないと知る時に

澄みとおった冬の空の中に

遠く
にぎやかな
緋色の壇が現われる
（「ひとがた」）

人形の生きて呼びかける瞬間を、人間の愛の極限にとらえる、緊迫感のみなぎる詩句があった。それが「雛人形」、とくに〝女雛〟を媒介として立現われてくる世界であったことを想うと、村上さんの詩が、そのスタイルにおいてすぐれて女性的であった（この点については第二詩集に、故西垣脩氏の懇切な指摘がある）という以上に、女性的〝存在〟の定位にむけて注がれる努力なのだということをあらためて思い知る。それゆえ、

そうだ　娘らよ　わたしは少し遠くから
いつもこよなくお前たちを愛したから　と
（「秋の人形」）

と言った詩句に接するとき、マリアはすでに「雛」の時代に、みやびやかな衣裳の奥から呼びかけていた、それもこの国の初々しい言葉で。

詩集『立雛』に私はいささか酷なと思われるような〝跋〟を書いてしまった。曰く「いくつかの死が彼女を生長させて来た。そして、やがてもう一つの死、それは彼女自身の『死』だが、それを、彼女がその死にはるかに先立って、どう受止めるだろうか。静かに眺めていたいと思う云々」。現実には、自分の死よりも酷薄な死がある。そういう死をかいくぐりながら人は近づいてゆく。自分の生よりも鮮明な生にである。『秋の紡ぎ歌』から『冬のマリア』への歳月は、村上博子にとって、そういう道行きの歳月であったと言えよう。

『冬のマリア』には、私がこの小文のはじめにかかげた教会の祈りや、ペギーの憑かれたようなマリア渇仰の言葉は聴かれない。むしろ、軽やかな、場合によっては明るい笑いでもひびいて来そうな詞が

つらねられる。そこに現れるのは「長い年月をへて私の眼におのづと見えてきたマリア」と作者は謙虚に、しかし自信をもって言っている。たしかに、二十年前、「雛」の世界のなかに、象徴的にとらえられていた〝女性〟は、いま、われわれの中に、あとになり先になりして歩む、〝現存〟のマリアとして「街角で」でも出会われている。そしてまた、

私の髪にも霜が降りました
どうしてすべての絵が
あなたを若く描くのでしょうか
あなたの齢の上にも
冬があったはずなのに
そしてあなたは冬がお好きだったと私は思います
（「冬のマリアⅠ」）

というとき、詩人は自分と同じ年月を歩いたマリアと語り合い、ともども〝成熟〟に思いを潜めているのだ。さらに、かつて、「告知」に対して「御旨のままに我になれかし」と応えたマリアの「言葉」が、「肉」の次元で文字通り熟して来た時の流れを、今日までの二千年の流れと重ねてうけとる「答」という作品は、村上博子の「天使祝詞」と受取れぬこともない。

語るべきことは少くない。が、うっかりすると私の文字通り〝私語〟になってしまいそうな心配もある。詩集をしめくくる形で、最後に、小坂圭二作のマリア像によせた「手」という作品がのせられているが、原彫像のただよわせる気配を、時空の交叉点に位置するマリアとして幾重にもふくらませ、しかし過剰に流れず造型し直した作としてみごとであると言いたい。文字通り「お雛さま」のようであった詩人の、マリアとともに生きたがゆえに生み出した詩集として読むことができることを嬉しく思う。

（一九八四・五）

村上博子詩集『雛は佇む』跋

村上博子さんの人と作品について語ることは、彼女が属していた詩誌「木々」の鈴木亨氏、伊藤桂一氏はじめ先輩ほか友人に炯眼、適任の方がおられる。私は彼女と最近はあまり顔を合わせていなかったが、博子さんの大学入学前後からの友人だからということで、夫君勝彦氏の要請もあり、責を十分には果たし得ないことを覚悟の上で選詩集編纂に加わることをお引受けした。そしてここで一言記すとしても、あくまで限られた私の視角からの、しかし博子さんの詩の営みの本質に関わると見えることども、それをを綴って見るにとどまる。個々の作品についての感想、評言を記す場ではないのでこれは差し控えさせて頂く。

幼い時から「雛」との交わりの中にあったと思われる村上博子さんは第一詩集を『立雛』（一九六五）と題した。祖母から、母から手渡された雛人形の、「時代」が染み込んだ深い美しさを印象づけられたのはもとよりであろう（その雛は空襲で無残に焼けてしまった）が、それ以上に、感性豊かな彼女は雛の歴史に潜む人間の業苦、哀しみの影を強く感じ取る娘として成長してきたようだ。この詩集の後半は、若くして逝った姉との関わりをつつみ込み、主として鎮魂の思いを底流とした作品と見ることができる。時期的には後になる前半の作品群は、生と死をめぐる雛への「問い掛け」、雛の「答え」、あるいはその逆に、雛からの問いに答える状況を歌う、いっそう広がりと曲折に富んだ美しい詩篇である。描かれる雛の立ち居、振る舞いは、雛の生い立ちを懐かしむ歌、また雛の他界を傷むなどの歌であり、それらが情感こまやかな独特の抒情詩として展開する。見方、読み方によれば、お嬢さんの「雛あそび」と言えぬこともないとは、作者自身の自戒の言葉であったが、この「遊び」が、この国の人の、特に女性の生きる日々に深く根差している意味を、村上博子が自身と雛との重なる生の現実から掘り起こそうと念じている姿勢が見えると言おうか。立雛の背後には愛すべき「ひいな」がダブり、さらにその奥に「ひとがた」、「あがもの」（贖物）としての「人形」が見え隠れする。

生活と言えば、博子さんは慶応大学仏文科で学んだが、そこでイスラム学者井筒俊彦氏の学問と思想に傾倒し、言語学研究のため大学院に進むか否かにかなり悩んだことがある。しかし研究者としてその道を進むことをきっぱり断念して後、つまり第一詩集『立雛』を出す十年位前から、彼女はキリスト教（カトリック）の世界を識り、受洗し（霊名、マリア・ミカエラ）、その教義、思想を、指導に当たった修道女ほか、カルメル修道会奥村神父などのもとで深く追求した。同神父が私の妻などを語らって始めていた神学講座に参加した博子さんは神父の講義を綿密にノートし、後にその一部をカルメル会誌に載せてもいる。聖人たちの足跡を追い、自己の魂の全き救いを祈り求める一方で、宗教と詩に関わる少なからぬ論説なども書いていた。しかし、キリスト教的な教条、思想は村上博子の詩作品にはあからさまな形で現れることはない。現れるとしても、十分に咀嚼された暗喩的な語彙の範囲でしかない。詩人としての彼女は、自分がキリスト教信者であることを前提して読まれることを望んではいない。しかしごく自然に、そして深い意味でそう受け取られることは拒んでもいなかった。個人的、私的な生活の場での、キリストの倣び、マリアへの接近における遅々たる歩みを厳しく自省し、苦しみ抜いていた彼女の魂の劇は余人の想像の彼方にある。

村上博子さんは人に対してはあまり感情の昂りを見せる人ではなかったと思う。彼女が結婚してからは顔を合わせる機会が減った。「山の樹」の同人会などでは逢ったはずだが、それほど言葉を交わした記憶もない。しかし、伊豆、川奈に転居してからのある時、電話でお子さんを流産で亡くしたことを知らされたが、この時の彼女の声に私は耳を疑う思いをした。激痛としか言いようのない傷みに途切れ勝ちの言葉であった。慰めの言葉も空々しく思えるので、ひたすら聞くことで終わった。その後、会合で顔を合わせても、その時のことを話題にするのは避けた。かつてのその哀しみはどこでどう息づいていたのだろうか。彼女は後に自身「秋の千代紙」と呼んだ数篇の作品でそれを歌った。第二詩集『秋の紡ぎ歌』（一九七三）はそれらの作で始まっている。底まで味わった哀しみを秋の草花に託して、美しく静謐な言葉の糸で詩を「紡い」だ。この集の後半にはまた夭逝した姉への思いが揺曳するが、第一詩集以後の約十年の間に彼女の詩風は、抑制の利いた措辞により再読、再々読に誘う魅力を湛えるものとなった。はげしい哀しみを歌うにしても、である。この集には、村上博子さんが敬愛した西垣脩氏（故人）が行き届いた跋文を寄せておられる。「この国の〈おんな文化〉を継ぐさだめを負うて、この詩人は素直にけなげに機織りの座につき、作品を織りつづける」など。

第三詩集は『冬のマリア』（一九八四）。この年より十年余り前に世を去った私の妻への献辞を自筆してくれたこの集には、カトリックでは中心人物であるマリアが取り上げられ、村上博子のキリスト教徒としての貌があらわになる。と言っても堅苦しい信仰教条が顔を出しているわけではない。むしろ、母、女としてのマリアへの軽ろやかな讃歌である。「重すぎたのではないかしら　あなたの腕に　二千年課せられてきた役割は」「『お望みならばそうなりますように』とあなたはおっしゃっただけなのですから」という詩句は、自身、重荷を抱えつつマリアに倣いたいと願う村上博子の心から、自ずと洩れたマリアへの思いの表白であろう。マリアの宗教的な位置づけについては、彼女が「キリストの母」であるのか、「神の母」であるのか、と言った形で長い神学論議が続けられた後、「聖霊によってマリアに宿り、人となった神の子イエスの母」と規定されて今日に至っている。マリアは子であるイエスの使命の遂行をイエスとは距離を置きつつ助け、その極みにおいて、その子の磔刑の苦しみを「共に」耐えねばならなかった。だが、そういうマリアの姿に、その後の歴史のなかで人々がどのように向かい合ったかは、人それぞれの生活状況によって彩りが異なる。多くの西欧文芸、美術などがそれを物語っている。村上博子は十字架の下に佇んだマリアの傷みを自身の傷みとして覚えつつも、この国でマリアを歌うにあたっては、「この一人の希有の女性の目立たないたたずまいと、そのひそやかな成熟の一端を」と、この詩集の「あとがき」で述べているように描きたかったのであろう。マリアを深く識り愛する者は、街角にいるマリアにふと出会うことがあるのだ。この詩集を読む者は、マリアの成熟を見つめる村上博子その人の、人間として、詩人としての「ひそやかな成熟」の道行を窺い見ることができる。

この道行は美しいイメージを印象づける言葉で歌われていたが、読む者にはある意味で、かなりの緊張を味わわせるものでもあった。村上博子の成熟がおおらかな口調の詩として展開するのは、第五詩集『ハーレムの女』（一九八八）であろう。その前に『ひなあられ』（一九八六）なる小詩集がある。これには数行の短詩十篇と「新しい季節」と題した散文詩が収められている。特に「新しい季節」には「雛」と詩人との関わりの一つの極をあらわにする切実な情感があふれている。この集は遠くに住む娘の由美子さんへ捧げられた母の歌でもある。とまれここで作者ははるかに「雛」に呼びかけ、細やかに「秋を紡ぐ」筆をひとまず置いていると言える。そして「ハーレムの女」に案内されてのトルコ探訪の旅が描かれる。旅と言っても遠く足を運ぶわけではない。ここでも、彼女の詩法は自在に駆使される。すなわち、詩人の「今」と、ルーペを使ってまで眼を凝らすトルコ細密画の世界との刷り合わせである。彼女は、点としか見えない狐が、人間の哀歓を見つめ、聞き耳を立てている姿を、並みの大きさにして見せてくれるなど、楽しい見聞が盛られている。もっとも、この詩集を終わらせるにあたって、彼女はまたしても、謎めいた「笛吹く人」をめぐるモスク風景の、イメージ豊かな詩篇を掲げている。

そしておよそ十年の後『セロファン紙芝居』(二〇〇〇)が上梓された。村上さんはそれまでの詩集をすべて友人であった故堀口太平氏の黄土社から出していたが、この度の出版に関しては「山の樹」「木々」を通じての先輩、鈴木亨氏にお助け戴くと言っていた。万事に緻密な鈴木さんが引受けて下さったのは有り難いことであったろう。送られて来た詩集は収める作品の数も多く、充実した出来ばえであった。この厚めの詩集をのんびり読み終わった頃、忘れもしない四月一日、また彼女からの苦しげな愬えの電話を受けた。それが私が聞いた村上博子さんの最後の声となった。

更めて感慨にふけりつつ最後の詩集に眼を通した。Ⅰはトルコの細密画の余韻漂う作品。Ⅱは彼女の学生時代、セロファン紙芝居の作者木俣武氏との出会いと氏の仕事への協力。重ね合わせたセロファンを透き通る光の美しさに魅せられた経験、天に帰った木俣氏との対話などイマジネーションは自在に広がる。気付かされるのは、ここには旧約聖書のいくつかの場面を、村上博子流に巧みに現実と交錯させる作品があることだ。そしてこれらの作品には、行分けの詩ではなく彼女が「掌篇」と言っていた詩的散文が多いが、構成には苦心のあとが窺われる。このことは、Ⅲ黙示録の猫、Ⅳ従姉妹についても言える。行分け詩とは少し次元をずらした場で「語って」みたかったのであろう。留学する一人娘が置いて行った飼い猫の何気ない素振りに、更めて猫の〝存在理由〟を見出す複雑な思いを、またマリアが身籠ったとき訪れた従姉妹エリザベートに見立てて、村上博子が語りかけた、若き日の従姉妹への親しみ以上の感情を。

生活のさまざまな断面を幾枚ものセロファンに映し、それを重ね合わせて新しい光の世界を構成する、これらの詩作の営みを、自らも「紙芝居」と見なしている村上博子の姿勢が見える。このことは、はるか「雛」との交わりを生きていた時代にすでに萌していたことが、彼女が残した膨大な草稿からも窺える。それらの草稿の中から制作時期にこだわらず、推敲して発表し、この詩集に収録したものもあるようだ。いずれにせよ自家薬籠中のものとした詩法で構成され、読みごたえある作品集となった。読後感を十分に彼女に伝える前に遠く旅立たれてしまったこと、無念としか言いようがない。

ここに鈴木亨氏、谷口正子氏、森みさ氏など知友のご協力を得て、村上博子さんの既刊の詩集から選んだ作品を一巻にまとめて見ましたが、天に在る博子さんが少しでも喜び、ふと姿を見せ、語りかけて下さるなら幸いに思います。

なお、本集の表題を『雛は佇む』としたのは、十字架の下、哀しみのうちに立ち尽くしたマリアを歌うカトリック・ラテン語聖歌「Stabat Mater dolorosa」（哀しみの聖母は佇めり）のマリアに、「ひいな」つまり博子さんの魂の象徴を重ねるのが相応しい、との思いからです。

（平成十二年　十二月）

前川緑『麦穂』の世界

　元来は現代詩の世界の一隅に住み、時に俳句を読んでいた者で、短歌の世界には縁遠い者ですが、数年前、前川緑夫人の『麦穂』を読む機を与えられ、その時の衝撃というか感動というか、いづれにせよ愉しい詩に接した心の戦きをノートの一端に記しておきました。記したのはわすれぬためなどではありません。感銘は文字通り、肝ならぬ心に銘じられて消えることなく残っており、時あってか新しい言葉となって蘇って来るものです。最近、時を得てその感動を少しは形あるものにしてみようと思い立ちました。もとより、一読者としての的外れな偏見、管見にとどまることは目に見えていますが。

　とりあえず、順不同に（作の時期にとらわれずとの意です）いくつかの作品を挙げてみます。

たちまちに赤き火　山を焼き終れり火の樹火の
草春来れば萌ゆ

海かすれ砂浜かすれ風かすれ富士赤く燃ゆる道
を走りぬ

曇天のつづく秋の日底澄める鏡をひとは部屋に
持ちこむ

雲は雲太陽（ひ）は太陽（ひ）のままに映る目を生きもの持
てり草木は如何に

悪霊の声とし思へば尾をひきてわれの身ぬちに
くぐもりきこゆ

かつてなき不安に耀くまなざしに不意に泛びて
白き帆は在り

ほそぼそとそよぎ立ちたる秋庭の木賊のごとく
悲しみ足らず

青い花卉が尖塔のごとし悲しみが胸にはりつき
て動かぬときに

はじめの一首は詩としてもっとも強い感動を覚えた作で忘れ得ぬものです。冗言を費やすまでもなく、燃えて火となった樹、草が、その激しい生命をまた春の緑として萌え立たせる、自然のドラマを、山焼きの「火」のイメージを軸として構成したみごとな作品と言えます。特に「火の樹火の草春来れば萠ゆ」というたたみ込みの息づかいは緑夫人に独特なひたむきと言うべき表現を生んでいるのだと思います。このことは右の第二の作品の、ここでは上の句「海かすれ砂浜かすれ風かすれ」にも見ることができます。そしてここでも赤く燃える富士が作者を触発しているのが印象的であります。私はこうした歌を特に短歌として意識しないと言いたいのですが、やはり五、七、の構成が決定的な効果を生んでいることを更めて認識せざるを得ません。この二首を私の小文の冒頭に揚げたというのは、管見ながら緑夫人の詩人としての感性の質がここに端的に示されていると思えるからであります。このことを、第三首以下に引いた作品をめぐりつつ敷衍、咀嚼してみたいと思います。

もし私たちの感受性を一枚の鏡にたとえるならば、この鏡の面に一点のくもりもなしに存在世界に対したいという、ほとんど不可能な願いを緑夫人は抱きつづけているのではないでしょうか。そうした清澄にして精確な〝視〟の現前として、例えばここにかかげた第三首あるいは第四首があると思うのです。そのまたヴァリエーションが

或ひは中有にかかりゐむかも山桜散りゆく際の
形象おもふ
空青く底ひなく深く澄みたれば手放すものを持
てるなるべし

など本集にも数多く読むことが出来ます。

しかしながら私たちの感受性の構造を生きて働かせる源としての〝私〟の実存、それが問われねばならない。西欧の精神と対比されてよく言われることは、日本人の自然との和合の姿勢といったことですが、そこにも〝私〟が無化しているわけではない筈です。ただ〝私〟なるものを自覚的に受けとめはじめたについてはやはり西欧近代との接触を評価せねばならぬと思います。我が国の作家たちの〝私小説〟的〝私〟意識からの脱却は必ずしも明確ではなかったとしても、少なからざる個性が独自の道を通って〝私〟の発見とともに〝私〟とのたたかいを深めて来たと言えます。私はかつて詩人金子光晴氏についてその経緯を論じたことがあります。そうした文脈において前川緑夫人の歌人としての営為をみるとき、そこに深い意味での自己追究の苦しい作業がつづけられているのを見て畏敬の念を抱くものです。

奈良から茅ケ崎への転居のあとの作に

からうじて身を起しわが立ちたりき神ははじめより遠き存在

があります。この作と殆んど同時期と思われるのが、先に揚げた第五の「悪霊の声とし思へば」のうたであり、更には

かなしばりのわが身僅かにほどかれて夜くれば思ふ生き死のこと

かくもわれ追ひつめらるる日も夜も身をさいなまる咎は何ならむ

など、読む者の心をさいなむばかりの苦吟がつづきます。人間である限り人との関わりにおいて大小の罪障意識は持たざるを得ませんが、それはまた日常

の挙措のうちに消失してゆくことも少くありません。宗教徒はある特定の視角からの罪意識を明らかにしつつ暮すことがありますが、緑夫人の内奥のドラマは、こうした特定宗教の指し示す罪とか業のそれではない、しかも消えては浮び、浮んでは消える偶有的なものではさらにない、「日も夜もさいなまる」という認識がつきとめようとしている「咎」とは何なのでありましょうか。たとえ心を激しく燃やしつくしても滅ぼすことの出来ぬもの。

火のごとく心を燃してすべなけれ業火はつねに
じりじりと燻ゆ

まがまがしい意味ではない〝憑かれた存在〟としての自己をめぐる果てのないたたかい。宗教徒ならば言葉を棄て沈黙の中に超越の機を求めるでもありましょうが、ほとんど言葉を失わんとする境涯から浮ぶ言葉の中に自己を見据えねばならないのが詩人の宿命と言うべきでありましょう。こうした〝憑かれた心性〟を、それをつつむ身体とともに、十重二十重につつみこみ、日常の時間がゆっくりと回しているというのがまさしく人生であってみれば、この時間の網目との和解を拒否することは即座の死以外ではありません。問題はこの和解の質にあると言えます。日常的な野心なり希望なりを、時間のなかで不完全にせよ実現してゆくことは、よく言えば健やかな生き方であり、悪く言っても妥協ということでしょう。和解の名で私が呼ぶものは、時間の外に在ろうとする最も〝私的〟な実存の像が、時間の流れに自身を映す、ぎりぎりの営みであると言えます。かくて、私は前川緑夫人の和解の営み、あるいは彼女の作品を陰に陽に支配する基本的な息づかいをはっきり述べるとすれば、それは〝悲〟であると言いたいと思います。

『麥穗』一巻を読みすすめるにつれて、本集がいかに、〝悲しみ〟に浸透されているかが、いっそう明らかになるでしょう。死はもとより、生れることの悲しさ、明るさの中の、優しさの中の、微笑のなかの、ユーモアのなかの、悲しみ。時に〝大慈〟を支える〝大悲〟とはなり切れぬ悲しさ。それが緑夫人の作品の光と影となって存在感を形づくっているのです。本小文のはじめにかかげた「木賊」のかなしみ、それよりも、ふたたびここに引けば

　青い花卉が尖塔のごとし悲しみが胸にはりつき
　て動かぬときに

の作を絶唱と言いたい気がします。ここでは「悲しみ」という語がそのままの形で表われていますが、その抒情性は「はりつく」という措辞で削られる以上に、上の句と向い合うことで、全句を〝悲しみ〟のはりつめた形象とすることになっていると受とれます。これ以上に

　生命を思ふ土中の悲しみがわれの不幸の中心と
　なる
　会はざればかかることなきとも思ふ美しきもの
　は死をともなひぬ

などの作によって緑夫人の〝悲しみ〟の地上的起源にさかのぼることも出来ると思いますし、また〝青〟〝針〟〝星〟といったイメージが、しばしば悲しみを象る要素となっているなど、想いをいくらでも深め、拡げてゆくことができると思います。しかし本文の目的は〝悲しみ〟の歌として『麥穂』を味わい得ることを私的に納得するところにありました。そういう視点を固定してしまうことは素直な鑑賞ではないことはもとより承知しておりますが、一つ一つの作品に限りない奥行きを与え、その位置を明らかにする世界感覚として〝悲〟をとり出してみることも強ちまちがいとのみ言えないと秘かに想うわけです。

蛇足ながらつけ加えれば、緑夫人の世界感覚の一つの態様として、存在世界のラディカルな対立、矛盾という抽象性よりは、微妙なずれ、齟齬をとらえてその由縁をうかがわせるという作があるのにも注目させられます。先にかかげた「海かすれ」の作における「かすれ」という語が使われる作品がその類に入りますが

こはれゐる頭のどこかひえびえと澄み来て天使の翼が戻す
ほの暗く心の内部にさせる灯に濡れし雨傘がしとりて重し

などにおける柔らかなイメージの対応によって成っている作もそうであると思います。最後に〝悲〟にはりつめている作者の精神が、つかの間〝慈〟にふれ和む幸いある場面に眼を向けて小文の結びにしたいと思います。

クレソンの葉をちぎりつつ休らひの幾刻かあり水の音して
すてはてむとすべてを思ひゆくみちの涸れたる泉に微笑がうかぶ
はやばやと昏れてしまひぬとほき心を呼びさますごとき白き山茶花

（「日本歌人」一九八三年十一月号）

佐美雄氏のこと

前川家に私の娘が嫁しているからとて、私に〝人間〟佐美雄を語る資格があるとは言えない。むしろ、娘が、佐美雄氏の人間の深さ、ひたむきさに打たれ瞠目している日頃の様子から、そういう人に接している娘の幸いを私かに慶びとしていると申すべきか。

詩歌といえば現代詩、そしてごく一部の欧米の詩にしか接して来なかった私が、日本古来の詩歌に触れ得たのは〝縁〟によるという感が深い。俳句は職場の先輩としての加藤楸邨氏から教えられるところ甚大であったし、短歌は前川家とのかかわりで親しみを増し、緑夫人の『麥穗』観賞の拙文を「日本歌人」に載せていただいたりした。楸邨氏にはいろいろお話をうかがう機会があったのに反し、佐美雄氏の場合は、娘夫婦を交えての団欒が主であった。とは言え、私なりの佐美雄像がないではない。

昨年の暮れ近くであったか、佐美雄氏を病床に見舞った。たまたま独りで休んでおられるところであったので、口下手の私も精一杯励ましの言葉などを差し上げたのだったが、氏は終始、静かな光をたたえた眼で応えておられた。私は佐美雄氏の眼のかがやきが好きである。かがやきと言っても、キラキラしたものではなく、深みからさして来る光り、あるいは、そこに在るものが在るものとして光っている、そんな光りである。佐美雄氏の数多い作品のなかで、〝在るもの〟を、そんな光りとともに喚起する作に時に出逢う。例えば

宮あとにわれは入り来るさうさうと萱ぐさなびき石光るゆゑ

冬の日は涙のごとく輝(て)りゐれば石舞台の石目よりはなさず

けだものに会ふばかりなりし古への神の道かも青く照る見ゆ

など、在ることの確かさ重さが、光るもの、映えるものとして美しく歌われている。

大和に生まれ育ち生きた佐美雄氏が、歌人として大和の〝時空〟を背負っているのは紛れもないことである。とともに、その七〇年を越える歌人としての来歴のなかに、たとえば『植物祭』を産む革新の覇気や、又戦争を挟む精神の難行の時期があったことが想起されねばならないであろう。だが、今、私の目の前の佐美雄氏は、ここ約百年の激動を生き抜いた〝大和〟が、そこに凝縮して光っている存在と見える。若き日に西欧の詩文に接して、新しい「形」に激しく挑んだこころみは、殆ど氏の肉体に化している。生来の〝大和〟への反逆とか否定の行為であったのではなく、古い大和を新しい世界に生かすに当たって自ら課した〝割礼〟であったろうと私は受取るものだ。新しい「形」が痛みをかかえていたとすれば、それは自ら施したその割礼の痛みに発するものであったろう。誠実と言えばこの上もなく誠実、不器用と言えばこの上もなく不器用な人であったのだ。しかし大和の時空が単に佐美雄氏薬籠中のものとして歌われるのではなく、より広大な時空に結節をもち得たのは、そこにあの割礼の痛みが走っているからではなかろうか。「おのづから名所歌、巡遊歌集のやうな形」になったと著者自身が言う『大和六百歌』の中でそういう佳篇に（前掲の作を含め）随所で逢うことができる。

首あらず胴だけとなりし石人の夏くさのなかある如くある

人よりも鳥よりも夙く池みづは夜明けの紅葉映しをりにき

　かつらぎの夕日にむかひ身もだえてむかしの墓
　　は臥す如くある

そして絶唱と言うべき

　春がすみいよいよ濃くなる真昼間の何も見えねば
　　大和と思へ

のほか、この小文ではとり上げきれない。座右に置きたく私の無躾な所望に、佐美雄氏はこの「春がすみ」の作を下さったが、それは十年来私の部屋で、加藤楸邨氏の

　鳴かねば見えぬもののあるなり百舌鳴けり

の句に相対している。贅言を弄ぶまでもない。〃見る〃という、詩の要諦にじかにかかわる二人の先達の作に日毎、心を洗われる幸せを享受している。

　また、近いうちに佐美雄氏をお見舞いしたく思うにつけ、氏の眼鏡にかなう〃土産物〃を携えて行くのは容易ではない。勢い、娘たちと一緒の団欒となってしまうが、それも又よしという声もきこえる。

（「歌壇」一九九〇年七月号）

大和の〝原時空〟
——佐美雄氏の闘いを想う——

佐美雄氏が鬼籍に入られてから早や一年、感慨は一入なものがある。

生命終るその日まで青き天にむき
闘ふがごと生きてゆくべし

という氏の四十才の頃の作があらためて脳裏を去来する。明治以来の我々の生活は西欧文明との戦いであったと言えるだろう。そして文芸を志した者はそれぞれの場において、西欧の受容と又それへの反動とが自己の芸術的行為に彫りこまれざるを得ない宿命を負った。それは一言で言えば、この日本という国に生きる制作者としての自己（アイデンティティ）彫琢の戦いであったはずである。大正、昭和を通じて多くの文学者、詩人にその戦いの姿をみることが出来るが、傑出した歌人としての佐美雄氏の戦いをその一典型として、出来ることならその全貌を描き出す試みが、せめて短歌に関わる領域で成し遂げられねばならないであろう。そうした試みが既に少なからずなされて来ていることを半学の私も知らないではないが、願わくはそれらが集大成されんことを、と申すべきか。

昨年「歌壇」の特集に寄せた小文で、私は私なりに佐美雄氏から受けた深い感動を舌足らずながら記して見た。その中で、佐美雄氏の『植物祭』を生む営みの底に一つの「割礼」とも呼べる契機が覆在したであろうこと、そしてそれは氏のその後の作の形質に微妙な陰翳を添える素因として働いて来たのではないかと推量した。「割礼」などと言う語を持ち出したことを、少し敷衍すべきであると思い、ここに記させて戴く。

西欧の詩文に接して多大の影響を受けたと言えばすむこともある。あるいは、「洗礼」を受けたという比喩で影響の度合いを表すことも極く普通になった。マルキシズムの洗礼を受けたといっても一向におかしくない。受けた人の心性の著しい変化を伝える言葉として便利であり、頻繁に使われている。思想の面でその「洗礼」の虚実を読み解くことはそれほど難しくはないだろう。だが、巨きな歌人である佐美雄氏の場合、西欧詩文の「洗礼」を受けたということでは、充分に言いつくさぬ憾みがのこるのである。「洗礼」と言う言葉自体、本来の意味は軽いものではないことを前提しても、むしろそれとは異質の事態を感得させられるから、と言いたい。佐美雄氏が西欧詩文をどう受け止めたかを詳らかにはし得ないが、『植物祭』にみられる多くの破格体とその制作（ポイエーシス）の営みを按ずるとき、佐美雄氏は歌の生産そのものが危殆に瀕することを覚悟の上で、その傷の痛みを通じて神の如き者に向い合わねば、歌人としての在り方に納得出来ないインパクトを覚えたのだと思われる。「割礼」の起源は不明としても、「旧約」におけるそれは概ね「同族性」の徴しとみられる。それに加えてこの儀礼には人間の「生殖能力」を犠牲にして神の豊穰な生産に委託する意味があったとされている。私が昨年の小文で思わず使ってしまった「割礼」はこの後者を意味においてであったことを付言したい。芸術作品に感動を覚え、それを反芻する作業は、いずれにせよ、観る者、読む者の感性と知性とのコンテクストに依らざるを得ないから、他から見れば誤解、冗言の域を出ないこともあるのは夙に承知としても、そのコンテクストの幾筋かが他のそれらと相寄り相交わることも可能である故に私共は敢えて言挙げする。佐美雄氏の長年にわたる歌人一筋の生涯を私流に「割礼」を一要因として見ることも無意味ではないと思う。大和を基底とする佐美雄氏の時空は巨大である。我々はその到るところでただならぬ魅惑に囚われる。その魅惑の質こそ論ずべきであろうが、私はそれを生み出した佐美雄氏の「戦い」に一言触れて置きたいと思う。

「短歌に入って「心の花」に終始して来た僕は、最近あまりにも異端者であった……「まるめら」に関係し、新興歌人連盟をおこし、「尖端」をはじめ、「短歌前衛」をやり、そうして、僕の内的な変化はまうそんなことには飽きた……」

『植物祭』後記の一節である。「心の花」からの転変はただ新しさを求めての彷徨であったとは誰も思うまい。「異端」、それは様々な集団、結社からの離脱を意味していたかも知れぬが、それはまた、短歌の原型とも言えるものを求めての苦汁に満ちた孤独な闘いであったと思う。それ故生み出された作には当時の短歌世界の目に衝撃的と映るであろう形が押し出されていたことは想像に難くない。しかし私は破格、場合によれば不徹底と思える表現を敢えて取り続けた作者の姿勢が決して直截単純なものではなかったことに思いを致す。既に触れた通り、「生産」の犠牲を内包する恐れ、痛みが作自体に纏綿していると見るからである。

草はらに分け入つてみたが自らをなだめる卑怯さに堪へきれずなる　（闘争）
草よ木よみな生きてゐて苦しみのあはれなるわれを伸びらしてくれ　（白痴）
胸べまで大地の暗さがのびて来ていまこそわれは泣くに泣かれぬ　（光に就いて）
はらわたをゑぐりとられて死んでをるわが體臭は知るものよ知れ　（忘却せよ）

これらの作が当時短歌としてどのように評価されたか興味あるところであるが、今の私としては、ここまで、このような異形の短歌を生んだ作者の〈精神身体的）裂傷の深さに粛然とせざるを得ない。思うに佐美雄氏はその傷を外科的な意味で殺菌、縫合することは意図しなかった。むしろ「生命終わるその日まで」、時あってか疼き出す伴侶として偕に生きることを引き受けたと見たい。佐美雄氏の身体はまさしく大和人のそれであり、意図すればその感性のままに「古典的」な歌を里子に出すように生み得たでもあろう。が、新しい「現実」に生きる佐美雄氏の歌には不可思議としか言い得ない「重層性」が揺曳しており、それが作の内容を増幅しつつ且つ構成の厳しさをもたらす因となっているとしか思えない。かくて歌集『大和』『天平雲』において、佐美雄氏の激しい闘いの成果がおもむろに晶結（crystalisation）し行くさまをつぶさに見て取ることができる。自虐と言っていい限りない自己の破れの糾明、救済への祈り、放心の底にかいま見られる自からなる天地、そこであらためて見据えられた大和の時空、その鮮烈な美の発見等々、書き留めたいことは限り無く浮かぶが、すでに諸家が論じつくしていると言えば言える。ここで紙面を蛇足のために費やすことは慎もう。ただ昨年の小文以来、気にしていた一事を付け加えて置きたいと思う。これにしても、すでに指摘がなされている事であろうが、私感を記して見るまでである。

昨年『大和六百歌』から引用した「般若寺坂」中の一首、

首あらず胴だけとなりし石人の夏くさのなかある如くある

は私の愛唱する一つであるが、その初出は

首あらず胴だけとなりし人間の夏くさのなか行くごとく行く

であった。同じ情況の作において、「人間」が「石人」に、「行く」が「ある」に変わっているのが意味深い。どちらにしても秀作である。初出の方の「人間の」「行くごとく行く」では時空を旅行く人間の旅の方に重みをのせたことが読みとれるに対し、「石人の」「ある如くある」は叙景に傾くと見えて実は人間存在の無量感を大和の夏くさのなかに捉えた作として私は感動した。とは言え、存在の単純な不動性にではなく、「胴だけとなり」において既に旅を「行く」存在の、悠久な「ある」姿に打たれたと言うべきであろう。佐美雄氏の歌の世界を支える一つの形象としての「石」が、あるいは「臥し」あるいは「流れる」さまを見るのは刺激的である。「石」も時に佐美雄氏に憑依するものであることは、「鳥」や「神」と同じである。と言うことは佐美雄氏が石になり、鳥になり、そして神に成っていることに他ならない。私は「割礼」において氏が神に出会ったであろうと述べたが、大和の古い神が既に氏に憑いていたことは承知の上で、敢えて双面の神と言った。このことは更に敷衍する必要があると思うけれども他の機会に譲りたい。

　なお、佐美雄氏の絶妙の語法の一つとして「ごとく」があること学んだことを付け加えたい。冒頭の引用作の「闘ふがごと」もそうであるが

　かたつむり枝を這ひゐる雨の日はわがこころ神のごとくに弱き　『天平雲』

　あすか代(よ)の巨(おほ)いなる岩は岡の上に冬を盲(めし)ひて臥(ふ)すごとくある　『白木黒木』

など枚挙にいとま無しの感がある。絶妙と言ったのはこの直喩的な使い方をしながら実は暗喩としても機能させる柔軟そのものの技法として効果を上げている点であり、比喩について考えさせられること大であった。

　とまれ佐美雄氏の回り来る忌を前にして、氏の「闘ふがごと」生きられた生涯が、次代に手渡した

課題の大きさをあらためて思うことしきりである。

（「日本歌人」前川佐美雄追悼特集
一九九一年七月号）

掛井五郎
——その Commedia Divina——

掛井五郎氏の版画集が出来上がる。一文を寄せることを求められ、その任ではないと思いつつも、これまでの三十年を越える親しい交わりを思い、お引受けすることとした。しかし、版画集に寄せるとは言え、掛井氏の長年にわたる彫刻家としての活動を見据えることの他、何事も言えないというのが私の卒直な心情である。

今年一九九二年始め、神奈川県民ホールで催された掛井氏の個展の、広い会場を埋めた作品の間を歩み返しているとき、私の脳裏を去来していたのは Commedia Divina という想念であった。《Divina Commedia》は、御存知ダンテ『神曲』の原題であるが、私はダンテが旅したあの三界の景観をそこに観たわけではない。けれども、ここを訪れる者は、芸術遍歴と言う舞台で一人の人間が、隠れた神にある時突き放され、またある時は追い縋りつつ生き、闘かい、演じている、規模壮大な「劇」に立ち会う。この「劇」は今、《Divina Commedia》に擬せられるというよりは、紛れもなく掛井五郎その人が旅する三界をダイナミックに構成する Commedia Divina として存立している、そんな想いなのであった。同じ時に見終わったある彫刻家が掛井さんに歩みより、親しみをこめた笑いとともに「俺たちを殺す気か」と言っておられたが、かの個展の迫力をズバリ表白するその言葉に私もいたく同感した。この個展には最近ほぼ十年間の大小百点を超える彫刻、油彩、デッサン、版画などが出品されたし、そのあと五月に仙台市農業園芸センター広場に大作「道香」を設置するに当たり、記念に催された「掛井五郎展」にも同じく数十点が出品された。秋にかけても個展などがつづいている。二度にわたる重篤な病いを克服したあととは思えぬ掛井さんの旺盛な制作活動には瞠目あるのみと言おう。

掛井五郎演ずる「劇」の全貌をここに余すところ無く記すことは出来ない。しかし、いつも私を刺激して已まないいくつかの場面を喚起しつつ、私がこの「劇」の真骨頂と見たものを語っておくことが、「劇」への参加者としての責務であろうか。

一九六八年から七〇年にかけて掛井さんはメキシコで暮らした。前にも触れたことがあるが、この時期以前の掛井さんの作品にはキリスト教、聖書にかかわるものが多い。「劇」の視点からすぐに想起されるのは「姦淫の女」あるいは「ヨブ」である。前者は具象性の勝った手堅い作品であり、後者は怪異なまでにデフォルムされた像（神とサタン）の間に小さなヨブがはさまれている。「姦淫の女」は、女とキリストの二体で構成されているが、女の背後には当然ながら石を投げようとしていきり立った群衆がいる。いずれも神と神に逆らう者との「賭け」の的にされ、去就に迷い、言葉を失っている人間の姿。物語自体はキリスト教を知る人には目新しいものではない。が、掛井さんの作品が提示するその「賭け」の非情さ、交錯する絶望と期待に緊迫した「異空間」の現前、それが見る者を呪縛するのである。

ところでメキシコ以後にはこうした物語の直接的形象化は控えられる。その出発はメキシコ時代か直後に現れた木彫「灰に沈む」「沼」などであろう。ここでは神や悪魔という観念の形象は完全に姿を消し、一体の像が濃密な人間「劇」を独演している。旧約的意味において命そのものである「血」と、命を吹き込まれた土である「肉」とが凄惨に絡み合う波のうねり、人体という「沼」、その泥の肌が妖しく、哀しく光っていた。

一九七〇年台は演技的「劇」性がさらに遠のく。「これを女と名づけよう」「あなたはどこにいるのですか」などは量感ゆたかな具象的女性像であり、テーマは深く内面化される。女性の無垢性とそれゆえ引受けねばならぬ傷の痛みを漂わせる作品であり、この抑制のきいた造形は「アジアの女」「バンザイ・ヒル」という歴史的痛みの凝縮と激発の「劇」にも受け継がれていた。この時期の大作は「南アルプス」であろうが、これは掛井さんの故郷そして母への想いの巨大な結晶である。ここには、産み出された限りにおいて額に汗して生きる「人の子」の宿命の創造的受容、それが「劇」の力勁い背骨として埋め込まれている。

闘病の生活から辛ろうじて解放された掛井さんは「楽しくやろうよ」とよく言っていたが、病後の言葉として納得出来る以上に、浅からぬ意味がこめられていたことは、その後の彼の「劇」、つまり八〇年台から今日にいたる仕事が物語っている。思うに宗教的真摯さは時に「病い」のように人間を苦しめることがある。掛井さんがその肉体の病苦から浮上した時、おそらく、いや、確かに、その精神の苦悩にも既に新しい光りがさしていたのだ。地下に鬱屈していた生命の火が地表に向かって燃え「上がり」始めた。「地底より浮上する」は一つの出発を告げる無言劇であった。そして一連の「人間の研究」が続いた。地面を這いながら立つとも言えるこの奇態な人間の像は、あのスフィンクスの謎に掛井五郎が投げ返した現代の回答かと、私の想像が飛躍したことを思い出す。とまれ、掛井さんの新しい「劇」の正念場はそのあとに続く。

優れた作家としての掛井さんは、招待されてあちらこちらに感動を呼ぶ大きな作品を設置して来たが、それらの作を含めて彼の現代「劇」を構成する多彩かつ重要な登場人物（正確には「異人物」と言おうか）が現れてくる。現在、掛井さんの生み出す形象は実に多様だ。ブロンズ、ブロンズと鉄、鉄だけのもの、木材、板を独立に或いは金属材と組合せるなど様々な意匠が凝らされている。これらの素材を駆使して提出される作品が劇的存在として強く愬えて来る所以は何なのか、八〇年代終わりの一年間パリを中心としたヨーロッパ滞在を思い合わせつつ手探りしておこう。

掛井さんは、総身を押しつぶされるほどの精神的重圧に見合う重量感ある作品を生み出したが、それらがいつも重苦しいものとは限らないことは、壮大な「南アルプス」その他に見える通りである。しかし、ここにもう一つ見落とし得ないことは、作品の「爽やかさ」「軽み」、あるいは多くの人が指摘するユーモラスな味、であろう。見れば笑いを誘われる作品がたくさんある。近年の「花」「植物」などは、くっきりとしたイメージが爽やかである。が、同じ植物類でも「人が咲いた」「山水画」「花心」となると、掴み取られた形の美しさに先ず眼を瞠り、やがて口元が綻ぶ。少し前の「ふるえる」などにはいきなり笑ってしまったりする。「楽しくやろう」という掛井さんの意図の「表」に添い、こころ和ませてこれらの作品を見ることも出来るが、私はその「裏」にも想いを致してみたい。つまり、これら愉快な形象、掛井氏の「劇」の俳優たちが、ほかならぬ作者の分身だとしたら、と言うこと、あるいは「山水画」の頂辺に立っている一見滑稽な、小さく凝縮した人物が掛井五郎その人と見えたらどうなる、と言うことなのだ。

曽つての掛井作品では、神と悪魔のはざまに置かれて金縛りの、その皮膚もぼろぼろの人間の「悲劇」が演じられていたことには既に触れた。やがて新たな天地を舞台とする「人間」の自己を模索する姿が現れ、さらに、ここに、極めて「戯画」的な人物、いや戯画化された「己れ」が登場しているのだ。「人間の研究」に意欲を燃やした作家掛井五郎の芸術を論ずる場合、彼が不可避的に自身に課したこの「自己凝視」の振幅に眼を向けておくことを私は無意味とは思わない。掛井さんは烈しい怒りを爆発させる直情の猛き男と見える反面、心弱き人間でもある。この「弱さ」は、ある歌人がいみじくも「わがこころ神のごとくに弱き」と歌った比喩に通ずる。油彩大作「母の存在」は奔放な筆使いで人生行路を象徴するかの奥行きのある画面構成、その天地の前景に、力強く豊かな女性、母がいる。その母の眼はおそらく世の終わりまで閉じられること無く、生まれ来たりまた去り行く全ての「人の子」に注がれている。ここにはシャルル・ペギイの長編詩のヒロイン、傷みを秘めた道行きを留め得ない、人類の母「エーヴ」がいる。そしてはるか後景、緑も鮮やかな葉っぱの上でこちらを振り向く、足元さだかならぬ剽逸な小人物が目にとまる。そこで思わず、そんなところにいたのか、掛井さん、と声を掛けてしまうのだが、その人物の唇の動きを熟視、判読するに、「これ、ボクの、『聖母子』像……」なのであった。言われて虚心に見はるかせば、確かに、ここに掛井五郎の Commedia Divina の原時空が浮かび上がる。神とサタンの残酷な賭けにキリキリ舞いする道化の演技は母（女性）の磁場の中にも在るのだと言う……。

こうして掛井さんの「劇」はその厳しさ、烈しさとともに、楽しさ、愛おしさによっても、多くの理解者を得るに至っている所以を納得する。つまり、作家の心性は、狭隘にして硬直した宗教性を痛みを覚えつつ乗り越え、明るく爽やかな「天と地」の照応を造形するのに成功しているからだ。大地の泉が樹液となり、しなやかな幹、枝を流れ昇り、無垢な顔を「咲かせ」る生命の営みは美しい。「戯画」と言ったが、掛井さんのそれは、社会批判的な戯画とはもとより異次元のものだ。謙虚な、言い換えれば勇気ある「自己の凝視」を原点としつつ世界と人間にコミットして初めて描かれる戯画、つまり「現実」よりも現実的な「異界通信」としての戯画なのであった。それらは「十三曲」にも見える「地」の天的造形あるいは「天」の地的造形と呼ぶべき労作と言えよう。

思うに、昔から今に至るまで、「神の道化」と呼ばれる哀しくも雄々しい人間の劇的な姿に出会うのだが、私は我が掛井五郎をその一人に数え、こよなく敬愛するものである。その Commedia Divina の次なる場面が、繊細かつ力勁い登場者によって、又、我々を魅惑し圧倒するであろうことを既に想い描いている。

この「版画集」は、上に素描したような掛井さんの制作活動の勢いの赴くところ、その舞台がとみに拡がって来たここ十年ほどの間に生まれた作品を主体としている。掛井さんは、素材に応じ、さまざまな「版」の技法に挑戦しながら、その独特な効果を楽しんでいるようだ。ここに現れて来る形象はすでに我々に親しいものが多いが、彫刻では象徴的に感受するしかない多くの物象が、新たに目に見える色と形をまとって登場し、これらが織りなす楽しい劇の時空を堪能させてくれる。掛井さんの良き協力者広島清一氏の工房を訪れて、制作の過程を目のあたりにする時を持ったが、作者の意図が精密に生かされ、増幅され、見事な作品として立ち現れるのに感動を覚えた。掛井さんの芸術を愛する人々にとって、彼の作品を身近に見る新しい道が開ける、こんな大きな喜びはない。

一九九二年　晩秋

詩写真集『火の果て』出版にあたって

二十年近く前に雑誌「聖書教育」の表紙に掛井さんの作品写真を一年間（十二回）のせる計画を聞かされ、何か解説を書けないか、と頼まれた時、「解説」は遠慮するが「詩」なら、と言ったのが始まりで、一年間毎月書いた。その後も、時に掛井作品に応答して来た。人の作品を視たり読んだりする関わりの核心は創造的な応答だと信じているので、そうした応答なき「論説」は無責任だと思っている。それら十二編の詩を後に詩集の一部に収めた時、写真をフルに載せる事が出来なくて、掛井さんには申し訳ないと思い続けてきた。いつかは文字通り「応答」を一集に、と考えていたが、この度「麻布霞町画廊」の広島さん、「レデイエント・イースト・ナウ」の小山さん、そして写真家松尾さんのお三人が、心をこめて制作に当たって下さり、ここに実現の運びとなった次第で、衷心よりお礼申し上げねばならない。収めた作品は、もとより極めて限られたものであるが、出会った限りにおける応答として見て戴く意味は小さくは無いと私かに思いなしている次第だ。これからも、そうした「時」の訪れを待ちたい。末筆ながら作品の撮影をご認可くださった所蔵者各位にお礼申し上げます。

一九九六年冬

夏目利政「暗黒の自画像」

夏目寸土・利政氏の生涯と仕事の全貌を語る事は当面、私の能力を越えるので、ここには、私に強烈な印象を与えたという以上に、私を圧倒したというべき二三の場面を想起しておきたい。言わば、消える事無い「出会い」の記録として。

美術館とも学校ともつかぬ建物の、部屋から部屋へ、ある哲学者を案内する夢を見たことがある。そしてすべての部屋に同じ絵が掛けられていた。その絵は利政氏の暗いというより黒い自画像であった。亡くなる前、幾許もないころ、自画像をしきりに描いていた。周りには絵の具や紙類が散らばった、お世辞にも綺麗とは言えない部屋で、周囲は全く眼中にない、凄蒼な気がみちていた。その中の一枚が、私流に言えば暗黒の「自画像」であった。この絵を含み数点の自画像は絵画の世界で注目されて然るべき作品と思う。絵描きならぬ私は、細かい画法を読み取るわけには行かないのであるが、芸術として極限までのリアリティに迫るその姿勢の、「風狂」ならぬ、「狂」とも言うべき気魄に言葉を失う。

日本画家としての氏は、人も言うように天与の感性と技量を早くから発揮していた。特に、美校（芸大）の卒業制作は日本画としては空前の新感覚で描かれている。とともに、梶田半古塾に入っての厳しい修練は技法の奥行きを深め、題材を広げたに違いない。しかし、生きる姿勢というものは、兄弟子の古径、土牛氏などと大きく異なっていた。半古氏亡きあと、年長の師の夫人と結婚、先師の少なからぬ子女を抱えての生活は、利政氏が資産家の出とはいえ困難を極めたことは想像に難くない。勢い、画業とともに、いや、場合によっては画筆を措いて生活の方途に奔命せざるを得ぬ時期もあった。氏が己れ一個の苦難に止まらず、人間の欲の果てし無さ、「業」を実感しつつ、その闘いの径で、あるいは神道、あるいは仏典また聖書などに精通していったのも頷ける。さらに戦後、娘を始めその友人ら、若い世代と夜を徹して議論を交えつつ、西欧そしてキリスト教に接近し帰依するなど、常に年齢を超えた若々しい魂の躍動に生きていた姿は、私自身が親しく目撃してきた。

あらゆる階層の人と関わり、特にそれらの人の生活面での事件の解決のために、法律の専門家も舌を巻く言説を駆使して、人助けをしたことは枚挙にいとま無い。そうした努力が画業を妨げることをおそれ、和歌子夫人はじめ娘たちは制作への専念を願っていたけれども、半ばは諦めていたのが実態であった。おさまり返った大家的芸術家の姿ほど利政氏の存念から遠いものは無かった。むしろ、その存念の深さの故に、絶えず挫折の傷みを味わいつつ、漂白者として天衣無縫、与えられる時と所とに住し、画作にのめり込む風狂ならぬ「狂」の姿があった。特に晩年の自画像に挑む姿は見る者を苦しくした。どこかで筆をおくという心意が感じられない。日が暮れ物の形も定かではない部屋で、灯をつけることなど念頭に置かず、描き続ける。描き過ぎ、塗り過ぎ、そういう批判も我が夏目利政氏の場合、何の意味も持たない。そこでは、ひたすら塗ることでしか掘り起こし得ない「自己―脱自己」の実存的ドラマが進行していた。我々は自画像なるものには古今東西数知れず出会うし、完成された一幅の絵画として深く味わうことが出来るものも少なくはない。しかし、自画像制作は厳しい矛盾を孕んだ営みであると私は見ている。いわゆるナルシシズムとは似て非なる劇が隠されている。それが極まると見られるのは、それと知ることなしに己れの「狂」に迫らざるを得ない状況においてであるだろう。描く姿も描かれる貌も、観る者の心情を震撼した、などと言えば常人には近寄りにくい人物と取られるおそれ無しとしないが、仕事を離れた日常の、ふとある場面では、江戸ッ子らしい軽やかさ、時には不器用そのものの振る舞いで、人の、いや幼い孫たちの笑いさへ誘うのが常であったことが、氏にも周りにも「安堵」の時であったことを付け加えておかねばならない。

画壇とは掛け違った場でひっそりと、「業」の闇を己れの「貌」として凄まじく形象化した夏目利政氏の画業をひろく採り上げ、ここに展観の場を設けられた青梅市立美術館、そして松平修文氏の眼識に敬意を評し、感謝を捧げたい。

（夏目利政展図録　一九九七年）

馬越陽子さんの芸術

馬越陽子さんの仕事を思う時、その四〇年にわたる質、量ともに圧倒的な創作の営みは多くの人に感銘を与えて来たし、また、そのよって来るところを論じている人も多い。私としては屋上屋を架する冗言は慎みたいと思うが、私なりに馬越芸術の本質とみる点はなきにしも非ず、こんな観方も、と言った形で付けて加えておきたいと思う。

一九九一年九月から三ケ月にわたった池田二十世紀美術館における「馬越陽子の世界」展は、一九五四年頃から九一年に至る馬越陽子の活動全期の作品から主要作約九〇点を展観に供し、意図通り馬越陽子の世界を窺わせる意味深い催しであっ馬越陽子の画家としての出発は、東京女子大学を卒えたあと、数年の準備期間を経て芸大に入った頃であると私は見る。芸大時代に独立展に出品し始め、その後一九六〇年代の後半には作家として急速に頭角を現してゆく。六七年「夜明けを待つ人達」、六八年「天上の歌」、「大地の歌」、六九年「人―その深き淵」、七一年「不死の夢」などを含む活動でその地歩を確立している。そしてこのあと七三年から七四年にかけての文化庁派遣研修生美術部門代表として、彼の地での制作の傍ら、ヨーロッパを中心に東欧、ギリシャ、アフリカなどを精力的に調査、研究して回った旅があるが、この時期を挟んで約一〇年の間、七五年「しののめ」から七九年「あたかも祭の日のように」、八〇年「人―はらから―Ｉ―」、「生命の歩み―遙か」(「安井賞展佳作賞」)と続いた。ここまでの時期を私は馬越陽子の「群像の時代」と呼ぶことが出来ると思う。主たる作品が群

た。そのあと一九九三年、パリでの個展をはさみ一九九四年には第一七回安田火災東郷青児美術館大賞受賞を記念する大きな個展が同美術館で七月から八月にかけて開かれた。ここにも、馬越陽子の主要作品が集められたが、特に九〇年代の力作を観ることが出来た。馬越陽子は仕事にあたり、大作を含みつつ並行して数点を手掛けるという、どちらかと言えば小柄な身体にしては精力的な仕事をしている。自身が事故で入院中に生涯の伴侶を失うという苛酷な状況を含む八〇年代後半にしても、一〇〇号、二〇〇号を中心として三〇点に及ぶ作品を東京セントラル絵画館個展に並べるという調子である。私はと言えば馬越陽子の作品展ではいつも大海を前にする思いを抱く。多くの波が力強くうねり寄せて来る。怒濤のようにそそり立つ大作が見る者に覆いかぶさって来る。烈しい波の飛沫を浴びながら、私は盛り上がる幾つかの大きな波頭を凝視する。そして、その深みを探って見たい思いを抱く。

像を扱っているからであると言えば単純な見方と言われるかも知れないが、それなりの所以はあるのではないか。この「時代」の後半は「群像」を描くことで明らかに大きな「波頭」を形成していると見えるのである。

馬越陽子が、自分の仕事は「人間」と切り離し得ないと言い続けていることはよく知られている。その意味は追々に考えることにしよう。ともかく、上に列挙した作品では「群れ」と言う形で「人間」が描かれているのである。その「群れ」は人間の運命と言うか、この世界、大きく言えば「宇宙」、天界から、地界、下界にかかわる人間が、ある時、取らざるを得ない姿勢、歴史の切り口としての情況を物語っている。当然、「群れ」の地域的ないし社会的差異は現実的動機としてあったであろう。しかし同時に、無限とも言える時空を不可欠な「生地」として、それら群像をあるべき〝そこ〟に〝想像〟し織り上げる、その〝創像〟の営みがこの作家の運命的姿勢であった。と言うと大袈裟のようであるが、かりにも芸術家と呼ばれる人々にはそれに似た運命の如きものがあるはずである。こうした馬越陽子の姿勢に強く作用したのが、かのＷ・ブレイクとの出会いであったことは馬越自身も折りにふれ語ってはいる。女子大は英文科に入ったが絵に取りつかれていたのは中学生の頃からであった。小学生の頃には水平線の果ての果てに思いを馳せて止まない、「遠く」が不思議で仕方がない女の子でもあった。自然と人間のことを知りうる限り知りたいという貪欲、先鋭にして冷静、妥協を潔しとせぬ知的欲求を秘めつつ育った。画作はと言えば女子大二年生の頃に描いたと言う「運命の歌」がブレイクとの出会いに先立つ作であったとすれば、若き日の馬越陽子が絵に託していた思いは、人間を天の高みから地の底にまで追い求めたブレイクとの出会いによって、動かし得ぬ現実的確信に導かれたであろうことは納得できる。このあと彼女はむしろ絵の基本的修練に励み、その時が訪れるのを待った。

さて話を戻そう。馬越陽子の作品活動の大きな第一波が「群像」期の後半に盛り上がったについては、人間を世界の人間として捉える姿勢の顕れと言って間違いではなかろう。地上に生を享けた人間の運命、特に、霊肉にわたるその苦渋の歩みが、闇の中の光、ブレイク的に言えば「天国と地獄」との乖離ではなく相互浸透、そのさなかでの救済を模索する歩みであり、それにコミットすることが彼女の画作の歩みに他ならなかった。甘いロマンティシズムとは無縁の仕事である。人間を包む世界の「生地」としての原質、そのなかからの人間と言う形の出現、それに「立ち会う」ための「創像」の努力が、彼女に独特な絵の具の、色彩の、マチエールの処理を要請した。一見、見る者を幻惑するかの画面も眼をこらせば、散乱する世界の〝質料〟を、〝分散に抵抗しつつ〟人間の形象に構築する、血の滲むような営みを感受し得る。錯綜する色彩、筆触の画面に立ち顕れている人物の確かな造形力に感銘する。

こうした文脈から、七〇年代を総括する大きな波頭として「生命の歩み―遙か」を見ることができよう。先立つ作品における色彩とはやや趣きを異にして青系統を基調とし筆触も力感に溢れ、リアルにして暗示に富む人物群を描き留めている。天と地、望みと現実の相剋に身を削りながら歩みを進める人間「生命」の躍動に、作家の〝想像力〟が強く共振している様が看てとれる。七三年アウシュヴィッツを訪れた経験も七七年のインドへの旅も、ひとしく、同胞たる人間が酷しい情況との闘いを闘い続ける姿を、作家の魂に浸み入らせたことであろう。

一九八〇年代から九〇年始めにかけて、馬越陽子の作品からは群像は姿をひそめ、主として二人像（時に単身、あるいは三人）が現れる。一九八二年「天と地の間―昼―」、「大地の歌」、八三年「善悪のたたかい」、「二つの夢―明日へ―」、「赤い顔」、八四年「生命の祈り」、八五年「天の窓―地のもとい」、「照らされる深き淵」、八六年「陽が昇る所」、八七年「生命の対話」、八八年「いのち舞う―不死の愛」「人間の絆」「王と王妃」。私が愛蔵する八〇年代の小品「二つの顔」「遠い人」もこの系列に入る。九〇年代を迎えてもこの構成は続く。九一年「回生」、「生命の海―回生」、九二年「ピエタ」、「とびとべ」、九三年「月下の誕生」などなど。勿論、「二人像」ばかりではなく「単身像」も随時制作されたし、二人像に鳥などが加わっている作品もある。馬越陽子がこれらの制作において求め、そして生み出したものは何であったか。

馬越陽子の制作姿勢は別の言い方をすれば、自分がそれを描きたいから描くのではない、描かせられる、その情況で描くのでなければ絵も自分も生きない、という姿勢だ。ここには、ブレイクの、「想像力」の根源的な回復すなわち世界と自己との回復、という想念への強い共鳴が感じとれる。私などは、例えばR・M・リルケが語った心意、つまり世界内のさまざまな存在から、彼らについて歌うことを「委託され」たのだという作家の運命、それに殉じていると見てもいいと思う。とまれ、馬越陽子はこの時期には「二人」のドラマを描き出していた。群像という、社会地球規模の対象から、言うなれば自己の周辺、自己を含めた二人に「近接」し、そこに演じられているドラマの追求を通して、人間心性の深みから涌きあがる声を聞こうとした。一人のドラマ、群れのドラマとは差異化される二人のドラマがあり得る。二人が沈む闇、二人が求める光、二人が出会う命と死と。それをしも描くことを運命的に「委託」された、描くこと＝生きること、としか言いようのない制作が続く。とは言え、二人の劇は二人にのみ閉じこめられた「私劇」ではない。たしかに馬越陽子の場合、同志であり生涯の伴侶であった人が、病気のために画作を早々と諦めねばならなかったという共同の苦悩があった。さらには、その人との言語を絶する苛酷な形での死別（一九八七年）があった。観方によればそれは彼女の日常を破滅に追い込む〝悪魔〟の力でもあった。しかし、悪魔さえ光を秘めて携えてくる。死もまたそれを抱きしめればもう一つの生そのものである。描くことにおいては、死は生の無二の伴侶としてしか在り得ない。限りなく遠くに在ったものが、限りなく近づき、また限りなく遠ざかるという生の現実。描くことは、その生を生き切ることである。こうした逆転、回復の想念が、この時期、馬越陽子の「二人像」制作を支えた力（と呼べるなら）であったろう。かくて「二人像」は、まさに「二人であること」が孕むミステールを開示する「劇」空間を構成している。「群れ」の中の「二人」に接近することで、その筆使いも、言わば拡張と細密化が同時進行し、像の息づかいが聞こえるほどの迫力に満ちた画面を生み出す。赤、黒、青、黄、そして白など烈しくせめぎあう画面を前にして息をのむのは観るわれわれの方だ。例えば「いのち舞う―不死の愛」、幽冥境を異にすると覚しき二人を結ぶ金色の流れ、交錯する視線の烈しさ、あるいは「人間の絆」、寄り添う二人の人物の顔の白と強烈な赤との対比など、この時点の馬越陽子の、人間離合の原型に迫る模索、その意気込みの烈しさが描法そのものに現れている。

一九九〇年から一九九二年にかけての作品は、テーマからみると「回生」、「生命の海―回生」など、観念としては回復、希望を示す制作が目立つ。さらに「ピエタ」「慈悲」といった宗教的観念そのものが現れている。しかし、馬越陽子がここで求めたのは所謂キリスト教伝統に支えられた「ピエタ」でもなければ、仏教的「慈悲」でもない。誤解を恐れず言えば、そのどちらをも彼女独自の「想像」世界にしかと位置づけつつ、現代の業苦を嘗めるすべての人間に寄り添う「大悲」の存在に招かれている、のであろう。ブレイクがキリストを尊重しつつつも「作り上げられた」キリストを認めなかったように、馬越陽子も狭い宗教的理念に閉じこもることをしない。しかし、有限な人間がその「地獄的」苦難の「体験」から解放を求めるのは、人間を超えた存在者を探る姿勢と重なる、言わば実存的要請であることを謙虚に表白することに他ならない。そして馬越陽子の作品が動かしがたいリアリティを生み出すのに、この「謙虚」さが無縁であるとは言えない。矛盾するようだが、私には、この「ピエタ」の顔、「慈悲」の顔、この面影が、遠くビザンチンの「イコン」の、或るマリアの面影に似通うものと映る。幼児キリストを抱くマリアが、既にその子の死を受容れているかのごときイコンの「悲」の顔がある。あくまでマリアを描くことを試みたイコン制作者の技法と馬越陽子のそれとは全く異質である。しかし、彼女の「想像」の営みが、どこかでイコン制作者のそれと呼応していなかったとは言えない。これは全く論者の独断ではあるが。こうした宗教性論議は別としても馬越陽子の人物の「顔」は、「ふりそそぐ光」を浴びているときも、その眼にかすかにせよ「悲」の色を帯びている。それはひたむきな生命がにじむ色なのでもあろうか。

およそ上のようなコンテキストから、馬越陽子の「今」にふれることが出来る。主として一九九四年安田火災東郷青児美術館大賞展に出品された作品、「人間の河は解放を求めて流れる」に続いた「人間の河」及び「起きよ―倒れ臥す人に」などの記念すべき仕事についてである。一言で言えば、馬越陽子の仕事の大きな波、即ち先に見た、天と地の間で演じられた「群像」のドラマと、続く「二人」を中心とした人間内面の傷みと生命の回復の追求、此の大きな波が〝合体〟し、烈しく渦巻いているのが、まさしく「人間の河」なのであった。この前奏は「大地に臥す」（一九八八）、「大地に」（一九九〇）などが奏でていた。人間苦との闘いを、一人の人間が全身を大地に打ちつける姿として描いた。しかもその腕に、生命の象徴と言うべき人物の、かすかに光を映す「顔」を抱きしめつつ、である。こうして、回復への歩みは、全ての人間の歩みとなる。この歩みを、時代の苛酷さを乗り越えようとする願望と、一個の人間が味わい得る実存の深い苦悩とが、重い響きで交響する巨大な流れ、それをしも「人間の河」として描いた馬越陽子の「想像」のスケールの大きさを高く評価すべきである。特にこの「人間の河」と「起きよ—倒れ臥す人に—」ではその色彩が黒、黄、褐、白が基調となって観る者を激流の深みに引き込む。ここには「二人」時代を象徴する二つの顔が画面右上と左下に配されているが、その顔ともども全人類を巻き込んでいる激流、眩暈を誘う人間の河の巨大な渦が中央を占めている。「起きよ」の方は、赤を一切使わず、黒（墨、アクリル）の豪快な筆使いが、状況、つまり地上に荒れる大渦に、倒れ臥す人間の挫折感、引き起こす者の不屈の意思、遙かな空への祈りの姿などを描きだし、観るものを釘付けにするばかりではない、そのなかに己が重なる姿を発見する緊迫したドラマを構築している。ここに姿こそ現さないが、今も「祈り」を捧げる場である「嘆きの壁」、崩れさった「ベルリンの壁」に彼女自身が赴いた経験も沈められている。

人間の河の烈しい「渦」に眼を瞠ると言ったが、「渦」で想起するのは、ブレイクの小品ながら巨大な地獄図絵である、ダンテ「地獄篇」第五歌「恋人たちのつむじ風」なる作品だ。無数の人間を呑み込み運び行く颶風の大渦である。さまざまな形象、そのエネルギーが馳せめぐり、吹き荒れているブレイクの、象徴的天地における人間の運命を理解することは私には容易ではないが、画としての表現に関する限り、馬越陽子のこれらの近作は、若き日にブレイクその人から与えられた衝撃を糧として出発した彼女の画業を出藍の成果として、おそらくブレイクも満足していることであろう。とまれ、現代絵画界（内外を問わず）と絵を愛する者に馬越陽子の仕事が投げかけている課題は大きい。われわれとしては、彼女自身が生み出さざるを得なかったこの大きな波をどう増幅してゆくか、もしくは次なる波頭がどんな形で寄せて来るのかに尽きない関心を持つと言おうか。

私は永いこと詩を書き、時に論じたりして来た者である。馬越陽子は絵の修行時代に、北川冬彦氏の「時間」に参加し、作品を発表していた。絵も詩歌もよくする人もいるが、彼女はある日北川氏を訪れ、「絵に専念するため詩をやめたい」といって「時間」を辞したそうである。「時間」での最後の作品は、動物、樹、虫、魚などが交錯する幻想的自然世界に、一つの木の実から、天と地とを指さし「あざらしのように力強」い白髪の人間が出現する「誕生」という作品であった。新人の異色の作として評価されていたようだ。人間、特にその「生命」の限りない探究に賭けていた彼女の「表現」の特質がすでにここに見出される。そのあと馬越陽子は「言葉は終わった」と思いなし、北川氏訪問となった。彼女らしい身の処し方であった。自分の芸術表現としては「絵」しかない、と思い知った「言葉」と受け取ればいいのだろう。画作を専らにするにあたっても、人間を追い求める彼女は、人間の微かな声に耳をかしているのである。色を求めているのは、彼女は応答しているのだ、と、どこかで「話して」いるのを聞いたことがある。色の原生林にも似たその彼女の絵は、声の、言葉の、森林と言っていけないのか。その根元に「詩」があり、生命の樹液を絶えず運び上げているのである。

この小文は、馬越陽子の作品の解析的論評ではなく、その作品に対峙する一人の人間の「応答」であることを付記させて戴く。

（馬越陽子展リーフレット　一九九五・九）

遠藤周作と「エスプリ」をめぐって
――島崎通夫宛書簡について――

遠藤周作君は昭和二五年の春の終わり、戦後の留学生としては早い時期にフランスに旅立った。彼とは共通の友人の紹介で知り合ったのだが、世田谷で近い所に住んでいたのでよく行き来し、時には旅行をともにした。またカトリック関係の先輩、友人たちと研究会のような集まりを、それぞれの家を交代で使って開いたりもしていた。J・マリタン、G・マルセルなどの著作をテキストにしたり、メンバーの専門分野の話題を中心にすることもあった。

そんなわけで、彼の出発の前には、私の家でささやかな送別会をした。友人のひとりが、酔って立ち上がった途端に転び、グラスで頭を切るなどの椿事があった。その時の遠藤君の心配、狼狽の姿が眼に浮かぶ。

出発の日には横浜港に見送りに行った。三田関係の人が多かったが、私は詩の方の友人と義妹とで行った。船に上がってからの遠藤君は、高い甲板から、桟橋にたむろする友人の名を大声で次々に呼んでは別れを告げていた。船影が小さくなるまで見送り、帰ろうとしたら、ほとんど人影のない桟橋の端に佇み、まだ船をか、海をか見つめている人がいた。原民喜さんだった。

純粋この上ない人、原さんは遠藤君がとりわけ敬慕していた先輩であり、その点、私も同じだったから、能楽書林に仮住まいしていた原さんを、遠藤君と連れ立って訪れ、深夜まで話し込んだりしたこともあった。遠藤君が旅立ったあと、別な文学グループで私は原さんに逢っていた。二六年のはじめ、まだ寒い一夜、そのグループの集まりで、原さんの隣りに座った折、「いい訳の聖書があったら教えて」と小さな声で尋ねられた。「そうですね、今度の会のとき持って来てみましょう」など気軽に答えたものの、その次の会合を待たずして原さんは、遠藤君よりはるか遠くに旅立ってしまった。大した勉強もしていない後輩の私などに聖書のことなど尋ねた原さんの心を推し量れなかった自分を責めずにはいられなかった。辛い思いですぐに遠藤君に報らせの手紙を書いた。彼からの返信も驚きと哀しみに満ちていたが、原さんはすでにこのことを予告するような手紙を遠藤君に出してもいたようだ。

その哀しみを必死で払いのけるかのように、遠藤君の手紙は、彼のフランスでの仕事の計画に移って行く。計画はE・ムニエ（一九〇五―一九五〇）が機関誌「エスプリ」に拠り展開してきた「ペルソナリスム」の運動をムニエの死後も継承している協力者を歴訪し、まずは「エスプリ」所収の論文の日本における翻訳、紹介の承認を得ることなどであった。

ところでムニエの「ペルソナリスム」とはなにか。狭い意味の「人格主義」とはまるきり違う。スイスで生まれ育ち、医学を志したムニエはパリに遊学するが、そこで彼を待ち受けていた運命的な出会い、それは早世した特異な詩人C・ペギー（一八七三―一九一四）の思想と戦いの生涯とのそれであった。

ペギーはオルレアンで生まれてすぐに父を亡くし、祖母と母とにむしろ生活苦の中で育てられたが、才を認められてパリの高等師範学校で学ぶまでになる。しかし、そこで彼が見たものは、近代の「もの」あるいは「金銭」が支配する「作られた」権威の世界、そのもとで、苦悩する「民衆」の「悲惨」であった。学究の途を放棄したペギーは、人間性を圧殺するこの「悲惨」から「人間」を救い、回復させる戦いを、彼が「民衆の聖女」とみなすジャンヌ・ダルクの戦いに重ねつつ雑誌「半月手帖」に拠って開始する（一九〇〇—一九一四）。

ペギーの死後十年余りのパリでムニエが見た社会状況は、さらに堅固に「構築された」非人間的状況と映った。哲学に転じた彼はペギーについての論説を発表しつつ、ペギーの戦いを、深く思想的に根拠づけながら継承しようとした。ペギーがその回復を望んだ「人間」を哲学的、神学的に構想したのが彼の「ペルソナリスム」であり、人間存在を歪め、分裂させる悪魔的勢力に対抗し「ペルソンヌ」（偕に在る存在）としての人間を護る、政治的イデオロギーを超えた運動であった。「エスプリ」創刊は一九三二年であった。

ところで私たちの世代は学生時代を戦争に費やさざるを得なかった世代である。しかし、遠藤君にせよ、私にせよ、たとえば吉満義彦教授などからペギーを、そしてマリタン、ムニエを識らされる時間があった。ペギーからムニエに渡されたもの、そしてムニエと同志らの使命感に貫かれた協力作業の「意味」は純情な青年遠藤をいたく刺激し捉えた。この思想的運動を、やはり人間苦の癒しを心底から願った遠藤君が何らかの形で日本に移植したいと思った心意には共感できた。彼が私への手紙で、帰国後の活動について述べている計画は、その緻密さと、情熱において、ムニエが友人らと交わした論議を彷彿させるものがある。

帰国してからの遠藤君は「エスプリ」に繋がる論説、「ムニエ論」や、ドイツの亡命教授ランツベルク（「エスプリ」に参加）の仕事と詩（島朝夫訳）について書いたりした。作家活動が多忙となり、ペギー＝ムニエ的「運動」を同じ形で移植することこそしなかったが、この半世紀間の日本での彼の仕事はムニエの思想と根底で繋がっている。ご存知の通り作家としての旺盛な活動はもとよりであるが、そのまわりの芸術思想領域で、また、度重なる重篤な病気体験を通じてさえ、彼でなければできない人間苦の癒しと、垣根を外しての人間味に充ちた関わり

（これこそムニエが望んでいた）の輪を広げてきた。

私も手伝った「カトリック・ダイジェスト」終刊後は顔を合わせる機会が減ったが、私の仕事には関心を持ち続けてくれた。特にペギー作品の翻訳出版に協力してくれたのは有難かった。若き日の彼が「おれたち、ずっとtutoyer（おれ—おまえ付き合い）で行こうよな」と言っていた声が今でも聞こえる。

（「世田谷文学館ニュース」一九九八・十二）

松平修文歌集『夢死』

先ず感銘した数首を挙げてみよう。

恋人が座るうしろのゆふぐれの窓に来し黒き昆虫が啼きだす　（006）

私の暗い部屋では蜘蛛が巣を張りめぐらしてゐる巣を張りめぐらしてゐる　（024）

食ひ給へと言ひて置きゆきし新聞紙に包まれしものしきりに動く　（030）

湖底寺院の僧侶たち月夜の網にかかり朝の競り市に運ばれてゆく　（042）

老人たちの群に父母も混じりゐて停留所に黒きバス近づく　（043）

生きてゐる人のごとくに木苺の花咲く午後の水辺をとほる　（055）
暗き雲のごとき老婆が売りに来し泥の林檎を卓上に置く　（064）
みどりの裸身湖のほとりの岩に立ち魚の骨もて梳るなり　（067）
雨は夜半に止みて月光に照らさるる沼を数知れぬ眼が泳ぐなり　（083）
暗き水のごとき長き髪流しつつ夕風の街を来るきみに遇ふ　（113）
風は髪のやうに暗くて、そのむかしそのむかしそのむかしのことよ　（121）
夢は今もきみを連れてくる　コスモスの花束とその細き腕を卓上に置く　（150）
世に背かむおもひは募る唐松の若葉に降りしぶく雨に汚れて　（171）

一読、感じ取れることは、作品が、短歌でありつつ、現代詩と言っていい世界に息づいていることである。私は短歌、俳句を読む場合にも、詩としての顕れに先ず触覚が働いてしまう。伝統的な短歌の良さはそれなり追求すべきであると見る一方、今日に生きざるを得ぬというインパクトが短歌作品にどのような新しい衣装を求めさせているか、それを看取ることは興味あること、また重要なことと言える。右に掲げた作について言えば、

（006）の「恋人が座る」の場合、「黒き昆虫」のイメージの凝縮度と奥行きに注目させられる。次の作では「蜘蛛が巣を張りめぐらしてゐる」の反復が、部屋の「暗さ」を錯綜させ、むしろ作者が蜘蛛に変身している様さえ見えてくる雰囲気が立ちこめている。（030）では、人の置き土産という日常性が変に「うごき」出す異世界の情報を捉えているし、次の作は、「競り」に運ばれてゆく獲物が「湖底寺院の僧侶」と見られている比喩の面白さが際立っている。ただし、この作者の場合「面白さ」は

多義的であることに留意して置こう。次の「老人たちの群に」には「黒きバス」が登場し、老人、父母に留まらず人間がやがて乗り込むべき器が視界に入って来るさまを見止めたと言うべきか。「黒」の意味については後で考えよう。（０５５）の作品は、何気ない作であるが、初句を次句「花咲く」ではなく下の句に繋げて「生きてゐる人のごとくに　午後の水辺をとほる」と読むと、白昼夢の世界になる。「夢想」はG・バシュラールなどにとって詩人の権利いや義務であるとも見られている。松平氏の創造世界もまさしく独特の「想像世界」ではある。この想像の言語による営みにparticiper（参加）するのが誠実な鑑賞者と言うべきであろう。

（０６４）の作「暗き雲のごとき老婆」というイメージが圧巻である。次の作では「みどりの裸身」「岩」そして「魚の骨」で髪を梳るという「像」構成が見事であり、私にはこの作が本歌集における傑作の一つと見える。（０８３）「雨は夜半に止みて」の作も「数知れぬ眼が泳ぐなり」で松平氏の世界のひとつの力壁として働いている。（１１３）「暗き水のごとき長き髪流しつつ」の作は、作者の実存に根を張っていると覚しきロマンチズムの表白であり、やはり秀作と言いたい。上句の直喩に見えてそれを超える語法によって情感は重く深いものに描き上げられた。そのことは次の（１２１）「凪は髪のやうに暗くて」にもいえる。両作に共通する「暗さ」のことも後にまた考えよう。（１５０）は「その細き腕」にすべてが言い尽くされた。（１７１）は作者の述懐の一作として採り挙げたのであるが、これに先立つ（１５７）「僕の人生はエラー続きです」など、率直に歌った作者のモラリスト（フランスの一連のモラリスト的意味、つまり人間と自己とを凝視する者）としての姿勢を理解することが出来る。

さて、右に略記した鑑賞を手掛かりとして、歌集全体を顧み、松平氏の歌の時空にもう少し近付いてみたい。私は歌人の多くを知らないので、現代歌人の中に松平氏を位置づけるという試みをしようとは思わない。また松平氏の先立つ歌集をも拝見していないので、あくまで『夢死』による管見である。しかし、「歌いかけ」に対し一読者としてぎりぎりの「応答」をすることを心掛けよう。

松平氏の「夢想」の構成、つまりその輪郭、構成する要素の係り結びなど、私として素直に受け取ったことどもを反芻してみる。作者はこの歌集に見られる限りの作風からは短歌の世界で、やや異端的な性格に注目されるのであろうが、現代詩的な状況からみると、特に異端性を云々する必要もない。そういう議論より私に興味あるのは、作者がやはり「短歌」の砦に拠っているからこそ、ということだ。

白き花つけし水辺の木苺の一期の夢のゆふあかねぐも　（０４６）

という作、また

紅葉はいま盛りなれどもたたなはる山は寂しきひかりをまとふ　（０８９）

などは、この歌集にあっては例外的な、ということは、きっかりとした短歌としてごく素直に読まれる作と言える。そしてそこに、生きとし生けるものの、自然内存在ゆえの「夢」の宿命を感受している作者がいるのである。そしてこの「夢」が、現代世界の「輝かしい」物量生産技術システムの網目をかいくぐりつつ、纏わねばならぬ様ざまな衣装を織り縫い上げる営みである限りにおいて、「歌」は生命として顕現する。言語世界にあっても、いまは、超現実的な言語やイメージの氾濫する時代である。瓦礫のごとき言葉が堆積し、急速に風化して行く。奇抜な語、意表をつくイメージの転換などに驚くほど、現代詩はもはや「うぶ」ではない。松平氏の語法にも日常との断絶が随所に噴出する。が断絶は実は断絶なるが故に生きているのではない。断絶の両極にある存在、物象の危うい均衡が隠されているのである。私は『夢死』の作者が、「森」の「湖」の「泥」の、そして山々を望む境域に棲んでいることの「恩恵」と「使命」を思う。リアリティを装うかの「仮想」ではなく、人間の実存に照応する「夢想」の場に立たされたと言う意味においてである。容赦なく自然を壊している人間の奢りへの単純な反発と言った表層次元の問題ではない。現代を象徴する現実に「自ら加担している」という状況把握なしに、人間の業を生きさる姿勢は生まれないだろう。森に、湖に退避するのではない、巨大技術文明と四つに組んでいる「泥」の息づかい、「沼」の沈黙を、都市の雑踏、競売の叫びと「交合」させる営みとして松平氏の歌が立っているのではないか。ともあれ、『夢死』を構成する作品群の「虚」と「実」とをもう少し探ってみようか。

通読、再読して気づかされたのは、「黒」である。「黒曜石」（０１０）そして前掲の「黒き昆虫」からはじまり、「黒きバスが近づく」、また「墓場で見かけた黒鷺」（０５４）、「黒い草花」（０５８）、「ずぶぬれの黒薔薇」（０７０）、再び「黒きバス」（０８０）、「黒い花」（０９４）、「黒き手にうしろより」（０９５）、「黒い山脈が見えて」（１０９）、「黒き翼をたたむ」（１１１）、「数知れぬ黒き翼」（１１７）、「黒卓に・・桜花積もり」（１１９）、「曇天に黒き染ひろがりゆき」（１２３）、「黒き湿し黒き尾鰭」（１４１）、「黒焦げの肉」（１５２）、「黒衣の少女らはうたひつつ」（１５４）、「黒い花ばかり摘んで」（１６５）、「黒きフォルム飛びたつ」（１６７）など。もとより「黒」を含んだ作がすべて佳作というわけではない。いやむしろ、色で言えば「赤」とか、「光」を言い止めた作に息をのむ思いをするものがある。しかし、歌集の全域にわたって現れる「黒」が作者の「夢想」の一つの「凝縮」を示していることは確かであろう。つまり「黒」は殆どが個別の物象の叙述に用いられているのである。言い方をかえれば、それら物象の「黒性」を引き出しているのだ。おそらくは、万象を浸している「黒」が、時有って個の物象に凝縮するさまを「想像」せざるを得ない、それが、作者の「業」と読める。だが読者の私としては、先に触れた「暗さ」を歌った作品に強く惹かれる。繰り返しになるが、（０２４）の「暗い部屋」、（０６４）「暗き雲のごとき老婆」、（１１３）「暗き水のごとき長き髪流しつつ」、（１２１）「風は髪のやうに暗くてそのむかし」など、秀作と言いたいものが多い。そして「暗い」は、「雲」、「水」、「霧」（０４４）「眠りし老人は暗き霧吹く街へゆき美少女を売る店を探しぬ」、また「空」（０５０）、「音楽」（１４０）などに見るとおり、個別物象というよりは、「流れる」、「広がる」物象表現に用いられる例が多いが、それが、作中の個々のイメージと緊密に呼応する限りで「傑作」生んでいることは言を俟たない。こうして、「暗さ」とは必ずしも光を喪失した状況ではなく、さまざまな距離において立ち去りつつある光を背にした状況、さらに言えば、作者自身の影が、物象を隈取り、生み出している「暗さ」と言ってはいけないか。作者の特異な位置が織りなす「創像」の営みである。「黒」が「個物」にかかわりつつも、形而上的静的存念であるに対し、「暗さ」は右に触れた通り「風」「水」のような「流れ」、作者の実存に膚接する「流れ」であることが多いと見える。もっとも、作者の意にかかわらず、時に光は逆進し、物象を輝かすこともある。

　すいれんの花すいれんの葉の隙間に銀箔を押し
　山上の沼しづまりかへる　（１０３）

　恥ぢらひつつドレスを脱げば銀色の鱗におほは
　れし裸身現はる　（１５３）

における「銀」、また、

　　きみが生きて在ればとおもひ、またさうおもひ
　　林を行けばダイアモンド・ダスト降る（164）

の硬質の輝きなど、必ずしも幸いを歌うのではないとしても、独特の「暗さ」からの、束の間の開放を感受しているのでもあろうか。

　こうした、背後に意識されている限りの光と、ある種の物象の暗さとが交錯する世界に、松平氏の人間、群像、そして自然、その物象が蠢き、「現代」の「生」を執拗に問う一巻となっている。現代社会の一面の批判と見える「亡霊—学校」の諸篇は、私には、率直に言って成功しているとは見えない。今日の短歌形式、措辞の流動性を認めるに恪かではないが、それ以前にいささかの「詩」の破綻が気にかかる。世相を直接に詠み込まなくとも、商品人間、ロボット人間への抵抗（すこし古いが、G・マルセル的意味での）の努力を示す佳作は歌集中、上掲の作以外にも多いと見る。

　個々の作品を味読しつつ感想を述べることは、ここでは省略させて戴く。傑作、佳作と私に見える作にはすでに言及したと思う。なお拾遺の意味でいくつかの作を引いて、取りあえずの読後感としたい。

　　風落ちし月夜の畑にあらはれてロボットは種子を蒔きはじめたり（030）
　　草臥れし身を沈めれば湯の波にみえかくれする手たちが首をしめるよ（075）
　　地底湖のほとりに住むといふひとが水を売りにくるゆふまぐれなり（104）
　　沼のほとりに住む老婆より誕生日に送られてきしひと塊りの泥（118）
　　入院してゐたきみは病院の裏にひろがる赤い砂漠で消息を絶つ（129）
　　河は溺れ死ねよと騒ぎそのほとりの科木は首を吊れよと叫ぶ（130）

妖しい少女らが黒い花ばかり摘んできて明けがたの野の空港で売る　（１６５）

（一九九五・一一）

詩歌を書く人
――比留間一成の詩業――

詩歌を書く人とは矛盾に生きる者だとつくづくおもう。つまり、絶句の体験こそが彼を発句に駆るのであろうからである。詩とよばれる作品は数限りなく溢れている。それらの底に絶句の体験が織り込まれている作品の前で私はまた言葉を失う。詩について何かを言い、書くことも苛酷な仕事である。

比留間一成氏はその発語を多く自然、風物に託している。戦後に詩を発表してきた人としては特異な系列に数えられるのではないか。或いは短歌的叙情を排し、或いは社会批評を含蓄する、さらには実存的心性を表白するといった時代の傾向の中にあって、季節とそこに点滅する風物に仮託するという比留間氏の姿勢の頑なさは、勿論、雪月花の世界への居直りなどではない。いやむしろ、極めて独自な雪月花の創成を果たしてきたと見ることが出来る。戦後社会の傷みを味わわなかったのではない。が、敢えてそれを覆うロマンスの制作に憑かれて来たのだ。

比留間氏は糸屋鎌吉、西垣脩（故人）氏らの詩誌「青衣」、鈴木亨氏らの第二次「山の樹」ほかで終始堅実な作品活動を続けて来た。第一詩集『天鵝』以来、『霧の後』『閉ざされた野の唄』にいたる詩人の仕事は、年を追って成熟するのを見てとれるが、どの時代にも彼の詩を強く動機づけている対象というか、幻しの存在がある。一作品を引いてみよう。

風　花

室生寺は人も知る女人高野
山門の前の朱塗りの橋
その中ほどの欄干にもたれて
川の流れをのぞいているうちに
身に憑いた女の怨霊が
古い順に参詣にでかけていく
それが帰ってくるのか　こないのか
もう新しいのがより憑く恐れもないから
一つぐらいはゆるゆると帰っておいで
こちらもゆっくり橋を渡る
陽が照ったりかげったり
木々の枝の　御堂の屋根の雪が
風に花となって降りかかる
石楠花のかれがれの小枝を拾う
白壁にさえさえと影が映った

最近詩集の中の一篇である。室生寺詣りとなれば女人を思う。が、比留間さんは「身に憑いた女の怨霊が　古い順に参詣にでかけていく」のを見ている。古い順に、というのだから一人や二人ではないだろう。数はともかく、詩人が恐らくは生涯にわたり憑かれているのが「女人」の霊であること、そしていま「白壁にさえさえと」映る「影」（この作品の初めの題は「影」であった）とともに自己内面にも焼き付けつつ交わってきている、まさに「業」としか言いようのない生が窺い知られるのだ。少し、振り返って見よう。

第一詩集の「白い菊」という作品。「黒釉の大つぼに菊をいれたくて　女と花園に出かけた」と始まり、ややあって「やがて私は思うとはなしに　過去の女を想っていた　鶴のような　わびしさのある女だったが」と、「大きな菊」がよくうつる眼前の女と「鶴のような」過去の女との妖しい転変が静謐なトーンで語られる。また、作品「天鵝」は、ひなげしを愛したその女人を想っての痛切な挽歌である。さらに怨霊は

　ベンチにかけて本を読む
　桃の根方に蝶を葬ったら菫になったと
　しじみ蝶か
　その女は結核で死んだ
　鶏頭の花になるがいい

といった「春日感傷」のひとときに顔を出し、「秋日感傷」では古流生花展示場に「秋風や昔の女は鶴の脛」というイメージで現れる。これはこの「比留間一成詩集」の末尾に収められた「鶴」が時あってか浮び上がらせる幻像なのだ。

　私の脚はかたくながく
　私の身はまろくすがしく
　まなこはとびきたった流星の
　あなたをじっとみつめながら
　私は鶴になるのでございます

そして詩人は「死んだら俺の骨をすりつぶしてな

粘土にまぜて塑像をつくれ　そして背中に無数の鶴のあしあとをな」と呼びかけて、この長い作品を閉じている。この作はじつは比留間氏が若き日に発表した最初の力篇であり、以来詩人はその背中に鶴のあしあとを彫りこまれた宿命を生きる。室生寺へ参詣し、もどってくるのが願われている「一つ」の怨霊はおそらくこの「鶴」なのだ。

　古今東西、女人という存在の謎を追った男は少なくはない。そして、追うに値することを証しして来たとは必ずしも言えない。しかし、所詮不可解とは言えその謎への絶えざる問い掛け、呼びかけを生きざるを得ない者があっても可笑しくはない。比留間氏はそのロマンスを構築するのに風物に託し独自の雪月花の世界を生んでいると言ったが、では、その詩法はどんなものか。

　比留間氏のレトリックは、特に目新しさを狙うものではない。イメージも奇抜さで人を驚かすこともない。戦後の詩人なら捨ててしまうような、古典的ですらある語を使う。言い方を変えれば、捨ててはいけない語のあることを、独特の語法で知らせてくれると言うべきか。

　こぶし咲き初める前に
　しだれ桜　染めだした袂を
　この私に振ると

　草も水も緑の朝
　振る袖の姿をとどめて
　死なんかな　といえば
　微笑む瞳の

　みるみる　陽ざしは移り
　花のかなしく
　待たれる

第二詩集の「結ぶ」という作品。情動を抑えた措辞ながら、修飾語、句の切り方に独特の感性をにじませて、深い想いを端麗に歌い上げる。比留間氏は建礼門院右京太夫の歌に心を寄せているように聞いたことがあるが、思うに、彼女の平資盛その他への想いの曲折、その表現に、いたく魅せられたのであろう。それは比留間氏が歌う現代の相聞歌に影を添え、今日、読んで耳にも快い美しい国語を操っている。これに類した語法そして作品は随所にあらわれる。ところで、詩人の美的空間を支える風物、つまり彼を発語に駆る諸々の風物のなかで繰り返し現れるものに蝶がある。群がり飛び交う蝶、孤独な舞を舞う蝶、ひっそりと羽を休める蝶など、この世界風景のなかに、思わず息をのむ暗喩、直喩の担い手となっているのを見る。前掲「白い菊」のなかの「私たちは蝶のようにそっと腰を下ろして」という表現。また文字通り「蝶」を題とした作品では前書きの部分で「雪かと思ったそうすると女を送った事があるさらさら降る中に手をとって息であたためた云々」と言い、次いで「しかし雪にしてはゆれがはげしい　白い蝶だ……」そして終連「ゆれゆれして　もう羽ばたくよりしかたなかった」という幻想の道行を描く。さらに「ジン幻想」、この作は比留間氏の貴重な先輩であり友であった詩人故西垣脩氏との、深夜の帰途の心情をうたったものと思うがここに「N氏と私の二つの影が　黒揚羽の蝶に似てはっと枕木にとまっている」と言う句で二人の関わりの深さを語っているが、この作でも詩人の「半身」にからんだ無数の「蝶」が「たおたおと」舞ったりしている。詩集『水門』所収の作品「桃源について」でも「はなればなれの魂」を想って「あるいは　もつれながら　大洋を渡るという蝶の　漂泊の小枝にいこう　その一瞬のまどろみにこそ咲く　ときじくの花」と歌って、めぐり合いの夢を描いている。さらに、「きれぎれの日」と題する作は「剥落の空に蝶が昇っていく　淡い光の襞を縫い　ひとり夢をむすぶかのように」という暗示的な節で始まり、氏にしては珍しく軋む日常を点綴する詩句のあとに、あらたな命の芽吹きを歌い上げている。見廻せば動植物詩集などで意図的に蝶が取り上げられている例は少なくなかろう。だが、比留間氏の場合は、右の引用に見るように、一篇を構成するにあたっての点景として取り込まれているのではない。蝶の形、色は時に美しく妖しい。その動きは時にかわゆげ、また、たよりなげである。誤読をおそれず言って見れば比留間氏は、蝶の「もの言わぬ（言えぬ）」宿命、傷みを受容することで新たな意味世界を開示する、言葉無き蝶の身振りを凝視しているのではないか。分析を省いて言えば、詩人が自己と自己を囲む外なる世界を独自な雪月花空間として切り取る時に、この無言の「蝶」がその形色と舞の軌跡で果たしている役割は決して小さく無いことを思う。

比留間一成氏の詩は言いようのない優しみで染められている。傷みの反芻、独白のような場合にも優しみが浸透しているのは、かの女人への愛と信を基とする人間への希望が、そのレトリックを裏打ちしているからであろう。それかあらぬかその詩には多くの呼びかけ、応えの可能性を断念しつつも呼びかける態のものが多い。想う人への呼びかけはもとより、そこから、友、子供への呼びかけ、挨拶へと拡がる。現代人、その絶望的状況は多くの詩人を刺激して来た。そういう詩人たちの、時代の証言者としての意義は小さくはない。が、「荒地」と映るこの風土のなかに「回復」の静かな脈拍を診てとるには勇気がいる。比留間氏の仕事は、その姿勢を絶えず立て直しつつ歩む「道行」なのである。

どうかなみなみと注がしてください
桜が咲いて一夜で散っても
それはそれ
さよならだけが人生
とは　いいますまい

　風さえ知らぬ花を見に

　北条聡氏に献じられた詩の終連だが、ここには希望に留まらぬ、抑え目ながら詩人の自負が滲み出ている。

　詩作品について付言しておくとすれば、最近詩集『閉ざされた野の唄』に「諷」の題のもとに集められたはじめの数篇の作のことだ。これらは所謂雪月花の詩ではない。比留間氏として思うところあって、というのは、こういう作品を書かねばならぬことの不幸を噛みしめつつ書いたことが伝わる風刺詩だ。余程、腹に据えかねたのかも知れぬ。戦争とそれにからまる政治、力、駆り立てられる人間、その悲劇に一こと言って置きたかったのだ。比留間一成氏の声である故に哀しく厳しい。

「一篇の詩で平和を招べないなら　筆を折るがいい　無能な詩人の心裡なる詩人が叫ぶ」という屈折した想いが、である。

　この『比留間一成詩集』には、既刊詩集からの詩作品のほか、散文（プラス詩）と呼ぶべきやや長編の作品に加え、伊藤桂一氏らと共にした中国の旅にことよせ、もともと親しんでいた漢詩のなかから、比留間氏が「魅せられた」という女性（またしても）の詩を、時を超えて、あたかも氏に捧げられた歌であるかのように、達意の（と私には読める）翻訳をして収めている。訳詩について見れば、氏に「花と化す志がある」と言わせている唐の名妓薛濤の一作品の訳は

　風も花も色かえてうつろいゆく晩春
　二人の逢瀬の佳き日は　はるかに遠く
　誓い合った方とは結ばずに
　むなしく草を同心に結ぶ　ああ　　——風花日
　将老——

という具合だ。西欧詩法とは異なる視点からこれら

の東洋の詩をみるべきとの氏の言葉は氏独自の雪月花の世界感覚に自信を持っての発言だが、いつか詳論を期待したい。

さて、四篇の散文に一言触れておこう。「Kさんと小鬼」という作品のほかの三篇は情況は全くことなるが、いづれも悲劇、悲歌と読める。「笛吹くな」は平家都落ちのさなか、西に下って討死した武者の心を盥にはった水の上に浮かぶ面影に読もうとする、女人の哀切な物語。「さくら川」は少年とおぼしき男におかされ、子を産み、病に斃れる初老の女性の生。また、かなり長い作である「鳥」は極北の氷島で行方を絶った恋人の女性の帰りを信じて、探検隊の仲間と別れ、島に独り暮らし続けた挙げ句に氷雪の底に沈む若い研究者、かれらがオルフェとユリディスに擬せられているところに比留間氏の詩想の核を見る。いずれの作でも不条理を内面化することはむしろ避けられ、花、月、雪、鳥などが作者の想像の時空を拡げ、自然と人間との幻妙な縺れが語られている。これらの作の詩文としての評価はともかく、比留間一成という詩人の詩がそこから晶結して（crystaliser）来る場を感じ取ることが出来る。

このたび、たまたま比留間一成氏の詩業を通観して、氏が、とかく分析に走り易い私などには捉え難い詩法を駆使し、この時代には貴重というべき、奥行き深いロマンスを織り上げていることに更めて感銘した。

詩人の魂しい
――嵯峨信之『小詩無辺』に寄せて――

嵯峨さんの詩集『小詩無辺』の出版記念会に出席出来ずお詫びの手紙を差し上げておいたのだが、本誌編集部からこの機会に何か一言と求められた。長いお付き合いを思えばと言う気持ちの一方、嵯峨さんから時にハッパをかけられるばかりのお付き合い、それを思うと、嵯峨さんを語るに相応しい方はほかに沢山おられるはずと考えてしまう。私に出来ることと言ったら、嵯峨さんへの感謝の心情を、嵯峨さんの詩業に思いを巡らしながら記すことで精一杯、これが正直な気持ちである。

先の大戦が終わって数年、手さぐりで詩を書いていた私を、芝西久保巴町の詩学社に連れて行き、嵯峨さんに引き合わせてくれたのは、戦前から、鈴木亨、故西垣脩氏らの「山の樹」のメンバーの一人であった故牧章造である。もっぱら聞き役に徹していたのだが嵯峨さんの柔らかいが人の心底を見透すような視線を痛く感じたし、揺るぎない声音が耳に残った。その印象は四十年余りを経た今に至るまで変わらないのに深い感慨を覚える。四十余年と一口に言ってしまっては申し訳もない。その間、嵯峨さんに、詩への足掛かりばかりではなく、詩そのものについて考えを深める場を与えられた人の数は私を含め数え尽くせぬほどではないだろうか。嵯峨信之という詩人そして希有の編集者があの狭い編集室に座り続ける姿を感動なしに見ることができない。嵯峨さんに書けと言われなかったら、怠惰な私は「金子光晴論」も「西脇順三郎論」も書くことはなかっただろう。一年に一度もお会いしないで過ごすことの方が普通であったが、時に何気なく声をかけ励まして下さると言うことは何とも有難いことであった。

ところで嵯峨さんの詩の歩みを手短かにまとめるなど私の能力を超える。が、過去の作品のなかから、いたく刺戟されたものを思い出し『小詩無辺』に繋げてみることぐらいは出来そうである。詩人は『愛と死の数え唄』で既にエロスとタナトスという人間の生の極に迫る詩法を構築していた。多彩なイメージを詩として定位させる詩法とは次のようだ。

そこにあるものがはなやかなほど
そこにないものを考えよう

……

何のかかわりもないとおもわれるものが
どこかで深く結ばれている
いつも眼に見えない糸がこの世界を保っている
星のなかから汲みつくせないものを汲みながら
ぼくは永劫の旅をつづける

「旅人」

フランスのシュルリアリズムの詩法に〈dépaysement〉があり、昔、嵯峨さんがそのことを語っていたのを聞いたことがあるが、嵯峨さんが、「そこにあるもの」の「そこにないもの」への転移、あるいはその併置というような、単純な意味での〈dépaysement〉を言ったのではないことは、嵯峨さんの作品を味わえばわかることである。ここに在るものを浸している流れ、その源への詩的イマジネーションによる遡行、これは所謂シュル詩法から最も遠くに位置している実存に関わる詩法である。嵯峨さんが遠くに眼を注ぐのは「ここにあるもの」を照射する存在の根拠を探りつつ、みずからの生の現実と重ね、「いま、ここ」を捉えようとするからである。在るものと無いもの、言葉と沈黙そして時間と永遠の交錯をどんな語で紡ぐか、それはまさに詩人の資性だろう。例えば同詩集で

静けさについて語るのをきこう
深夜　顔を見合せて
汐のみちている河口の方を考えよう
そこはすでに一つの静けさだ
静けさはそうしてひとしれぬ遠いところでみの
るのだ
時の内部は見えなくても
あなたの手はそれをじかに感じる
たわわにみのる静けさと
暗やみに刻まれている
一つの浄らかな彫姿に触れることができる
永遠とは
時のなかからその彫姿がぬけだして
ひとり彷徨い　そしてたどりつくところだ
「赤江村」

「時の内部」「あなたの手」「浄らかな彫姿」「永遠」これらが詩人の柔軟にして暗示的な措辞によって、ひたむきな愛の世界とも言うべき作品を構成した。「時という靴」という作で「おおきな存在」が「きみという靴」をはいて「この宇宙」を通過するというイマジネーションによって「きみのなかに小さく帰つてゆく」「ぼく」を捉えるのも同巧である。序文を寄せたZ氏が一種の戸惑いを覚えつつ感嘆を惜しまないのはこの詩集一巻が嵯峨氏独特の柔らかくしなやかな〈dépaysement〉で構築されていたからであろう。

私はと言えば、飛躍した言い方かも知れぬが、嵯峨さんの作品を読むたびに、ふと「時祷」を呟くかの想いを味わう。むかしむかし、菊地栄一という独文学者からリルケの手ほどきを受けたことがあり、字引ひきひき〈Stundenbuch〉を読んだことがあった。これもリルケがキリスト教の神を念頭においての「時祷」詩ではなかった。その意味で、嵯峨さんの詩想を染める「永遠」にも、特定される必要のない「神」の面影が見てとれるのである。いずれにせよ、「祈り」のエートスが感じ取れる。と言っても私は嵯峨さんを、お堅い修道士的人物に仕立てようなど露ほども思ってはいない。むしろ時に氏が洩らす艶あり毒も盛られた小話などに、そのしたたかな浮世の過ごし振りを感じて敬服もしてきた。しかし、である。私はこの小文で触れておきたいのは、陳腐な言い方だが、嵯峨さんが背負っている巨きな影つまり、「魂しい」と同行する孤独な旅人としての嵯峨さんの姿だ。

一九七五年前後の作品には、夫人の死を巡る痛切な直接的表白があるのは理解できることであるが、さらにそれを昇華する営みとしての作が感動的である。

何も数えなくてもいい
指は五本ずつある
二つの手を合わせて同じものが十本
それを折りまげずに真つすぐにして　向かい合せて
指の腹と腹　掌と掌とをぴつたりくつつけて両手を閉じる
そのなかに何を包むか
旅の小さな仏たち

その群れにまじつてたち去つて行くおまえに
ただ一度のさようならを云う
さようならと

「旅の小さな仏たち」

そして、「どうしても動かない部分があつた／それをぼくは魂しいと呼ぶ／樫の大木に耳をあてると同じようなかたまりがなかに潜む／光が死んで別のものになつたのだ」

「幸福」

ここでは、「光」の死が「魂しい」の現存感覚と重なる。また

魂しいが小さな岸に上陸する
ぼくも旅に出よう
もし無限の忘却ということがあれば

「小さな岸」

など、「旅への誘い」そして「旅の無常性」の底に沈んでいる「魂しい」が映し出される。「魂しい」という、下手をすれば安易と受け取られる語をこれほど頻用している「詩」には滅多に出会わない。たしかに人は時に「魂」という語で優れた詩を生む。しかし、わが嵯峨信之は、これでもか、これでもかと言わんばかりに「魂しい」を呼ぶ。謂うこころは、存在と無が呼応する無限の境域において、出会いと別離とは所詮「魂しい」と「魂しい」の劇にほかならぬと言うことなのか。「魂しいの／表記はそこになつているが／いま誰も住んでいない／／無人の家を／大雨が襲つた／深い闇をやつぎばやに雷光が走つた／／行方不明だつた泥人形がそこに崩れていた」。「泥人形」と題された詩であるが、かつてそこで生き、姿を消した人が泥まみれの人形に化している、「魂しい」を舞台としての、言わばプレザンスとアプサンスの酷薄なドラマである。嵯峨さんの「魂しい」はある時、命の純なる燃焼であり、ある時、言葉をアニメする「影」である。神が呼びかけ、蛇も入って来る。私が「時祷」などを思ったのは、修院で唱えられる寂びた祈りよりはむしろ、人々が慎ましい日常のひまひまに、その「時」と「命」とを思い返す「言葉」への抗い難い深い誘いをそこに感受したから、と言おうか。

嵯峨さんの詩作が「魂しい」で埋まっているからこそいいなどと言うのではない。戦前というより、大正の後半期にすでに若々しい情念、機知に溢れた作品があり、それに連なる抒情は近年にも時に応じ

美しく開花している。氏の詩業はすでに第一詩集において大方の高い評価を受けていた。そういう外の声をあまり意に介さない嵯峨さんの心情はわからないではない。嵯峨さんは

ぼくは何ものにも阿ねらず　何ものをも見捨てなかった
遠い地平線　黄色いミモザ　蜜蜂の唸り
それでも掌のなかは
今日もいつもの空しさばかりである

「偶成二篇」

という人であったし、その詩人としての剛直な背骨は「時がたれながした持ち主のない言葉たち」、「眼も鼻も口もない水子たちの小さな祭り」など、前詩集作品のなかの厳しい詩句にも窺われる。が、いまは、やはり詩人の静かな語り口に耳を傾けておこう。

ぼくは素直に生きようと思う
空気の教え　水の諭し　光りの導きによって
木の葉　草の葉のそよぎとともに生きよう

ああ　人間は自己の影を越えて先へ進むことはできない
日々　欣びは遠く　憂いは近い
でも
ぼくはたしかにいま生命の近くにいる

「生きるということ」

そして私としては、やはりもう一度、詩人の「魂しい」を振り返っておきたい。

空をゆく鳥は跡を残さない
なぜ地上を歩くものは跡を残すのか
それは言葉があるからだ

その言葉が魂しいの影を落とすのだ

「エスキス」

さらに

ぼくの魂しいに灯をともすと
言葉の上を
死んだ女の影が通りすぎる

「人間小史」

ここで私は、言葉を呑み、ただ素顔より素なる人間嵯峨さんと対座する。嵯峨さんも黙したまま、ともされた灯をかかげて影が歩み去る道を見はるかしている。いや、嵯峨さんはいつだって、影の手をとって歩んでいる。

嵯峨さんが皮肉な笑いを浮かべるのを予感しながら、終わりに、私見によれば、もう一人の魂しいの歌びと、その一首を掲げさせていただこう。

ゆふ風に萩むらの萩咲き出せばわがたましひの
通りみち見ゆ　　　　　　　　　　　　　　　　佐美雄

高橋渡『野の歌』
――熟成する〈コレスポンダンス〉――

深い「詩想」と、蘊蓄もただならぬ「修辞」との、おのずからなる支え合いによって、「熟す」という言葉が最もふさわしい相貌を見せている一巻の詩集である。走り回るのに忙しかったここ五十年の世の中で、傷つき過ぎてしまった者には、すぐに通い合う道が、必ずしもつけられてはいないが、随所にさりげなく、道しるべは立っていると言えよう。一巻を通じて山旅、そこに嘱目の花、動物、虫の類を詠う作が多いのはこの作者の常と言うべきか。けだし、「自然と自己との親和、外と内との均衡の影に沈めている詩人その人の不安や怖れ、魂の孤独といった人間存在の総体的な感情への詩的愛着を深め」、「詩人もまた自然の存在になる」という著者のかつての発言は、戦後の多様化に趨る「詩法」状況に抗って、彼が頑なまでに護り続ける「抒情詩」構築の原詩想であるからだろう。この詩人が抱え込まれ、かつ抱え込んでいる「時空」の大きさは限りない、と言っても過言ではない。されば、遠い昔の「出会い」は、長い長い年月をかけて「反芻」され、言葉の「蝉脱」を繰り返しながら熟して行く。例えば「辛夷」という作。

「凜と白く辛夷は咲いていた／たがいの位地を占め　蒼むのもある／金星がかがやきはじめた／花は山稜の雪とひびきあい／生きる命をゆれ定まった星にあずけ／咲くことにしか関心はない　全身鮮やかだ／かすかに残照の稜線／白馬の連嶺が辛夷の下に沈んでいる」。「辛夷」の花は作者にとって、自然と人間（自己）の運命の結節に咲く呪的存在となっている。それは鳥、獣、旅人たちが時空を超えて交わり、命を分かち合いまた、散り別れて行く劇場でもある。詩集『冬の蝶』所収の「辛夷」も〈永劫の幻影〉として咲いているし、詩集『見据える人』では、〈幼な児〉が夢見る視線のはるか彼方に、「辛夷」は星と咲いていた。この度の表題詩「野の歌」。「くすの樹がいて　風もむかえ」る風物との交歓も、異界幻想、旅の山越えに「星明かりは心にともりも」せず、「時間がとま」る境域の展開。そして「さて　足はどこへ　どこであれ／運ばれずともよく　また星は流れ／水脈の黄花がするどくつきささってゆく」という、静から動へ、読む者にも突き刺さる描写で締めくくられる。深々と見据える詩人と諸形象との交合に、人間しか味わい得ぬ喜びを超え、救いなき痛みを抱えるもの（＝自然）の〈悲〉が読み取れたら言うことなし、であろう。かつて捕囚の苦患を心身に刻みこまれ、〈存在〉の傷みとも呼ぶべき自史を生きのびて来た高橋氏の詩業として、である。いま、野が〈自然〉がそれを渇望している。

（「詩と思想」三号・一九九七年）

糸屋建吉『此方』を読む

今まで何冊かの糸屋氏の詩集を読ませて頂き、その都度、作者の、情熱のこめられた、しかし厳しい把握によって構築される多くの作品に接し感銘を受けてきたことを想起しますが、この度、詩集『此方』を読み進めるにつれ戦慄を覚え、それは「蝸牛」なる作品あたりで息づまるほどの緊張に収斂するかに感じました。これは作品の詩としての完成度の高さによるものとの感想を私信で一言申し上げたことを記憶していますが、その折りの衝撃という事態つまり、作者を動かし、読むものを動かした、その〈造化〉の営みにつき、ここに与えられた紙面で少しく敷衍して見たいと思います。

糸屋作品の〈立ち上がり〉に接するとき、視止められている身辺の事象、物象の諸相が、深い息吹きのなかで新たな〈相〉を与えられることを直観させられます。〈立ち上がり〉などと言ったのは、糸屋氏の筆による言葉の繊細な動きが、たとえば〈能〉の優れた演技者の厳しい舞いの形に重なって見えたからと言えます。演技者は内に〈死〉と〈異界〉とを漲らせることで、さまざまな〈風体〉を一なる新たな〈生〉に位置づけるのではないかと、常々考えて来たせいでもあります。糸屋氏の優れた作品の一行目から最終行への〈身振り〉ならぬ〈言振り〉(こんな語はないでしょうが)が、清明、あえかな舞の美に比定されたからでしょう。「蝸牛」に先立つ作品のなかでも同様な感銘を受けるのは、例えば「陽が沈む」。作中、〝夕暮れ〟の色合いの変様、そして〝ゆきさきを選り分ける　黒い女〟の登場。〈選り分け〉という人間の宿業を浮かび上がらせる玄妙な言葉の歩みのインパクトの強さ、深さです。また「壁の灯燈」における、〝弱々しい魔物〟を呼び出す仕儀となる思惟の緩やかな波立ちと凪など。そのほか「一位」「あおい毬栗」「白い雲」などにも合い通ずる言葉の〈振り〉が読み取れるのです。

ところで巻頭作「緑い猫」などは、こうした見方で包みきれるとは思えません。作の終連、〝その群が熔けだして　液体になり　気体になり　浮上したり　流れだしたり　したのだ〟と言った、流動そのものの表象は何の謂でしょうか。思い出すのは作品集『舟底・雪』の「私」という作です。この作では〈私〉の微小化、無化の流れと、それあってこそ〈存在〉としての「私」の〈浮上〉、その旋転がダイナミックに語られていました。この物象流転の認識は、本詩集掉尾の作品「ペスト」のような、〈歴史における死〉と〈自己の死〉との静かな交響を歌う詩篇にも〝膿んだり　腐ったり　浸透したもの〟という詩句として貌を覗かせ、自然と自然に挑む人間の一種の挫折を黙想しています。飛躍した言い方になりますが、糸屋氏の詩法は、片や言葉の静的、玄妙な軌跡、片や己れの〝尾〟を銜え、世界の永劫回帰の動きを象徴する動的、ウロボロス的循環の軌跡，この両者を止揚し生成する自在な発語の営みなのでしょう。かくて、肉の眼で見届けようとするとき〝星〟は消え（「消える」）、〝此方〟に立つ虹をすでに〝彼方〟から視る（「彼方から」）、見る者が見られることをついに視据えるという、現世界、異世界が抱き合い浸透し合う詩的宇宙が顕ち上がるのです。詩集は安易な接近を拒む厳しい振りを見せていますが、心を虚しくして読む者には、右に要約した詩法のままに、対峙する愛憐（生）と悲苦（死）の交合を滲ませる、自然体と言うのでは尽くし得ない幽美な詩句に酔うことが許される一方、自然の命でもある己れを呑み込む造化の主人、深層の己れを開示し脈動させる〈詩想〉の世界に引込んでくれるのです。それは〝死に物狂いに　考え〟る果てに待っている

〈原・生命否定〉に対し〝死に物狂いに〟抵抗する、〈実存の業〉として……。

（「青衣」）

佐藤正子詩集『人間関係』

佐藤正子様

宿題とした『人間関係』の読後感を、ともかくお送り致します。貴女の「詩学」誌上での詩書評などの的確かつ行き届いた言葉を思いますと、私などは沈黙しているのが分相応であると思いますが、勉強させて戴いたことにお礼は申し上げねばと思う次第です。

この頃のカメラは自動焦点とかで、覗けば対象にピタリ（？）焦点を合わせてくれるので喜ばれているようです。私などは古いカメラを使いますが、焦点合わせにはいつも苦労した挙げ句にぼやけた絵になるので悔しい思いをしています。こんな話を持ち出すのも、貴女の『人間関係』を読み返していると、何故か、この焦点合わせの苦しさを思い出すとともに、ここには、風物としての人物ではない、生き身の人間との関わりに、作者の心眼が向けられ、しかも焦点合わせの冴えた手腕が示されている、と感じ入ったからでした。人間―存在―関係に焦点を合わせることには哲学者たちも苦労してきたのでしょうが、詩人は論理の道筋ではない、生きるという旅の途上で、もともと焦点を合わせることが難事業である「人間」の「関係」に何べんでも焦点を合わせなければ旅そのものが意味を失うという、そんな生き方をする者なのかと更めて思い知る思い……でありました。

肉身の関わりに「おつかいに行くように／慣れてゆく」自然な成り行きのあるひとつの節目、「雲を躱して／かるがると／月は昇る／ちょっと明るくなる」その、月の下での無罪性の発見（「イノセント」）、或いは、「満開の夏の午後の斜面に現れてくる／ふたつの前半生／幾春秋あったと頷き合い／似てもいる違ってもいるそれを／ここからが海　の一線に放ち／浄化を恃みもした」そして「もう視えないあの一線を超え／短い夜を急ぎ／満ちて／きた」もの（「友情」）。引用が部分的で失礼なのですが、「評論」のつもりではありませんので、ご勘弁下さい。これらの詩句（他にももちろんありますが）の構成で気づかされるのは、ふつうの言い方をすれば、「日常」から「非日常」への収斂とでも言えるのでしょうけれど、私が焦点合わせを想ったというのは、作品の終わりにかけて、言わば焦点が絞り込まれてくる〝緊迫感〟なのです。もう少し敷衍すれば、ここにフォーカスされるのは、自然光ではない光であり、そのためか、浮かびあがるイメージの不可思議な時空、その鮮明さに印象づけられるのでした。それは、「雲を躱して」といった美しい語句などの功績でもあるか、と思います。ずばり〝焦点〟が登場する「焦点距離」においても、「意思と意思は／石と石／散らした火花は／今後を照らす灯りの／点火に役立った」、これ自体必ずしも自然光ではない灯りに導かれてのある一こま、「姿勢を正し／焦点を合わせ／ちょうど記念写真の距離／ここで／／見送る」というドラマの成立には、どんな光が絞り込まれたのかと眼を凝らしたくなる。「スマイル高原」の展開にも同じ気息が感じられる。

私たち普通人もいやでも時間と空間のせめぎの中で溜息を時々もらしながら暮らしているのだが、この「人間関係」の世界では、その時間と空間とを時に微妙に、時に強靱に調整する力を備えた人が、ある対象らしきものに焦点を絞りこみ（その操作そのものが戦いともいうべき苦しさを孕んでいる）、鮮明な「絵」を描いたと見られる時、実は、その対象らしく感じられていたものが、「関係」のなかで始めて真に抵抗感ある対象として生まれ出たのだ。それは同時に「私」の誕生でもあるのだが。

「焦点」の合わない言葉を連ねたかも知れません。これでも、素直に読み味わってきたつもりなのです。「息子」「娘」の温かみが分からないでないのですし、「階段」の想いもキマッテいるなと感銘しました。そして、この作品集のほぼ真ん中に掲げられている「星座」の、悲しみを深々と隠した「望み」の美しい表現は、文字通り、「人間関係」の夜空に広がる「星座」宇宙、だとすれば、ほかのひとつびとつの作品は、それぞれの思いを閃めかせ、あるいは留まり、あるいはその軌跡を歩む星々なのだと見直すことができるように思います。つまり「詩集」の構成への配慮をも感じたと申しましょうか。　付け加えますと、過日の葉書に「躱しの詩法」と言う言葉を記したと記憶しますが、二度ほど使われている「躱す」と言う語に惹かれたことと、「柔らかな語」（「為るたびに／ぴったりくる／いいと思う」などなど）と「漢字語」（「焦点距離」「黄金分割」ほか）の使い分けの巧みさ、を感じてのことでした。

よい勉強をさせて戴きました。いいな、と思うことと「理解すること」とは違うとおもいますので、それこそ半分も理解できなかったかも知れません。これからのお仕事を楽しみに拝見したいと思っております。有難うございました。

一九九四・一二・七

「ここ」を「ここ」と呼べるには
——池井昌樹詩集『晴夜』——

池井さん、『晴夜』を戴いてからいつか日が流れてしまったようです。そして、何か申し上げるにはもっと時間がいりそうでもありますが、申し上げたいことははじめから感じていたことに他なりません。一口に言えば「生きる」「生きている」と言うのっぴきならぬ「現実」を「言葉」に「うつす」という営みが、「ここ」に立ち現れる、「星々」「ほのほ」「ふとん」「ふしぎなかぜ」など、すべて「ここ」に呼ばれている「ものごと」ひとつびとつの運命に関わってなし遂げられている、と言うことになりましょうか。

「ここ」、「自己」、としか、関わらぬこと、関われぬことが、作品を読むものには強い印象を与えます。そういう詩作品が他に無いではない。けれど、関わり方が甘ければ、一種のナルシシズムに終わってしまう例は枚挙にいとまなしです。だが、我が池井昌樹の「関わり方」は、生命の極北を指呼しているとさえ言えるでしょう。これはお世辞なんかではない。池井さん、貴方は先日、拙詩集に感想を下さったなかで、「自愛にまみれ、自愛につかれ……」といった言葉で、「謙遜」そのものの感慨をのべておられた。その時も、「自愛」に徹しきれない私としては、貴方の姿勢に羨望さへ抱いていることを申し上げたと記憶します。そしてこの『晴夜』に接して、私は「自愛」の、類を絶する「昇華」（月並みな言葉で御免）を目の当たりにしています。「自愛」は「自」のしがらみを掻いくぐり、眼くるめく「命の愛」、あるいは「愛の命」を現前させているではありませんか。

「ほのほ」のなかの、

　おやすみのあと灯を消して／むすこをつよくだきしめれば／もうこのちちもははもみえない／だきしめているむすこもみえない／きのうもきょうもあしたもみえない／なんにもみえないまっくらのそのむこうから／もえているひがみえてくる……

　この「ひ」、「だれもがだまってみつめている……みちたりている」、そのひとびとの姿は「むすこをつよくだきしめ」ている「この現実」を、孕み抱く愛の「くに」の住人なのでしょう。こんなよしなし言、書き連ねるのは、あまり愉快ではないと思われそうですが、ま、も少し書き進めさせて下さい。

「ここ」を生き切る時「ここ」は「ここ」だけではなくなる。「いま」を生き切るとき「いま」は「いま」だけではなくなる。「生き切れない」ものは、「ここ」と「いま」にまつわられ、衰えるだけです。生き切ることを逃れようもない宿命（さだめ）と受容した詩人のみに、思いがけぬ「晴夜」が訪れる。「ここ」にいる、傍らでまどろむ伴侶が近くして、この世のものならぬ「半跏思惟」にメタモルフォーズする。もっとリアルには「ふとん」のついの化身が「おまえ」であるという劇。池井さん、私は思います。「いま、ここに在る」と言うことへの感動は、実は「そういうもの（存在）」が「在るのだ」という、世々を通じて「在ること」への限りなく深い賛嘆ではないだろうかと。そして「在る」とはまさしく「偕に在る」ことの発見なのだと。曰く、

「ひとりぽっちの／ふたりっきりよ」

そして

「なんにもない」とは、「在る」ことへの、静かにして厳しいノスタルジーを生きるもののみが歌える「うた」なのだと。

さらに、

「やがてついえるにくたいと／やがてついえるにくたいが／なかよくならんであおむいて……やぶれうちわをつかっている／やぶれうちわをつかっていると／くらやみの　そのどこいらからか／ふしぎなふしぎなかぜがくる／だれがはくいきなんだろう」という節を含む「ふしぎなかぜが」一篇も、「うちわをつかう」という、日々の素朴な儀式と言える営みが招きよせる「ふしぎなかぜ」、命の「息」のささやきを聴かせてくれる、みごととしか言えない作です。これも「やがてついえるにくたい」「いつかついえたにくたい」という、「ここ」と「かしこ」との静かな重奏の賜物でありましょう。ここまで「ここ」へののめりこみを敢えてして、それだからこそ、その思いと絶対的に表裏をなす、「かしこ」、人間の故里と言うべき「在る」ものの「くに」を、池井さん独特のやわらかな言葉のタッチで緊密に描き出し得たのでしょう。

ひとつひとつ採り上げて考えたいことが溢れて来ますが、貴兄が拙作に感銘して下さった以上に私は貴方の作品に打たれている（かつて「激震」なる

語を用いましたが）ことを申し上げ、とりあえずのおん礼といたします。貴兄にめぐり合わせてくれた「詩学」のあの会合を感謝とともに想起しつつ。詩魂の次なる羽ばたきを耳にする日を待っています。

一九九七・七・九

馬場晴世詩集
——『ひまわり畑にわけ入って』を読む——

詩集のカバーの絵にじっくりと見入る。輝くひまわりの畑。そのなかでチェロを無心に弾く女性。衣装は白、しかし貌の半分と胸が黒い。チェロの一部、譜面、弾く手の甲、そして胸にも、ひまわりの黄が透けて見える。この人は「ひまわり畑」に魅せられて、そこに立った白い幻影だ。樹の精とも見える。はるかに続く「ひまわり畑」の彼方は暗い地平、空も暗い赤。その下に大きな石造りと見える柱、その間に戸口がある。しかし扉はない。後ろはあたりと同じ暗い世界だ。馬場晴世さんの詩集『ひまわり畑にわけ入って』を読み終わり、閉じるとまたこの絵に眼が惹かれる。画家で詩人の林立人さんは多くの詩集の装丁をしておられるが、この絵は馬場さんの作品集への応答としてぴったり、という感が深い。詩集の後半に「バッハ・チェロ無伴奏組曲」という作品がある。チェロの音は樹の声と聞こえ、「私の溶ける部分」は音に導かれ、地に沁み、「樹の根に吸い込まれ」るという、人と樹と大地とを循環する精気の流れをチェロの「ふかぶかとした」音色に溶け合わせ、リアルな奏者の幻しを顕たせ、作品自体が静かな楽曲を奏でている。

　馬場さんの作品については、伊藤桂一氏、水野るり子氏などが的確な評言を書いておられ、付け加える余地もない思いであるが、蛇足ながら私流の応答をしておこう。作者の、人間としての生涯における〈夢の屈折〉に耐える「芯」の強さは、爽やかな弾力を備えている。詩人は、自然の樹木、その「陰」、「香り」、それらに触発される幸いな〈創生〉の時を幾度も経験している。師であった哲学者久野収氏の「運などない」という断言を想起しつつ、自身の人生行路をも顧み、「運」と呼べるものが無かったわけではないことを認める。それらの経験は「病葉のようなものが多かったが／しっかり受け止める以外なく／それがまた私を創ってきた」（「初冬の雑木林」）と言う。「病葉」のようなものであったからこそ、実存の、深い要請を生きざるを得ない「芯」の何たるかを滲ませる作品を生んでいるのだ。「ひまわり畑」で「駆けださない」という姿勢は一つのエラン・ヴィタルの逆説的な経験であろうし、「梅雨の頃」における、大きな聲で父に呼びかけながら「声がどうしても出ない」という情況も、根はそれに繋がっている。「病む母の荒野」の終りに訪れる私の「荒野」は、林さんの絵の奥に広がる暗い広野であり、それは、もう一つのエラン「魔との出会い」への、苛酷な、しかし〈受け入れるべき〉道程として拡がっている。詩人の真摯な資性を示す作品として、他にも、炎を上げて沖に流される死者の舟の鮮烈なイメージで、〈歴史〉と〈私の現在〉を重く対峙させる「教会の鐘」、また安西均氏との別れを歌った「古い洋館」などが印象的である。反面、軽妙な機知で微笑ませてくれる作もあって楽しめる。この作品集、制作の行路に立つ新たな里程標と言えるだろう。

作品個々について

「狼」

夜の森のイメージ。狼は昼間聞いた「話」が背景になっている。森の火事を自ら消す本性を持った伝説の狼。森に入る「私」が火をつけるのか警戒しているのか。むしろ、「私」の「暗い心の奥」、いわば「私」の身内の「森」が火の海に化するのを警戒しているのか。「私」「森」「火事」「狼」の深層のドラマ。詩句として「ぎりぎりの存在だけになる」の行は「燃焼度」が不足という感じ。

「夕暮れの公園で」

「こうもり」への思い。「分からなくなる人の想い……その暗闇」を知るために「超音波」能を持ちたいという願いは面白い。「こうもりは無口な闇のかけら」というイメージも面白いが、「木立の中」の「もっと暗い世界」と「闇」それを「音もなく食べている」こうもりとのかかわりが、最終連ですこし曖昧になったか。穏やかな語り口は作者の本領といえるが。

「ひまわり畑」

ひまわり畑にわけ入って、花に火をつけられる「わたしの芯」。第二連の「釈尊の言葉」の効果は絶大。「燃え」ないで過ごさざるを得なかった半生。「炎いろの空気　大地の暖かい匂い」の向こうから誰かが呼ぶ。「野に放たれたのに」「駆けださないのは　なぜ」という緊張にみちた「問い」が、それまでの生涯の重みと均衡して、見事な結語となっている。伊藤氏の的確な指摘。傑作。

「天の青」

「青い朝顔」の存在の意味をめぐる描写。そして、それ故「寒気の訪れで枯れ」ることの意味の発見。作者の作品は必ずこうした「発見」を核にして構成される。終りの二行は緊迫感今一つ。

「冬の雑木林で」

雑木林の奥で見つけた「懐かしい道」。「満天の星のきらめきを」見せたいといった人のロマンチックな回想か。素直な作品。

「木の香り」

「木」という「生き物」との交歓。特に、「香り」を媒介とした……。「香り」のなかで「木肌いろの思い」を抱き、小鉢にいれた「おがくず」の香りが、閉じた眼のなかに「一本の檜」を顕たせる。作者には、「ひまわり畑」から始まり「香り」を生活のなか、随所で捉えて、異世界をすべりこませる「詩法」を、幾つかの作で用いる。

「初冬の雑木林」

師であった哲学者久野収氏の「運などない」という「断言」はそれなりの重みを持っていることを思いつつ、自らの人生行路を顧みて、「運」と呼べるものが無いではないことをあらためて見直す。しかしそれは「病葉のようなものが多かったが　しっかり受け止める以外なく　それがまた私を創ってきた」という。「病葉のようなもの」であったからこそ、「運」として「受け止め」ざるを得なかったであろう生。論理を超えた実存の深い「要請」として生きた芯の強い人と為りが滲み出ている、いい作品。

「**流行性感冒**」

「病い」の受容。「目を閉じると夕日の砂漠だ　私は熱いし　喉は真っ赤に焼けている／冬の陽射しのあふれる寝室にいると　向こう側の冥さがみえる」の連におけるイメージの呼応が見事。そのあとに続く三行は、言わんとするところはよくわかるが、緊密度はいかがなものか。


「**五月の樹**」

人間を支える自然、ここでは「樹」の支えが、柔らかく、無駄のない詩句で語られている、好ましい作。


「**梅雨の頃**」

ここでも雨の「匂い」が働いている。漢詩を書いていた父の幻影に、自分も今、詩を書いていると大きな声で呼びかけるが「声がどうしてもでない」のは、先の作品「ひまわり畑」の終連で「駆けださな」かった意識に通底するのではないか。今、盛り上がる夢が、心の奥でこそ躍動する現実であることの、逆説的表現として効果的に利いている。


「**飛行機**」

人は、自分の生の核として握りしめるものを持つ。それが模型飛行機であれ描いた飛行機であれ、それによって、自分を「飛ばす」ことになる。


「**帽子が飛んで**」

愛するアイルランドの旅の土産。それは飛ばされた緑色の帽子に住みついた妖精。ときどき葦の間をわたる風となって囁いてくれる。こんな羨ましい土産をもらえるのも、彼の島をこよなく懐かしむ詩人の特権だろう。素直に入り込んでくれる詩。


「**〝石の島〟修道院跡**」

これもアイルランド。土着の宗教のなかに交わりながら根をはっていった新たな宗教の象徴、崩れた修道院。そのたたずまいが昔日の祈りの声を蘇らせるかのよう。さりげない描写がかえってリアリテを深める。

「**教会の鐘**」

これはノルウエー。ヴァイキングの葬送の儀式。炎を上げながら沖へ流される死者の舟。死しては海への願望は古今を問わず生きている。しかし、燃える舟のイメージが別離と鮮烈な再生を象徴する。〈歴史〉と現在の自分との乖離、いや、緊迫した対峙の意識のなかに鐘の音が響く。いい詩。

「**多羅葉**」

多羅樹、その葉との出会い。昔、経文や人への想いを書いた。旅に出る前に受け取ったO氏からの葉書は二行、「何処かに行く」としか書かれていない。その簡潔な葉書が「多羅葉」に結びつく。それと、旅の行く先がいつも決まっている自分。それ故、多羅葉にただ「どこかに　ゆきます」と書いて送る人を思う想いにつながる。構成の面白い作品。「白い花を胸に　くり舟に乗って行く」私は「娘」。伊藤さんは「永遠の村娘」的とまで言っておられ言い得て妙か。もっとも私は「村」をつけるかどうか迷う。いつまでも「娘」であり得るのが作者の資性であることに異論はなし。作者は多羅葉を手にとって何か書いて見たのだろうか。

「**呼ばれて**」

これはいい作品。とかく言う必要はない。魅惑する「絵」の色に惹かれて、その中に入って行くのはよくある事。しかし、絵の中から呼んだのは、画家が下塗りに使って隠れている「燃えるようなオレンジ色」であった、というところで詩は完璧になった。

「ざぶとん」

「ざぶとん」であったことの自認、これは女性によく見られる（もっとも男にもなくもないか）。問題は、終連の「ほぐれない少し堅いもの」と柔らかく言っているもの。これを「私の芯のようなもの」と言ってしまったのは詩を軽くしてしまった。せめて「私」を削ってもいいのでは。

「白い鸚鵡」

話す生理は備わっているのに「自分の言葉」を話せないことの「因」を探すというよりは、話せないという現実への錯雑な思い。

「バッハ・チェロ・無伴奏組曲」

チェロの音に溶かされた「私の溶ける部分」が「地下水になり」、チェロの音を発していた「樹」の根に吸い込まれる。が、問題は、作曲家ではない人の音楽を介しての自然と人間との美しい命の支え合い体験として歌われている。「自然と人間」関係に思想的にこだわって来た読者であるこの私は、根に吸い込まれた「私」のなりゆきはどうなるのかしら、など、詩の読者の姿勢を忘れたりする。

「さざんか」

「せんせいのひどく寂しい笑顔は　本当のことは言えないと語っている」そして「それも皆同じだ」との認識が、そのあとの作者の〈柔らかな哲理〉と言える詩句で締めくくられる。考えさせる詩。ここにも「香り」が登場。

「古い洋館」

古い、風雨に晒された鎧戸がかこむ洋館のたたずまい。安西均さんの死へ歩み。「気配」に満ちた嘱目の「景」と「人の生死の機」とを一双の屏風にしつらえた。読むもののあたりにも静けさがたちこめる。「あまり見つめていると　薄目を開けて呼ばれ

そうだ　たちこめる翳りのある空気の懐かしさ」という詩句、いい。

「**海馬**」
最後の三行がしゃれた味。

「**夕映えの海のあとに**」
「闇の世界に　ひきこまれた人の声が　波になって寄せてくる」岸辺は、「私の内部の海」の岸辺でもあった。私の海から、どんな人の、どんな語りかけ、願い、怒りが「寄せてくる」のか。

「**冬の鏡**」
友の訃報、鏡に顕つ悲しみの貌。作品として素直。暗喩の用法に一工夫あっていいいか。

「**からたちの花**」
心を育んでくれた人への挽歌とも言える。その人は「どこかで少し香りながら白く咲いているのだ」

「**荒野**」
母が病み「荒野」になり、その「荒野」が消え「穏やかな顔」になったとき、いろいろな意味で「縛られてきた」娘の私は、夜毎、「私の荒野」を歩く……解き放たれることが、いつ果てるとも知れぬ「荒野の旅」の始まり。人それぞれの「荒野」有り。

「**鐘の音**」
人間誰しも魔を避けたい。が、魔は魔除けを避けてくる。しかし、魔に会ってもそうと気付かず、あとであれは魔だったかも、と思っても間に合わないという、幸か不幸かわからないめぐり合わせに生きている人間。魔徐けの「鐘」がなり終えたあと、「魔界への階段を降りていく」意図や壮ん。間に合って、魔に会える幸いを祈りたい。切実な、現時点での告白。

一通り読み、特に強かった「印象」を記して見ました。余り破綻のない作品が選ばれているので安心して読めたと言えます。これらの作品から、詩人馬場晴世について何をいうことが出来るか、それを考えるにあたり、前詩集『雨の動物園』を思い出して見ました。つまり、前詩集との対比という形で詩人の「今」を窺うこも出来ると思うからです。

端的に言って『雨の動物園』は、詩人が主として動物、植物とくに樹木などと心を通わせ言葉を交わすという形で、詩を生み、育て上げる仕事が、誠実に営まれていることを示していました。もちろん自然の物象のみに関わっていたのではありません。〝アウシュヴィッツ〟もあり、〝ルオーのキリスト〟も採り上げられていました。そして、今回の詩集においても、「ひまわり畑」を始めとして「狼」も「雑木林」その他の自然物象が現れています。問題はそれらとの「交わり方」にかなりの変化、時に本質的と言っていい変容が見てとれるということです。

前詩集においては、自然にせよ、人間にせよ、それを詩的に掴み、さらに詩の深まりを求めて、ゆっくりと「コスモスの花の中へ　紅葉の雑木林の中へ」「迷いこんでいこう」、あるいは「私の経文を探しに　階段を降りてゆく」また「ルオーのキリスト」の「月夜の道」は「私の歩いている道に　繋がっている」と言っています。つまり、「詩」の可能性を暗示する方位へ身を動かして行くさまが素直に語られていると言えましょうか。

一方、新詩集のほうに目立ったのは、個々の作品の感想で触れたのですが、「ひまわり畑」に「わけ入って」、私を呼ぶ声がするのに「駆けださない」という緊迫した「矛盾」が「詩」を顕ち上げているのは、「私も詩を書いています」と「大きな声で呼びかける」が「声どうしても出ない」と言うところに重なります。今回の詩集が概ねこのスタイルをとっているなどとは申しません。しかし、この緊迫が土台というか、筋金となっているからこそ、ほかの、物静かな、美しい作品も一段深みを加えたものとなっているのだ、と小生は読んだわけです。それで、「魔界」へも降りて行く踏ん切りがついたのでしょう……。でも、こうなると馬場さん、こんどは意地悪な魔はどんどん逃げて行くかもしれませんよ。そしてどこかで「手の鳴るほうへ」など歌いかけて来たりして。

こんなところで勘弁して頂けますか。一言で言えば、「詩」の「命」の深まりを覚えさせられたという意味で、次の「仕事」を楽しみ待とう、となります。

二〇〇〇・一〇

梶原しげよ詩集

——『旅立ち』をめぐって——

御詩集『旅立ち』有り難うございました。「相変わらず拙い作品」とのお言葉ですが、「いつもながらの見事な作品集」と申し上げねばなりません。とくにこの度は、御夫君、智氏との「別れ」をめぐり、「生」と「死」という抜きさしならぬ課題に対して払われた、余人の及ばぬ深い洞察が、詩というあらたな生命に「生まれ変り」、顕ち現れて来る、それ自身「生と死」の実存的な「貌」を読む者に向けるという、畏敬すべき一集であることを痛切に感受いたしました。

「旅立ち」十三篇

先に「生」を終えた存在、その「生」を共にし、かつ旅に送りだすという現実、残る者のみが噛みしめることで、味わわされる「生死」の真実。「別れ」が孕む、時間を超えた意味。切々と歌う「言葉」が立ち上げる新しい世界。読むほどに絶えず息をのむ思いをさせられます。全作品から衝撃を受けましたが、何回か読んだあと、自ずから浮かぶことどもを書き連ねて見ます。統一を欠く文になること、ご勘弁のほどを。

「体温」というまさに体感そのものの命の在り様を介して「なにもかも無くしたひとに代わって」、その体温に感謝する心、別れとは、そのまま新たな出会いに他ならぬことを知らされる（2）。

「ふたつの世界を　知るため」「それらを　完全に所有するには／生だけでは足りないのだ」。それが定めとは言いながら、「国境に　ひっそりとふみとどまり」流れる「涙」は「生死」の解きがたい深遠な結びつきから滲み出す涙であろう（4）。

「そっとしておいて！／生者は　めざめないようにねむりたいから　死ぬのだ」「一抹の苦悩もない静寂のなかで／無の眠りを　眠りたい……」生者。死に行く存在に対してこれほど愛にみちた送別の言葉を知らない。タナトスとエロスとのこれほどに清澄な合一を知らない。たしかに、私たちも、死に際してこのような深い愛もて送られることを喜びとするだろう（5）。

「日ごと　かたみに入り／かたみを出て／かすかな変化をゆめ見ての　小さな旅」「それにしても――……／存在ではない　存在／死者！」。「存在ではない存在」と言う味わえば味わうほど深みを提示する、言わば「死の哲理」の確認（6）。「向かい合って　食卓に座ったとしても／生者にはひとりでいる　とおもわせる」（8）は（6）をさらに具体的に確めている作。

死者の棺に納められる「花」の宿命を美しく歌う作（9）とともに、さらに深く、海での死者に送る

「花の生と死」に本質的な課題を新たに提出するのは（10）。

「花は　どうしてひとのために……」の連が、日常、余り問われない人間と花（自然）の生死との関わりを問うている。発展させれば、あまたの生き物がどうして人間のために「死」に供せられるのかという、私流に言うと「自然学」の課題をつきつけられるわけですが、ここでそれを論議するのは差し控えます。それより、「海が強要したのだろうか／わが身を犯し　むしばむものへの復しゅうとして？／にんげんへの苛酷な愛の一表現として？／無限がさそったのだろうか」という貴女のかつての詩集『鎮魂歌』の一節を思い出して置きましょう。つまり、あなたの詩が常に「生」と「死」の交響を背に負って来ていることをあらためて確認し、深い感慨に囚われる次第、と申し上げておきましょうか。

続く諸篇も透明な刃あるいは鉤のような、美しく同時に酷しい言葉が読む者の心を刺し沈思に誘います。私はとくに「所有」の思索的作品に惹かれます。若い時から、生きる指針を示してくれたＧ・マルセルの「存在と所有」が、私の物をみる目の背後にあるからでしょうか。「返還」もいろいろ考えさせてくれる作です。一方、詩として「傷」の嘱目が、短いフレーズで、痛みと優しみを描き、凝視に誘う「絵」ともなっています。

詩作品との応接は、こちらの存在と所有とを挙げて取り組む仕事ですが、貴女の作の場合、その感が一層深いものがあります。重い思いはこのくらいにします。

そこで少し飛びますが、「猫」のこと。私もかつて娘が拾って来た、生まれながらの目なし猫を飼っていたことがあります。夜のなかに昼を見つつ成長する過程をつぶさに見て、驚嘆していました。犬にしても、娘が拾ってくるのが、大抵「身障犬」であったり、しかし死に至るまでの明るさに付き合わされたことを思い出し、貴女の「猫」とくに「千鳥」をしんとした気持ちで読みおわりました。

終りに申し添えますと、詩集の装丁の上品な美しさ。舞う蝶は天と地の間で須臾の命を舞うものの姿と見え、貴女の蝶をも回想させられます。

私も傘寿を迎え、近い終りに向かっている者ですが、煩悩の虜。梶原さんの研ぎ澄まされた覚悟のごとき心境に接して恥ずかしさでいっぱいになりました。「では　『老い』よどうぞ　お先に」という境地に立ちたいものであります。以上、不十分極まる「読後感」を終わらせて戴きます。遅くなったことお詫びもうしあげます。もっと時間があればなど言い訳めいたことを呟きつつ記しました。何かの折りにまた書き記すことがあると思います。

二〇〇一年　二月二五日

ついでとなって失礼ですが、小生の近作、まだ原稿ですが、お目にかけたくお送りさせて頂きます。私の妻は三十年ほど前になくなり、残された老母二人にまだ中学の娘などの世話で、悲しむ暇を持てませんでしたが、今頃になって、またすこし挽歌のごときものを書いていますが、これも素直なものではありません。私はどんな形で目を瞑るでしょう。梶原さんに倣いたいものです。

旅と人間
――安田礼子著『アフガン／ガンダーラ』跋――

「旅する」ということは、本来怖いことです。いま恵まれた事情にある日本では、国内はもとより国外にも足をのばす人々、特に若者が増えています。本書の著者安田礼子さんと同世代の私などの青年期は戦争の終わりと戦後の困窮の中にありましたから、旅に出るということも公用が主でした。戦争のため特に世界と隔絶していた日本も戦後の回復、発展の為には世界に関わっていくのが当たり前という事情になって来ました。今日の旅行ブームもその延長上にあると言えなくもありません。眠っている間にアメリカにでもヨーロッパにでも連れていって貰えるのですから、旅も気楽になったものであります。

ところで、本書に盛られている記録は、気楽とは程遠いハードな旅の克明な記録です。それも、還暦を迎えた女性が、パリ、ニューヨークならぬシルクロードの要というべき地域に足を運び、山を砂漠を越えているのです。専門の学者が研究のための踏査するのは理由のあることです。安田さんをその旅に上らせた動機は何なのでしょうか。

私が最も感銘を受けるのは、安田さんが専門家達の知識を深く咀嚼した以上に、かの地域への激しい憧憬を抱き、魅せられるように旅に出たことです。それは全然見知らぬ処女地への冒険旅行とは違います。また片雲に誘われる漂泊とも違います。ある思想家の言葉をもじって言えば「あなたがそれを見出さなかったら、あなたはそれを求めなかっただろう」ということではないでしょうか。安田礼子さんの心を捉えたアフガニスタン、安田さんはその地に体を投げかけずにはいられなかったのです。何故と問うのは意味のないことです。理屈を超えた牽引力。それを感ずることは優れて若々しい人間的な応答ではないでしょうか。

安田さんは、かの地の人々のなかに分け入ってゆきます。童女のようなナイーブな心で。それ故、人々の思いがけぬ親しいもてなしに逢い、心を通わせるのです。その地における人々の「今」の生活が遠い歴史の堆積の中に息づくのを感受しているとともに、「今」には今の苦しみ、闘いがどうしようもなく人々を引きずっているさまを、安田さんは自身の痛みとしても語っています。今日「異文化交流」は合言葉のように其処此処で耳にしますが、ここに描かれている安田さんの旅はまさしく「交流」の原型というべきものを提出していると言えます。

胸の中に十年も暖めていたことと言われるだけに、それは深い認識と愛情とが溶け合った平明な文章として流れ出しているのを読み取ることができます。出色、そして貴重な「旅の記録」ではないでしょうか。また安田さんの「ガンダーラ美術」への親愛の情は時間を超えた旅の想いとしてこの本の奥行きを深めています。

同世代人の友人として、本書の上梓に心からの拍手を送るものであります。

（一九九一年八月）

『ピノッキオの冒険』について
――前之園先生へ――

前之園先生

紀要論文抜刷「『ピノッキオの冒険』における人間論」ご恵送下され有り難うございました。先生の深く広いご研究が、大きな螺旋階段を構築しつつ高く登ってゆく様をいつも敬意と羨望もて拝見して参りましたが、この度、また高みを増した地点で、ピノッキオを論じておられるのを楽しく（これは失礼な言い方かもしれません、お許しの程を）読ませて頂きました。

ピノッキオそれ自体については、すでに、あの「『ピノッキオ』の人間学」として、イタリアにおける「教育」問題を、社会、歴史と関わらせつつ緻密な論考にまとめておられました。そのピノッキオがまた、螺旋をかなり登ったところで論じられていることに、注目させられたのでした。ピノッキオをみる先生の視点がいつも、そこに「人間」と「いのち」とを透視、発掘する営みとして展開することに、同感の思いを深くする次第ですが、特に、今回の論説は、〝現代世界〟、身近な我々の国に暮らす、子供ならぬ、いや子供じみた大人の、「いのち」への関わり、その姿勢が孕む重い問題を抉り出し、読むものの反応を確かめようとしておられる、と見る次第です。論旨は、「人間」とその「いのち」の「創出」を、ユダヤ・キリスト教思想の文脈において確かめつつ（このことは、「人間学」においてすでに試みられておりましたが、依拠するところをさらに広く、注記しておられます）展開し、judeo-christianism の人間理解への招待になっていることも少なからざる意味を孕むと理解しまして（もっともこの点は先生が特に強調しようとお思いになったかどうかは保留といたしますが）、小生も啓発されるところあり、有り難いことでした（sunt lacrimae rerum と言った古人はだれでしたっけ）。

思いは果てし無く拡がってしまいますが、只今は、取り合えずのお礼と筆をとっております。考えさせられた現代的課題としては、七七〜七八頁の「操り人形」のアイロニー、八三頁〈アンビヴァレント〉性の問題部分、八六頁「十字架のキリスト」との重ね合わせの指摘部分、そしてまた八七頁　医学的生命論理と生命倫理への提案などなど、思いめぐらせたいところ多々ありますが、また後日ということにさせて頂きます。どうも有り難うございました。小生、一応生き暮らしておりますが、「重荷を負うものは私の所へきなさい　もっと重くしてあげよう」という、へそ曲がり天神がいるのだなど、ろくなことは考えて居りません。「かさ」まだ完成原稿ではありませんが、お目にかけておきます。いつ目をつぶるかわかりませんので。

二〇〇一・二・三

第三章　小品

生活と言葉と詩と

我々の生活が「現代」というものに規定されているのを痛切に感じないわけには行かないことが最も現代的なことなのだと言えると思うが、そのことは我々の生活が所謂社会科学——歴史的に規定されるという如き、事の一面をいうのとはちがう。私にとって現代というものは生活の現実に他ならないが、現実を偏向的に受取るレアリストとなることが現代的であるとはどうしても思えない。多くの言葉の混乱と魔術は、社会科学——歴史的思考の（やや粗雑な）網目にはかからない現実的生活の呼吸を任意に処理し得るという妄見から発生するし、凡そ詩に対立するものでこれに過ぎるものはない。

詩を書く者にとって、所謂歴史的社会的な思考と言うものが、詩の現代性にとって不可欠なものではないことは、生活する民衆にとってそれが不可欠なものでないのと同じである。歴史が政治家やインテリ階級の指導的行動から生まれてくるものではないことを知る多くの民衆の生活がむしろ歴史を作ってゆくであろうし、この生活の呼吸の最も直截な言語表現として詩は（そう言いたければ）歴史的なものとなるであろう。だから、一つの観念に奉仕したり、況んや社会的イデオロギー（いかに進歩的であろうと……、第一進歩的と言うようなことは、反動的ということと同じく、詩には何ら本質的関係のないことだと私は思っている）に奉仕する詩というものは考えられない。ということは、詩の内容やイメージが所謂現代社会と結びつくということを否定しているのではない。問題はどこまでも現代（現実）的生活の呼吸が最も直截、尖鋭に言葉になることが詩を生んだのである。

現実というものが如何に歴史的社会的思考を超えるものを本質としているかは、余りに現代的な知識人、教養人には見逃され、政治家には無縁なものの如く見做されるかも知れないが、一日一日を闘いとって行く民衆の生感覚には極めて自然に受取られていることであり、そこに詩が本来的にかかわることとは詩が歴史的現代から遁れることよりはむしろ、歴史をその根柢から徐ろに推進する力の最も確実な担い手となることを意味している。その生活の呼吸が言葉となる場合の、直截、尖鋭の形式というような言い方には、詩の芸術的問題が含まれ、詩論として更に言いたいことが多くあるけれども、いずれ与えられる機会をまちたい。

（「詩苑」一九五六年三月号）

神を演ずる

あまり巻頭文らしからぬことを書くことをお許し願います。表題は先端生物科学の領域で、生命操作、特に遺伝子組替えにかかわる技術の発展を論ずるある書物のタイトルですが、最近、芸術の世界で「神を演ずる」一つの場面に出会いました。その舞踊劇？はM・ベジャールの演出でジョルジュ・ドンが演じている「ニジンスキー・神の道化」の舞台です。「神」と出会ってしまった為（と思い）、「神」なしでは生きることの意味づけも叶わず、しかし、その為には絶えず己の非力に絶望しつつ、人知れず苦吟の底でもがいていると言った生は「狂」と背中合わせであることは充分「想像」できます。今日、

「神」を口にしたりすれば、多かれ少なかれ、その人は道化じみて見えます。しかし、「……じみて見える」間は道化ではない。「神の道化」とは私の眼には、この人生と言う舞台で「神」を演ぜざるを得ない苦しい一人の人間としか見えません。それは声高に神を説いたり、祈ったりしない。説く前に演じている。もっとも、この舞踊（劇）では、科白らしきものも語られるので、独特の形で展開しますが、終幕直前の場面は圧巻でした。鮮やかな朱色の長い布を自ら、暗い舞台に十字に敷き、その中心で踊るドン、そして暗転、道化の女が死せるドン、つまりニジンスキーの骸をかき抱く姿が浮かび出ます。「大地にざっくり抉られた、血と火の十字架、彼の狂気を磔ける横倒しの十字架、息絶えた白いむくろを、道化たマリヤが抱き起こす。この世のきわみ、道化の果ての、『ピエタ』、その鮮烈な現前」と私は書きとめたのでした。

学問の世界で「神を演ずる」人を道化と呼ぶのは語弊ありとされるでしょう。そして人間の苦患を救おうとする意図の底に「ピエタ」の予感が兆していないとすれば、救いの意味そのものが救われないなどと思うのは、「道化じみた」戯れ言と一笑に付されるかもしれません……が。

（青山学院女子短期大学「学芸」一九八九年）

パンと言葉

この小文が読まれる頃は、大学から小学校に至るまで新しい年度を迎えようとしている時期であろうと思います。それぞれの段階で用意された勉学のコースを歩もうとしている学生生徒の皆さんは将来への夢を膨らませていることでしょう。学ぶということは真似をすることの意味を含むと言われます。自分の道に自信のある人には、真似はいささか不本意かも知れませんが、先人を超えるには先人の業績をしっかりと理解しなければ、その先へ進むことは難しい。learn という語は「足跡を発見し辿る」意味から出てきたと言われます。が、ここでは、学業としてではなく、大人も子供も「発見し、身につける」、言わば生活の中で探し当てねばならない「智」と言える問題に触れて見たいと思います。

私たち人間は自然の中から生まれ、暮らし、死を迎えます。聖書的に言えば「土もて造られ、土に還る」存在であります。ところで、人類はその誕生以来、初めは、言わば「雨露を凌ぎつつ」営々として生存のために食を求め、同胞を殖やしましたが、やがて、「自然」に手を加え人間に独特な生活環境を造りだし、地球上の各地に特異な「文化」を生み今日に至っていると言えます。交通、通信手段の発達により人々の接触は、この五十年間にも急激に密接となり、文化交流も多様化していることは、私たちが体験していることです。イエズス会司祭で古生物学者であったテイヤール・ド・シャルダン（一八八一―一九五五）は、世界の様々な民族がそれぞれの文化のアイデンティティを生かしつつも、キリストが示された人格的愛の交流によって一つとなる地球の未来を描きました。しかし、今の地球の現実は、テイヤールの未来世界にはなお程遠いことを認めざるを得ません。一方に、経済先進国の「豊かな」生活があるとともに他方、生存のためのパンに事欠いている多くの人々の生活があります。それが、民族の文化、宗教の対立と絡み合っている場合、局地的にせよ武力による鬩ぎ合いとなっている現実には胸が傷みます。

それなら、我々の国の内情はどうなのでしょうか。日本は前大戦のあと、特にここ三十年の間に驚異的な経済発展を遂げ、国民の七十％が中流以上と自認する程の生活の豊かさを享受していますが、この豊かさは本物でないと言う感じは誰もが抱いているのではないでしょうか。「衣食足りて」かえって「礼節」は希薄化しているとも見えますし、「パンのみによって生きる」ことに寧日なきあり様とも言えます。フランスのカトリック詩人シャルル・ペギー（一八七三―一九一四）は「パンの味を知らない者に、神の（言葉の）味は判らない」と言う意味の文章を書いたことがありますが、これは、近代フランスの労働階層の「悲惨」な生活状況を、殆ど地獄の状況と重ねて、魂の救いの第一歩として最小限の「パン」の必要を叫んだのでした。たしかに、身体は「自然」性において生きざるを得ません。しかし、必要な「最少限のパン」の味わい方で人の生き方は分かれて行くように見えます。身体の為のパンだけでは生きられない問題も出て来ます。目立つ一つのケースは子供の生活に見られる「いじめ」の問題です。このことに関して、私は教育学関係の専門家ではありませんが、ひとりの人間として、痛みが胸から離れません。これは「パン」の問題よりは「言葉」の問題であります。言葉を取り巻く生活構造の問題でもありましょう。安易な類比はできませんが、敢えて言えば、「パン」に最少限の必要量があると同じく、人間を生かす「言葉」にも最少限の必要量があるのではないでしょうか。それが与えられぬとすれば、ペギーの言った地獄の体験です。楽しげな言葉、情報が溢れるばかりに飛び交っているのに、いやむしろその故に、生きるための「最少限の言葉」が行方不明なのです。パンが余りにも多く出回っているため、大人も子供も「最少限のパン」の命との関わりを忘れ去ってしまう。言葉は心の飢えを癒すパンと言うべきですが、言葉が余りにも溢れ過ぎているところでは「最少限の言葉」への要求は消失して、手当たり次第に摂取する言葉が空しく排泄されるだけです。言葉を受け取る心のたたずまいが変質して来るとすれば、命にかかわる「最少限の言葉」に飢えている子供の飢えとのcompassion（共に痛む）と言うべき感性が稀薄になるでしょう。この言葉に飢えた子供は現代社会の「悲惨」の象徴ではないでしょうか。この「飢え」を一過的な空腹と見なしてしまおうとする大人の事なかれ姿勢は深く反省させられます。大人としては生活の中で、命にかかわる「最少限の言葉」を手探りしていたいと思います。大人自身が、その「言葉」への「飢え」を忘れかけている、それで子供に申し訳ないと言ってすまされることではありません。その「飢え」を思い起こさせるのは、ミサにおける「肉となった言葉」としての「パン」でもありましょう。その意味を孕んだイエス自身の言葉、そして、それにより生かされた代々の先達、特に子供たちの「飢え」にとっては、ドン・ボスコの語りかけなどが「最少限」にして決定的な「癒し」のパンであったことなどが思い合わされます。

（「カトリック生活」一九九六年四月号）

社会の高齢化

社会の高齢化が進みつつあることは今日誰もが実感し、体験していることであります。我々の身近に老人が増え、しかも七十、八十才の人が珍しくないという事実がそうであります。病気の予防、治癒の医療が進歩したこと、食料が豊富、多彩になって栄養補給が容易になったこと（その反面の過剰補給の弊害は一応おくとして）、などが、少なくともわれわれの身体的衰弱を防いできています。しかし人間の生活というものは、身体面以上に心理面の条件が重要でありますから、その重なり合いが年令とともにどのように変化してゆくか、と言う面から老人問題も考えねばならないでしょう。そしてこれを、時代の社会意識の中でしっかりと見つめねばならぬ所に問題の複雑さが浮かび上がってきます。

私は高齢化社会問題の専門家ではありませんから、その角度からの知識はその筋の方々にお聴き下さればいいとおもいます。では、専門家でもない者が皆さんの切実な希望、期待に何をもって対そうとしているのか。一口で言えば、専門家でない者同士の話し合いのきっかけを、自分の体験を通して、作りだせたらというにとどまります。但し体験と申しましたが、これは自分が文字どおり経験したと言うことばかりではなく、むしろ、見聞きしたことを含みますし、そういう経験をひっくるめて自分の感じ方、考えというものが浮かび出てきているのだと申せましょう。そういう話なのだとご理解戴きたいとおもいます。

さて、もう十五年くらい前のことだったとおもいます、ある雑誌でとてもショッキングな記事と写真をみたことがあります。その雑誌がなんであったか、調べなおしていないのですが、記事内容が独特なものですから、その気になればすぐわかると思います。それはどういうものであったかと申しますと、見開き全面、つまり二ページ全体を使って写真が掲載されていました。確か、インドのある地方、広大な河の、燃えるような夕焼けの風景でありました。空と河面とが赤々と燃え、手前の川岸は黒ぐろと写っていました。そしてその暗い地面の一角に、一人の人物の後姿がおぼろにうかんでいたと思います。私が覚えている限りでの説明は、次のようなことです。「この地方では、初孫ができると男はずだぶくろを手にして、家をあとにする。そしてひたすら歩き、たまたま通り掛かる家で食べ物を乞う。喜捨を受けることがなくなり、力尽きて路に倒れ、息を引き取っているのを、通り掛かりの人が見つければ、その袋のなかに用意されていた僅かの金で弔いをしてあげる、という慣習なのだ」こういう内容の記事であり、その写真は帰らざるその旅路で、真っ赤な夕焼けの空と河を見つめる老人とおぼしき姿なのでした。

私はこの取材記事に胸を絞られる思いを抱き、その情景は脳裏から消えることなく今日にいたっております。数年前、その思いを一編の詩にしたことがあります。一体、これは何を意味しているのでしょうか。

一つには、老人問題は地方により、また慣習により、色々な対処の仕方が有ったたいうことであります。日本の場合も今では物語にしか過ぎませんが、あの楢山節考にも見られる姥捨ての行動です。ある地域の経済、社会の構造から、生産の戦力にならなくなった老人を排除することは有り得ないことでは無かったと思います。その反対に、老人に権威を認め、つぎつぎに隠居という形で温存する慣行が今も続いている所（三重県）もあります。生活における老人の智恵に敬意を払い、それなりの待遇をはかるのは自然であり、好ましいことであります。先に引用しましたインドの例は、排除の論理に従っているわけですが、一概に否定も出来ない説得力を感じます。勿論、インドという広い山野、そして人の死と自然との関わりについての、生活から滲み出てきた宗教的諦念の如きものが働いていなくては起り得ないことではあります。観念のというより、孫という第三世代の誕生という事実が自然のサイクルとして第一世代の退去を促している。それも、棄てるとか死を強いるとかでは無く、放浪の旅に出るという形を採るところに、悲しい智恵を感じるのですが。つまり、子供にとっておじいさんはいないのです。おじいさんも孫との生活は無いわけです。ここには「翁」「媼」の文化はないと言えます。一般には長寿を祝う様々な慣習があるのが文化の形でありましょう。しかし長寿が家族生活にとって、祝ってばかりいられなくなったというのが、今日の文化国家の現実になっているといえます。

先進文化国家においては、先ず人権と生命との尊重は第一に要求されることです。これは必ずしも完全に実行されているとは言い兼ねますが。たとえば、子供の方で言えば、妊娠の人工中絶、幼児虐待などです。老人の面では、放浪の旅に送り出しこそしなくても、心情としてはもっと陰険な邪魔者扱いはかなりに見られると思います。経済的に困っていなくても、それが起り得るという所に、人間生活の複雑さがあります。

高齢化社会という場合、老人が心身共に健康に恵まれ、ある時、病を得て安らかに死を迎えるというのであれば、特に問題はないわけです。勿論、現役を退いた老人の経済的生活の安定がどの様に確保出来るか、ということには色々のケースがあると思います。

が、いま此処では、今、そして今後も問題にせざるを得ない事柄として所謂、「寝たきり老人」の場合、また「老人性痴呆」それと「孤独な老人」の場合を取上げねばならぬとおもいます。こうした状態にある老人の介護が如何に厳しく困難に満ちた仕事であるかは、その経験者の言葉によって深く納得させられます。九十才の寝たきりの姑を七十才でリュウマチを病むお嫁さんが介護している、など聞くだけでも胸が痛み絶句してしまいますが、情況は千差万別、それぞれ言語に絶する苦しみを味わっているのが現実であろうと思います（私の経験）。

「痴呆」性の老人を抱えた場合、介護の人手、介護する人及び回りの人間関係などによってその難易に様々な段階があるでしょう。そのケースごとに、専門家、あるいは自治体の然るべき部署に援助を頼まねばならぬとおもいます。それでも充分ではなくなると言うのがこれからの問題でしょう。

私としては、そうしたケースごとに対処するノウハウを持っているわけではありません。ただ、今後の高齢化の傾向に対して、一般に考えておく必要ある幾つかの問題に触れておきたいと思うのであります。

一つは、老人の住まい方の問題です。私個人の感覚では、老人も出来るだけ家族の人々と接触出来る形で暮らすのが望ましいと思います。別に同居すべきだと言うのではありません。近所に部屋が手に入ればそれでいいと思います。しかし部屋を別に持てないと言うところに、色々な問題が起きているのが現実でありましょう。そこで養護施設の必要がでてきました。問題は施設に入れてしまえば一安心ということで家族との接触が遠くなってしまうことです。十年ほどまえ、伊豆にあるかなり整った老人ホームに人を見舞ったことがあります。穏やかな自然の中、あちこちに住居が点在し、中央には、食堂、娯楽、医療関係の施設があり申し分ないような所でした。しかしその敷地の中を散策してみて感じたことは、其処此処の木陰から現れる人影が、すべて老人であることに、言い様のない思いを抱いたのです。老人ホームだからあたりまえではないか、とはいえます。しかし人の住むところで、子供や青年の声が聞こえないというのはやはり、異様だ、と感じられました。よく、幼稚園の子供などが「敬老の日」などにホームの訪問をしているのを見聞きしますが、ないよりはましでしょう。私はと言えば、若い世代に見放されても、別な形で若い文化に触れていることが出来る道を考えておこうと思っていますが、思うように運ばないのが老人の生活なのだと言うことも真実だと知るべきでありましょう。

老人の生活はまさに、当の老人の心構えと、周りの人々、そして社会の意識の絡みあった複雑な現象であります。今日の日本のように、物質的に豊かになっており、またそれを技術的にいくらでも改善、進歩させることが出来るという夢がもてる時代においては、劣った者、弱い者が軽視され、忘れられてゆくという残念な風潮が目立ちます。しかし、そのような意味で老人は劣った者ということはできません。況んや廃人扱いなどはもっての外であるとおもいます。人間の尊とさとか命の尊とさという言葉をよく聴きますが、何故命がとおといのか、ということになると必ずしもはっきりしているとは言えません。もともと、人間を大切にするという基本的な了解がないところでは、その場、その時での価値観に左右された人間あるいは命の見方が出てきて、恐ろしい処置が罷り通ることもあります。とくに技術を過信する場合に起きやすいことです。現在の日本の文化の質をかんがえる時、そうした人間軽視の思想が流れ始めているとみてはいけないでしょうか。国際性ということが声高く言われている今日、日本が世界に貢献できるのが「お金」だけだということは、むしろ悲しいことではないでしょうか。老人への配慮と言う点で世界の手本になるというようなことは、夢に過ぎないのだとすれば、日本の文化とは一体何なのでしょうか。

私の体調不良の為、甚だご迷惑をおかけし、まとまりの無い感想を不統一な形で披瀝せざるを得なくなりましたことを、主催者とお集まり下さった方がたにお詫びいたします。終わりに一言、私の老いの心境を付け加えさせて戴きます。途中でも触れました通り、老いと言う状態には、老いている者自身の問題とその周辺にある人々および社会の対応の問題があります。自身の問題としては、私は生きて意識有るかぎり周囲になんらかの貢献（立派なと言うのではなくフランクルの言うような意味を含めてですが）をしつづけていたいと思います。次第に自分自身を自由に出来なくなること、したがって周囲の介護を受けざるを得なくなることを知り、その運命を素直に感謝もて受入れて行きたいと思います。そして出来ることなら、やがて正常な意識を失いひたすら周囲にお任せの状態になった場合の、周囲の人々の介護の苦労への感謝を予めしておきたい、こんなふうに考えております。と言うことは、予め介護を望んでいると言うことではありません。その時にはその時の周囲の状態がありましょう。すべてお任せするほか無いと言えばよろしいのでしょうか。周囲の者の立場にある時、介護の苦労は並大抵ではないと思います。社会、公的な機関からの支持を仰がねばならぬ場合が今後は一層増加すると推測されます。が、個人的にせよ、社会的にせよ、介護の理念は積極的なものでありたいとおもいます。私たちの生活に目に見えてプラスになるもの、たとえばお金を殖やすとか、持物をふやすとかは誰でも抵抗なく望むことだと思いますが、私たちにマイナスになることを全て切捨ててゆくのが人間の生活として望ましいとは言えないと私は考えています。切り捨てることの出来ないマイナスが世界には常に存在し、それを乗超える努力が求められているのではないでしょうか。私はそれを、「山をつくる努力」と、「穴を埋める努力」と呼びたいのですが、私たちは時に応じてそのどちらにでも積極的にかかわって行けたらと思います。

非専門家の不得要領な考えを申上げましたこと、あらためてお許し下さいますよう。

コヘレトの言葉

旧約聖書は、モーゼ五書とか、イザヤ、エレミヤ、ホセアなど大小の予言者の書が大半を占めており、とくに、キリスト教の場合、新約聖書との繋がりが注意して読まれることが多い。しかし、もともと新約を予想して編まれたものではない。しかしいずれにせよ、個人のみならず国を栄えさせる基は、唯一の神を信じ続けることにあるということを語っている。神への信頼が紙面を覆っている。が、ここに挙げるコヘレトの言葉は、旧約の中でやや趣きを異にした文書である。神が全能の存在であるという認識は随所に語られるが、一種の厭世観、ニヒリズムの心境が強く語られていることは、聖書の文書としては異例に属する。編纂者が除こうという検討もしたことが伝えられているが、結局のところ納められて来ている。コヘレトの言葉が記されたのは、内容、文体、言語などから見て前三世紀つまり前三〇〇年から前二〇〇年の間とされている。

この時よりはるか前、ユダヤ人の国は、華やかであったダビデ、ソロモン王の死後、北イスラエル国と南ユダ国とに分裂し（前九三二年）、それぞれ周辺の国からの侵攻に苦しんだ挙げ句、イスラエルはアッシリアに滅ぼされ（前七二二年）、ユダはバビロンに滅ぼされる（前五八六年）という運命を味わった。バビロンには多くの民が捕虜となり、数十年の捕囚の生活を余儀なくされた。のちペルシャの統治下に入り、さらにはマケドニヤのアレクサンドロスの侵入（前三三二年）を被った。彼とその後継者の支配下でヘレニズム文化を強要されるという事態を経験している。ギリシャ的政治体制、経済政策のもとで、これに同化する人々もいたが、イスラエルの伝統を守る願いを秘している人々もいた。こういう歴史的状況での、コヘレトの言葉に、この世の空しさを嘆く調子が目立つのも理解出来なくはない。しかし、彼の思想は、唯一の神への信仰を失わされた者の、虚無的思想とは言えない。人々が権勢と富との追求に没頭するような外国思想の浸潤する生活のなかにあって、やはりはるかな高みに在る存在を知るが故の「空しさ」の意識であると見るのが、専門的研究者の平均的見解である。

とともに、今日の私たちの生活において、やはり力と富と名誉を求めることで、深い魂の願いを失うことへの空しさを語る言葉として受け取ることが出来ないとは言えない、と考える。

（二〇〇一・三・一三）

詩と信仰
――八木重吉の詩――

八木重吉の作品を読み返す時を持った。僅か二十九年の生涯での豊穣この上ない仕事に更めて感慨を深くする。彼の作品は、詩として大きな評価を与えられるのは勿論であろうが、人間としての彼の思想、特に、キリスト信徒としての彼の生きる姿勢と詩人としての営みとの微妙な関わりに思いを致すことは、今またおもむろに見直す意味があると思える。一度聖書とキリスト教に接してからの彼の信仰は深まりこそすれ、後退、懐疑に落ち込むということはなかったように見える。その点、私などの混迷にみちる生活姿勢などからすると、感嘆のほかはない。その一途さがあってこそ、自然と人間とを見、かつ関わっての発語にも、「自ずからなる」と言える清澄なスタイルと響きとを備えるに至ったのであろう。

それ故、彼が信徒であることを抜きにしてその作品を読むものも、まず、日本の言葉としてのその美しさに打たれ、その深い把握が、彼のどんな全人的な生活から営まれたかを大きな問題として受け止めざるを得ない、という気持ちを掻き立てられると言うべきであろう。

彼の詩はごく自然に「自然」の風物、花、木、空、光、風、道などに関わっている。

こころがたかぶってくる／わたしが花のそばへいって咲けといへば／花がひらくとおもわれてくる　「秋」

とうもろこしに風が鳴る／死ねよと　鳴る／死ねよと鳴る／死んでゆかうとおもふ「風が鳴る」

日はあかるいなかへ沈んでゆくが／みている私の胸をうってしづんでゆく　「日が沈む」

木に眼が生つて人を見てゐる　「冬」

この明るさのなかへ／ひとつの素朴な琴をおけば／秋の美くしさに耐へかね／琴はしづかに鳴りいだすだらう　「素朴な琴」

柿の葉は　うれしい／死んでもいいといってるふうな／みづからを無みする／そのやうすがいい　「柿の葉」

など挙げて行けばきりが無い。多く、「自然」の「たたずまい」に接して言葉が発せられているが、それが、自己の心の激しく深い波立ち、あるいは自省に一体化している。その一体化は、人がこのように「自然」に触発され、それ以上無いと言えるほどの一なる表現と成っていると言うことだ。だから、風が「死ねよ」と鳴れば「死んでゆかうとおもふ」と応えるし、彼が「花のそばへいつて咲けといへば」花が応えて「ひらくとおもわれてくる」、そこに疑いがない。

加賀乙彦氏のキリスト教思想

先週の日曜だったと思う。午後のテレビを見ていたら、加賀乙彦氏が彼のキリスト教思想について語っていた。精神医学者として出発し、意図的に拘置所、刑務所などに勤務し、囚人、とくに死刑囚に接して、人間の精神、知、情、意のダイナミズムを深く理解しようとの姿勢は立派なものと見えた。そして並みいる死刑囚が、どちらかと言えば陽気な生活態度を示していたが、一人の死刑囚が皆と違って極めて平静、その死への歩みを落ちついて進めている姿勢に大いに感ずるところがあったとのこと。その死刑囚をテーマにした小説を後日発表したのを私も読んだ。その死刑囚がキリスト教―カトリックに帰依していることを知り、やはり若い時から宗教に関心をもっていた加賀氏はその囚人と特に深く付き合った。さらに後年、加賀氏自身がカトリックに入信することを考えるようになって、それまでのかなり深い宗教理解の彼方に見える山頂に、どのように到達するかについて、さまざまな疑問を提出し、苦労したと言う。が、あるとき、その疑問がかき消え、すっきりとした気持ちで入信することが出来たと語った。そして、医学者として、また作家として仕事を進めることが出来ている、とのこと。いわば一流の知識人がキリスト教という宗教を如何に求め、如何に体得するに至ったかを腹蔵なく話す教養番組で、学者でも作家でも、ひたすら求めれば道は開かれるという話と受け取れた。

ＮＨＫの「こころの時代」なる番組にふさわしく充実した内容であると認識した視聴者も少なくなかっただろう。だが、終わっての私の感じは、何かが抜けおちているということであった。彼の懸命の探究はよくわかった。しかし宗教を語る場合に、自己の「罪業」をいかに捉えたか、それに触れぬのは「点睛」を欠くことではないのか、というのが私の気持ちであった。自分が人間として生きている歴史のなかで、自己の罪業というものが全然自覚されない（としか見えない）歩み方で、神なるものが見えて来るのかという問いに加賀氏は答えていない。そういう論じ方は、また別、という言い方もあるかも知れない。ことに教養番組では、自分の罪業など持ち出さずに宗教を語ることが本来の狙いということかも知れぬ。だが、自分の罪業が何であったかをさらけ出すことはせずとも、その認識なしに神を見出したと言われても、それは「智者の神」であって、今、現に自分の「罪」に苦悩している者には不要な神と言わざるを得ない。

私が敬愛する詩人シャルル・ペギーが歩んだ「救い」への道行と較べると、まさにペギーがそれでは救われなかった「知的エリート」の、「罪意識なしの帰依」と見えた。一般人、とくに自分の「業」に苦しんでいる人間にさして参考にならない論考はまさに「教養」にとどまる。加賀氏が匿名で出した死刑囚は、実は私、とくに私の妻が親しく付き合った死刑囚であった。彼の監獄からの多くの手紙には、加賀氏が触れていない死刑囚の、悔やんでも悔やみ切れぬ罪意識が語られており、その上での、平静な姿勢維持への謙虚な努力が現れて居る。彼もほかの死刑囚のなかで、明るく付き合うことをしなかったわけではない。しかし、それは自己の罪にとことん向き合っての上で、やっと至り得た神の足元であった。彼以外に私が知った、キリスト教に帰依した死刑囚にも同様な姿勢が見られた。加賀氏の話を聴いた人たちがどんな印象を受けたか、私は聞いて見たい気がする。

我が詩・我が神

私の生活において、私の人間としての信条はどのようなものであり、それが詩作という営みにどう表現されるに至っているか、それを、可能な範囲で明らかにしておく「責務」があると思う。

初期には、ことさらキリスト教的な思いや用語を explicit なかたちで使うことは無かった。というのは、私の発語は、この国の日常に取り巻かれ、家族、友人との関わりの中で自然に営まれる場合、その内容は必ずしもキリスト教を根に持つ言葉ではなかったと言わねばならない。

さらに言えば、生活の現実、その経験の中での多くの障害や挫折から立ち直るべく探り求めるものに、もしキリストの存在ないし言葉が僅かでも光を投げるものであると見えれば、その真実な意味を探りなおすのに吝かではなかったと言える。しかし、私のキリスト探究は、妻の有子の一途さに比べれば格段の違いで、曖昧であったことも認めねばならない。観念として納得しても、生活実践として迷いない行為というものに、今ひとつ踏み切れなかった、というのが実態であった。一口に言えば実践的な行為の選択枝のいくつかの前で躊躇うということであった。

生きているということについては、カトリック実存哲学者であった G.Marcel の思想、例えば、存在 = existence は résistance つまり存在の歪みあるいは希薄化から自己を守ろうとする営み、抵抗という形で実存する、という所説に感銘を覚えたし、Gustave Thibon の「かつて私は、お前の美しさを愛した　ついで、お前の悲しみを愛した　いま私はお前を愛する」など多くの言葉に心底から頷くものがあったことも事実である。それらは、哲学者の言葉というよりは、「詩」として私の実存を捉えたとも言える。そうした深い言葉の幾つかの核が網を構成し、私の生活のなかに張りめぐらされて来たことも事実だ。

だが問題はその網を緻密にすることを心掛けず、むしろ、網目をすり抜けて放浪する歳月が少なく無かったことだろう。言い方を変えれば、私は存在によりかかって、これを守る意識が必ずしも強くはなかった、ということになろうか。「お前を愛する」と言うより、「お前のなにか」に惹かれなかったとも言えない。正直に言えば、ある時「誰かの何か」つまり《avoir》に惹かれ、事態が混乱して、己れの、他の、「存在」を見失い、虚構に挫折するに至って始めて résistance に立ち戻らざるを得なかったという、堂々巡り、「進歩」のない生活を引きずって来たことを白状せねばならない。つまり、残念だが、「抵抗する」故の困憊、挫折という前向きな生き方であったとは言えないのだ。

社会的な administration の場においては、我意を通すと言う強さを持たなかった故に、合意をとりつけるという姿勢を貫いたせいで、特に破滅的な状況を招くことは避けられたが、それだけ自分の思想が明確、強固であったわけではなかった。

というわけで、「詩作」という営みにおいても、なにか根源的な迷いと言えるものから脱却して「詩」を生み出すという望ましい姿勢よりは、その迷いの現実、迷いの根の何たるかを手さぐりする形を採ってきたことを自認せざるを得ない。勢い、作品は閉鎖的、個私的であり、余人の共感を得る要素に欠けていると言われても仕方がないものが多い。だからと言って、「詩」を棄てることが出来るわけでもない。言わば、裏返しの自己表現といった晦渋な制作を事として来たと言おうか。それは最近になって殊に目立って来た。

マリア論（未完）

1．キリスト教初期のマリア信仰の成立

（1）キリスト教の伝播

キリスト没後、使徒たちの宣教活動によってキリスト教はユダヤの地からギリシヤからローマにまで広まって行った経緯は歴史、教会史から知ることができる。エルサレムに出来た最初の信仰共同体の指導者はペトロであったが、四四年ヘロデ・アグリッパのもとから逃れ出た。キリスト教そのものは、東方から移住したユダヤ人によってすでにローマに共同体が出来ていた。四八～四九年に使徒会議が行われた時ペトロはローマにいた。パウロは五八年頃コリントから「ローマ信徒への手紙」書き送ったらしい。ペトロ、パウロ二人とも六四年ネロ帝の迫害とかかわり死を遂げたとされる。

迫害は一世紀末にはドミティアーヌス帝、二世紀にストア派皇帝M・アウレーリウス、三世紀（二五〇年ごろ）デキウス帝の苛酷な迫害。皇帝を神と認めぬ者に死罪の勅令。二六〇～三〇二年の間、ローマ教会に小康が与えられたが、このあとまた続く。四世紀、三一一年には信教の自由が認められ、三一三年に「ミラノ勅令」によって迫害は終わりをつげ、やがてコンスタンティーヌス帝の改宗により、新時代が訪れることになる。

この間、ローマの教会の指導的位置は時とともに確立されていった。リヨン司教イレナイオスは一八〇年ごろの「異端への反論」の中に、ペトロに続く約十二代のローマ司教を列挙している。またそのなかで、他の教会はローマ教会の使徒伝承性を認め、その指導権に従うことを説いている。このよう

な趨勢のなかでも、司教の神学的主張に対立が生ずることも多く、迫害の去ったあとに内部の抗争が続く。コンスタンティーヌス帝治世においてはアレクサンドレイア司祭のアリウスが、イエスの本性に関して、「神に選ばれた人ではあるが、神性を持たず、神とは本質を異にする」との主張をした。おなじアレクサンドレイアの司教アレクサンデルはこれを謬説としたが、ニコデメイア司教ユーゼビウスは支持した。かくて東方教会は四分五裂となりコンスタンティーヌスに仲裁を求めた。皇帝はコルドバ司教ホシウスの進言によりニカイアに汎「公会議」を開かせた。大多数の東方諸教会の司教があつまった。結果、キリスト教要理の要点「キリストの神性と天の父との本質の同一（consubstantialite, homoousios）」を確認した（三二五年）。

とまれ、キリスト教は四世紀において、地中海の周辺、スペイン、ガリヤ（ただし西部ガリヤを除き）、イングランドの一部、アフリカの一部に広まっている。イタリア、ギリシヤ、小アジア、シリヤ、パレスチナは本来のキリスト教の中心地で、ここから東に向かいアルメニア、アッシリヤ、メソポタミヤさらにペルシャ方面に拡がる勢いであった。

ローマ帝国の、異民族地域への版図の拡大は、超民族性を掲げるキリスト教にとって有利であったと言える反面、ローマ帝国の権力との対立、抗争、妥協の歴史の始まりともなった。

この間、四〜五世紀には著名な教父が多く現れている。三三一年ごろにヒラリウス、またダルマチアのヒエロニムス（三四七―四一九）は聖書のラテン語訳（ヴルガーダ）で貢献。それにアウグスティヌス（三五四―四三〇）、ヨハネ・クリュソストモス金口博士（三七九年コンスタンティノープル司教）など。

十二弟子から後継の指導者たち、さらには司教に任じられた人々のもとで、一般の人々が何故急速に信者となってなって行ったのか。それぞれの地域に土着の宗教が有ったであろうし、指導者もいたであろう。それを離れてキリスト教に帰依することが現実に利益をもたらしたとは言えない。現に熾烈な迫害が続いた。にもかかわらず離教するものより、帰依するものが増えたという現象はどう説明されるのか。多くの者が現実には社会的に下層に属する人々であり、救いあるいは希望を切実に求める心情を、「カエサルのものはカエサルに」返し、魂の平安を説くイエスの教えが強く捉えたと推測すべきか。勿論、信者には上層に属する人々も少なくはなかった。それらの人々の心を惹く新しい一種の「権威」が感得されたであろうことも考えられる。上層の人々にも、新しい信仰対象への純粋な期待があったであろう。が、国家公認の宗教となったキリスト教に入ることは、身分の保持につながる面もあったであろう。ともあれ、イエスの直接の弟子であったペテロ、また宣教に大きな力となったパウロらが死を顧みなかったという姿勢が基幹をなし、人々に後続の勇気を与えたとも考えられる。イエスの現存を源泉とする宣教の発展のなかで、母マリアはどのように位置づけられていたか。イエスは神を説いた説教者ではなく、神であるとともに人間であったという中心思想を真理と信ずる限りにおいて、イエスのこの世界への登場の現実の契機となったマリアの存在とその意味は軽いものではなかったであろう。特に、初期の、集会の説教とそれを支える原始典礼、祈り、讃歌などの成立の過程にマリアがどのように関わっていたか、キリスト教が、当時の既成諸宗教と差異化、発展を遂げてゆくうえにマリアが果たしたであろう役割を追ってみる。

（2）「Thetokos」の成立の問題

四世紀頃までの教会と宣教の趨勢を（1）に見たが、神学ないし信仰箇条の主題は「神の子・イエス」の本質とその贖罪、救世の業に関わるものであったと言えよう。しかし、そもそも神の子イエスの人間世界への出現があったということは、イエスそのものについての詮索が当然中心問題であったが、それに伴う形で、イエスの誕生という事件の当事者とも言うべきマリアに関して、信者は想いを廻らせたであろう。自然の受取り方として「イエスの母」という存在に対する親近感があったかも知れぬ。特に新約聖書が成立して、イエス誕生の経緯が福音記者の筆を通じて示されると、人間としての乙女マリアが神の霊によって懐胎し、神の子を産み出したという記述を素直に受け取る人々がいたであろう。そして神の子を育て、その救済の仕事を可能ならしめた、母としての労苦、配慮、さらには苦難について、人々の共感と信頼の情が強まっていったのではないか。三〜四世紀の教会の典礼に歌われていたと見られる antiphona に、

Sub tuum praesidium confugimus, Sancta Dei Genitrix.

のような文言が見られる。今日の用語では「御身の御保護によりたのみ奉る　聖なる、神の御母よ」と。つまり「神の母マリアに、この世に生きる人間の避難所としての役割を期待した」と言うことである。信仰心のなかに除くわけには行かぬ位置を占めて来たマリアについて教義ないし神学的な位置づけをする必要が生ずるのは当然であろう。

Sub tuum の初期ギリシャ version と見られる文言が書かれているパピルスを一九一七年、John Rylands Library（Manchester）が入手し一九三八年に出版している。

教父神学としては

アンティオキアのイグナティウス（一一〇年頃、ヨハネの弟子？）

キリストに神性と人性の二つの本性があり、これは同一の主体であるイエス・キリストに帰

する。そして神とマリアからキリストは生まれた。これは「救済の計画」に基づいて起きたとされた。福音書のあと、マリアについての最初の証言。（Ad.Eph.6;PG 5,737）

聖ユスティヌス（一六五年、殉教者）

一三三年頃キリスト教に改宗。「イエスは第一に神の子であった。そして人としては処女から生まれた神である」とする（Dial. cum Tryphone.43;PG 6,567）。「処女」はヘブル語 almah の「七十人訳」の palthenos の意味を支持した。Eve-Mary 対比論の嚆矢。またこの処女・母に教会の象徴を見た。

イレネウス

「キリストは一切の人間と異なり、いと高きおん者によって尊く生み出されたように、処女から尊くこの世に生まれた。神聖な書物（イザヤ七・一四）はこの二つの誕生について証言している」とし、theotokos に言及。イレネウスが重視したのは次のような点であったとされる。

1．キリストにとって処女から生まれることの不可欠性。

2．Eve の antithèse の処女マリア、人間の救済の神秘にかかわる処女の役割。

3．処女マリアの受胎「告知」の時点における彼女の「聖性」。それが無かったらマリアは《Fiat》を表白し得なかったし、それもあのようには出来なかった。

これら神人キリストを生んだ乙女マリアを崇敬する神学的思想に対して、キリストの神人性を否定し従って、マリアが神を生んだとの考えを否定したのがアリウスらの主張である。これに対してアタナシウス（アレキサンドリア、二九五―三七三）は「テオトーコス」という言葉を用いて反論した。

「テオトーコス」思想を明確に否定したのは、コンスタンティノープルの大司教ネストリウスであった。彼の主張は、神性人性が一つのペルソナのもとにあるのではなく、キリストの二つの本性は二つの異なるペルソナであり、相互に「インマヌエル」というべき一種の倫理的結合体をなしている、つまり、み言葉は生まれず苦しまず、死ぬことはない、生まれ苦しみ死ぬのは人間イエスのみである、というところにある。イエスはこの世に現れる時、おん子はマリアを通っただけでマリアの子と呼ばれるような関係ではなかった、として「テオトーコス」を認めなかったのである。

これに対して、ミラノ司教アンブロジウスの説は「キリストが人性の体を持ったことは、人間がその体を贖いの捧げものとするためである。罪を犯した肉が自分を贖うために、キリストは受肉したのである」、またマリアについては「不死不滅の方が、先にわれわれと等しい状態にならなければ、どうしてわれわれと彼とが一致することができよう」としてマリアの役割を認める。マリアはキリストに人性を与えたことで、神の娘から神の母となった。

かくて、司教たちがアレクサンドリア市司教キリウス Cyrillus の後援を得て、エフェゾで公会議を開き、教皇チェレスティヌス一世 Caelestinus により「テオトーコス」の認可を得た。（この公会議の一五〇〇年記念として一九三一年 Pius 九世が、「テオトーコス」を再宣言した。回勅 Lux veritatis）

教会は、幾度かの公会議を経て、「キリストがマリアの胎内で生を受けたこと、み言葉と一致したことは、同時に実現した」と宣言している。

罪人なる我等のために

キリスト者が、聖書の中に日々の糧となる「言葉」を見出しているのは当然ですが、カトリックの場合、教会によって、いくつもの感動的な美しい（と言う語は穏当ではありませんが）「祈り」が与えられていることは喜ばしいことだと思っています。その感動のよって来るところは何なのか、人によって違いはあると思います。私の場合を、貧しい経験を想起しながら省みてみることにしました。

私は、昔の高等学校に入学した年に新教教会で受洗しました。カトリックについては、姉の友人で修道院に入る準備をしておられる方から、少しばかり話をしていただいた位で殆んど何も知りませんでした。もっとも、子供の頃、日曜毎に通っていた新教教会の日曜学校の先生が、ある日私に読むようにと下さったのが「カトリック童話宝玉集」という、美しくかつ厚い童話集でした。子供に新教もカトリックもなく、夢中で読みふけったものです。今でも、いくつかの物語の題と内容を鮮やかに憶えています。幼な子キリストを背負ったキリストフェロ聖人の話。聖ロザリンの薔薇とか、悪魔をこらしめた鍛冶屋、スピナルンガの天使等々、子供の心にしみ込むような話が収められていました。しかし「泣いている天使」という話だけはどうしてもよくわからなかったことも思い出します。後年、私が大学生でこの日曜学校の教師となった時、教え子の中の小学校三年生位の男の子にこの本をプレゼントしました。何やらはじめから脱線気味の小文となりましたが、最近、日本におけるキリスト教の受容、特に子供たちへのアプローチと言うことが問題になっていたのを想い出し、童話の世界に西も東もないのではないかという気がして、あらためて考えてみる材料として記してみました。

さて本筋に戻り、「祈り」のことですが、高等学校時代、年に一度の記念祭に全学の晩餐会があり、この会に先輩をお招きする慣しがありました。私も一委員としてどなたかにお願いに行くことになりましたので、当時東大法学部教授でいらした田中耕太郎先生(1)をお訪ねしました。会への出席の御承諾を載いたあと、少時、宗教に関するお話などうかがいました。その折り、「祈りの客観性」というような言葉をうかがい、よくわからないままに辞去したのでした。当時の私は、「祈り」は極めて私的なもの、自分のおかした罪とおぼしきことを回って、とまどいつつ自分の言葉で祈るしかないと思っていたふしがあります。しかし、何はともあれ啓かれることを求めて、日曜日には自分の教会の礼拝に、その他の日々は学内で聞かれていた、岩下壮一神父(2)の「カトリック神学入門」講座へ、また別の日には無教会派の三谷隆正先生の聖書研究の会へ、そして後には吉満義彦先生(3)をかこむ勉強会など、悪く言えば手当り次第に首をつっ込んで暮していました。岩下神父様はその後間もなく亡くなられ、吉満先生も、終戦の年の秋に亡くなられました。吉満先生には親しく個人的にもお教えいただき、特に、詩人シャルル・ペギーの存在を知らされたことについては、先生からの最大のプレゼントとして今日に至るまで感謝を捧げております。その吉満先生が遺された言葉の中に、「私の追悼ミサを挙げてもらえるなら、サルヴェを歌っていただけたら幸いです」という意味の一言があったことをあとで知らされました。

一方、シャルル・ペギーの親しい友人が書いた文章の中で、哲学者ジャック・マリタンが、ペギーの反主知的な態度を憂えて、「聖トマスを読みたまえ、ペギー」とすすめたのに対して「聖トマスのことなんか放っといてくれ……。『アヴェ・マリア』と『サルヴェ・レジナ』のためなら『神学大全』ぜんぶをくれてやる……」と激しく答える件りに出会いました。「サルヴェ」という語にははじめて出会いました。「アヴェ・マリア」という語そのものは、シューベルトやグノーの歌曲としてよく知られていたわけですが、「祈り」として受止める用意のなかった私には、ペギーの言葉で目を覚まされる思いがしたものです。もっとも、そのペギーの言う「アヴェ・マリア」や「サルヴェ」の内容に関心を持ったと言うより、それらの祈りを信仰の中心に置いていたと考えられるペギーの〝独善的〟とも見える姿勢の方に強く惹かれたという方が当っています。一方において考えさせられたことは、神話的・神秘的詩人としてのペギーを私に教えて下さった吉満先生は、ペギーが対立したジャック・マリタンの下で研鑽を積まれた形而上学者、哲学者であったと言うことです。ペギーを真似したわけではないのですが、〝独善的〟（それもペギーのような骨太なものではない柔弱な）姿勢を保っていた私には、吉満先生の広汎かつ論理的な思考の所産に圧倒され声も出ない思いで終始していたのを思い出しますが、私の様な不徹底者が先生に惹かれたのは、哲学的なむつかしい話をしておられる時も、その発語の根元にある烈しい情熱によってであったと思います。つまり、ペギーにせよ、吉満先生にせよ、私にはもっとも欠けていたダイナミックな魂をもって生きた人であることに羨望を抱いたと言えましょう。この二人の人物がともども「サルヴェ」をあたかも魂の拠り所としていたかに思えたことに、「祈り」というものの不思議さを考えずにはいられませんでした。

カトリックの祈りと言えば一方においてカルメルの財産とも言うべき〝念禱〟があります。聖人たちが〝霊魂〟の道行きとして語っている深く美しい多くの言葉は、おそらく全き沈黙を根底にする祈りである念禱なしには生れて来なかったでありましょう。神の前での全き委託あるいは受容という聖人たちの姿を想うとき、自己中心的な姿勢を捨てることのできなかった私などは、絶望的な距離を感じさせられたと言えます。

どちらを向いても行き止りのような情ない状態にいた私にかすかに望みを持たせてくれたのは、グレゴリオ聖歌でした。もともと音楽的素養のない私がこの聖歌に心を惹かれたのは、友人の結婚式に参列して、はじめて聴いた時です。その歌声というより、神父、修道士の方々、そして会衆が「偕に歌う」という姿に感動を覚えたのでした。正しくは「偕に祈る」ことであったと言うべきでしょう。カトリックの友人たちに囲まれながら、カトリックへ素直に踏みこむことを躊っていた私も、時々、連れられてミサに与ったというより、当時はラテン語で歌われていた「祈り」を聴きに行くことがありました。そして徐ろに、その「偕なる祈り」の意味を不充分ながら理解しはじめたようです。

〝独り〟に拘わりつつ独りでは動きのとれなくなっている自分を、ともかく「偕なる祈り」に参加させること、それも〝定められた言葉〟による祈りを偕に唱えるという、今でこそ日常的となったこの営みが、当時は一つの新しい世界の入口となったと言えます。そして、言葉としては単純きわまる「アヴェ・マリア」「サルヴェ・レジナ」の内容を味わうようになって、私も、ペギーや、吉満先生の心をやっと推し量り得たような気がしました。「アヴェ・マリア」は福音書の天使の祝詞に、後半「天主の御母聖マリア、罪人なる我らのために、今も臨終の時も祈り給え」が附加えられて教会の祈りとなったのでしょう。この祈りも、また「サルヴェ」も、曲折はあったにせよ、千年近くの歴史を持つのではないでしょうか。これらの祈りを唱える時、私は現に一緒に唱える人と偕であるばかりでなく、百年前、千年前に唱えた人と「偕に」唱えていることを感じます。ペギーは同時代の人々と偕に唱えることが出来ませんでした。幼年時代にオルレアンのサンテニァン教会で洗礼を受けたものの、長ずるにしたがい、自分の周囲の貧しい人々の悲惨さに対する教会の冷淡さに反撥した彼は、教会の門を潜ることを止めてしまいました。しかし、先にも記したように「アヴェ・マリア」「サルヴェ」は彼の心をしっかりと摑んでいたのでした。恐らくこれらの祈りを通じてペギーは時間を超えてキリストにつながる人々と偕に在ることの方を強く感じていたと思われます。聖人たちを先頭にして、皆、手に手をとり合って天国に行かなければならない、と言う意味のことを後年のペギーは語っています。

〝同じ祈り〟の時空を超えた拡がり、その世界を肌で感じることによって、小さく貧しい自分が支えられるのではないでしょうか。場面を変えれば、日本における苦難の歴史に耐えた「きりしたん」の「おらしょ」もまた同じ力の源泉であったと言えましょう。「同じ祈り」は一人一人の人間の弱さを包みこみ、私たちの歩みの〝原方位〟とでも呼べるものを与え、歩みを支えてくれるように思います。

「同じ祈り」を〝偕に祈る〟ことの意味を味わうようになってはじめて、私はかつて田中耕太郎先生が言われた「祈りの客観性」という言葉の意味に辿りついたような気がしました。祈るとは、人の最も私的な、魂の、神への委託から始まり、又それで終ることと言えるでしょう。が、それは必ずしも、最も私的な（主観的）言葉によって実現することではなく、永い時間の流れの中でさらされた簡素な、それゆえ公共のものとなり得た言葉を受容れることによるのではないか、と言うことでした。

素直な人であればたやすく解るはずのことに、時に人間は長々と悩んでしまうものであり、しかも解ったことは、それでやっと教会の入口に辿りついたにすぎないと言うことです。

私などがやっとその入口に辿りついた教会の祈りについて、既に識者たちが、今日的視点から、さまざまに論じて居られるのを知らないではありません。そのような角度からは、私の個人的な感懐などは、〝保守的、懐古的〟な形にしがみつく態のものと言えましょう。あるいは自分の信仰への怠惰、確信のなさを共同（体）の祈りの中で曖昧化し、責任の転嫁をするという見方も成立つかも知れません。神学者でも、哲学者でもない私は、今日、どんな祈りが最も大切かを語る能力など持ち合わせません。日本に住む人間が、キリスト教をどのように受容れたか、その望ましい形はどんなものか、さまざまな論議があります。この小文は、戦中派世代に属する一人の日本人が、とまどいつつカトリックの入口に辿りつくに至った不器用な〝受容の軌跡〟の一端を記すにすぎません。〝時代〟と言うことを言えば、はじめにも記しましたとおり大戦の直前に亡くなられた岩下壮一師と、大戦直後に亡くなられた吉満義彦教授などが、私たちの戦中での精神的闘いのために方向を示されたことを忘れるわけにはゆきません。岩下師に先立って、たしか当時の国政上の元老であった西園寺公望公の死と国葬がありましたが、私たちにドイツ語を教えておられた立澤剛教授が「西園寺公の死を日本国民はこぞって哀悼する、が岩下壮一の死には草木までが悲しむ」（この通りの言葉ではなかったかも知れません）との意の文章を学校の新聞に寄せられたのを憶えています。国粋主義的思想がいやが上にも高まっていた時代に、右のような言葉は勇気のある発言であったと思いますが、岩下師の内外における活動は、ただ時間に順応して宣教すると言うような姑息なものではなく、「在りて在る者」へ対する誠実な生涯を織り成していたと言う意味で、立澤教授の言は言い得て妙であったと思います。私も戦争末期に軍務についた期間中、天皇の国民が何故異国の神を信ずるのかという上司からの厳しい問に応えるのに、二人の先達の御仕事は大きな支えとなったのでした。問題は戦後の日本に、かかる先達の遺産をどのように生かすかの方が、はるかに困難な課題であることがわかって来たと言えましょう。

この小文で、そのような大きな問題にふれる能力は私にはありません。ただ「アヴェ・マリア」「サルヴェ」との個人的なゆくりなき出合いを記してみたいと思いました。祈りの理想はおそらく「御旨の天に行わるるごとく地にも行われんことを」という主禱文にこめられている信仰とその実践の一致であると言えましょう。が、一人一人の力とその用いられ方は千差万別であると思います。犯すであろう罪も小さなものから大きなものまでさまざまでありましょう。その意味で、聖人から私のごときいと小さき者に至るまで、すべての者が「罪人なる我らのために、今も臨終の時も祈り給え」と偕に唱え得ることは、基底としての連帯の現実を常に蘇らせる祈りとして替えがたき支えであります。年をとっても絶えずつまずき、人の魂を傷付けて止まない私などが、辛うじて教会に繋って生きる命の綱のごときものとも言えます。

ラテン語でのミサ、そしてその中の美しい祈りの言葉に、郷愁とは別の愛着を覚えている者は、過去の宣教形式にとらわれたままの主体性稀薄な信者として、今日を生きることがむつかしいのでしょうか。たしかに、はじめはわけもわからず唱えてはいました。そしてその後、折りにふれて買い求めたグレゴリオ聖歌をレコードで聴く時も、母国語のように聴き理解できたわけではありません。私がはじめて買ったレコードは、ソレーム修院のものではなく、ロンドンのカルメル会小修院の、きわめて基本的な祈りと歌とを収めたものでした。けれどもここに収められた歌、祈りの声に冥黙して耳を傾けるとき、それは、この世界というか、人間の〈地〉が天に向って自づと呼びかけ歌いあげる声として聴えます。地上を旅する人間の、特に悲しみの一切をつつみ、天に委託するひたぶるな、しかし謙虚さに貫かれた祈りとして心を捉え一つにしてくれます。録音という器用なことをしなかったため、このレコードはかなり磨りへって、人には聴かせられないものになってしまいました。

一信徒として〝戦う教会〟の一員として生きるには余りに微力であったし、これからもそうであろう自分に恥入るばかりですが、せめて、この貧しい魂も、G・ティボンが言ったように〈永遠の切れはし〉であるという自覚において、残り少ない人生を生きてゆければと思う昨今であります。

注

(1) 田中耕太郎教授（一八九〇―一九七四） 東京帝大卒、一九一九年ヨーロッパ留学。一九二三年より同大学教授。一九二六年岩下神父の指導を経て受洗。カトリック自然法を基礎とする法哲学の研究。『世界法の理論』（三巻）に結実。戦中は大学の自由擁護に尽力。戦後吉田内閣文相。一九五〇年以降、最高裁長官を長期間勤める。

(2) 岩下壮一（一八八九―一九四〇） 東京帝大卒、一九一五年旧制七高講師。一九一九年文部省留学生としてヨーロッパ各地で研鑽。一九二五年司祭となり同年帰国後は、司祭職のかたわら、聖フィリッポ寮（大学生を収容、現在真生会館）で学生の指導。神山復生病院でハンセン氏病者の教導。カトリック研究社を興し、「カトリック研究」（戦後「カトリック思想」となる）を刊行。知的領域でのカトリシズム理解に多大の貢献。一九四〇年一〇月、中国北部教会を視察。発病。帰国後、復生病院で死去。著作『中世哲学史研究』。『アウグスチヌス神国論』。『信仰の遺産』。『岩下壮一全集』（全九巻）等多数。

(3) 吉満義彦教授（一九〇四―一九四五） 東京帝大卒、岩下神父の指導をうけ一九二七年受洗。一九二八～三一年パリ在学中、ジャック・マリタン教授に師事。帰国後、上智大学、東京公教神学校、又東京帝大文学部等で哲学を講ずる。フィリッポ寮、カトリック学生連盟で学生指導。思想界、文学会においてカトリシズムの立場で活躍。一九四五年一〇月小金井桜町病院で死去。著作『文学と倫理』『詩と愛と実存』

『哲学者の神』『神秘主義と現代』他多数。又、主論考は著作集五巻にまとめられている。

（「カルメル」一九八九年夏号）

我等逐謫の身なるエワの子なれば

「サルヴェ・レジナ」は短い祈りではあるがその含蓄は広く深い。十一世紀の終わり頃から十二世紀にかけて、交唱の形で歌われたのが始めであるといわれている。キリスト・イエスへの信仰と共に、聖母マリアへの敬慕が信心の強い動機となってきている。永い歴史を持ったこの祈りを唱えるとき、「憐れみの御眼もて我等を顧みたまえ」と言う言葉が此の祈りの命であることを深く感銘させられる。

此の祈りにおいて、人間は逐謫の身となったエワの子として、涙の谷なるこの世界で労苦する者であり、御子の御姿を示されんことを代願者たる聖母に乞う者である。

エワは聖書によれば、人祖アダムの伴侶として造られた女性であり、蛇の誘いにのって智恵の木の実を食べた上、アダムにも食べさせ、二人は楽園から追放された。ここに人間の労苦が始まったが、とくに女であるエワは子を生む苦しみを負うことになる。

かくて、この祈りには二人の「母」が登場する。一人は言うまでもなくキリストの母、聖マリアそしてもう一人はこの、総ての人間の母であるエワである。

人間の歴史はまさしく「楽園喪失」に始まった「涙の谷」での労苦の歴史にほかならない。しかし、この労苦は一方において此の地上に、額に汗して自己の世界を築き上げることであると共に、他方、失われた楽園の回復、神との和解を望み続ける営みでもある。もしも人間が全く神から離反し、神を完全に失った者として生きるならば、体を使う疲れや苦しさを味わうことは有っても、心の痛みに苦しむことは無かったに違いない。

ところで、こんな想像をしてみることも無意味とばかりは言えないのではないか。つまり、もしエワがその後の人間の歴史を眺めているとしたら、どんな思いを懐いていることであろうか、と。エワはいろいろの研究者の論議の的ともなり、その堕落について、さまざまに（堕落ではないという立場も含めて）語られ、また美術の領域、文学の領域においても恰好の題材とされて来たのではあるが。

神学者や教会の基本的な考えを離れて、自由に想像することを許されるなら、わたしとしては次のように考えて見たい。エワの魂は自分の子孫の歴史を、深い痛みを持って眺め続けているに違いない、と言う風に。それはあらゆる人間の母の想いであり、いま在る母と言う母がその子らを眺める想いのなかに受け継がれている。エワは人間の労苦の発端となったものとして、救いようのない挫折を負っている。けれども、自分が生み落した子供たちがこの地上で幸いに生きることを願わずにはいないであろう。大きな挫折、それ故一入の願いがエワの魂を満たしていることであろう。エワから人間、特に母となる者が受け継いだのは、エワの挫折の果実ばかりではなく、その挫折とともに生まれた、「子等の幸い」を願う切なる願いであると言うことができる。

本誌の前号で私は「サルヴェ・レジナ」に触れ、詩人シャルル・ペギーが「アヴェ・マリアとサルヴェがあれば、神学大全などいらない」と言う意味のことを言ったと記した。神学大全が要るか要らぬかは別として、ペギーがそれらの祈りをどのように受け取っていたか、私として付け加える責任があると思い、小文を草してみることにした。

ペギーは一八七三年にオルレアンで生まれ、一九一四年に第一次大戦が始まって間もなく、戦死した。学生時代にオルレアンの聖女ジャンヌ・ダルクの劇を書いたのち、極めて特異な社会評論、論文を、彼自身が責任者となって刊行した雑誌「カイエ・ド・ラ・ケンゼェヌ」に掲載しつづけた。内容は、その時代の主知主義に偏る思想と、金銭に至上の価値を置こうとする社会の風潮とを糾弾するものが多かった。近代化の波の底で苦しむ民衆の救いの為の戦い、その理想をジャンヌに見、現実の社会変革と魂の救済とを切り離すことは出来ないとする〝神秘的〟思想家として活動した。一九一〇年頃から多くの詩を書いたがいずれも大作であり、此の時期のフランス詩の代表作にも数えられる。彼はその特異な社会思想から、学生時代には教会には批判的であり、ミサに与ることをしなかった。けれども、経済的にいつも困難を抱え、苦しい戦いでもあった十年にわたる言論活動に心身をすり減らしていた頃、彼は親友に、自分はカトリックなのだと告白している。その心情は彼が一九一二年の夏、子供ピエールの病いの回復を祈って、単身パリからシャルトルのカテドラルまでした巡礼によく現れている。この時期に彼が書いた詩、「シャルトルのノートル・ダムにボース（彼が生まれた地方の名）を捧げる」、「聖堂内での五つの祈り」はペギーの「アヴェ・マリア」であり、そしてそれらに続く長詩『エーヴ』は「サルヴェ・レジナ」の規模壮大な展開と見ることが許されると思う。これらはペギーの信仰、特に聖母マリアへの深い敬慕の心情を表白するものとなっている。

もちろん、『エーヴ』は単なる「祈り」ではない。『エーヴ』の題の下に描かれているのは、エワ（エーヴ）の罪による楽園からの追放、そして人間のこの世界での労苦、ここでの新しい罪と信仰との相剋、そして人間の救済への望みである（延々、七千行を超える）。私がこの作品に惹かれるのは、先ずは罪に堕ちたエワの、女性としての生活の戦いを描き、併せて、肉体を持ちこの地上でしか生きる所のない人間という存在の意味を深く探っていることによる。細かくのべることは此処はとてもできないので、「逐謫の身なるエワの子」の姿を追いかけてみよう。

先ず此の作品は、イエス・キリストが語る、という形をとっている。特に、作品の始めの部分は、イエスのエワへの呼び掛けが、あたかも連禱のように繰り返されてエワの運命を描いて行く。

イエスは言われる

おお　元初の園の外に埋もれた母よ
あなたはもはや　あの恩寵にみちた風土を知らない
………
元初の朝の　元初の太陽を
あなたはもはや　母なる土を知らない
その胸の上で　のびやかな穂をあたためていた土を

と言う風にはじまり、エワがもう戻ることの出来ない楽園の、ま新しく喜びに満ちた季節が語られる。そこでは神自身が永遠であるとともに初々しく、父の眼差しで、若々しい時代を慈しんでいた。次ぎには、

あなたはもはや　酷しい運命しか知らない
あなたはもはや　暗い愛しか知らない

という形で「……しか知らない」さまざまな事柄が、「もはや……知らない」事柄に交じって語られる。例えば、「みじめな労働」「みじめな愛」「滅び行く宝」「止まることのない老い」等々である。そして一転、こうした運命に埋もれたエワに、イエスは呼び掛けられる。

わたしはあなたを深く愛する　わたしたちの母の母よ
あなたはいたく嘆き　涙もかれた
あなたは　いっそう貧しい空に向かい眼を上げた
もう一つの光を見るための眼を

あなたに挨拶をおくる　おお　初めに創られた女よ
誰よりも不運な　誰よりも信じがたい女
誰よりも動かされることなく　誰よりも人を動かす女
長い髪をした元初の女　そして聖母の母よ

この「わたしは深くあなたを愛する」と「わたしは挨拶をおくる」が繰り返され、そのあとに、様々な呼び名が使われるのは、まさに連禱そのものである。例えば、「おお　不安にみちた女」「新しい日々の戸口で恐怖にみちた女」「誰よりも思い悩み　空しい智恵を持った」「初めに思い悩んだ女」「自失の

夢に　誰よりも打ちひしがれた女」など、数限りなく続くのである。それらの呼称の幾つかが、特にエワの本質を浮び上がらせる。ペギーは、楽園を追われたエワがこの世界で送る生活が、酷しく、空しく、労苦にみちた、救いようのない生活であることを、筆を尽くして納得させる一方において、すでに引用したように、「母の母」とか「聖母の母」という言葉で呼んでいるほか、「生活の切り盛り上手」「年とった慎ましい人」など、日常生活における極めて質実な美徳を備えた女性であることを賞揚している。ペギーは幼少期をオルレアンの町外れで祖母と母とともに、貧しく慎ましい生活の中で過ごした。しかし、その生活はむしろ神の掌の中で清貧を生きる健やかさに支えられていると受け取られた。エーヴを母の母と呼ぶ時、ペギーは確実に彼母、そして祖母を思い描いていたと言える。「誰よりも尊重すべき」「ただ黙々と」「誰よりも真摯に」生きる「女の中の女」とさえ言われる。だが、それゆえ、「ひとり神秘にみちた」女性であることは誰にも理解されない。「エワの子」としてこの世界に営々としていきる人間、たしかにそこで人間は何を失ったかを見出す。ペギーはエワ及びエワの子たちの失墜を余すことなく描き出し、時には烈しい告発の筆を走らせている。エワは生活の営みで「片付ける」ことに長けている。だがそれだけではない。

女よ　言っておくが　あなたは神さえも片付ける
神が　たまたまあなたの家（maison）の前を通りかかる時
あなたは片付ける　辱めと至高の権威とを
神が　たまたまあなたの理性（raison）の前を通りかかる時

生活で生かされる能力がときに神を説明し始末してしまう、人間の無意識の傲慢を指摘している。そ

れゆえ、

何故あなたは　初めに片づけなかったのか
樹が　まだ柔らかく小さかった時に
二つの運命を持った樹（arbre）
二つの烙印をおされた意思（arbitre）
智恵の樹と　十字架の樹とを

というように、ペギーは人間の業の地上的な意味とその裏に負の形で刻印されている意味とを浮び上がらせ、ひいては其処に人間の救いの可能性を求めようとつとめる。そしてついに、自然と超自然との「根差し合い」の神秘が歌い上げられることになる。

なぜなら　超自然はそのまま肉を持つゆえ
恩寵の樹は深く根を張り
大地の底まで求めてゆく
そして　地に生きるものの樹は
そのまま永遠であるゆえ
永遠そのものが地上の時間の中にあり
……
恩寵の樹と自然の樹とは
おおいなる結び目でその幹を一つにする
……
この時、地上の戦いは神の国の為の戦いとなるであろう。

巨いなる戦いに死ぬ者は幸いである
地に横たわり　神の顔のもとで
肉の国のために死ぬ者は幸いである
なぜなら　その国は神の国の身体であるゆえ
……
死せるものは幸いである
何故なら彼らは帰りついたから
神が彼らを目ざめさせた　あの元の土に帰ったから

そしてこれらの言葉は、ごく自然に「母」への取りなしの願いを交えて行く。

母よ　戦い果たした　あなたの息子たちは　ここに
見そなわせ　おおくの民のなかに横たわれる彼らを
もがき戦ったこれらの者たちを
神よ　少しく労り給え
悲しみと躊躇いとの満ち溢れた　これらの心を

母よ　戦いはたした　あなたの息子たちは　ここに
悪の重みが量られるように　彼らが量られぬように
神よ　彼らのそばに　一握りのこの土を置きたまえ
彼らは　そこから生まれ　そこに帰った者なるゆえ

大作『エーヴ』は、ペギーが論文で取り上げてきた歴史観、社会批評も含む重厚な作品であり、とても小文で紹介できるものではないが、人間がエワの子として地上で営む一切の活動の意味を、ペギーは自身の苦しみに満ちた戦いの体験のさなかから吸い上げ、作品化したことが納得させられる。そして特に、人間の自負ゆえの空しい戦い、そこからの救いは、人間が「土」から造られ、また「土」にかえる生涯を、造られた者の謙虚さをもって得心するところにしかないという信仰の現実を、エワ、マリアとイエス・キリスト三者のかかわりのなかに描いた、類いまれなキリスト教文学であることを知る。我々は、そこでペギーが、人類の母エワと人間としての親しみ、悲しみを分かちあいつつ、人となった神キリストの地上の母マリアに取りなしを乞う姿を見る。

思うに母エワはその子らの苦しみを自己の負い目として、逃れようもなく傷みつつ地上の生活を戦う者の象徴であり、そこに救いをもたらすために、人としての肉体を死に渡した神イエスの母マリアは、神の傷みをわかちあう人としてエワの子らを顧みている。幼な児イエスを慈しみ眺めるマリアの姿は、聖母子像として親しまれているが、マリアの目にはすでに「ピエタ」の想いが重なっていた筈である。「人の子」を抱きとめて天の父に捧げ返す母としてマリアはエワの子らに限りなく深い労りの眼差しを注いでいる。

ペギーにとって、「アヴェ・マリア」「サルヴェ・レジナ」は彼の生活（戦い）を支える祈りであったに違いない。

（「カルメル」一九九〇年冬号）

347　我等逐謫の身なるエワの子なれば

第四章　シャルル・ペギー論

エゴイズムの聖化

現代はもう英雄主義（エロイズム）の時代ではないということは、多くの人がその立場立場から誠意をもって語っている。人間の条件というものが人によってどんな内容を持とうとも、それを超えようとすることは何らかの形で局外者となるに過ぎないことを認めざるを得ないからである。この意味での人間不信というよりは自己不信は意味のないことではない。しかしながらまた今日の文学程、その非英雄主義的な反面、局外者たろうとする――それが善意からにせよ狡智によるにせよ――性格を曝わにしているものもない。卒直に言って我々にとって局外者などというものはありはしない。あるとすれば局外者たろうとする意識に於いて局外者的存在になり終るだけである。実際のところ、我々は真実に局外者たり得ないというところに悩みがあるのであって局外者的衣裳や思想を文学から着せて貰うこと程滑稽な悲劇はない。古めかしい言い方かも知れないが、もう少し自己に忠実でありたいと思うのである。それは局外者的衣裳に自己を合せてゆくという笑いごとではない英雄主義を否定すると言う意味に於いてである。思えばエゴイズムというものの格もずいぶん下った。我々がエゴイズムを克ちとつたのは局外者との袂別という意味を持つていた筈であるのに、それとの馴れ合いという不潔な姿で生きているエゴイズムは文学商売には必要かも知れないが文学にはいらない。曽つて英雄主義が歴史的に或は少し飛躍するが文学的に意味を持ったとすればその生々しい姿のエゴイズムが骨骼をなしていたからである。二十世紀の初頭になお一種の英雄主義的精神を生かし、英雄主義のいらない半世紀後に尚歴史的効果を持っているシャルル・ペギイの生活及び文学は、凡てがとは決っして言えないがその重要な要素として原始的なエゴイズムに貫かれていたことは事実であり、エゴイズムの処理という事が彼の生涯の課題であったと言えるのである。永遠な、というのが子供だましだというなら、現代的な意味がペギイの何処にあるかをたづねるとしたら我々はどうしても彼の生活からはじめねばならない。彼の書いたものは原生林である。気どりも思わせぶりもない文学と生活の直結、それ程に彼はプリミチブであったのである。

一、出　発

ミューズよ　さようなら　私はもう錨を上げた
おんみのいない新しい国に向かつて
いま　新しい国に私は入つてゆく
私はたたかい　いくつかの流れをわたるだろう

私は新しい仕事をしにゆく
新しい試煉がはじまる

人間であることの悩みを知らないミューズよ
舟出のおののきを知らないミューズ
さようなら　私がいまも愛しているミューズよ

いつの日のゆうべ　私はまたこのはたいを織ることだろう　〔大意〕

エコル・ノルマルでの学業を半ばで中止して故郷オルレアンに帰ったシャルル・ペギイはその後一年余りして、一八九七年『ジャンヌ・ダルク』という劇を発刊した。「ドムレミイにて」「戦い」「ルーアン」と場面を変えて聖女ジャンヌのフランス解放を取扱った劇であり、これはペギイの社会的活動の出発とも言えるのだが、正確に言えばそれはもう数年前から始まっていたのである。先に掲げた、ドムレミイを出発するジャンヌの詩句はペギイの学生時代のものである。フランスの解放、現実的には悲惨な民衆の救済のための戦いに彼は早くから挺身していた。彼はその周囲に集った幾人かの学友と作った無神論的社会主義グループの指導者だった。しかも彼自身は友人達には不可解な、ジャンヌ・ダルクを指導者と仰ぐ社会主義者であった。急進的な社会主義とキリスト教聖女の結びつき。

我々はそこに情熱に溢れた二十才の青年の夢を見る。しかし当時既に、幼い時の信仰を棄てて極端な反教権的思想を持っていたペギイにとっては、うわついた夢でなかったことだけはたしかである。戦の経験豊富な武将や老獪な政治家、教会の脅かしにも断固として動かず使命の達成に向ったジャンヌの底にあるものは、神という考え抜きで、新しい社会主義的戦闘に不可欠なものとしてペギイを捉えたのである。我々はここで社会主義という語を使うけれど、これはペギイ自身がこの語を使ったからそれに倣っているだけであり、それが今日の通念と根本的に異るところは、社会的悲惨に陥っている民衆の救済を魂の問題として執り上げていることである。ジャンヌが世俗の権勢に屈しなかった底には英国との抗争という悲惨な歴史的現実の底に、人間に宿命的な普遍的悪を見た、逆に言えば、この悪が「時間」を媒介として齎らす悲惨に抵抗するために、言わば時間の中にある政治的勢力を超越しようという激しい意欲があるということである。たまたま起こったドレフュス事件に対するペギイの態度はそれを一段と明かにする。一人の人間が有罪か無罪かということよりは現実に一人の人間のために国民が苦しむことを論拠としてかのユダヤ人士官を葬去ろうとする人々に対して、ペギイは、この政治的策謀の中に、たとえ一人の人間であろうとその魂を滅されることがあってはならないと主張する。フランスを救うために大仕掛なペテンが必要なのであるなら「フランスが滅びた方がいい」のである。ただの一人でもが救われないうちは自分が救われることを望まず、フランスを失っても一人を救おうとすることは逆上した世間知らずの空想であるか否か、それはペギイの闘争が明らかにするだろう。

とまれジャンヌとドレフュス事件は、政治の支配する時代（Périodes）から神秘が支配し、時代を超越する時期（Epoques）へと、彼を踏み込ませる動機となつたのである。

二、戦闘

最初の『ジャンヌ・ダルク』から『ジャンヌ・ダルクの聖愛の秘義』（一九一〇）に至る十数年はペギイの悪戦苦闘の時期である。悲惨を露呈する現代社会の聖化が自己の聖化に繋がらねばならぬことを、その身を賭して知る、いわば霊魂と肉体の相剋のドラマである。彼が己れを救おうとしない意識の底には、自己の純潔、少くとも、真理を否まないのではなく本来的に否み得ない人間としての自負があった。だから「如何にして救うか」という問題が二つの「ジャンヌ」劇の間の全期間を通じて彼を駈り立てるのである。

彼が救おうとする対象は言うまでもなく民衆、殊に地方のつつましい生活、労働を通じて大地と自然と交わって暮している民衆である。何故救うのか？　彼らは悲惨な境涯につき落されている。ジャンヌは果てることの知らない戦乱に家を焼かれパンを失って塗炭の苦しみに喘ぐ民衆の姿を見るに耐えなかった。ペギイは、近代的経済機構の発展の下に一個の機械に化している民衆の悲惨を見た。それは、人間が受けねばならぬ不正な仕打ちの最悪なものなのである。何故なら、「パンの味のわからなくなっているものには、魂の味も感じ得ない」からである。旧制度（アンシャンレジーム）を覆えした旗印は自由・平等・

博愛であった。然し、自由、即自由主義的経済という現実的行為で平等と博愛とをにべもなく放棄した近代ブルジョワジイは、民衆をその生活母胎である自然との生命的関連という貧しくとも安定した情況から引きはがし、不断の経済的不安（悲惨）の中に追やった歴史の、若しくは時間の共犯者である。彼等ブルジョワジイの態のいい仮面にすぎない自由などは第二、いや第三の問題だ。先ず民衆を悲惨から少くとも貧困の状態にまで引き上げねばならぬ。「貧困と悲惨との間には境界がある。それは量的な差ではなく質的、性格的な相違なのだ」。もしキリスト教的謙虚という徳が現実的に養われ発揮されるとすればそれは貧困の中に於いてである。貧困は阿片的なまやかし剤ではない。ここに満足し、生きる希望を燃やしつづけることこそ人間の共存の最も確実な原理である。然るに悲惨の中に在る人間には何ものも肯定じ得るものがない。いわば永遠の不在の意識が場所を占めている、これは言語を絶する較べようのない苦悩である。ペギイはそれを地獄の消えることない業火にたとえる。たとえどんな罪をおかしたにせよ、この永劫の苦悩に身を曝らさねばならぬ人間があるという事実、しかも彼が愛する民衆がその位置にあることにペギイは狂わんばかりの悲憤を抱く。

おお　永遠の業火より
もだえ狂う地獄の死者たちを救うため
我が身を永遠の火にうちまかすべきならば
神よ　我が身をとりかの火に投入れたまえ

永遠の　神の不在より
苦患に沈む地獄の死者たちを救うため
我が魂をかの不在にうちまかすべきならば
我が魂をとりかの不在のうちに投棄てたまえ
消えることなき不在の苦悩に、我が魂を赴かしめたまえ

ペギイの民衆救済の悲願は一九一〇年「聖愛の秘義」に至るまでジャンヌの口から迸しる。勿論一九〇〇年のペギイはカトリック信徒ではない。然も彼は自ら意識することなしに、キリスト教の最も意味ある教義である受肉の真理を学びつつあったのだと言えよう。パンの問題が如何に深く本質的に魂の問題に結ばれているかを彼程明確に語ったキリスト信徒がいたであろうか。彼が一九〇〇年五月同志を語らって創刊した半月毎の雑誌「カイエ」の一九〇二年十一月四日の号に載せた「ジャン・コストについて」の中に記されている悲惨についての考察は後年彼が超自然と自然との、霊と肉との、いわいいの根差し合いの神秘をうたう場合の最も堅固な基盤となっているものである。それはともかく、ペギイは、民衆の悲惨救済だけを自己の生存理由とせざるを得なかった程に英雄的なエゴイズムに憑かれていたのであり、このために彼は多くの友人を失いさえした。けれども彼のエゴイズムは、当時もう誰もが発見してしまったとして一笑に附した「真理」に忠実であろうとする、若しくはそれが自己に課する運命に忠実であろうとする点に於いて、効果のない観念的エゴイズムとははっきり区別されねば

ならない。彼の真理とは一つの神秘的な体験そのものである。それは今日ガブリエル・マルセルなども言っている様な、自己の内部に展開される人間共同体的生命の把握を通して、あらゆる人間不信の力に抵抗しようとする、不断の意志乃至希望（エスペランス）に似たものである。随って彼の社会主義闘争は、ブルジョワとか知識階級とか何か特定の対象だけを敵として持つものでは全然ない。彼の愛惜して止まない民衆の善良性を損った歴史的時間、及びその加担者一切が彼の激烈な攻撃の的である。人を呆然とさせる様な反復又反復という彼独特の筆法でペギイは書きに書き果ては怒号する。政治家の偽善者振りについて、老い込んだ現代について、造り上げられてしまったものに安居している鈍感な思想家について。「腐敗した魂をもつより悪いのは惰性的な魂を持つこと」なのである。時間は人間を、社会を老化させる。純粋な源泉に目を向けようとしない怠惰をそこへ持ち込む。「如何にして救うか」という問題は、如何にしてこの時間の流れを溯航するか、という問いに置換えられるであろう。然しこれは先にも言った様に、歴史的過去を懐しむ単なる保守的態度を表わすものではない。繰返して言えば時間をいかにして超越するか、である。

彼の全身全霊を挙げた闘争は決して勝利で報いられはしない。いわば彼の悪戦苦闘も、民衆救済の問題をその最もラディカルな形に於いて提起したということに留った。というのは、彼が安易に天を仰ぐ様な惰性的宗教性を極力否定すると共に、悪との馴合いという現代的な感傷的趣味性をも峻拒し、パスカルの言う人間の条件、中間者としての存在領域をその極限まで跋渉したということである。宗教作家がその作品に普遍的な現実性を持たせ得るとすれば、宗教的領域に持ち込んで何ら低触することのない、非宗教的人間の条件を過不足なく充たす生活が基盤とならねばならない。換言すれば超自然によって完成さるべき自然の本質的把握が、宗教的観念に先行せねばならないのである。若し恩寵というものが、本来肉的なものであり又地獄の苦悩も亦然りとすれば、それらをこの天国との中間たる地上に在って、地上の姿に透視し得ないのならば、作家は表現を断念せねばならないだろう。天国らしきもの、地獄らしきものは現代の文学に溢れている。殊に地獄らしきものは今日の文学の成立条件であるかの観を呈している。が所詮それらが描くものは人間らしきものを出ることはない。我々は人間の部分的条件を捉えて技巧によって作品化することは出来る。然し真のフィクションは自己一個のうちにか、人間全体のうちにかしか見出されない人間という生き物の棲息地帯の辺境まで跋渉することから成立つ。

シャルル・ペギイがその苦闘の時代を通じて我々に提起した問題は、人間の姿の中に重り合っている天国と地獄との間の無限の背反距離に架橋しようとして果さず、やがて彼一個の中に人そのものの限界として一つの悲惨、ペギイ自身の語をかりれば劫罰の印がまざまざど浮び上るのを意識したということである。いわぱ英雄的エゴイズム、民衆救済の悲願自身に呪いの影が宿っていることを知るとき、彼はそれを自身のうちにある力では解きほごす術を知らないのである。この事は、尚人間が完き自由の可能性を人間自身のうちに持つと自負する今日の無神論的実存主義作家たちへの暗黙のしかも根源的な批判としての意味をもつわけであるが、自負即自由という簡単な原理を殊更難解らしく論理の綾の中に閉じ込める趣味性――ペギイに言わせれば「怠惰な」心を自ら恥じる余裕を持たない限り無意味かも知れない。

一九〇八年九月、窮乏と病に打のめされていたペギイの感動的な信仰の再発見について多く語ることを要しまい。病床に見舞った年来の親友ロットに向って「僕はカトリックだ」と告白したその時に、彼の思想の忠実な協動者であったロットをも回心させてしまったのである。だが我々は次の事に注意しよう。すなわちペギイがカトリックになるというその変化は彼の思想体系――体系という語は適切ではないが――に何ものかを附加することではなかったかということだ。彼は所謂カトリックという一つの区別された世界に入って行くのではなく文字通り普遍的な世界に向って、彼の閉された中間者人間がその領域を開いたのである。その意味では彼はその思想的な師であったベルグソンの哲学の確実な実践者であったと言うこともできる。ベルグソン哲学の最も充足した実践が当然の帰結を持ったに過ぎないと言ってもよい。人がペギイの英雄主義を一つの観念形態につけた名目だと見る限り全く彼を見誤る。英雄主義といい、神秘（ミスティク）といい、それらは生命に根差す一つの実践的意欲を社会的、乃至個人的観点から表白したものに他ならぬ。この生の源泉を指向する全人的な緊張が、その信仰の再発見によって解かれるのである。解かれるというのは精神的エネルギーの消滅を意味するものではなく、一つの限界内でこそ可能であった緊張が無限の要求の中に不断に昇華し得る自由の獲得を意味する。回心とは転向ではなく充足であることをペギイの場合程明瞭に示すものはない。それは実践上の生活が殆んど不変であるという極限で行われた例証であろう。人間は他人を救う前に先ず己れを救わねばならぬということ、つまり彼自身の思考とはまさしく相反する事実を最も不自然でなく可能にするところに、彼のエゴイズムの現実性があったのである。

三、未完の完成

一九〇八年後の彼の主要な作品は詩である。そして著しく宗教的、乃至宗教的な歴史哲学的調子を帯びて来る。この作品上の過渡期を最も鮮明に物語るのは『ジャンヌ・ダルクの聖愛の秘義』であろう。

ジャンヌの緊張以外の何ものでもない人間救済の祈りと絶叫が、修道女ジェルヴェーズが展開する壮大な超自然的物語の中に包み込まれてゆく。が、物語が途絶えると突如として又、ジャンヌの短い叫びが執拗に繰返されるのである。この「ジャンヌ」劇は、朝露の様に純粋な英雄的エゴイズムの緊張と、それを解こうとする超自然的黎明の大気との触れ合いと言ったらよかろう。ジャンヌはここでも「如何にして」「誰が」悲惨な人間を救うか、を抗し難い信念に立って問いつづける。キリストの死は犬死ではなかったのか、もう十四世紀という歳月が流れたのに人間は依然として悲惨に陥る。キリストは十字架の死に際して何故悲しみの叫びを上げたのか、神にも救い得ないものがあるのではないのか。一人の魂でさえ無限ならば、無数の魂の無限の悲惨は、誰が、どうして救えばいいのか、ジャンヌはこの様な問に終始している。これら切れ切れの問いに対してジェルヴェーズの応えるところは、決してジャンヌの問をそれのみを問題にした答ではない。例えばキリスト受難の幻視的な詩物語にせよ、十二弟子以来の無数の聖人たちの造りなす地上の神の国の意味にせよ、それは、ジャンヌをしてその中から自身一個にのみ該当する解答を見出すには余りに大きな解答なのである。

然し、一九一〇年のペギイに彼自身が切に答えていることは不明瞭ではない。ジャンヌの不屈の自信、その清純さと信仰の強烈さの故にキリスト教初代の聖徒たちを認めようとしない頑迷さに対してジェルヴェーズは語る。

「年経ている自恃は夜も眠りません。決して眠ることなく見張っているのです。ジャンヌよ。自恃こそ、悪魔の最大の傑作なのです。」

これは、無名にして貧しく且つ欠陥多い人々であった初代の聖徒たちが、そのあとにつづく何千という聖徒たちの先駆となり地上に於ける教会の現実的礎石となったという意味に於いて、ペギイにキリストの模倣よりはそれに至る謙虚な道順として聖人たちの模倣が真の聖性への道程であることを理解させた中心的な思想であった。ペギイがここで提起する最もリアルな問題は、現代世界の救いが、「英雄主義的エゴイズム」の報いとしての「聖性」に収斂してゆく人間の活動、即ち祈り以外にはないということなのだ。何人たりとも救われずにいてはならぬ、という希求は、測り知れぬ全能者の摂理を自己の可能性に一致させようとする主観的な善意に充ちたエゴイズムであるが、その方法が発見出来ないという絶望的深淵のふちでペギイは自分が最も輝かしい悪魔の傑作に宿命的に協力していたことを見出すのである。宿命的に、というのは恐らくは何人もそれに対して責任を執り得ない原罪の意識に於いてであり、その故に又、凡そ罪に苦しむあらゆる人間への根源的共感が可能であり、同時にそこでは謙虚（ユミリテ）という最後のそして最も確実な行動原理に到達することが出来るのである。「聖性は唯一つである」。キリストから諸聖人へ、諸聖人から善良な罪人たちへそれは伝えられる。罪人たちの祈りは諸聖人を通してキリストへと溯るであろう。歴史の真只中に現在しているこの二重の鎖。これこそペギイが待望した「時間」の超越、老化した歴史の青春への「溯行」を保証する道程である。そこには無力な自己と全能者の悲劇的、危機的対立という近代的絶望意識を超えた《慰め》が現在する。「罪人は聖人に手を伸べる、聖人が罪人に手を伸べるから。こうしてすべての人間、手をとりとられてイエズスまで昇りゆく鎖、結ばれて解けることのない鎖を作り上げているのだ」彼が若年の頃から堅持した理想的社会主義、「調和国」の理念は「諸聖人の通功」というキリスト教リアリズムを骨骼とすることによりはじめて現実的社会主義の理念として絶望のない行動を保証するのである。

　ここに希望とはペギイのジャンヌが「我が身を焼かれても」罪人を救いたいと叫ぶ夢想ではない。況や歴史の進歩に対する安易な信憑、乃至そこから飛躍的に発生する政治的社会的闘争の情熱でもない。肉であり肉である故に宿り不断に迸り出る超自然的な慰めと忍耐の意志である。ペギイが論難した「出来てしまった思想」の持主たる現代知識人には此の希望は精々善意ある理解を可能にするに留まるかも知れない。然し、出来てしまった哲学を蔑みすることから生れる哲学の中に民衆の健全な意志は純粋な生（なま）の形で把えられるのであり、民衆の指導者を以って任ずる人々の悪魔的意志に身を挺して暗黙の抵抗をしているのはこの民衆の中の不滅の希望である。民衆こそ彼らの哀れむべき指導者の贖いの血を流している仔羊的存在に他ならない。ペギイの思想がジャンヌの夢だけに終っていたとすれば、我々は稀に善良な庶民の一人が、同胞愛のために傷つきたおれる犠牲の姿を目撃したに留るであろうが、彼がその死に先立つ数年の間に残していった魂の詩は、彼の地上に於ける未完の完成品として我々に呼びかけ促すものを持っているのである。

ペギイの書いたもの程彼の生活に密着しているものはない。ここには今日流に作家と作品の間のデリケートな問題についての詮議立てをする余地がないと言ってもいい。彼がというよりは人生が退屈である様に彼の作品も退屈であり、人生が喜ばしい様に彼の作品にもよろこびが溢れているというのが当っている。そしてそれら彼の作品の形造るピラミッドの頂に彼の詩が位置する。フランスの詩もペギイを生むまでに（というよりペギイとは別個にと言った方がよいかも知れない）又、生んだ後にも様々の変転を遂げた。然し単なる美意識の、智恵の、夢幻の限界内に於ける片々たる詩を作り賞玩すること程ペギイの詩作と縁遠いものはない。我々は何らかの感動やイデオロギーを求めて、延々一九〇八連七六三二行にわたる『エヴァ』一巻にだけでも接することが出来るだろうか。智性や感性のアクロバット的現代詩の愛好者はペギイの詩の文字面を見ただけで落胆してしまう。どこにも異常な神経を刺戟してくれる語などない。巡礼が一歩一歩進み、岐路に立つ聖母像で「アヴェ・マリア」を唱え、またしても大海の様な麦畑の中の道を行く、その道行きを息のつづく限りうたってやまない。異常と言えばその総体が異常であるが、我々に人生の異常が目に入って来ない場合と似てその異常さは意識の中に入る前にうとましいものと見なされ勝ちである。

ペギイの詩が彼の散文作品――主としてその闘争の産物である――と異るところは、歴史の清澄な源泉への遡航を意図した（散文の場合）のではなく現実に溯航する行動として存在するという点である。それはフランス象徴派の詩の如く非歴史的な世界超出を望まない。歴史的な現実を、その民衆の一人としての共感から充分に体験し踏まえた上での形而上的溯航を企図しているのである。彼の散文作品が主として此の世の地獄との接触から生れているとすれば詩は此の世の天国との接触をうたっている。彼の道行きはジャンヌの苦悩に充ちた叫びから、聖堂内での静かな祈りへと彼を導いてゆく。

彼の場合詩がそのまま行動であることは、詩が祈りの性格を持っていることを意味する。先にも触れた「諸聖人の通功」或は、手をさしのべ合う人間の鎖は、現実には祈りという糸で、あたかもロザリオの一つ一つの珠が結ばれる様に結ばれる。ペギイの長大な詩が、キリスト教の連祷（リタニィ）の形をとって現われて来るのはそのためである。彼は詩作という行為によって、彼の愛する祖国と民衆と、更にその祖先、人祖にまで現実に結ばれるのである。「他と共にあること」その実現が詩である。「詩は行動である、なぜならそれは愛であるから」。

悲劇的な闘争の時は終った。愛の活動がはじまる。彼の闘争が謙虚な待望に支えられたいわば「充足的エロイズム」に変貌してゆく様は、彼がパリからシャルトルまで百八十四粁の道を、病児の回復を祈って出発した巡礼の果てに、シャルトル聖堂内での体験（それは全人生の体験でもある）をうたった「聖堂にての四つの祈り」に見られるだろう。

書かれし頁が追憶の書より
消し去られんことつゆも願はじ…
道に迷ひし魂が思ひもかけず
幸の道に移し置かれんことわれらのぞまじ

海とさかんな港の王妃よ
われら心くだかれしいま　ねぎごともなく
ただ　おんみのみちびきにまかせ
死よりも強き信頼を保たしめたまえ

彼は過去の悲惨を最早や抹殺されることを望みはしない。それはいわば人間の条件更には試煉として受容すべきものであることを言うに至っているが、それは創造主の前で捧げるべき何ものも持たない「貧困」の位置に立ったもの、「清貧」の徳の現実感を味わったものの祈りということが出来よう。そしてこの祈りの中で肉ある人間が永遠と触れ合うのである。社会をその悲惨から救済することに努めた彼はこうして自己の救済に到達し且つは、自己のために祈ることの重要さを知ったのである。この辺の問題になると、内容は極めて宗教性を帯びて来るので一般読者には近づき難いものを感じさせる。その様な点では同じカトリックの詩人としてもフランシス・ジャムなどとはよい対照をなすであろうが、ペギイはその『エヴァ』などで見られる様に徹底的に、いわば彼に本来的なあの執拗さと忠実さとを持って超自然が自然に根をおろしている事実を追究せずにはいられないのである。

ペギイの詩法については、アルベール・ベガンの『ペギイの祈り』という小著があり、適切な解釈を下しているが、今それを紹介批判する余裕もない。ただ、我々は素朴に、虚心を以ってペギイの詩を読む時に、その連祷調（リタニィ）のイマージュの転移を利用して延々と書きつづけられる詩形そのものが彼の人間として獲得した一つの平安を物語るのを感ずると共に、時としてきらめく水々しい抒情を汲みとって彼の溯航した源泉の若さに打たれることを附加えよう。

シャルル・ペギイは一九一四年九月五日、即ち、連合軍がマルヌで大勝するその戦の前日、ヴィルロアの近くで頭部に弾丸を受けて戦死した。一九〇八年の信仰再発見以来、彼は尚、教会の儀式に出ることを拒否しつづけて来たし、カトリック教内部の問題としてはこれについての議論の余地はあろうが、彼は人間の存在が「生よりもなお生命にあふれる死の待望」であることを認め得た聖者的英雄の姿にふさわしい死を得たのである。

（「三田文学」一九五三年七月号）

ペギーの巡礼

シャルル・ペギーの作品乃至諸論文で日本語になっているものは殆んどない今日、直接彼の書いたものに触れた人の数は限られたものでありましょうが、ペギーという名を知る人の数はそう少なくないのではないかと思われます。既に第一次大戦初頭に四十才で死んでいる彼の作品は、悪くすれば完全な形で日本語として紹介されるということは起らないかもしれません。しかしペギーの生活とその精神とは、昔の口碑文学の様に語り伝えられても生きながらえるのではありますまいか。彼の生涯について聴くことのみでも、我々はひとつの感銘を覚えます。それはただ奇異な、という驚きの感情以上のものであります。奇異に留まるものは語られてゆくうちにその新鮮を失うものでありますが、ペギーの生涯は、それを語る者の心を新たな息吹で充たし、語られる者に共感を呼び起こすだけの内的生命力を持つものであります。そして彼の作品は、観照や追憶、凝視とか論理的（或いは非論理的）思考の産物では更になく、彼の生活行動と文字通り表裏一体であるという点に於いて、それをただ文学作品としてのみ観ることは不完全であるばかりでなく危険であるとすら言えるでありましょう。彼の生涯、従ってまた作品は、十九世紀末から二十世紀初頭の十年あまりのフランスの歴史のなかに呑みこまれることによってのみ作り上げられ、かえってこの時代を永遠の相の下に見直させるという成果を挙げているものであります。その生涯と作品は、決して体系的なものとは言えません。が、そのどこをとって見ても、フランスという国土とその伝統とに限りなく忠実であるということによって、人が現実的に生きるとは如何なるものであるかを十二分に納得させてくれるものがあります。彼自身、一見きわめて非現実的な、所謂神秘（ミスティク）に貫かれた生活を念願し、またそう生きることに全力を傾注したのではありますが……。

　さて、今ここで、わずかな紙面の都合上、かなり飛躍した問題の取り上げ方を許して戴かねばなりません。私はペギーと民衆の問題を基底にして彼の生活と作品との幾つかの場面に触れてみようと思います。

　ペギーの世界は、その行動および作品の文字面ではたしかにある批評家の言う様に「原始林」的性格のものであることは否めません。しかしその内部に明らかに誰もが認める二つの極は、英雄と聖人であります。そしてペギーの英雄主義と聖性に関する問題は幾多のペギー愛好者たちによって論じられて居り、殆んど附加うべき点もないかに思えます。しかしその多くはペギーの同国人、それもある者はペギーの肉親や友であったり、彼の後継者たることを自任する人たちのものが多く、外国人の書いたものは極く少ない様であります。アルベール・ベガンは、あるイギリスの女性が書いたペギーの英雄主義に関する評論を採上げて、彼女が恰かもフランス人であるかの様にフランスの精神伝統を理解したことを賞めていますが、ペギーの場合、彼が連なるフランスの英雄主義的伝統を抽出して論ずることに劣らず、その伝統の発生の基盤でもあり、また担い手であった民衆の問題もペギーを論ずるにあたり視野を拡げかつ深めるために重要であります。英雄といい、聖人といい、ペギーの場合、特に民衆を抜きにして論ずることは無意味であるとも言えます。我々が今日、英雄とか聖人とかを問題にすることが出来るならば、民衆の中から逸脱（超出といっても構いませんが）した彼らに光栄を帰するという形ではなく、民衆の裡に潜む価値あるものを、民衆の中に生きることによって発掘し、むしろ民衆の存在に光栄を帰するという形においてであることを想うのです。私は好んで冒瀆的言辞を弄しようと思っているのではありません。「光栄を帰する」などという語は宗教的に使っているのではなく、むしろ、新しい民衆指導者を自任する今日の様々な分野のある人々が、民衆のなかに一種の差別待遇、たとえばそれが経済乃至社会学的領域のものにせよ、「大衆」として把えられる人間群を見別けようとする傾向などに対し、稍々無責任な民衆観として考えられる点に考慮を促したいからに他なりません。

ペギーにとって、結局、英雄とは聖者的生を望む民衆であり、聖者は民衆のなかに生きる英雄に他ならなかったのです。勿論、この結論は飛躍的であります。ペギーの愛した、ペギーを育んだ民衆は、一八七〇年代のフランスの田舎の民衆であり、その民衆が、二十世紀の民衆によりは十五世紀のフランスの民衆の方にはるかに似ていたとは驚くべきことでありますが、この四世紀に匹敵する数十年の変転を予知すればこそ、ペギーの所謂、神秘な生活が闘われたのであることを虚心に理解すべきではないでしょうか。

民衆というもの、またその悲惨というものがなかったら、ペギーにとって英雄も聖者も架空の存在以外のものではなかったのです。ペギーは英雄として、聖者として生きることを生活の出発点としたのでは勿論なく、民衆の栄える国の実現を望んだだけでありました。しかし、学生時代に、当時淑々として起こりつつあった労働者の罷業に対する会社、乃至政府、及び教会関係の弾圧的態度を見るに及んで、彼は社会主義者たることを自任し、それまでは出席していた学校での宗教的集会からも姿を消したのでした。この一見単純極まる彼の態度の中にも、既に、民衆に関する不変の観念の萌芽は認められます。「民衆は善良である」この思想は彼が幼少時代、貧しい家具工たる母を助けながら働いた経験から得た確信であります。民衆は彼らの仕事の中に、この地上の生活における最高の徳、つまり労働への愛と尊敬とを昔ながらに把持していたのであり、清貧に甘んずるという生活倫理がその骨格をなしていたのでありました。したがって、民衆が生活を危うくされ、清貧さえも保ち得ない状態に追い込まれることに対して、彼の怒が燃え上ったのは当然であり、この斗争のために彼は自ら社会主義者となりまた同志の者と手を繋いだのでもありました。

然し、彼の社会主義が民衆への共同体的愛からやがて一つの明確な理念を持つに至るとき、それが今日の社会主義的思想は勿論、一九〇〇年の社会主義とも既に或意味で袂別していることを見ることが出来ます。即ち、生活の改善とか、財産の均分とかの問題と、「悲惨な民衆をせめて貧困の状態にまで引上げる」ことの区別を明瞭にした。思うに彼が悲惨な人間と呼んでいるのは当時のブルジョワたちの民衆愛の忘却のために、産業経済面において必然的に機械化され、人間としての待遇を剥奪された人々であります。この意味で当面の攻撃の的となるのは勿論民衆をここまで突き落としたブルジョワでありますが、ペギーは敢えてそれを階級的問題と関連させることをせず、素朴に「世界悪」の存在を確信するのであります。が、近代の最初の犠牲者であるペギーの見た「悲惨な」民衆と、いわば二次的な犠牲者である今日の「悲惨な」大衆との比較詮議は当面の問題ではありませんので、後日に譲りますが、ペギーの民衆救済の意識に、今日の問題が予知されていなかったとは言えません。清貧を無視するとき悲惨は繰り返し訪れ、その度合いを深めるであろうという彼の予想は杞憂として等閑視し得ないということであります。

とまれ、「世界悪」への挑戦がペギーの思想の中心となるに及んで、彼は文字通りミスティクな生活に飛び込みます。最初の『ジャンヌ・ダルク』劇は即ちそのスプリング・ボードでありました。彼の、英雄、民衆、聖者の有機的関係について最も渾然たる文学的表現は、後年（一九一〇）の『ジャンヌ・ダルクの愛徳の秘義』に見ることができますが、この三つの極の関連を戦争という一つの社会的情勢の下に具体的な形で呈出している点では、未完成で、文学作品としても生硬でありながら、最初の『ジャンヌ・ダルク』は充分検討する価値があります。我々はこの作品を読むとき、所謂社会主義の片鱗をも覗うことが出来ません。曽てペギーは学生時代、後に不思議な転身をしてカトリック司祭となった友ベイエが、夜毎、街の貧窮者に一杯のスープを施す慈善に同僚を語らって出かけるのを見たとき、彼はそういう一時的糊塗によって満足出来る男ではありませんでした、が、彼が自己の方法として形成したものは政治運動としての社会主義ではなく、このジャンヌに見られる「世界悪」の駆逐という事業であり、無辜な民衆の悲惨から激発された極めて個人的な戦であったと言うことが出来ます。換言すれば民衆の苦悩を黙視するに耐えないという純粋な感動が根幹をなすもので、このことに関する限りペギーはこの何らかの形で愛情を受け取ったのではなく、彼自身、最も善良な民衆の一人であったという事実を認めねばなりません。民衆であることとは民衆でなくなることへの生命を賭した抵抗のうちにかいま見るより他はありません。それはガブリエル・マルセルなども言うごとく、存在の危機を齎すあらゆる技術的勢力に抵抗するものそのものを存在と呼ぶ態度に通ずることを考えさせられます。ペギーは自己の民衆意識を形而上学的論理によって語ることはせず、その活動を通じて人の目に見せたのであります。民衆との連帯性、マルセル的に言えば関与（パルティシパシオン）を、彼は民衆救済の戦が自己自身の戦であるという実存的認識の許に把えたのであります。それは善良なる人間、たとえ土もて創られ、土に汚れていようとも、歴史のなかで作られる政治的慣習の捕囚となることなく、常に労働を自己の徳として相続している民衆の姿を、回復し、維持しようとする神秘な努力なのでありました。「すべてはミスティクに始まり、ポリティクに終る」民衆の維持は、ミスティクな行動の維持であり、英雄的な事業でありました。人間の連帯性を、人間自身の側から把握した純粋さにおいて果してどのような社会主義思想家たちがペギーに匹敵し得るでありましょうか。蓋し人間共同体の実存性を最もラディカルな形で提出し、しかもそれが政治性の下では必然的に稀薄化される危険を警告したのがペギーの生涯であったと言えましょう。さればこそ、あの苛烈な近代世界の批判が奔流のように「カイエ」の全紙面をうずめて行ったのであります。社会の老化、既製倫理に安んずるのみか、それを一つの現実的勢力に転じようとする政治性の撃破が彼の使命となるのです。かのドレフュス事件に関してとった彼の態度が最も鮮明に彼の精神を物語ります。が、いまここでは、彼の政治性非難の消極的な面よりは、積極的意味を彼のカトリシズムとの関連において見ることによって考えることにします。

ペギーを政治的社会主義から離反させたものは『ジャンヌ・ダルク』に見られる「世界悪」との対決であったことは上述の通りでありましたが、彼をカトリシズムから引離していたものも同じ「世界悪」の問題でありました。しかし、民衆の上に襲いかかる、而も「神でさえ手の施しようのない」この「悪」の問題と英雄的な対決をせねばならなかったジャンヌ即ちペギーのカトリシズムとの距離は、ペギーにとってはまさしく必要な距離であったのであります。それはある詩人たとえばリルケなどがキリストの愛を拒否する如き観念世界の問題であるよりは、彼が二本の足で歩かねばならぬ、巡礼の道程であったと言うべきでありましょう。問題は、何故彼が歩かねばならなかったかを彼の内部に求めるのも尤もなことながら、何故かかる距離が生まれたのかを冷静に判断することが重要であります。

ここに、恐らくは、カトリシズムの伝統なき我々の国の場合など、今日カトリシズムを真剣に考える者に予想外の意味をもつことにもなるでありましょう。一九五〇年の現実を虚心に眺める者の眼には一九〇〇年の現実、いや一四〇〇年の現実ともさほど遠くない姿が映っても不思議ではない筈であります。それは信仰という形を通してでない、誠実な人間という眼から見たとしても、であります。

戦火のさなかに「己の魂の救いのため」に修院に去る修道女ジェルヴェーズの姿は、「みんなが一緒に救われなければいけない」と冀う民衆の眼に遣る方ない悲憤と謎とを以って映ることは変わりないのです。ジェルヴェーズ修道女が象徴する聖性と、少女アウヴィエットが代表する民衆の間に、ペギーはジャンヌを登場させ現実的な橋渡しを意図したのでありますが、最初の『ジャンヌ・ダルク』ではジャンヌは勿論、自己の最奥の使命を自覚してはいません。彼女にとって緊急なことは、敵を逐い、民衆のパンを確保することでありました。しかしこのパンへの飽くことない関心こそ、ペギーを所謂社会主義者より更に現実的な社会思想家としてその使命を遂行させる原動力となったのです。最初の『ジャンヌ・ダルク』が比較的史実に忠実に、ドムレミイから戦場へ、そしてルーアンでの死に至るまでの生涯を描いているに反し、『愛徳の秘義』においてはジェルヴェーズ修道女との対話に終始する村の少女時代のみを描いていることは小さな問題ではないと思えます。それは一八九七年のペギーが見たジャンヌの使命と一九一〇年のそれとの間の懸隔を表わすものであります。ペギー自身の内面について言えば、彼が「悲惨について」語った場合類比的に援用したキリスト教的地獄と罪の意識の現実的把握が行なわれたことを意味します。しかしこの場合、ペギーは一度たりとも自分の現実を離れたことがないということ程、彼の場合を特徴づけるものはありません。悲惨を地獄に、清貧を罪の状態に対応させた彼は、自らその清貧の生活に浸ることによって、民衆の中に生きつづけていたキリスト教的徳、謙虚と希望との実践的意義を体得したのでなければ、彼が、「諸聖人の通功」という問題をジェルヴェーズ修道女の口を通じてあのように情熱を以って語ることは不可能であったに違いありません。普遍的な「世界悪」という困難な問題は、人間ひとりびとりが手をつなぎキリストの傍らにある聖者たちにまでこの結び合った何千何万という手の鎖を伸ばしてゆき、キリストの「世の終りまで苦しみ給う」その苦悩に参与することを除いては打克ち得ない問題であることをペギーは認めたのであります。キリストと人間との断絶、またその故にキリストと人間との直結を回復しようとする近代的な観念的焦燥を消滅するところの、キリストと人間との間に無限に存在する現実的仲立ちとして聖人の存在を肯定受容し得たこと、そして自身、「世界悪」への単独挑戦者たろうとする、歴史的英雄主義によりは、神と人間との間の無数の仲立ちの一人として自己をその中に没し去ることに、人間救済の具体的可能性を見てとったことは、彼の民衆救済の悲願が本来非現実的な夢ではなかったこと、いわば造られし存在が、被造物たるの本性を自己のうちから発掘し得たことを示すものと言えましょう。

先に、ペギーのミスティクが社会主義のみならずカトリシズムからも彼を引離している要因であることを言いましたが、彼のミスティクは社会主義という政治性の問題に対しては明瞭に否定的でありましたが、カトリシズムに対してそれが必要な距離を作ったというのは二十世紀初頭の社会情勢においては、彼のミスティクは教会に直通するべく余りにも複雑な情勢に置かれたということも事実でありましょう。余りにも政治的な社会主義のみならず教会関係者たちの中に置かれた彼が、民衆としての自身の血の中にあるキリスト教的伝統精神を、完き形に於いて行動の場に表現するのが困難であり得たことは当然と思えますし、むしろ逆に、こうした困難を排除して必要な距離を歩いた彼の誠実さが、より充足的なカトリシズムへ彼を導いたのであることを認めるべきでありましょう。我々はそれを一九一〇年から死に至る間の数年間に彼が書いた詩的作品から充分汲みとることが出来ると思います。彼の生命の飛躍そのものであった論争的散文作品が超自然的雰囲気の中に刻々と結晶してゆく過程が詩として我々に与えられるのは決して偶然ではあり得ません。彼は民衆の中から生まれ民衆の中に還ってゆく自己の救済の歴史を、宇宙的構想の許に長詩『エーヴ』にまとめました。蓋し彼の意識の裡にはあの創造の業の中から生まれた最初の肉を持てる人間としての「エーヴ」が、やはり偕に手をつなぎあう人間として映ったと共に、二十世紀の土もて創られた最初の人間としての自己の感懐をそこに托していることを見ることが出来ましょう。彼が歩いた距離を顧みて彼は歌います。

神よ、彼らが滅ぶべき地を
かくも愛したことを赦し給え
彼らは土もて造られました、この泥と砂と。

それこそ彼らの源、貧しい冠です

神の息吹のかかった土は既にその中に恩寵を宿したものであり、我々が自身の肉の中から神の恩寵を見出す前に、かくも肉にかかずらったことを神は許し給うでありましょう。それは人間が「受肉の真理」に目を開かれるに先立って、人間であるかぎり体験すべく与えられた条件でさえあるからでありましょう。

ペギーはかくて、民衆の救済から出発して自己を救う道を歩いたのです。しかし我々は、かの少女アウヴィエットが修道女ジェルヴェーズを目して言った「自分の魂だけを救う」者という語をペギーに向かって放つことが出来るでありましょうか。彼の行った道が、一つの政治的道程でなかっただけに、そして何よりも「いと小さき者」たる民衆の本来の姿のなかに英雄と聖人とを融和させていることによって、彼が民衆をつき抜けて到達した点は、民衆以外の者になるところではなく、却って民衆が巡礼すべく目指す究極の地点を、「新しき中世」と言われる以上に現実的な姿で示すものと言えましょう。つまりペギーは、今日の我々にとって依然として一つの出発でもあることを意味するものであります。

（「世紀」一九五四・二）

シャルル・ペギイの「マリア」

I

一九世紀末から二〇世紀初頭にかけての、フランスにおける合理的知性主義を玉条とする権威的ブルジョワ的社会支配の風潮に対するペギイの、所謂ミスティクな発想からする情熱的闘争の一面を、『ジャンヌ・ダルクの愛（シャリテ）の神秘（劇）』（Le Mystére de la Charité de Jeanne d'Arc）を回って考察したことがある。そこでは、合理主義の信奉が結果する人間の神秘の喪失、経済発展を優先する社会が必然的に生み出した貧困層の「悲惨」と言う現代的課題を、十五世紀初頭、百年戦争のなかにあるフランス民衆の「悲惨」に重ねて、そこからの救済を願う戦いをペギイがどう捉え、かつどんな戦いを実践したかを考えたつもりである。

その段階でのペギイの心情は「救い主イエス・キリストの十字架上の死は無駄だったのか」と叫ぶ

ジャンヌの言葉に象徴された。地獄的な悲惨の解消のために自分の命も捧げることを願ったジャンヌにとっては、「自分の魂の救いのために、修道院に入る」のは、現実の悲惨からの逃走として告発に値した。しかし、事実上、いずれの戦いも利あらず、ペギイの失望は深いものがあった。けだし、この『ジャンヌ・ダルク劇』は一九一〇年に至るまでのペギイの難儀な戦いに困憊した彼自身を痛切に物語る作品であったと言える。

ペギイの生活と思想におけるマリアの存在とその意味をこの『ジャンヌ劇』から続く時代にかけて考えるに当たって、ここまでのペギイの生活を要約しておこう。

一八七三年一月七日、オルレアンはフォーブール・ブールゴーニュで生まれ、間もなく父に死なれたペギイは、少年時代を、祖母と生活の為に奮闘する母と過ごした。彼はサン・テニャン教会に通い、教理も学ぶ真面目な少年であったし、教師に将来を期待される豊かな才能をも示していた。奨学金を得てパリに出てから、かれの思想は大きく飛躍、転回する。つまり、エコル・ノルマル・シュペリユールへの準備期間の友人たちとの交流、またエコル入学後における挫折などを通じて、少年時代からの素朴な信仰生活から離れ、独特の社会主義を標榜する文筆活動を始め、エコルを去って一九〇〇年には「カイエ・ド・ラ・ケンゼェーヌ」を創刊し、本格的な社会批判の活動を展開する。かれの信仰を示す直接的な言説は後景に退いたと言えるが、彼が民衆の聖者と見たオルレアンの処女は彼の心の奥に住み着いていた（一九八七年に、劇『ジャンヌ・ダルク』をオルレアンで出版している）。「カイエ」は、一九一四年、彼の死の年まで続くが、自ら書き、編集し、活字を拾い、出版し、講読者を募り、と言った仕事に彼の精力は使い果たされ、加うるに、子供の病気、家庭内外の人間関係に精神も困憊した。一九〇八年には学生時代からの親友ロットに、カトリック信仰への回帰を告白する。波瀾に富んだ生活の詳細はここでは触れない。

一九一〇年の、前記の『ジャンヌ劇』は、この時期の彼の苦患その絶望的な状況の中に芽吹いた幼年時代の信仰と「現実」との厳しい対決の面を描き出していた。「アヴェ・マリア」と「サルヴェ・レジナ」の祈りはペギイの心に生きていたが、「み旨の天になる如く、地にも」という主祷文は素直に唱えられないと言う屈折の時期が介在した。それは「キリストの死は犬死にだったのか」と言うジャンヌの疑問に繋がっている。

この『ジャンヌ劇』の劇としてのクライマックスは、ジャンヌとの対話者である修道女、マダム・ジェルヴェーズが、「現前する事件」として示すキリストの受難である。延々として続くジェルヴェーズの独白を時に切り裂くようにジャンヌの叫びが入る。「私たちなら主イエズスを見捨てはしなかった」と。キリストが現存した「時」に憧れるジャンヌと、歴史のなかを歩んで来た教会と聖人たちと「偕に在る」キリストを示すジェルヴェーズとの対立は劇の終わりまで続く。そして「永遠の約束の前では、束の間の地上の出来事にどれほどの重みがあるでしょう」と言ってジャンヌに別れを告げたジェルヴェーズが退場し、幕が下り始めるが、下りきらぬうちにジェルヴェーズ再び登場、と言う暗示的な語句でこの作品が終わる。作中で、ジャンヌ即ちペギイの救世の意図そのものが、神を恐れぬ自負、悪魔の誘いに乗ること、と言う指摘がジェルヴェーズの口を通して語られていることに注目したい。

この作品は全体としては、地獄に落とされる魂を救うことが出来ないのか、という問いに対して、謙虚に神の約束の成就を祈り待つと言う対応が示されているわけであるが、現代の悲惨を助長する政治的権力に対する戦いにおけるペギイの挫折感、絶望は限りなく深く重いことを知らされる。それを象徴するのはジェルヴェーズが語る、イエスの十字架を覆う夜をつんざく叫びである。「おお　高さの限りの叫び　永遠に心にひびきわたる」「あたかも神御自身がわたしたちと同じ罪をおかしたかのような　あたかも神御自身が絶望したかのような叫び」「もっとも大きな罪　絶望するという罪を」「人間を超えた主だけが知りたもうた苦痛」の叫び、とペギイはジェルヴェーズに言わせている。けだし、神性と人性との接点にある存在の、端倪すべからざる苦悩、それをペギイは「神の絶望」という極度に逆説的な言葉で表現する。この神の苦悩の神秘を我々が感受することは容易ではない。方法としてそれが十全なものであったか否かは読者に委ねられることであるが、ペギイはイエスの苦しみの表現の補完としてもう一つの苦しみの劇を提出した。もう一つの苦しみ、それは、人間、女そして「神の母」とならざるを得なかったマリアの苦しみであった。

「主はいまや　そこで磔けられ　釘打たれたもう　納屋の扉に釘づけられた夜鳥のように。光の王たる主が。」「そうです　主はその母をこんな目に合わせたのです。主の生みの母を」「涙にく

れた一人の女　女乞食　悲嘆に沈んだ女乞食」「彼女は泣いていました　この地上で泣くことが二度と許されないかのように。永久に　二度とは。」「彼女は泣いていました　泣いていました　今日のため　明日のために　泣いていたのです　行く末　その果てまでのため　泣いていたのです」「彼女は泣いていました　そしてたいそう醜くなりました　三日間で。無慙に　見るも無慙になりました　醜く無慙に」「両頰はしわだらけ　両頰は傷だらけ　流れる涙が頰を削ったように　両眼から流れる涙が頰に溝を掘ったように」「このとき　主は十字架の上で　『五つの傷』に身を灼かれていたもうた　主の身体は火ともえ　彼女の身体は　火ともえ」「彼女は主と　その『受難』を頒ち合っていたのです」「彼女は主の身体の中で起きていることを　何もかも感じとっていた。何よりも苦悩を。主の母親だったからです。聖霊の業による、主の母　そして肉による　主の母」

「涙が頰に溝を掘った」というような造形的なイメージを重層させながら、マリアの痛ましい《Compassion》の道行きが描かれたが、これと、イエスの十字架の死の描写とは、まさに一双の屏風のように合い応じて「神人の死」を構成している。これは、ペギイの拒否した「歴史的叙述」ではなく、「同時的体験」を要請する文学として「カルバリオ」を描いたキリスト教芸術の一傑作と言えるのであるが、先にも指摘した通り、われわれは、ここに、ペギイがそれまでに味わった「絶望」の深さ、苦痛を見るとともに、その苦しさは恐らく、絶望が内包する「罪性」の故でもあったことを知らされる。

「カルバリオ」あるいは十字架の下におけるマリアの苦しみについては、古くから黙想されているが、シリアのエフレムの原詩が推敲されてビザンチン式聖務に用いられていた。「ああ　神にして御言葉なるもの　わたしの喜びよ　三日間のあなたの葬送に　どうしてわたしは耐えられるでしょう母の胸は張り裂けるばかりです　わたしが愛するイエスを嘆くために　誰がわたしに涙の雨と　涙の泉をあたえたのでしょうか」（「聖母讃歌」・佐藤三夫・訳）アンブロシウスも彼の説教で、十字架の下の聖母について語っていたものを、後に他教会への手紙の中に美しく再現したとされる。しかしその内容は、マリアの苦しみはさることながら、マリアが、愛のゆえにその子イエスの傷の痛みを毅然として耐える、その姿を描いている。（MARIA I, BAUCHESNE, Paris, p.287）

我々に伝えられるマリアの面影としては、「神の母」としての位置に対する崇敬を表す像、またSub tuumに見られるような、保護者としてのイメージがまず浮かぶが、苦しみを通じて相寄ることができる存在としてのマリアの姿がこの時期のペギイを捉えた。ペギイはこの『ジャンヌ劇』をジャンヌの、いわば「普遍悪」に対する戦いの悲劇性を描くつもりで書き始めたのであるが、校正刷りを見ている間に「受難劇」を入れることに思い至った。つまり、彼は、人間ジャンヌの悲劇自体を彼の全感受性を動員して表現することに彼らしく没頭していた最中に、絶望を人間的次元のみで描くのではなく、言いうるならば「神の絶望」というMystèreの次元を導入することの不可欠性に思い至ったのだと言うべきであろう。すなわち神人イエスの受難を描くこと、そしてまたそれを浮き彫りにするために、母マリアの苦難をもってした。教会が行う「十字架の道行」においても、信者たちは「聖母」の苦しみを黙想しつつ各留で祈る。教会になお親しまなかったペギイは彼自身の「道行」をここで行っていたというべきであろう。

イエスの「受難劇」は教会内に留まらず、西欧芸術家の大きなテーマとなって来たが、マリアの苦難もペギイによって独特の光を当てられたと言える。と言うのは、ここにカルバリオのマリアの受難を描きつつ、同時にペギイは「日常」のマリアを描くことを忘れない。巨きな運命の手に掴まれ、それを怖れをもって、しかし素直に受容し、イエスとヨゼフとの生活にいそしんだであろう「地上的」マリアに眼をむけている。福音書正典あるいは外典、その釈義にペギイはどれほど通じていたか詳らかではないが、ここには、人間マリアの、そして「神人」の母なるがゆえの彼女の生の、ペギイの筆による鋭い切り口が示されている。しかし、当時のこの作品に対する批判は否定的なものが多かった。特に、ペギイの神学的根拠の脆弱さ、「教会の母」としてのマリアへの理解欠如など、確かに、間違ってはいない「正統的」批判が噴出していた。が、我々は、「正統性」はともかく、マリアが「神の母」であったとともに、「我々人間の母」であったことを歌っていることに共感するし、ペギイの生涯のテーマであった、charnel-spirituel, temporel-éternel の結節点としての « incarnation» を課題とした実存的苦闘の面を見なければペギイを理解するとは言えぬとだけ附け加えておこう。この「母」のイメージにしても、後の大作『エーヴ』に精緻、複雑な「証人」としての姿をとって追求されるであろう。

ペギイのキリスト教信仰への回帰の歩みは、ジャンヌの、イエスのそしてマリアの苦難の劇を辿ることと軌を一にする。そして、暗示的なことは、この劇の終わりにマダム・ジェルヴェーズが退場はする、が、幕が下り切らぬうちに、「再登場」する。そしてこの作品自体は終わるのであった。再登場はどんな形でなされたのか。

実際には、ペギイは上記の『ジャンヌ・ダルクの愛の神秘』の続編と呼んでいい作品を未定稿の形で残していた。それは『ジャンヌ・ダルクの召命の神秘』という題のもとに彼の死後、編集刊行されている。情景は前の劇の続きで、「マダム・ジェルヴェーズ再び登場」となっている。ペギイ自身に発表の意図があったか否か不明である。ここでは、「謙虚」と「自身のために祈ること」そして「『望み』を絶やさぬこと」の重要さが交々に語られた後に、「祈り」と「戦い」の指揮官として自分が呼び出されている事態を受容するに至る経緯が、ジャンヌの独白で語られている。

II

つづいての文学的作品にマダム・ジェルヴェーズが再登場するのは、一九一一年十月の『第二徳の神秘の扉口』である（この、約二年の間にペギイは『我等の青春』『V・ユーゴー』『新しい一神学者』などの大作を、息つく暇なく発表し、キリスト者としての立場から論陣を張っている）。そしてこの『扉口』の冒頭に、「マダム・ジェルヴェーズ登場」とあり、直ぐに彼女の独白が始まるのであるが、全編が彼女の独白である。だが、たしかに語り手はジェルヴェーズに違いないが、第一行「神は仰せになる、私が最も愛する信心、それは『望み』である」で示されるように、以下、言葉はすべて彼女の口を借りて語られる神の言葉と言う独特の形をとる（後の『エーヴ』がすべてイエスの言葉であるのが同巧異曲）。しかし読む我々は、ある部分ではその内容によって、ジェルヴェーズが語っているかの印象を受け、言わば、神ともう一人、人間の女性とが、声を合わせて語りながら、主題の変転に添って、どちらかの独誦と聞こえる、ここにもペギイの、天と地の交わりを希求する魂の、自然な流露が感じとれるというべきであろうか。

とまれ、ここに繰り広げられる《climat》は、さきの『ジャンヌ劇』とは別の天地と言っていい。この変化をもたらしたペギイの戦いの道のりは彼の生涯の最も重大な局面といえるが、その具体的詳論はここでは省かざるを得ないが、この「望み」を語りつつ其処に位置づけられるマリアの姿を捉えると言う観点から考えることにしよう。

ジャンヌとともに戦って来たペギイは、彼女とともに、世界の「悲惨」に、狂わんばかりに心を傷め、これを放置して平然たる人々に対して激しい「怒り」をぶつけた。叫びつづけた。が、神さえ応答しないという絶望が彼を捉えてはなさなかった。そして彼がその絶望について新たに与えられた光は、「神のすることを、しようとしている」自負とその罪性とに気づいたことであろう。しかし、それが直ちに「望み」の体験ではない。「ジャンヌは深い信仰（foi）をもっていた。またこれ以上はない愛（charité）を持っていた。けれど望み（espérance）を持っていなかった」（J.Onimus, Introd. Trois

Mystères, Cahier.Amitié Ch.Peguy, 15)。評家が「願い（espoir）」と espérance の相違を言っているのも適切な理解とみえる。ペギイの場合、神の代わりに世を救うと言うようなこと、それに強い必然性を感じて、その自負の罪性を顧みる余裕がなかったことは、むしろ彼らしいと言うべきかも知れぬ。しかしまた、一度、罪意識に捕らわれると、そこからの脱出、開放を徹底して求めるのもペギイの本性であった。つまり、「自己の魂を救う為に修院に入る」という道をとるのではなく「救い」を求めた、と言うより求めざるを得ない窮境にいたと言うべきであろう。自分を完き意味で「委ねる」しか逃れようのない「袋小路」で、彼が呟いたのが《Sub tuum》につながる《Ave Maria》また《Salve Regina》であったと思う。その状況において実生活における幼子と母との関わり、むしろ、幼な子のまじりけない「今日」から「明日」への振舞いが啓示的意味をもった。

『第二徳の神秘の扉口』は、先に掲げた冒頭の一行のあと、神の業の輝きそのものであるもろもろの存在が展望される中で、特に輝かしいものとして「幼な子」が挙げられている。

私は輝く　男のなかに　その伴侶たる女のなかに
とりわけ　幼な子たち　私の子らのなかに
幼な子の眼のなか　その声のなかに
なぜなら　幼な子たちは　わたしの優れた子ども
大人たちにまさって

また「幼な子の声は　静かな谷を渡る風の声より清々しい」「幼子の眼は空の青より清い　静かな夜の星の光より」と言うような「幼な子讃歌」がひろがる。そしてそのあとの節で前節二行目の「私は驚かない　『信』に」という句に応じて、「私は驚かない　『愛』に」が来るが、次の節に「けれども、と神は語る、『望み』、これには私は驚く　私が。これは　驚くべきもの」と記される。ペギイは、その「望み」は二人の姉「信」と「愛」との間に挟まって歩む幼い女の子として描く。「信」は誠実な「花嫁」、「愛」は「母」であるだろう。が、「望み」はただ、いたいけな女の子である。「すべてのものを導いてゆくのは、小さな女の子、『望み』なのだ。なぜなら『信』が見るのは今在るものだ。『望み』はまだ見ぬものを見る。『愛』が愛するのは今在るものだ。『望み』はまだ見ぬものを愛する」。まだ見ぬものを愛するとは、幼な子である「望み」が、常に「始め」にある源泉であり、絶えず「始まる」働きであることだ。絶えず新しいということは、temporel なものに染まらないと言うことであろう。ペギイの師ベルクソン的な「生命のエラン」を類推させるものがある。そして「望み」は、かの星が東方の三人の賢者を「神の子」の「馬小屋」に導いたように、「『望み』だけが、諸徳と世界とを導く。揺れる焔。永遠の闇を貫く一つの焔。」なのであった。新しい世界をかいま見させ、人間が自己を超える契機であるもの、それが「望み」なのであろう

絶望的窮境にあったペギイの胸中を去来したのは、貧しいながら純粋に暮らしたオルレアンでの幼少期であったかもしれぬ。現実には彼の子供たち（十二才、九才、七才、真ん中が、女の子）が「望

み」の在る姿として彼の周りにあった。この作品の中に、子供への愛、彼らの将来を想う父親が登場する。そして「人々は、幼い『望み』の為にはたらく」と言う。「望み」は幼な子であり、幼な子イエスの兄弟である。いや、「みんなが、幼な子イエスなのだ」などはペギイの詩的洞察と言ってもいい。自然、「子供たち、みんなが『望み』なのだ、幼な子イエスが『望み』そのものであったと同じく」と発展する。そして、生活の労苦のなかに、病む子供を抱える母親の弱った腕から、父は子供を受取り、祈りとともに「託した」のが、「世界のあらゆる苦しみを受けいれた女性の腕」「その腕は既にいっぱいになっていた、なぜなら、その『子』がすべての罪を引受けていたから。けれども『母』はすべての苦しみを引受けた」。

かくてペギイの、言わば「マリアの連祷」と言うべき章句が、重々しくうねる波のように繰り返し口ずさまれる。一部を引いてみよう。

あの偉大なペトロでも足りない
いまは　心を振るい起こし　話しかける時だ
全てのものの　上にいますその方に
限りなく美わしいその方
限りなく正しいその方に

限りなく清いその方
限りなく優しいその方に
限りなく貧しいが故に
限りなく豊かなその方に
限りなく母である故に
限りなく若々しいその方に
すべて「望み」である故に
すべて「信」すべて「愛」である方に
彼女は肉をまといながら清くある故
また　清くありながら肉をまとう故

また別の箇所にも

限りなく地上的である故に
限りなく天上的であるその方に
限りなく時間のなかに在る故に

限りなく永遠のなかに在るその方に
限りなく我々のなかに在る故に
限りなく我々の上に在るその方に

また

ただ独り女王で在る方に
誰よりも謙虚な人であったが故
すべての男たち女たちの　先頭に在る方
すべての罪びとの　先頭に在る方
肉体をもった人間の　先頭に在る方
また　天使達の　先頭に在る方

これら「聖母」への委託と、賛仰の歌の間に、ペギイの生活そのものから滲み出た馴染みの主題、自負、怒り、絶望、罪、肉性などについての想念が語られるが、ジャンヌの場合と異なるのは、ジャンヌの climat が明けることのない夜であったが、ここでは、これらの主題が全て「望み」と綯り合わされている。望みを抱くと言うことは、必ずしも、絶望、罪、肉性などから異なった世界へ参入することではない。それら naturel なものが、そのまま surnaturel の根づく場なのだと言う認識を、ペギイは抜きがたく保持していると思う。そして根ざしているものが、紛れもなく surnaturel であるということを実感する限りにおいて、「望み」は生命を生かしている。というべきか。「望み」は明日を想うが、想ひ煩わない。何故か。常に新しい命の営みであるから。しかし、その命を「望み」はどこから、どのように「汲んで」いるのであろうか。これに応えるペギイの美しい章句を引くことができる。『第二徳の神秘の扉口』の末尾を飾る「夜」の詩篇である。

その前奏は「眠り」をめぐって奏でられる。日々の営みに努める人々には、休息である「眠り」が欠かせない。「良く眠る者は良く生きる。すべてにその時がある。眠りと仕事の」「良く眠らない者は『望み』に背いている」「人間の知恵は言う　その日に出来ることを明日に任せるなと」「だが私は言おう　明日に任せることの出来る者こそ　神に最も喜ばれる者と」「幼な子のように眠る者　また私の愛する『望み』のように眠る者　あなたに言おう　明日に任せなさい　今日あなたを噛み裂く気遣いと悩みとを」「あなたの眼に　あなたの心に溢れる涙を　明日に任せなさい　あなたを呑み込みあなたを打ち倒し　あなたを沈める涙の洪水を明日に」「望みを抱く者は幸い　眠る者は幸い」

眠りという自然の営みが「望み」に浸されていることが、かく語られたあとに、眠りの時空としての「夜」が徐ろに姿をあらわす。

「夜は　幼な子にとって　その存在そのものの基　命の基そのもの　夜は幼な子の存在そのもの幼な子がそこで　湯浴みし　養われ　育つ　ところ」

と、やや抽象的に、子供にとっての夜の「意味」が探られる。そして「夜」は「昼」そのものを浸している「『望み』の住まい（résidence）」と歌われる。以下、詩作品としても美しい、神による「夜」の讃歌を聴いておく。

おお　夜よ　私の娘よ
黎い眼をした　私の娘　あらゆるものの母よ
私の叡智が生んだ
麗しい娘
夜よ　あらゆる存在（もの）を　眠りのなかに抱き　揺すり
力を蘇らせる
夜よ　おまえは　あらゆる傷を　洗う
ま新しい水　深く湛えた水で
あらゆる傷を　包帯で包む
おお　夜　私の娘　おおいなる「夜」よ
黙だすことを識る　おまえ　美しい外衣をつけた　私の娘
おまえ　星で飾られた夜よ　わたしはおまえを　いやさきに生んだ
おまえは眠らせる　おまえは包みこむ　あらゆる生き物を
もっとも不安におののくものをも

不安の怪物たる人間を
不安の泉なる人間を　眠らせる
おお　大きな衣をまとった　私の夜よ
おまえは　幼な子　幼い「望み」を
おまえの衣の　襞にかくす
長いヴェールの下で　黙す
わたしの　麗しい夜よ
おまえを通して　地に　知らせが下る
おまえの手で　おまえは拡げる　地に注ぐ
初めての平和を
永遠の休息の　前触れを
おまえは　人を
わたしの摂理の腕に安らわせる
母のごとく

「夜」はさらに語られるが、その主意は上のところで略、汲み取れるとみる。最後にまたカルバリオの夜が想起され、そこに佇むマリアが描かれるが、私見によれば、ペギイはかっての『ジャンヌ劇』

において、イエスの苦難とマリアの苦難とを対比することによって、神の死の神秘を描いたと見たのであるが、ここでも、「イエスの夜」に対して、「マリアの夜」が歌われたと見る。と言うのは、この「夜」を構築するイメージに注目すれば明らかになるのは、それらがマリアの prédicat にほかならぬ語が多く用いられているからである。mère universelle はそのままマリアであり、fille au beaumanteau, grande robe 特にその下に人々を保護するイメージはマリアの肖像としても親しい。また、引用の末尾の部分、Providence に Maternelle と言う attribut を付したところなど、ここでもはっきりと、この詩がマリアを歌っているのを示していると見る。そしてこの「マリアの夜」は「慰め」の、「癒し」の夜であるが、なによりもそこで、すべてのものが己の「存在」そのものに触れると言う意味で宗教的なヒューマニズムのマニフェストとなっていることを思う。

ペギイのマリアを求めるとすれば、次には当然、シャルトルのノートル・ダームへの巡礼という際立った行動、そしてまた、そこで生まれた五編の詩を採り上げねばならない。そしてさらに、ペギイの全思想のなかにマリアを位置づけるには、『エーヴ』における「母」の姿を捉えねばならない。が、今回は『ジャンヌ』から『第二徳』までの舞台におけるマリアを観るに留めたい。

III

Péguy の « Mystère de la Charité »（M.C.と略）を中心とした Maria 像について、かつて述べたことがあるが、ここにはその補遺として、問題点を挙げて置く。

初期キリスト教教父から近代に至るまで、キリストの人間救済における「扶助者」あるいは「とりなし」の役目を神学的に構築し、教義化しようとする試みは枚挙に遑ないと言える。またその方向でのマリア像は多々あるし、文学作品も然りである。これらの領域においては、作家たちが、各々がすでに与えられた信仰にもとづいて、Maria を讃えるという形が多い。Péguy にしても、Chartres への巡礼以後につくった詩作品は、その趣きが強いと言えるが、単純な Maria 賛美に尽きるものではない。彼の場合はやはり M.C. をかいた限りにおける Maria である。

このことをすこし敷衍して見よう。M.C. はよく知られている通り、この世の悲惨さ、またその根源である「悪」への、Jeanne の絶望的な戦いの姿勢、そこからの問い掛けに対する修道女 Gervaise の応答の劇である。キリストの死も無駄であったと嘆く Jeanne に対して Gervaise は、イエスは今も現に我々を見守っていることを説くが、Jeanne は理解しない。ここにイエスの現存を示す一つの形として Gervaise が、彼女に現に見える vision 、「イエスの十字架」その神の苦しみ、Passion を物語る。この長い Passion の部分は、この作品の校正段階（一九〇九年）で Péguy に閃き、八日間、イメージを与えられるままに言葉にしたと言われている。ここでは、キリスト・イエスの苦しみは言うまでもないこと、Maria の、言わば「十字架の道行き」が語られる。これは、Maria の Compassion にほかならぬことを、かつての論説において述べた。そして、Péguy の心意としては、人間世界の救いに、この Maria の、イエスと一つになって苦しむ苦しみが求められた、それが、神のこころであったと言わんとしている、と受取りたいわけである。

Eve の神への離反、不従順に対するに、Maria の謙虚、従順が、神の子の母として神に嘉みせられたと言うところから、多くの神学が出発した。ところで Péguy は、その苦しい生活のなかで祖母、母をはじめ多くの女性に負うところが多かった。人間は、ゴルゴダの丘で、神の子を十字架につけると同時に、母をも十字架に付けた。さらに言えば「女性」を十字架につけた、と彼には見えたのである。Maria の「お告げ」における比類なき「従順」が嘉みせられたことは、神学の根拠として有力な聖書的「事実」であろう。しかし、その「従順」は、Maria の生涯と、ゴルゴダの「闇」、《Compassion》において完結するという見方があってしかるべきである。

ここ是非附け加えたいことは、Eve である。Péguy は、死の年に大作《Eve》を完成する。今では、彼の最も意味深い大作と言われている。この作品には、幾つかの《climat》が現れるが、初めに描かれるのは、楽園を追われた Eve が、かつて住んだ楽園をもはや「見る」ことがかなわず、「見る」ことができるのは、自分の子らがあるいは戦い、あるいは苦しみ悩むという場面である。Péguy は、人間の母としての Eve、神に嘉みせられるどころか、追放された女の、「子らを思う故の」尽きることのない悲しみ、悔いを、言葉を尽して描いている。この母を Péguy はイエスに、優しさをこめて「母の母」と呼ばせている。神学的には如何にもあれ、Maria の Passion は、この人祖の女性の痛悔と「組み合わされ」ている事態を、Péguy は描いて見せたかったのでる、と私は見る。

シャルル・ペギーの作品と思想

（六分儀誌連載）

I．Compassionという原点1

シャルル・ペギー（一八七三―一九一四）という特異な詩人の作品は今日我々の周囲ではあまり読まれていないだろう。文庫本にも出ていないないし。遠藤周作さんらが編集委員で刊行した「キリスト教文学の世界」なる約三十巻の叢書が出たのが一九五〇年代でその中に私が訳したペギーの『ジャンヌ・ダルクの愛の神秘』がおさめられたが、そのころ、岳野慶作氏周辺のフランス文学研究者ほかによってペギーの散文作品、詩作品の一部が翻訳出版された。フランスではどうかと言えば、ごく最近でも、ガリマール社から散文と詩の作品集改訂版が出されているし、研究書も少なくない。不運にも彼の生前は理解されずに終わったケースが多かったが死後には多くの研究書が出ている。特に、一九四二年オーギュスト・マルタンらが中心となり多くの支持者とで組織した「ペギー友の会」が毎年刊行しはじめた「カイエ」（第一号は一九四七年一一月）はペギーの人と作品、社会的活動に関して膨大と言っていい論考、資料をおさめ、今日に至っている。勿論研究を纏めた単行本も数多く出されている。私事にわたるが、三年前、フランス関係の合同研究に携わっているS大学教授の友人が私に突然電話してきて、「ペギーのお孫さんが今、私たちの研究会に顔を出しています。貴方のこと話したら是非逢いたいと言っています。今、来ませんか」とのこと。今すぐはいくら隠居の身の私でも無理だったので、数日後、私の住まい近くのレストランで御夫婦に逢った。お孫さんは女性でドミニク・ペギー・シャサーニュと名乗った。日本に来たのはご主人のほうが招かれたのだが、一緒に来た由。彼女の父、シャルル・ピエールがペギーの末の子であるが、生まれたのは一九一五年、つまりペギーが戦死したあとであったわけだ。「父はシャルル・ペギー関係の文書などを集めています」と彼女が言うので、私が翻訳したものを提供することにした。彼女がリヨンに帰ってから、最近のペギー研究書を贈ってくれた。というわけで、フランスでは、今日もペギーへの関心は高い。しかし、ペギーの人柄、生活にはついてゆけない人達が多いことも事実であろう。かく言う私も、彼のような激しい生き方はとても真似など出来なかった。しかし、その激しい戦いとも言える、惨めな人間への一途な愛、その挫折の悲しみはペギーの存在を知ってから私の心を掴んで放さない。私は彼の「研究者」ではなく友であると思って来ている。

私をペギーに出会わせてくれたのは、前の戦争が始まる直前、すでにフランスで哲学者ジャック・

マリタンのもとで研究をつづけたのち帰国していた吉満義彦教授であった。私が旧制高校に在学していたおり、講話に見えた教授がペギーについて熱をこめて話された。以来、私はペギーにのめり込み、友人から借りたペギーの選集のような本で『ジャンヌ・ダルクの愛の神秘』の一部分を独学のフランス語で読み始めた。後にガリマール版の単行本を手に入れ、おこがましくも翻訳をして見ようと思った。が、戦争に駆り出され中止した。幸い生きて帰って来てから、何人かの友人と「勉強会」なるものをはじめた。リーダーと言うべき人が吉満教授の弟子にあたる人で、ほかに、カトリック系の研究者が加わっていた。私の家の近くに住んでいた遠藤周作さんも加わった。私はペギーのことを遠藤氏には話していろいろ教えて貰ったりし、のちに「三田文学」に私がペギー論を、遠藤氏が、ペギーの精神的後継者であったエマニュエル・ムニエについて書いたりした。が、私の本務は文学ではないので、翻訳の方はのろのろとしか進まず、十年を超える年月が経ってやっと終わりが見えて来たような次第だった。さらに十年以上経った頃、本務の方の研究でフランスに滞在する許可を得て、三カ月ほどパリで暮らした折り、ついでにペギーの本とその研究者の論文集など買えるだけ買い込んで帰ってきたが、翻訳していた「ジャンヌ」のことをあらためて調べる必要を感じて、こんどは借金し、自費で何回か彼の地を訪れ、ドンレミからシノン、ランス、コンピエーニュそしてルーアンなど、ジャンヌの足跡を歩いてみて、それなりの収穫を得た。

それから間もなく、右に記した遠藤氏ほかの編集する『キリスト教文学の世界』なる叢書が計画され、私が翻訳していたのを知っていた遠藤氏が、「ジャンヌ」を入れるように計らってくれたわけである。

それがMystère de la Charité de Jeanne d'Arc（MCJと略す）である。「ミステール」はキリスト教では玄義とか秘儀とか深い神秘的な意味を持つ語であるが私は敢えて「神秘」という、より一般的な広い意味で使われる語を充てた。「神秘」は人間の知の論理とは異次元の「いのち」のはたらきとして誰もが関わっていると言えるからである。また「シャリテ」も神の愛、それをもととする隣人愛などを言うようだが、私は「愛」をとり、「アムール」とは異なるその深い意味を本文からくみ取って貰うことにした。

ところで、ペギーなる人物は一八七三年一月にオルレアンの外れ、フォーブール・ブルゴーニュで生まれた。父デジレ・ペギーはオルレアンの指し物職人であったが、結婚前に対独戦に参加させられ、病いを得てオルレアンに帰った。のち七二年に結婚したが、戦時の疲労が因で、癌を病み、ペギーが生まれて十カ月後に没した。ペギーは父を覚えてはおらず、母セシル・ケレ、母方の祖母エチエネット・ケレに育てられる。しかし母は生活の為に習い覚え熟達した椅子の藁づめという仕事に日夜精を出さざるを得ず、専らペギーの相手をし、育てたのは祖母であった。祖母、母はムーランに近い村の農家の生まれであったが、生活に齟齬を来たし、オルレアンに移住していたのである。農家の仕事も、またオルレアンでの生活も苦しいものであったが、母は逞しく生き、家の生活を支えた。祖母は倦むことなく、彼女が聞き覚えていたフランスの歴史や物語で孫を楽しませた。

ペギーはこのオルレアンでの幼少年時代に豊かな才能を認められ、奨学金なども受けて、パリの高等師範学校（エコル・ノルマル・シュペリウール）に進むべく一八九一年パリ郊外、ソーのリセ・ラカナルに入る。しかし「エコル」の入試に失敗し、オルレアンに戻り、ついでに兵役を済ませた。（母子家庭の故に短期の措置があった）。九三年、コレージュ・サント・バルブに入学、「エコル」への準備を再開し翌年、「エコル」に入った。

ペギーの人生の方向付けは、特にこのサント・バルブでの生活、友人との交わりの中でなされた。ラカナル時代に既に、近代社会の政治経済優先の体制に深い疑問を抱き鉱山労務者のストライキなどを応援する姿勢をとったが、それよりも、体制に対しての根本的な抵抗をする必要を痛感したのであった。その意味では、サント・バルブでの友人たち、タロー兄弟、ベイエなどの親友、特に年上のマルセル・ボードアンとの深い交わりが、ペギーの「社会主義」の原点形成に大きな力となった。この時期に彼は社会主義的グループに正式に加入もした。しかし、彼は当時台頭してきた政治的、政党的社会主義が基本的に彼の社会思想とは異なることを知った。ペギーの社会活動は、現実の社会の底辺で精神的、肉体的に「悲惨」を味い、人間として生きる意味を失っている人々を「救い」、マルセル・ボードアンと共鳴して構想した「調和都市」を実現させることを第一義とした。経済的措置によって救われるのは「貧しさ」であり、それは場合によっては「清貧」として修道のために求められる状況であると言える。だが、その日の糧を与えられないという「貧しさ以下」から這い上がれない状況を彼は「悲惨」と呼び、「貧しさ」とは一線を画した。そこでは人は神を失っている、言わば「地上の地獄」である。その窮境から救うことは「魂」の、つまり mystique な問題として認識すべきであるのに、politique に同調している教会も事態を把握していない。政治優先を否定する彼は、いわゆる「社会主義グループ」の友人らと袂を別たざるを得なかったし、教会のミサにあずかることも止めた。その彼が支えとして思い抱いたのが、昔、彼の故郷のオルレアンを解放したジャンヌ・ダルクであった。ペギーは、「エコル」を休学して故郷に戻り、ジャンヌの「劇」を書くことにする。そのために、ジャンヌが「生き生きと」描かれているジュール・ミシュレの『ジャンヌ・ダルク』ほか、ジャンヌ関係の書物、とくにキシュラの五巻からなる大部の『ジャンヌ裁判記録』を綿密に読む。こうして彼が構想するのは、いま人々の眼前に姿を現わす「ジャンヌ」を示すことであった。この劇は「ドンレミ」「戦い」「ルーアン」の三幕で構成されることになる。ところが一八九六年に最も親しかった先輩マルセルが急逝する。そして翌九七年ペギーはマルセルの妹のシャルロットと結婚する。ついに「エコル」を退学し、『ジャンヌ・ダルク』をなんとか出版にまでこぎつける。九四年にはいわゆる「ドレフュス事件」が起きる。ペギーはドレフュス派に加わり、「ドレフュスという無実の人間を有罪にするために大仕掛けなペテンが必要なら、むしろフランスが滅びた方がいい」という過激な発言を公けにする。こうした戦いを続けるために彼は一九〇〇年一月、自身が発行責任者となって雑誌 Caihers de la Quinzaine（「半月手帖」と訳す）を出す。以後約十年は「悲惨」の救済に全生活を投げ込むペギーの悪戦苦闘の時期であり、作品としては大部分が散文である。

Ⅱ．Compassionという原点2

ここでは、彼の思想と詩作品の関わりで私が特に注目してきた部面について考えて見たい。随時、彼の生活を振り返ることになるであろうが。

ああ　永劫の炎から
苦悩に狂う地獄の人々の身体を救うため
私の身体を　永劫の炎に投げ込まねばならないのでしたら
神よ　私の身体を　永劫の炎に投げ入れ給え

永劫の「不在」から
「不在」に狂う地獄の魂を救うため
私の魂を　永劫の「不在」に投棄てねばならないのでしたら
私の魂を　永劫の「不在」へ赴かせ給え

右の詩句は一九一〇年の作品"MCJ"においてジャンヌが叫ぶように唱える神への願いである。この作品がドンレミにおけるジャンヌの少女時代だけを焦点としているのは、彼が詳しく調べたジャンヌヌの「歴史」から、歴史を超えたジャンヌの魂の叫びを二十世紀初頭の時代に「蘇らせ」ようとしているると見る。ペギーの少女ジャンヌは戦乱に悩むフランスにおいて、イエスに出会えないことを殆ど恨んでいる。十二弟子たちが目の当たりイエスに逢い、救いの業に立ち会っていることに深い羨望を抱く。しかしイエスが人類の救いのために十字架上で死んでから一四〇〇年経っても地上は依然として殺し合いが絶えない、その現実に絶望し嘆き、怒りさえ感じている。その魂の底からの願いが右の言葉である。ペギーその人はキリスト教教義に「地獄」があることをどうしても認めることが出来なかった。神に創られた人間が罪を犯すことはあっても、永劫の罪である地獄に落とされることは「絶対的な差別」を意味している。その神が黙していることに耐えられなかった。それ故自分の身体と魂を棄ててでも、地獄に落とされる人々を救いたいという、ジャンヌの叫びとなったのである。

此の「劇」においてジャンヌの対話者となる修道女ジェルヴェーズは叫ぶジャンヌの前で自分の「幻視」を物語る。「あの方はここに居られる」と言ってキリストの犠牲が「あの時」と同じく「今」も同じ血を流している、と言う。しかしジャンヌは納得せず叫び続ける。そのジャンヌに向かって修道女はジャンヌの願いは「奢り」だという。謙虚な信頼、神への委託こそ求めるべきと言う。そしてまた幻視的なキリストの「十字架の道行」の苦悩 Passion の情景を語り続ける。神の子の苦悩と、それにつき従う母マリアの苦悩と深い「傷み」とを。ここのかなり長い部分をペギーは原稿には入れてなかったが、あとから彼自身に訪れたこの情景を校正のときに入れたと言う。実は、ペギーは自ら編集し活字を拾い、校正するという「カイエ」の出版に十年近く奮闘して来て必ずしも受け容れられず、講読料も、払える読者から受け取るという方針であったため、経営は苦しく、身も心も疲れ果てて倒れたのが一九〇八年のことであった。現実の教会には否定的であった彼も幼年時代に通ったオルレアンのサン・テニアン教会で覚えたマリアへの祈り「アヴェ・マリア」「サルヴェ・レジナ」は心の奥に潜ませていた。この祈りがあればトマスの「神学大全」もいらないと友人に言っていたこともある。倒れた彼を訪れたリセ以来の親友に「自分はカトリックだ」と告げた話が知られている。とは言え彼がすぐに教会の門を潜ったわけではない、がしかし、ジャンヌと共に「イエスの死は無駄であった」と叫ぶ一方で、マリアのキリストの苦悩に重なる苦しみ即ち Compassion が彼を目覚めに誘っていたことは十分に想像できる。そうした状況において、一九一〇年の"MCJ"においてジェルヴェーズがジャンヌの「奢り」を厳しく戒める言葉は、ペギー自身の奢りを批判する言葉として語られたと見ることができる。作品としてのこの"MCJ"をペギーは彼なりの自信をもって発表したかもしれない。現にA・ジッドなどは好意的であったが、広く江湖に迎えられたわけではなかった。詩人、思想家としてのペギーはなお困難な道を歩み続ける。

マリアの Compassion については昔からの「マリア学」においても主要なテーマとなって多くの神学者が論じているが、私は、このあとペギーが散文に詩に、やはり特異なキリスト者として発表する作品につき、イエス、マリア、ジャンヌそして彼の最後の大作『エーヴ』における「人類の母の母」エーヴに受け継がれる Compassion とその意味とを考えておきたいと思っている。

Ⅲ．Compassionという原点3

前号で触れたペギーの作品『ジャンヌ・ダルクの愛の神秘』における「イエスの受難」と、密接に係わる問題については、ペギーの生活と思想という観点から少し立ち入っておきたい。ジャンヌの「地獄に落とされる魂の救いのため、自分の魂を地獄へ落として」という叫びに対するジェルヴェーズの戒めのやりとりは、短いけれど既に一八九七年の『ジャンヌ』に出ている。そして、ジェルヴェーズは、地獄に落ちるほどの罪、例えばイエスを売り渡したユダの罪は、神の子イエス自身も救い得ないことを悲しまれたと言う。救い得ないことの苦しみ、限りない苦しみのゆえに、イエスは十字架の上で叫び声をあげられた、その声は十字架の下に立つ母マリアをよろめかせるほど痛切なものであった、と語っていた。ペギーにとって「地獄」と「救い」と「イエスの苦悩」とは、そとに向かっては近代世界の悲惨との戦いにおいて、また、内つまり彼自身の人間的苦悩との戦いにおいて確認すべき課題として、彼の心底に潜在し続けた。

さきに触れた一九〇八年のペギーの挫折と友人への告白のあと、一九〇九年夏頃から、ペギーは現代世界に一人の人間として生きるにあたって、「歴史」と「記憶」という観点から膨大な論説を書きつづけている。しかしこの論説は彼の生前には公刊されずに残されていた。彼の死後、原稿が編集され、一応、二度に分けて公刊された（その内容の執筆年度、重複部分などについて、ペギー研究家がかなり詳細に論じているが、ここでは触れない）。のち「〔ヴェロニカ〕歴史と肉的魂との対話」、「クリオ、歴史と異教的魂の対話」と題され一本に収められる。わが国では山崎庸一郎氏がこの両論説の内容を取捨選択し翻訳された一書『歴史との対話―クリオ―』（一九七二年、中央出版社）がある。

右の〔ヴェロニカ〕と題された論説（一九〇九年夏に執筆、しかしイエスの血と汗の滲む顔を手巾に写した女性ヴェロニカは登場するに至っていない）のなかで、マタイ福音書が伝える「ゲッセマニ」から「ゴルゴタ」に至るキリストの苦難の部分について、ペギーは情熱を込めて書いている。そこでペギーは、その事件を過去の完結した「歴史」の一こまとしてではなく、この事件が、聖書記者の「出会った」「現実」であり、今、読む者つまり彼自身にまざまざと「蘇る」「現実」となるまで、読みに読んだ経緯を書いているのである。あたかも、その「読み」と「書く」営みが「ヴェロニカ」のあの行為に重なることを望んでいるかのように、である。それは二つの『ジャンヌ』劇の間に、ペギー自身が「生きる拠点」を探索することにほかならなかった。こうして書かざるを得なかった言葉は、ペギー独特の、短文を反復しつつ、内容を深化させようとするスタイルの文章となり読み易いとは言えないが、山崎氏訳から一部分を引用して見る。

「彼（イエス）自身、ある意味において、わたしたちすべての罪人のように、また多くの聖人たちのように、おのれの肉体にしたがい、ひとりの哀れな人間として、おのれの肉体、その指示、その懇願にしたがったのだ」「彼が肉的な魂でなかったなら、……わたしたちと同じように…わたしたちの魂のあいだで、……かの肉的な死を耐え忍ばなかったなら……すべては崩壊したのだ」

そして、
「第二の創造、その開始、その鬪においては、謙虚なる神、服従する神、引きこもった神が、忠実に、まったき忠実さにおいて、忠実なるこだまとして、謙虚さと服従の言葉を発したのだ。すなわち、受難の言葉を」。

ペギーが主知的合理主義、政治経済優先の社会との戦いと、あとで触れるが彼自身との戦いとに疲れ、窮地に陥っていた時期に、彼が見出していった受難のイエスは、神の子であったとしても、われわれと同じ罪に誘われる可能性を持った肉、その肉に宿った「肉的魂」をもって、父なる神の心に余すところなく従ったが故に、人間に救いをもたらした、と受けとったのである。これは一八九七年の『ジャンヌ』劇におけるイエスの苦悩の内実に改めて深く踏み込んでの論考となっている。ここにはペギー自身が、あたかも、イエスが味わった肉と魂（霊）との相剋と合一の神秘を、生きようとする、いや生きざるを得ない苦難の現実が濃厚に投影されていると見える。
そこで、一九一〇年の『ジャンヌ・ダルク』神秘劇において、ジェルヴェーズが目前に見、かつ語るイエスの「受難」の有り様を見てみよう。

人間という人間に今もなお響いている叫び　おお高さの極みの叫び　永遠に心にひびきわたる
あたかも神ご自身がわたしたちと同じ罪をおかしたような　あたかも神ご自身が　絶望したかの

ような叫び
主の傍らに磔けられた二人の盗人　盗人たちが叫んでいたのは　人間の叫び
主だけが　人間を超えた叫びを叫ぶことがお出来になった…永遠に消え逝かぬ叫びを

ローマ人の槍　それが主に与えたもの　釘と金槌
それが主に与えたもの
咽喉の傷み　灼けるような　燃えるような　裂けるような
主の咽喉は干上がり　渇いて
燃えるような　主の左手　と右手
燃えるような　主の左足　と右足
燃えるような主の脇腹　突き刺された脇腹
突き刺された心臓　燃えるような心臓
愛に燃え尽きた心　愛に啖いつくされた心

先の論説「クリオ」における、情念的であるが理念に収斂する表現に対して、こちらはペギー独特のイメージを駆使する「詩」として、かの「受難」を、「手巾」ならぬ紙面に生き生きと写し取ったと言わんばかりの表現である。一九〇八年、病に倒れているときペギーを訪れた親友ロットに、「自分はカトリックだ」と言って自身の信仰を告げたが、それは、これらの作品から見る限り、彼の社会的、個人的困憊の底で求め続けた「イエス」との出会いを告げることであったと言える。その検証の第一歩は、「歴史との対話」から「ジャンヌ・ダルク」劇にかけて、イエスの受難 Passion という事件に思いを潜め、神人イエスの苦悩の秘密に、彼の全存在をあげて参入することであった。つまり Compassion「苦難の完全な頒ち合い」を生きることである。しかし、この時期のペギーにとってさらに重要、不可欠なシチュエーションとして、この「作品」にもう一つの「受難」劇がジェルヴェーズによって語られるのである。それはイエスの母マリア、つまりイエスの「十字架の道行」に寄り添い歩み、ついに我が子イエスがそこで息絶えた十字架の下に「佇む母」の苦難の姿（Stabat Mater dolorosa）である。「幻視」の長い語りの一部を引いて見る。

主がその使命につき給うたゆえに
三日このかた彼女は泣いていました　三日このかた彼女はさまよい
ついて歩いていました　行列について歩いていました
葬らいの列にしたがうように　けれどもそれは　生きている人の葬らい
ローマの泣き女のように　泣くこと　それが彼女の仕事であるかのように
貧しい女のように　ついて行きました　一人の女乞食のように
そうです　主はその母をこんな目に逢わせたのです　主の生みの母を

彼女は泣いていました　一人の女に　この地上で泣くことが
二度と許されないかのように　永久に　二度とは
彼女は泣いていました　無惨な貌になりました
両頬は傷あとだらけ　流れる涙が頬を削ったように
両の眼は激しく傷み　灼けるばかり
けれども　泣くことは彼女には　救い
肌は刺すように痛み　灼けつくばかり　このとき
主は十字架の上で「五つの傷」に
身を灼かれてい給うた
主の身体は火と燃え
彼女の身体は火と燃え
彼女は主と　その「受難」を頒け合っていたのです

イエスの人間としての母マリアが辿らざるを得なかった苦難の道行を、ここでも激しい語句を用いて描いている。マリアがイエスを身籠ったのは、ヨゼフを受け入れる前に天使の告知にしたがい、聖霊によってであった、と聖書は記している。ジェルヴェーズが語るように、マリアは人間の中から選ばれ、神の子の母となったのち、三十三年の間に、その子ゆえに幾度か辛い思いに苦しんだのであるが、最大の苦しみは、「使命」を完うするための十字架にかかる我が子の「受難」に立ち会ったことであろう。「主はその母をこんな目にあわせ」ることによって、父なる神の心にしたがい、その使命を果たした。つまりイエスの母として選ばれたことの意味は、我が子イエスの「受難」を、人間として「頒かち合い」完うすることであった。ペギーは、この苦難のマリア、「スタバート・マーテル」に出会って初めて、幼少の頃に覚えたマリアへの祈り、「サルヴェ・レジナ」などが孕む「真実」の何たるかを思い知ったのだと言えるだろう。

先に触れたように、イエスとマリアのこの「受難」の場面を、ペギーは『ジャンヌ劇』の校正段階で加えたと友人に話している。論説「クリオ」ではイエスの「受難」を情熱をこめて論じていたが、マリアの「苦悩」については触れていない。それ故、この劇でどうしても加えたかったのは、このマリアの「受難」の場面であったのだと私は見る。と言うのは、ペギーの社会的戦いにおいては、「イエスの受難」が、歴史と現代に対する鋭い批判の「砦」として働いたのであるが、これと当然表裏をなしているはずの、彼の個人的生活における苦悩を受け止めてくれる存在として求められたのが、この「受難の母マリア」に他ならなかったからである。彼は「受難の母」に、その子供の一人として出会ったのである。ペギーは、イエスの苦難への参加も、信仰の告白も、突然のものではなく、自分の戦いの故にそこへ追いつめられて行ったと言おうとしている。マリアへの思いも、彼の、「人間」としての苦悩、その「道行」の果てに与えられた恵みと言えばいいのだろう。

しかし、彼の生活の実態は複雑そのものである。このイエスとの出会い、マリアとの出会いは、彼に新しい視野を与えたが、彼の戦い、その苦悩は終わったどころではない。むしろ「罪人」としての自己認識がさらに深まって行くからである。

右の『ジャンヌ劇』を書き上げたのは一九一〇年の初めであるが、同じ年の後半に「われらの青春」（磯見辰典氏の訳あり）、「ヴィクトル マリー・コント ユゴー」という、どちらも長い論説を書いている。

ペギーが最も信頼していたマダム・ファブル（ジャック・マリタンの母、彼女は信者ではない）に宛てたその頃の手紙で「心配なさらないで下さい。わき目も振らず仕事に夢中になること、それが私の心を一ばん理性的にしてくれるのです」と言っている。つまり、右の二論説は、この仕事に没頭することで、彼が背負った「苦難」を一時的にせよ避けようとの努力から生まれた作品なのであった。

ここで少しペギーの家族との生活、並びに、とくに親しかった友との関わりを振り返っておく必要がある。彼の家庭生活と言えば、親友マルセル・ボウドアンの妹シャルロットと結婚（一八九七年）してからの彼は、パリで妻の実家ボウドアンの家族と暮らした。マルセルとは理想的な社会「調和都市」を語り合い、後にこれを論文にするほどに親しかった。そのマルセルはすでに亡くなっていた。ボウドアン一族は反教会的な思想を持つ市民であり、特にシャルロットの母親ボウドアン夫人の思想が家族を支配していた。それ故、やはり反教会的思想の持ち主と見えた「若き日の」ペギーが、マルセルの妹シャルロットと、教会に依らず市民としての結婚をすることに双方異存はなかった。生まれてきた子供たちも洗礼など受けさせていない。しかし妻シャルロットにしても、特に母ボウドアン夫人も、ペギーの「神秘的」社会主義を理解しているとは言えなかった。むしろ「半月手帖」を拠点とするペギーの仕事の困難さに懸念を持つようになる。そして一九〇八年のペギーの信仰への回帰の後はボウドアン夫人との間には深い溝が生まれるに至った。この頃、ペギーは子供たちに洗礼を受けさせることを真剣に考え始めていたが、それを妻にもボウドアン夫人にも言い出せない。社会的論戦には激論を吐くペギーとは思えぬ混迷した姿勢であった。ある時、ペギーの友人の一人が、談笑の間に冗談めかして「悪魔はいると思うか」と彼に問うた時、ペギーは、あのマダムが側にいる時にそんな感じを抱くと、元気なく答えたと言う。つまり家庭での彼は、余所者めいた存在になっていたと見える。「半月手帖」に集まる友人の中に、ペギーより先に信仰に入った哲学者ジャック・マリタンがいる。先に少し触れたように、彼の母マダム・ファブルははっきりしたノン・カトリックであったが、広い心と教養の持ち主でペギーを最後まで支えた人であり、ペギーも自分の悩みを打ち明けてはアドバイスを与えられる貴重な存在であった。その息子のジャックが、この時期に、ペギーの家族内の対立を心配し、ペギーが教会に正式に戻ること、子供たちの洗礼をすませることなどについて、ペギーの代わりにボウドアン母娘を説得する役を引受け、母娘を訪ねたことがある。その時、ボウドアン夫人の返答の激しさに、ジャックも呆然とし、なす術なく戻ってきた。「子供たちに洗礼を受けさせるくらいなら、私たちは自殺するほうがましです」というのが返事だったのである。この問題は棚上げになったままペギーの身心に重くのしかかる。

しかし、この問題とも絡んで彼の悩み、その「罪意識」を深いものにしていた事情があった。それは、ペギーと一人の若い女性との関わりであった。やはりペギーの仕事の一協力者の妹として、彼女も早くから「手帖」の細々した仕事を意欲的に手伝っており、ペギーに対しては深い友情と敬意を抱いていた。社会的、家庭的の両面で壁に突き当たった時期に、その友情はペギーの側ではほとんど恋愛感情にまでなって行った。彼女を伴いゆっくりと街を歩くペギーの姿が二、三の友人には見られていた。一九一〇年前後はその意味でも最も苦しい時期であった。信仰者となった彼にも「離婚」と言う考えが胸を過ったりする。しかしペギーはその苦闘から逃れ、仕事に没頭するため遂に意を決する。彼は彼女にある男性との結婚を勧める。彼女はそれに同意し、一九一〇年七月三〇日に式が挙げられた。ペギーは、いたく打ちのめされた心情を、翌日、マダム・ファブルともう一人親しい友に手紙で告白している。ともあれ、そのあとに取り組んだ仕事が先に触れた「我等の青春」と「ユゴー」である。そして翌一一年には「希望」と「マリア」とを主題とする二番目の「神秘劇」を発表し、あたかも立ち直ったかの印象を周りに与える。しかし実は、此の年の後半から翌一二年にかけて驚くなかれ千数百篇もの「四行詩」を書き綴っていた。これが日の目を見たのは彼の死後二十余年を経てのことである。「かくも搏ち慄えし心のバラード」という主題で「苦悩のバラード」「恩寵のバラード」の二部に分かれている。かの女友達との別れを含め、「人間の苦悩、その罪性からの救い」の歌。これはペギーの代表作である「神秘劇」、シャルトルの聖母に捧げる数篇の詩、そして壮大な「エーヴ」に至る全詩作品と同列には論じられないとの評もあったが、私見ではこの「心の歌」はそれらの作品群の「通奏低音」として聞こえる。この点についての考察はまたの機会に譲る。

☆補

Ⅰ　本稿に採り上げたPassion, Compassion関係として

☆　Maria の Passion と Compassion についてはMaria学の領域で、神学者TH. Koehlerが「Mariaの霊的母性」という論文の一章を—Compassion・生命の源泉—論に充てている。(H. du Manoir監修「MARIA」8Vol. Tome1, Bauchesne Et Ses Fils, 1949)

☆　ペギーのPassionについては、Revue d' Histoire Litéraire de la France, Mars-Juin 1973. 一巻がペギー特集を組んでおり、特にF. Desplanqueが—Péguy lecteur de la Passion—という題でClioを詳論し、さらにMariaのCompassionにも言及している。

Ⅱ　わが国のペギー研究も今は少なからず出ているが戦前の吉満義彦教授の著書『詩と愛と実存』(昭和一五年一〇月、河出書房)に収められた「シャルル・ペギーの追憶に因んで」はペギーの「戦い」の本質を理解させてくれた忘れられぬ論説。戦時の我が国においてキリスト教思想の深層と多面性を論じた貴重な一書であった本書は昭和二三年に角川書店から再刊された。

また、「半月手帖」平野威馬雄訳(昭森社、昭和一七年一一月一〇日)も忘れ難い。ペギーが責任者となって一四年間発行し続けた雑誌Cahiers de la Quinzaineを書名に採って出版された。ペギーが「手帖」に発表した論考、詩作品の抜粋翻訳であり、まさに、ほんの一部分に止まるが、「悲惨」「神秘」「金銭」など、ペギーの主張の要点を覗かせてくれる意味はあった。

Ⅳ．Charles Péguy の作品と思想 1

前二回の論稿においてはC・ペギーの作品と思想を考える上で、特に一九一〇年一月に発表された詩劇『ジャンヌ・ダルクの愛の神秘』を採り上げた。この劇の場面はドンレミ村、登場人物は少女オーヴィエット、ジャンヌそれに修道女マダム・ジェルヴェーズの三人であり、オーヴィエットの素朴な信仰心からの言葉の意義については特に触れなかったが、いずれ省みる場があると思う。劇の大部分を占めている後二者の対話、特に、ジャンヌの絶望的心情と、それに応えるジェルヴェーズの言葉、そこに読み取れるペギーの思想について考えて見た。要約すれば、キリストと母マリアが頒かち合った、霊と肉における苦悩に我々も参加することなしには、人間は救いに与りえないであろう、この苦しみとの闘いこそキリスト教の基底をなす、というのがこの時期にペギーが想到したキリスト教なのであった。これは一般信者の信仰、思想とはかけ離れていたが、ペギーその人の当時における、生活と思想上の苦しみと結びついた信念であったのだ。ジャンヌに明るい未来が見えなかったこと、それはペギー自身が一つの「夜」ténèbre を潜りつつあったことを意味した。さて、この劇の終わりにジャンヌとジェルヴェーズは別れの言葉を交わす。あとのト書きが「ジェルヴェーズ修道女退場。しかし幕が降りぬ間に再登場」となっていた。

＊

このあと、劇はどう進行するのか。ペギーはこの年、「我等の青春」「ヴィクトル・ユゴー」などの論文を書いたあと、この劇を翌一一年五月には略、脱稿するまでになっていた。しかし、ここで、ある評論誌に、ペギーの先の『ジャンヌ』劇に対する批判、つまり彼の『ジャンヌ』が歴史を軽視した一種の幻想の産物とする論文がのった。ペギーは友人の冊子に短い反論をのせたが、結局、本格的反論を「手帖」に書かざるを得なかった。相手の雑誌の責任者の筈であるF. Lauderに対し、そのキリスト教の硬直した主知的、教条的狭隘さを徹底的に批判し、ペギー自身の当時のキリスト教思想を鮮明にしたのであった。そんな事情で次の『ジャンヌ』劇の発表は、一九一一年十月になった。

タイトルはLe Porche du Mystère de la Deuxième Vertu『第二徳の神秘の扉口』（以下『扉口』と略記）。そして冒頭のト書きが「マダム・ジェルヴェーズ再登場」となっていて、まさに先の劇に続く形になっている。読む者は当然、修道女とジャンヌとの新たなやりとりが始まるものと思う。ここでジェルヴェーズが語り始めた言葉は

「神は仰せになる、私が最も愛する信心、それは希望（espérance）である」以下、ジェルヴェーズの口を借りた神の言葉が続く。

「信仰、それは私を驚かさない。なにも驚くことはない。私は私の創造物のなかで輝く。太陽の中、月、そして星々の中で。すべての創造物の中で」。

続いて、大地、海、風、谷、そして草木、動物が挙げられ、最後に

「人間、私が創造した者の中で……男の中で、その伴侶である女の中で」

と続き

「そして何にもまさって幼な児らの中で、幼な児の眼差しの中、その声の中で、なぜなら私が創造した人間の中で、幼な児は大人に優る者だからだ。幼な児たちはまだ生きることで傷ついていない。地上の生活で、幼な児の声は静かな谷をわたる風の音より純だ。幼な児の眼差しは空の青より純……静かな星の光より純」

という語りで、創造者としての権威を宣言する神が、自らの創造になる人間のなかで特に幼児の、神自身も予想しなかったかの、汚れを知らぬ生き方に驚く言葉で始まる。そのあと、人間の現実との闘いにおける「苦悩」「不安」そして「希望」を巡るペギーの思索的詩句が続いたあと、最後は「希望」と重なる「夜」を主題とした「マリア讃歌」を以て締め括られるのであるが、この『扉口』一巻すべてがジェルヴェーズの語る「神の言葉」であり、ジャンヌは遂に姿を見せない。が、筆者はジャンヌはそこに居て、ひたすらジェルヴェーズの語る神の言葉に聴き入っていたと見る。しかし劇におけるジャンヌの「位置、姿勢」に大きな変化が生じていることは事実であろう。

＊＊

ペギーは先の『ジャンヌ劇』の終わる頃、その続きを書くと何べんも言っていた。ジャンヌがペギーの念頭から離れる筈はない。現に、その頃書いた「続篇」があるが、これは、先の劇の草稿から除いた部分に手を加え、劇を「発展」させて纏めたと言っていい作品である。これはまさに「ジェルヴェーズ再登場」なるト書きで始まっており、二人の対話の形式が採られている。しかしこの作品は彼の生前には公表されなかった。おそらく、かの Lauder への反論を通して「深化」させた「ジャンヌ」とペギー自身のキリスト教思想をこの作品『扉口』で、存分に表現することを思い立ったのであって、ジャンヌは姿を消したのではない（次の作品、『聖なる無辜嬰児の神秘』、これも幼児の「無垢性」と「希望」とを主題としているが、ここにジャンヌは現れ、ジェルヴェーズとあたかも交唱のかたちで言葉を交わす）。ここでは『扉口』におけるペギーの魂の歩みを主として追ってみる。

この作品は、右に触れたように、「幼な児」の讃歌とも言うべき「神の言葉」ではじまるのであるが、それはペギーが「幼な児」を「希望」の象徴と見たからに他ならない。このことは始めの幼児讃歌に続いて、キリスト教における三つの徳目「信」「望」「愛」を三人の女性に譬えながら描くことで明瞭になる。

「三つの徳、私の創造になる三つの徳は、私の娘、私の子供たちだ……小さな娘『希望』は二人の姉の真ん中を歩む……けれど小さな娘はあまり目立たない……キリスト信者は右と左の姉たちに目を注ぐ……両側の姉たちが小さな妹の手を引いて歩む、と見ている」。

Foi「信仰」、Espérance「希望」、Charité「愛」はキリスト者に求められる基本的徳目であり、一般には神への信頼と隣人愛が中心であるかに受け取れる。しかしペギーはこの作品一巻を挙げて「希望」が中心である所以を歌う。

「しかしこの真ん中の子が二人の姉の手を引いているのだ。この子なしには年上の姉たちも何も出来ない。すべてを運んでいるのは、この子、この小さな女の子だ。なぜなら、『信仰』が見ているのは今在るもの。〈時間〉と〈永遠〉のなかで。だがこの小さな子は未来を見ている。時のなかで、永遠にわたって。『愛』が愛するのは今在るもの。だがこの子は未来を愛するのだ。時のなかで、永遠にわたって」

次いでこれら三つの徳目と人間の現実生活の重なりが語られる。

「私の三つの徳目は、と神は仰せになる。これらは人間の家庭における男たち、女たちに他ならない。働くのは子供たちではない。そして大人が働くのは子供たちのために他ならない。畑に出て耕し、種を撒き、穫り入れをする、葡萄を剪定する、樹を倒し木材を切り出すのは子供たちではない。父親が働くのは、子供たちが居ればこそだ。冬、寒いなかで、凍えた森のなかで酷しい仕事をする……時に家にのこした妻、家事に精出す妻、おとなしくしている子供たちを思う。子供たちの姿が彼の目に浮かぶ、子供たちは彼の、心に、魂に、魂の目に、棲み着いている。彼の眼差しに棲み着いている」

そして、突然、次のような言葉が発せられる。

「彼は見る。火のそばで遊び笑っている彼の三人の子供。二人の男の子、一人の女の子を。閃きの中で。彼、神の前で彼らの父。上の男の子は九月で十二才、次の娘は九月で九才になっている。そして末の男の子は六月に七才になっていた。女の子が真ん中。ちょうどいい、彼女が二人の兄弟に守られ、暮らしている」

これは当時のペギーその人の三人の子供を思って歌っているのである。ペギー自身は樵でも農夫でもないが、彼の胸中には幼年時代、彼の生活を取り巻いていた勤勉な庶民、農夫らの働く姿が焼きついている。まずは自然の中から命の糧を穫り入れる人々の姿が。「半月手帖」を苦しみながら編集、刊行していた彼の闘い。その心に、彼ら、自然の厳しさの中で命を、子供たちの命を護る人々の心が重なっていたのだ。「自然」と交わる人間の象徴、農民の魂が絶えてはならない。子らは親たちの働きを促す源、特に小さな娘は「希望」そのものであった。


「他でもない、誰もが幼い希望のゆえに働くのだ」

「幸いな子供たち。幸いな父親。幸いな希望。幸いな幼年時代。子供の小さな身体、可愛いしぐさ。そこに希望は満ち、溢れ流れている。輝き、溢れる無垢、他ならぬ希望の無垢が」

「子供の混じり気ない知恵、無垢。そのそばでは、聖人の聖性も清純も、塵あくたに等しい」

「『イエスに倣って』、お前たち子供はイエスに倣っている。いやお前たちはイエスに倣うのではない。お前たちは幼な児イエスなのだ」「お前たちは、イエスが希望であったように、希望なのだ。真実、お前たちは幼な児イエスなのだ」「美しい子供たち、お前たちの眼差しはイエスの眼差しそのもの。お前たちの声はイエスの声そのもの」


ここでまたペギーは三人の子供たちを思い、歌う。


「親は子供たちのために生きる。ただただ、子供たちの幸いを願う」

「父は、子供たち、特に聖母の保護に委ねた子供たちのことを思う。彼らがある日、病いにとらわれた日。彼が大きな怖れを抱いた日……そして彼の妻、彼女もいたく怖れた、言葉を失った、胸を締めつけられ、喉をつまらせて」「病む子供たちに何もしてやれず過ごすわけにはゆかない。病む三人の子供、悲惨の中に横たわっている子供たち。父はやがて、静かに彼らをおろす、『祈り』を通して彼らを『貴女』のもとに置く、沈黙のうちに。世界のあらゆる苦しみを背負った、その方の腕の中に。『御子』はあらゆる罪を背負われた。そして『御母』はあらゆる苦しみを抱えなさったから」。

ここに、父が聖母マリアに子供らを委ねるというくだりが出てくる。ペギーが、マリアはイエスとすべて苦しみを頒かつ人間である故に、人間の救いに欠くべからざる存在であると見たことはすでに考察した。しかし、幼児の父として、子供の苦しみを、身を削る思いで共に苦しみつつも、自分の苦しみに「限界」があるという重層する苦しさの認識が、ペギー自身をマリアへの「祈り」に向かわせたのである。すなわち彼が幼年時代から心の奥底に留めていた祈り、「Salve Regina」へ。この祈りの始めの句、マリアへの呼びかけは「哀れみの御母、われらの命、慰め、および望み（et spes nostra）なるマリア」である。「スペス」つまり「エスペランス・希望」そのものとしてのマリアに呼びかけ、神への取りなしを祈るのである。

＊＊＊

しかし、ここに至るまでのペギーの思想には、複雑な渦の旋転にも似た現実があったことに目を向けておく必要がある。まず、彼自身の「罪」意識であった。彼が「神秘」を基底とする「社会主義」を提唱し、現代社会に対する闘いに身を投じて来たことは前述した。そしてこの闘いが挫折に瀕しているることに苦しみ続けた。先の「ジャンヌ劇」におけるジャンヌの挫折意識、「絶望」に重なる苦悩でもあった。そしてその苦悩の因って来るところが、「希望」とは無縁の「自恃」（orgueil）であることに目覚めつつあったのは、ジェルヴェーズのジャンヌへの戒めの言葉からも推量できる。そしてついに「自恃」こそ人間の「罪」の根源であることに思い至るのである。しかしこの「自恃」も単純ではない。悪魔も「自恃」そのものである。しかし悪魔は身体 corps を持たない。身体で生きる人間の「自恃」の苦しみとは次元が異なる。霊と肉との結合に生きる人間の「自恃」、それ故の苦悩からの開放、その道行きとしてペギーが見たのは、またしても十字架のキリスト、つまり神の Incarnation の神秘に参加することであった。だが、どのようにしてそこへ近づくのか。ここでペギーに独特な人間世界の dynamisme が登場する。人間世界では罪の深浅、言い換えれば聖性の深浅、そのさまざまな段階に人間が生きている。地獄に一番近い人間から天国に一番近い聖人まで。この世界に聖人はいなくてはならないが、罪人こそ〝不可欠〟な存在なのである。身体に生きる人間として、聖人は罪人に手を差し伸べる。罪人も聖人に手を差し出し、手を繋ぐ。手を伸べない聖人はキリストに従う者ではない。手を差し出さぬ罪人は己の罪を認めていない。手と手による総ての人間の Communion によって十字架のキリストに近づく以外に人間の救いはあり得ない。そしてこの Communion に与らせるべく「霊と肉」を動かす潜在力としてはたらくのが他ならぬ「希望」なのであった。より罪深い者が、より罪浅い者と手を結ぶ。人間全体が手を取り合い、巨大な鎖となってキリストに向かうのである。

ペギーがこのように記すのは、彼自身が「罪人」としての苦しい、惨めな体験をしているからである。しかしこの罪人は、自己の罪に無感覚ではなかった。「自恃」の故に犯した罪、それ故の「不安」inquiétude、そこに訪れる「痛悔」pénitence。この痛悔の念から彼は「聖人」に向かって手を差し伸べるのだ。相も変わらず激しい言葉だが、『扉口』の詩句を覗いて見よう。

「痛悔する男は全く自分に誇りを持てない。自分を恥じ、自分の罪を恥じている。身を隠そうとしている、逃げようとしている、神の顔の前から。だが、ほかならぬこの男、この子羊、この迷える罪人、痛悔するこの男を神はその肩に担いで連れ戻すのである」

「この迷える子羊、死せる魂は、多くの死者のなかから復活させられる」

ペギーは心の底からの「痛悔」こそ「希望」の深い源泉であると思い知ったのだ。

「この魂が、まさに神の心を戦かせた。まさに神の心に、あの徳『希望』を招き入れたのだ。この事態、これは神が、その希望の徳によって、希望を働かせるため、罪人の前に身を現さねばならなかった、ということだ。……神は従った、神と人とに共同の『法』に、同じレベルに立って……」「神も罪人のなか、我々のなかで、希望せねばならない。理解を超えることだが、神は自身を含めて『我々』が救われることを望まねばならないのだ。神自身に委ねられる、神自身の救い、イエスの身体、神の希望が」「まさに怖るべき愛、怖るべき慈愛、怖るべき希望。創造主が創造した者を必要とする。全てを為し得る存在が、何一つ為しえぬ者が居なくては、何も為しえないとは」

ペギーのこの詩は、「神の苦悩」の「肉化」として、イエスの十字架を見出すまでの道行の歌であり、裏を返せば、その「生活」を「希望」に委ねよとの深い要請に応える道行きの歌であったと思う。

かくて『扉口』では、「病む子供を抱える母親の弱った腕から、父は子供を受取り、祈りつつ、「苦しみを受け容れるマリアの腕に委ねる」仕儀となる。先の「ジャンヌ劇」では、マリアはイエスの苦悩を共にする、無惨な姿で描かれた。しかしこの『扉口』のマリアは「連祷」とも言える美しい讃歌で描かれる。

「今は心を振るい立たせ　呼びかける時
限りなく貧しいが故に　限りなく豊かなその方に

完き『望み』である故に　完き『信』　完き『愛』であるその方に
彼女は肉をまといながら清くあり　清くありながら肉をまとう故
限りなく地上的である故に　限りなく天上的であるその方に
限りなく時間のなかに在る故に　限りなく永遠のなかに在るその方に」

以下、讃歌は続く。そして、子供が常に「希望」として生きるために、子供を抱き留め憩わせる「夜」がマリアに重なる。あのジャンヌがその中で苦しんでいた救い無き暗黒の「夜」に対して、救いの「夜」の讃歌である。

その前奏は「眠り」を回って奏でられる。日々の営みに努める人間に、休息である「眠り」は欠かせない。

「人間の知恵は言う、その日に出来ることを明日に委ねるなと。だが私は言う、明日に委ねることが出来る者こそ、神に最も喜ばれる者だと。幼な児、私が愛する『希望』のように眠る者。あなた方に言おう、明日に委ねよ、今日あなたを噛み裂く気遣いと悩みとを。あなたの目、あなたの心に溢れる涙を明日に委ねよと。望みを抱く者は幸い。眠る者は幸い」

その眠りの「時空」である「夜」とは。「夜は、幼な児にとって、存在そのものの支え、命そのものの支え、夜は幼な児の存在そのもの、幼な児がそこで湯浴みし、養われ、育つところ」さらに、「夜」は「昼」そのものを浸している「『希望』の住まい（résidence）」と歌われる。以下、ペギーの詩として評価の高かった「夜」を要約してみる。

おお夜よ　黎い眼をした私の娘　あらゆるものの母
私の叡知が生んだ麗しい娘　あらゆる存在を
眠りのなかに抱き　力を蘇らせる夜
おまえは　傷という傷を　ま新しい水　深く湛えた
水で洗う　あらゆる傷を　柔らかな布で包む
おお　夜　私の娘　大いなる「夜」
静けさ満ちるおまえ　星で飾られた夜よ
私はおまえを　いやさきに生んだ
おまえは眠らせる　おまえは抱きかかえる
あらゆる命あるものを　不安に戦くものを
不安の怪物なる人間　不安の泉なる人間を
おお　たおやかな衣をまとった　私の夜よ
おまえは　おまえの衣の襞にかくまう

幼な児　幼い「希望」を
おまえを通して　地に幸いな報せがひろがる
おまえの手で　おまえは　地に注ぐ
初めての平和　永遠の休息の　前触れを
おまえは　人間を　私の摂理の腕に憩わせる
母として

ペギーは前の『ジャンヌ劇』においては、ジャンヌを、イエスを、そしてマリアをも苦難の「夜」の中に描いた。すなわちペギー自身の「夜」の中に。だが、この『扉口』においては「希望」の夜、母なるマリアを、あらゆる「存在」を明日のために眠らせる希望の「夜」として描いた。ここでは「マリア・夜」は総てのものが己れの「存在」そのものに立ち戻る場であることをどうしても歌いたかったのである。思うに、ここには狭隘な宗教性を超えたヒュマニズムが提示されている。ペギーのキリスト教が「教会的」でないことを挙げつらう論者は跡を絶たなかったが、むしろ人間が、「所有」の奴隷とならず「存在」の神秘（G.Marcel）に還帰する道を、彼の戦いを通して示したと言っていいと思う。それ故、ペギー亡きあとのフランスの思想界で、E. Mounier（一九〇五―一九五〇）がペギーの精神を継承、Personnalisme を提唱し、機関誌「エスプリ」により（一九三二年）、イデオロギーの差異を超えた人間連帯の運動を展開した。この活動が多くの思想家、芸術家の支持を得たのは周知のことである。私の周辺では、故遠藤周作さんが戦後早くに渡仏し、「エスプリ」の日本への「移植」を構想した。帰国後の彼と共にした仕事が幾つかある。それはともかく、ペギーのこのあとの詩作品は信仰の深まりを一段と感じさせるものとなるが、同じ頃、彼が自身の「罪性」との苦闘を歌った多数の「Quatrains」（彼の死後に公刊）も、「人間」ペギーを理解するのに恰好の作品集であると思う。

V．Charles Péguy の作品と思想2

既に述べたとおり、ペギーの本格的文学作品として最初に現れたのは一九一〇年一月の Le Mystère de la Charité de Jeanne d'Arc（MCJ）であり、ついで一一年秋の Le Porche du Mystère de la Deuxième Vertu（Porche）そして一二年春の Le Mystère des Saints Innocents（Innocents）であった。これらの作品から見られるペギーの精神的発展は、「キリストの死は無駄だったのか」というジャンヌの絶望的な「夜」から、癒し、救いへの「希望の象徴」である「マリアの夜」に至る道行きと見ることができる、その経緯を前回までの論考でのべた。

この時期におけるペギーその人の生き方は、深い内的葛藤を抱え込んでいたのも事実であり、人間ペギーを理解するには、また、別の視角から迫ってみる必要がある。その一端を先ず作品自体のなかに求めれば、Porche 前後における神の把握の仕方であると私は見る。キリスト信者なら誰でも一応、自分なりの神との関わりを持っているだろう。ペギーもカトリック教会が教える神を知らないではない。いやむしろ教理的な意味では知りすぎているとも言えるだろう。しかし、神を求める者にとって切実なことは、彼が見出し、出会う神がどんな神であるかと言うことである。そこでペギーと神との出会いについて少し考えておこう。

①ペギーの神

前稿で Porche から引用した一部を再度挙げれば、

「神は従った、神と人とに共同の『法』に……神は自身を含めて我々が救われることを望まねばならない……まさに怖るべき愛、怖るべき希望。全てを為しうる存在が、何一つ為し得ぬ者がいなくては、何も為し得ないとは」という件り。

言葉だけを採り上げればおよそキリスト教信者らしからぬ言表である。しかしペギーはどうしてもそこまで言わねば神と人間との関わりの〝現実〟を納得出来なかったのだ、と見たい。同時にそれは、ペギーの聖書の読み方とも深く関連している。彼は神と人間との関わりを物語る場面としてルカ福音書の三つの「喩え話」を引用するが、特に「放蕩息子」のそれについて熱意をこめて語る。

« Un homme avait deux fils »「男には二人の息子がいた」というフレーズを繰り返し書きつつその間に、この物語が何を与えるか、その意味を追求していく。

「この物語は、この人間世界に大きな共感を齎したイエスの言葉だ。……信者のみならず非信者の心にも。……類を見ない極点、それまで誰も知らなかった、想ってもみなかった極点。苦悩の、悲嘆の、そして希望の極点を示す。苦しみの、不安の極点」「けれども、この話には何百人の、何千人の人々が泣いた。同じ嗚咽に見舞われ、同じく涙を流した。神を信ずる者、信ぜぬ者を問わず。共感の涙を流し、……子供のように泣いたのだ。皆、同じように……」

「それは神が与える宝。罪びとが、深まる闇の中で離れ、遠ざかり、広がる闇が彼の眼を塞ぐ時も、人間は、神が道端の茨のなかに投げ棄てたりしない宝なのだ。何故なら、そのあとに現れるのは不可思議な神秘だからだ。神から最も遠く隔たったとき、聞こえるのは一つの言葉。その言葉にさまざま思いを巡らし、心に留め置こうとする必要はない。あなたのことで心を砕き、あなたを引き受ける、引き受けようとするのは、まさにその神の言葉なのだ……」「人がどんなに遠くに行こうとも、どこかで迷い、どこかの国、どこかの暗闇のなか、家から遠く、人の心からも遠く……彼が入り込む闇、彼の眼を覆う闇がどんなに深かろうと、いつもひとつの光、ひとつの炎が夜をこめて見守っている。決して隠れることのない光、灯のある一点。逃げられぬ苦悩の極点。『男には二人の息子がいた』。彼がよくよく知っている極点」「偽りの静穏の中に、一点の不安、一点の希望」「苦悩の一点が存在する。一点の思想、一点の不安が。そして希望の芽ぐみ。灯は決して消えることはない、それが第三の、希望の『譬え話』なのだ」

この「譬え話」がペギーに「それを思うだけで、すすり泣きがこみ上げて来る」とまで言わせる所以のものは何なのか。思うに、彼は、当時（一九一〇年を中心とする前後数年）仕事の面でも苦境にあったが、家庭内でも妻及び妻の母とはキリスト教に対する姿勢の点で深い対立の状況に陥っていたし、その内外の過酷な苦悩の癒しを、許しがたいことと自ら認めつつも、仕事上の仲間である若い女性に求めようとしていた。そういう自分を彼は、彼が追い求めていたキリスト・神の前から身を匿した「蕩児」と見なさざるを得なかったのだ。自身の所業からすれば当然拒まれて然るべきその放蕩息子が、生きる術を失い父親のもとに帰って来たときの父親の心からの喜び。息子が泣いたのはもとよりとして、父が叱責するにもまして泣いて抱き留めてくれたこと、その父と子の関わりにペギーは打たれた。それ故、三つの「譬え話」の中でこの話をもっとも意味深いものと受け取っている。先に触れた「全てを為しうる存在が、何一つ為しえない者を必要とする」という認識にも重なる。ここで憶測を敢えて述べて見よう。ペギーとしては、父なる神を、全能にして慈愛深き超越的存在として、信者に相応しい心情で見る所には留まりえない。つまり、この物語の中の「息子」に、罪深いペギー自身が重なるのは当然として、一方において、この「父」に、人間として二人の息子の父である彼自身が重なるのを感得せずにはいられなかったのではないか。もちろん彼が安易、類比的に「父なる神」に重なるというのではない。しかし、もしも自分の息子が家出の末、尾羽打ち枯らして帰って来たら、ひたすら喜び抱き、涙するであろう自分を見たのだ。「蕩児」であるとともに「父」、という背反する存在が「涙」を媒介として重なり合うという逆説的自覚。「男には二人の息子がいた」。この言葉を彼が執拗なまでに繰り返し書いているのは、彼の二人の息子（当時は二人。彼の戦死後に三男が生まれたが）への彼の屈曲した苦しい愛情、それは彼が反教条主義者として教会の門を潜らなかった故に、子供たちまで救いから遠ざけられてきたという、父としての「痛悔」の念と、息子が居ればこそそこに芽ぐむ「希望」とに無関係ではなかったのだ。神は全能の創造者であるが同時に「父」、その子を棄て切れぬ父であった。

この「父」と「子」との関係は場面を変え、「天に在ます我らの父よ」というキリスト教信仰の中心にある祈りをめぐる別の文章にも現れる。一九一二年春に発表されたInnocentsにおいて、修道女ジェルヴェーズがやはり神の立場で神の言葉として「夜」と「希望」、さらにキリストが地上へ現れ、この「天に在ます」の祈りを人々に教えた経緯を物語るがそのあと、ジャンネットとのやり取りの中でさらに「祈りの本質」に迫る。キリストがこの祈りを教えたのは、父なる神がたえず人間を顧みてくれるようにと望んだからである。神は言う、「神であるわたしの、慈悲の手が人に向かって広げられ、義の手は組まれたままであるように」「わが子イエスは巧みに振舞った」のだ。しかし、同時に「父なる神は裁くこともしなければならない」と神は言う。「わたしは父として裁く。父は裁き得る者であることを知らせるためだ。『男には二人の息子がいた』。父がどのように息子を裁いたか、誰でもよく知っている。皆よく知っている。家出をしたが、帰って来た息子を父はどのように裁いたか、誰もが知らされた。そう、このとき誰よりも泣いたのはやはり父だったのだ。これこそ、わたしの子イエスが人々に告げたことだ。わが子イエスは裁きそのものの秘密、隠された働きを人々に明らかにしたのだ」。

この時期の作品、Porche と Innocents の大筋は、罪を自覚した人間が、痛悔の果てにすべてを聖母マリアの手に委ねる、マリアという「癒しの夜」に「希望」を託する。その「謙虚」さを「恩寵」として受け容れるまでの過程が描かれているのだが、文脈のそこここに、右に見たようなペギー自身の、罪にまみれた現実、その絶望的苦悩からの叫び、とも言える表現が随所に織り込まれているのを見過ごすわけにはいかない。発表されなかったが Innocents を補う思いから Le Mystère de L'Enfant Prodigue「放蕩息子の神秘」なる作品を書き始めたのだが中断している。そして、一九一一年一二月一五日の Peslouan 宛の手紙には「僕は苦悩の大海を渡っている。これは purgatoire 煉獄なのだ……今晩、一五〇篇の詩を書く、これが今の僕には癒しなのだ」という言葉が見える。この煉獄と言える生活のなかで、短い詩篇を憑かれたように書き続けていたらしい。煉獄の実態とは何であったか。これまでの彼の作品に対する識者らの冷たい無視、実生活における家庭内不和、そして彼が心ならずものめり込んで行った、若き女性協力者 Blanche Raphael との実らなかった愛。性格上すべての関わりにおいてひた向きに進むペギーの苦悩は想像に難くない。

②ペギーのBallade

この一九一一年一〇月から一二月ごろ彼が書いていると言った詩篇は Quatrains 四行詩でありそれ

を「苦悩のバラード」としてまとめようとしていた。だがこれらは彼の生前には公表されなかった。むしろ一九一二年以降、依然として膨大な散文論説を発表する。一二年二月、末子のピエールがチフスに罹り苦しんだとき、彼は一つの願いを抱く。そして同年六月、一人でパリからシャルトルへの巡礼をした。そのあとに一転、「聖ジュヌヴィエーヴと聖ジャンヌ・ダルクのタピスリ」、「ノートルダムのタピスリ」などの長詩篇を発表した。後者には「シャルトルのノートルダムへボースを捧げる」という彼の生まれた地域であるBeauceの原野を巡礼しつつ、シャルトルの聖母マリアへの信頼と奉献の真情を歌った美しい詩に加えて、「聖堂内での五つの祈り」という、Arbert Béguinが、祈りと詩とが深々とこだまし合う稀有の作品、と讃えた詩が収められている。そして一九一三年末には畢生の大作『エーヴ』が発表される。詩人ペギーの全貌はこれらの詩篇の理解なしに語ることは出来ない。当然ながらA. BéguinやJ. Onimus始め多くの研究者の浩瀚な業績が山積している。筆者もそれらを視野に入れないではないが、ここでは文脈上、一九一一年から一二年初めにかけての、生身のペギーが「実存」を賭けて発した声に耳を籍す意味で、しばしQuatrainsに眼を向けておきたい。

筆者はこの作品をPléiade叢書の『ペギー全詩集』（Gallimard社一九七五年刊）中の「La Ballade Du Cœur Qui A Tant Battu」（内容は「苦悩のバラード」と「恩寵のバラード」の二部に分かれている）で見ているのだが、ペギーがいろいろな紙片に一篇づつ書き残し、しまわれたままであった一四〇〇篇を超える「四行詩」（書きかけのものも含む）が、ここに見る形に構成されるまでには、研究者の思いがけない発見と精魂をこめた編集の歴史がある。中でもJulie Sbianiが協力者を得て博捜した資料に基づきまとめた論考「LA BALLADE DU CŒUR Poème inédit de Charles Péguy」(Klincksieck, Paris, 1973)は、あらたに見出された詩篇を含めて構成した貴重な労作(著者は最終的とは言っていないが)であるが、ここでは、その経緯の詳細は背景に置きつつ、この時期におけるペギーの心情と思想を物語るいくつかの詩篇、特にPorche, Innocentsの「放蕩息子」に関わる作品に眼を向けておきたい。「苦悩のバラード」の終末に近い部分に、百篇を超える四行詩で「放蕩息子」に関わる「父なる神」の呼び掛けが読み取れるのである。だが、それを見る前にやはりそこにまで追い詰められたペギーその人の「苦悩」の詩的表現を少し振り返っておこう。初めから中ほどまでに、「心」と「苦悩」に情感をこめて呼びかける多数の詩篇が見られる。たとえば、

Cœur dévolé d'amour　　愛にむさぼり喰われた心よ
Fervente joie　　烈しい歓び
Mangé de jour en jour　　昨日も今日も喰われている
Vivante proie　　生きながらの生贄

そして(以下紙面上、四行詩を二行に書く。二字あけは改行を示す)

ただ一人の相手に占められた心　おお憑かれたものよ
おお　ただ一つの存在に占められた心よ　溢れるばかりに

続いて数篇

こんなにも人を愛した心　愛と憎しみとで
これほどの苦しみに　慣らされた心よ
こんなにも血にまみれた心　愛と憎しみとで
諦めきれぬ心よ　これほどの苦しみにも
こんなにも拍ち震えた心よ　愛と願いとで
心よ　おまえは見出せるのか　夕べの平安を
苦しみよ　一つの臥所に寄り添い
手を組み　横たわる　同じ塒に

ああ　悔恨の器　縁まで満ちているのは
悔悟の毒　想いもかけなかった

ペギーの社会的活動に対する厳しい批判は彼を失望に誘うものであったのは事実だが、彼を人間、心と体とで生きる一人の男として苦しめ悩ませたのは、やはり実りなきものと知りつつ囚われていった「愛」への対応であった。tant（こんなにも）という副詞が頻出する詩篇には彼女への思いそのものに苦しむ心情が綴られている。然し現実には同意の上で彼女を結婚させ（一九一〇年夏）、彼は心服していたCorneilleの作品の主人公Polyeucteに敢えて倣いつつ、自身の家庭を破壊に導くことを避けた。彼女も賢明な女性であったから、そして深く尊敬していたペギーのため、また自身のために結婚に踏み切った。ペギーは「おかげ」で特異な詩人として生きる道を与えられたのだ。しかし、この「愛」を確実に超えた真情に至りつくまでにはまだ多くの歳月が必要だったと見える。右に引いた詩句は主に一九一一年、大きな作品の合間に書かれたものと見ていい。この苦悩、peineはむしろ罰に近い意味の言葉でもある。それ故、ひたむきな彼自身にやがて深まって来る「悔悟」、「痛悔」pénitenceの念も偽りではなかった。そして先に触れた「涙する父」としての神に近づく道のりを支える四行詩が数多く書かれることになる。「煉獄」の叫びであった右の四行詩に続く詩篇は

おお愛の生け贄よ　お前にどんな分け前があるか

日毎　お前は喪う　お前が受け継ぐべきものを

裕福な家の息子　大きな財産
お前の故郷は　どうなったか

迷い出ていい気で暮らした　放蕩息子
踊りまくった愉しさ　虚しさ

ペギーが常に気にかけていた、愛も財産も失った「放蕩息子」がテーマとなる。己の喜びを求め過ぎた者の喪失感。やがて、神の厳しい呼びかけが聞こえてくる。

修道の頭巾を被ぶれ　痛悔する者よ
よごれた手袋　おお　惨めな姿

仲間から抜け出せ　別れるのだ
彼らのみだらな病い　彼らの鼻持ちならぬ手袋と

続いて、彼が棄てて出た父の家の光景が描かれる。息子が覚えているであろう家、それを取り巻く木々や、そこに実っている果実などを見せて彼の郷愁を誘うとともに、家は彼を見捨ててはいないことを知らせる。

お前の父の家は　不孝な息子よ
お前を見つめている　お前を守っているのだ

と告げたあと、言葉の調子が変わる。四行詩が崩れて、三行、二行などの節が続く。

「私にまた会う為に　千里の道を越えてきた
息子よ　私は幸せだ」

そしてついに
「間違っていたのは私だ　わが子よ」
「罪を犯したのは私なのだ　なぜならお前が見えなくなったから」
「お前から離れたのは私なのだ　お前が行ってしまったから」
「家を出た息子には　貪欲な父がいた」
「私は悔いた　昼も夜も」

「罪を犯したのは私だ　　わが子よ
　お前を悲しませたのだから　　ああ　年若い子供を」

Innocents の中で、「涙を流したのはやはり父だった」と言った「神」と呼応している詩篇であることは明らかであるが、ここでは「罪を犯したのは私だ」（C'est moi qui ai péché）と神自身が激しい言葉を吐く。罪なくして十字架上に犠牲として死んだのは神の子イエスであったが、罪を犯す神とは何なのか。だが、このすぐあとに続く詩篇は

「おお　わが子よ　わが血よ　来て元の通りに戻してくれ
　誰よりも力強い息子よ　　ひき離されたものを元に」

と歌われるが、ここではこの「子」「息子」がキリストを指している。この輻輳は何を意味しているのだろう。

　当時の「ペギーの神」を見極める意図を勘案しつつ、Porche, Innocents を見た時、「創造者である神」が「被造物である人間」なしには「神」でありえない状況を我々は読み取ったのであったが、その神の「裁き」そのものが神の「涙」なしには実現しない「秘儀」とも言える営みであったことをも知らされた。その文脈の底に、既に「罪を犯したのは私だ」と言う神の言葉があったのである。キリ

スト信者一般の神観念とかけ離れたこのペギーの神は、教会神学にとっても一種の挑戦ともみられるが、ペギーは別に挑戦のための挑戦をしたのではない。むしろ人間と神との分離、神と、人の肉をまとった子イエスとの分離という歪みをいたく凝視し続けた（先に触れたキリストのPassionもここに重なる）ペギーはその、実存を賭した探索の果てにこの神（その三位一体性）にめぐり会ったと理解すべきなのだ。世の知者が研鑽の末に至る「悟り」とは異次元の神。研究者（J.Bastaire）は言っている。この、子を呼び求める父なる神の発見は、キリスト教神学の中枢である「三位一体」の教理の内実、即ち「父なる神」「子なるイエス・キリスト」「聖霊」という神の三つのペルソナが営む深い次元での相互的内在性périchorèseあるいはcircumincessionの発見と見られるし、これをペギーなりに現実として体感したのだ、と。言い換えれば、「分離」「分裂」という、この人の世の悲惨が止揚、解消されるのは、神と人間が「罪性」と「痛悔」とを真に分かち合う出会いから生まれる「希望」においてである、という想念なのであろうか。

翻って思うのは、この時期、ペギーが苦しみ喘ぎながら、身辺の紙片に一篇、また一篇書きとめていた「四行詩」は、言わば彼がその上で苦闘しつつ生きる大地に蒔いた想念の種子であり、それが芽生え育ち、土を覆う豊かな作物となったのがPorcheでありInnocentsであったと言える。つまり究極には希望と安らぎを描こうとしたこれらの作品の成立過程を限りなく輻輳させ、深い奥行きを与えるに至ったのは、まさにこれら深部に蒔かれていた「愛」と「苦悩」の詩篇であった、と見たい。

以上、ペギーの「苦悩のバラード」のほんの一部を採り上げて考えて見た。ほんの一部、というのは、ペギーの詩想は、ここでもはるかヘブライ、ギリシャ、ラテンから近代にわたる「心」を視ているからである。続く「恩寵のバラード」についても同じことが言えるだろう。そして「恩寵」なるものは、あたかも時空を旅する「巡礼」が、祈りつつ歩む一歩一歩の賜物であろうからだ。現実のペギーの「苦悩」から「恩寵」への道行には、Blancheとの長い関わりが大きな因子となっている。一九一一年十二月に彼女の名を「折句」の形で読み込んで送った七篇の四行詩がそれを物語っているが、それらを含めて、のちのペギーについては、また次の機会に考えてみたい。

Ⅵ．Charles Péguy の作品と思想3

前稿で採り上げたのはペギーの Quatrains すなわち「苦悩のバラード」と「恩寵のバラード」のうち主として前者であった。ところで彼は一九一一年一〇月、詩劇 Porche を発表し、そこでキリスト教における「対神徳」とされる「信仰」「希望」「愛」のうち、「希望」が最も重要な徳である所以を語っていた。「希望」は無垢な幼女にたとえられ、神に最も喜ばれる存在であり、明日を迎えるのに何の不安もなく眠りにつく「夜」があり、「夜」は、人間がそこで自己の存在に立ち返る恵みに溢れた時空であり、聖母マリアの懐に重なると言った。そして翌一二年三月にはやはり詩劇 Innocents を発表し、ヘロデ王に殺された多くの無垢な幼児は、まさに幼な児イエスの代りに死を引き受け、イエスの生涯の扉を開いたことを語りかつ歌ったのであった。つまり、この二篇の詩劇は、ペギーの独自な神体験を基とするキリスト教思想が、一つの極に収斂しつつあることを示していた。すなわち、人間の「悲惨」を見る目を持たず「政治万能」に走る時代の動きに抵抗し、「半月手帖」に拠って論陣を張ったものの、まさにその自負ゆえに社会的、個人的両面で被った癒しがたい深い傷、苦悩。それを超えての闘いは、自分がなお躓きつつも続ける努力以上に、極限の「痛悔」を経ることで識る、神と聖母とへの「委託」無しには不可能なのだ、そういう思いの深化が読み取れるのであった。

そして彼が「バラード」、つまり千篇を超える四行詩を書き続けていたのは、一九一一年の暮れ頃、つまり右の二篇の詩劇発表の合間から、Innocents の時期にも重なっていた。「バラード」がこれら二つの詩劇に底流していると見られる経緯については前稿でも少し触れた。即ち「苦悩のバラード」は、救われ難い苦痛に身と心とを灼かれる人間ペギーの叫びが主流をなしていることについて。そしてこの時期、友人への手紙によれば「恩寵のバラード」をもほぼ書き上げていたと見ていいのだが、この部分を纏め上げようとしたのは Innocents を発表したあと、つまり一九一二年の四月頃であった。この時点で、Innocents を書いた上に、さらに思いついた多数の詩篇を追加しようとしている。しかし、やや冗漫、反復的な詩篇が続き、最終的な纏めはついに放棄され、「バラード」全篇が彼の生前には公刊されなかったのである。見方によれば、Innocents まで発表したペギーは、「バラード」を強いてこの時期に纏めるよりは、さらに別な「仕事」（Clio II・「歴史と異教的魂との対話」など）にかかる必要を強く感じていたと推測される。加えて、この一九一二年の二月には末子のピエールが腸チフスを病み、回復に三週間もかかった。子供想いの父親ペギーは、この回復に喜び以上の気持ちを表すべくシャルトルの聖母のもとに「巡礼」に出ることを思った。しかし彼自身の健康がそれを許さない状態にあったので、実行には至らなかった（六月に「巡礼」は実現するが、これについては後でふれる）。ここでは前稿を受けて、「恩寵のバラード」に目を通し、「巡礼」などを思うペギーの心情と思想の経緯を考えておこう。

「バラード」が一篇ずつ書かれた紙片が、前述の J. Sabiani 等の努力により集められ、整理されてのち、略全容が一九七五年の Pléiade 版には収められている。後半の「恩寵のバラード」も七百篇を超える四行詩である。これらをペギー自身がどう構成しようとしたか、Sabiani も断定の限りではないと言っている。しかし、内容的に分類することは必ずしも困難ではない。思いつく度に書き、のちに書き直すことが少なくなかったペギー流の制作を、単に時系列的に並べることは却ってこの時期の作品の趣旨を混乱させる可能性もある。ここでも主要なテーマを採り上げて、この一九一二年春前後のペギーの詩想の綾を読み解けばいいと思う。

さて「恩寵のバラード」の冒頭には「枝の主日」をうたう数篇の詩が置かれている。完全な四行詩は二篇に過ぎない。「枝の主日」とは教会の典礼において「復活の主日」の一週前の日曜日のことである。イエスがそこで死にわたされるエルサレムに最後に入るとき、人々が自分たちの上衣を脱いで道に敷き、棕櫚の小枝を振って喜び迎えたと福音書は記している。これらの人々には実際にイエスに

「救われた」人々が混じっていたであろうが、彼が救国の「王」となることを夢見た人々も少なくなかったはずである。ともあれこの故事を記念し、今日の教会においても信者の行列などを行う大きな主日である。右に「棕櫚」の小枝としたが、福音書で、この植物の名がはっきり挙げられているのはヨハネ福音書の「棗椰子・ナツメヤシ」だけである。棗椰子は古くから中東の地域では「生命」の象徴であったこととも関わりがあろう。中世以来の絵画には棗椰子の枝を振っている人々の姿が描かれている。今日の行事では教会によって、棕櫚あるいは黄楊、その地域で手に入り易い類似の植物を用いているようである。ところで教会の権威主義には極力抵抗し、個人的には信仰への復帰を宣言したが、ミサにも出席していなかったペギーが、Innocents までに深めた「信仰」の眼で教会の典礼を彼流に見直す心境にあったことは、一般の眼には奇異に見えたかも知れない。しかしかのジャンヌ・ダルクが生身のイエスに憧れた心情はペギーのそれでもあったわけで、「死」を受け容れるべくエルサレムを訪れるイエスを迎える人々の中にペギーを見出しても可笑しくはない。だがペギーの詩篇は熱狂的歓迎の心情とは程遠いものである。と言うのは、「枝の主日」から「復活の主日」までの間には当然ながらイエスの死を瞑想する「聖金曜日」がある。ペギーにとって「復活」という「生」はそれに先立つ「死」への哀惜があってこそ受け入れられるものであったのだ。「枝の主日」から「復活の主日」を歌う詩篇も、死を迎えるイエスの静謐な虚心を映すかのように穏やかな詩句で綴られる。

「枝の主日　鄙（ひな）の道々に」「枝の主日　谷間の畑　小さな村に　穏やかに」など短い詩篇に続けて、「復活の主日」を二行ずつ四篇の詩行がある。

「おお復活の主日　陽は輝き」
「おお復活の主日　四月の芽ぐみ」

など。彼自身の「苦悩」からの脱出を、イエスの十字架の死のあと、この世、この地上の事件としての「復活」に与かる位置に立って筆をとったのだろう。これらの詩篇はJ. Sabiani等が見出した僅かな手稿であり、彼女は、これは一九一二年の四月の初め、つまり「復活節」を思いつつペギーが書き留めておいたのだろうと推測しているがその通りであろう。それゆえ、これらの詩篇は、既にほぼ構想されていた「バラード」全体の後半、「恩寵のバラード」の冒頭に、編者等が置いたのである。ではこの後半の主題はどのように展開するのか。当然ながらそれは「バラード」前半の主題であった「苦悩」、それをいかに超えるかである。ペギーは、「苦悩」を過去に貼り付けられた「歴史」の一事件として「背を向け」ればすむこととは毛頭考えない。「苦悩」の絶えざる「記憶」、それを生きつつ新たな経験を重ねることで、「苦悩」も「今」をゆたかに生かす現実とならねばならない。彼の味わった「苦悩」は生き続ける。それは彼が捉えられ、捉えたどんな「経験」によって「恩寵」へと熟すことが可能であったか、ここにはその経緯が歌われる。読み進めるにつれて、それは、Porche, Innocentsを通じての主題であった、「希望」の「肉化」Incarnationつまり「希望」と、「苦悩が織り込まれた現実世界」との実存的照応の体験、その詩的表白として見えてくると言おうか。続く最初の数篇には、「イール・ド・フランス」、その周辺の地域の名が、風景と共に採り上げられる。

「アルジャントイユの丘　涼しげな小家」
「高原に広がる　麦畑の海」
「ヴェルサイユ　サン・ドニ　フランスのパリ　年若い希望は　パリの人々のなかに」
「黄金色のイール・ド・フランス　丘また丘　年若い希望は　短いマントを着て」

そして

「神に向かう　第二の徳は　掟に囚われぬ短い衣服で」

などの詩篇である。三つの対神徳、信仰、希望、愛のうち、幼い少女としての希望（第二の徳）が神を最も喜ばせるものであることはPorcheのメイン・テーマであった。しかしあの劇では「希望」は特にさまざまな「土地」に結びつけられてはいなかった。そして次のInnocentsでは神が「私の創った世界は美に溢れている」と言い四季の風景を愛でたあと、次のような語りが続いていた。

「私は見た　あのムーズの丘また丘を
ほかならぬ私の家である　あの多くの教会を」
「パリ　ランス　ルーアン　そして私の宮

私の城にほかならぬ　あの多くの聖堂を」
「私には聞こえる　ミサの歌声　救いをもたらす晩課の祈りが」
「私には見える　深い海が　深い森が
そして人間の深い心が」

つまりInnocentsで詩人は、既に彼が生きている土地と共に、人間の心が神の眼差しのもと、神の手の中にあることを語っている。しかし「バラード」では、右に見たとおり、神そのものではなく第二の徳「希望」が親しみやすい姿で彼の生活の場所に降りて来るのである。いや「希望」ばかりではない、続く詩篇を見よう。

「聖なる徳　三人の天の娘たち」
「あなた方はどのようにして　ここに入り得たのです
この　見捨てられた道に」
「聖なる友たち　あなた方は　お出来になった
このくにの　この家を　見つけることが」
「叡知溢れる方々　あなた方は　お出来になった
町に埋もれた　この家を　見出すことが」

「あなた方は　また見出して下さったのです　この心
かつて試みを受け　道を見失った　この心を」
「誰が思い描いたでしょう　売られたこの心を
あなた方が　買い戻して下さるなどと」
「聖なる方々　ご覧ください　我らのこの涙を」
「鋳割れた　我らのこの心を」

ペギーが三人の「天の娘」とみなす信、望、愛という三つの対神徳 Trois Vertus Théologales は、極みまで苦悩した彼の心を導く「仲立ち」として現われ、かつ交わる。彼女らは彼の家を訪れ、食卓にもつく。

「ここに　パンと　ぶどう酒と　小さな水差しが
ここには　神の愛が宿っております」

かくて、苦悩を包む新しい「時」が訪れる。

「聖なる方々　朝です　陽が昇ります　これほどの恥辱の上に注がれる　ささやかな愛」

「聖なる方々　朝です　陽が昇ります　我らのあらゆる恥辱の上に　ささやかな愛が」

さらに

「聖なる方々　朝です　曙の光が　これほどの愛の上に　哀惜をそえるかのように」

つまり、現実の生活における対神徳へのつつましい「委託」という関わりが描かれているのである。そしてこれら「天の娘」たちはさらに歩み続け人々を導く。

「あなた方は狭い道の果てまでお進みになる」
「森に沿っていつまでも　歩いて行かれる」
「私たちに　貧しい宿命（さだめ）を用意しておられる」
「私たちが死に臨むとき　戻ってお出でになる
私たちを直かに顧みるため」

「天の娘」たちは、詩人自身を含めて人間の、死に至るまでの運命を支える存在、と歌われている。

前稿Ⅳで述べたペギーの神体験は、極めて個人的、特殊な「出合い」の体験であったが、彼が生きる「日常」においては、「信仰」「希望」「愛」の働きが、「救い」への不可欠な「仲立ち」、あるいは

「後ろ盾」であることをあらためて感得、確認している、と見るべきであろうか。

次いでこれら三「徳」に並んで、人間の倫理的目標として神学的にも認められている四枢要徳 Quatre Vertus Cardinales すなわち Justice, Tempérance, Prudence, Force（正義、節制、賢明、剛毅）なるものは、人間の救いという神の仕事にどのような役割を演ずるのか。ペギーも幼児の頃から親しんだ「公教要理」では、信者の生活を支える枢要な徳として重要視されているこれらの徳目。これらについてのペギーの認識は実に明快である。これら四つの徳は、信、望、愛の三徳、特に「希望」が在るところでは「芽ぐみ」には縁のない「硬い樹皮」以外の何物でもないと断ずるのだ。以下さまざまな比喩を用いながらこの「枢要徳」と「対神徳」とを擬人化して対比する詩篇が続く。

「枢要徳は　絹の帽子を　けれど対神徳は
襤褸をまとって」
「枢要徳は　高価な帯を　対神徳は　粗末な衣」
「枢要徳は　壮大な城に　対神徳は　葡萄畑に」
「枢要徳は　実入りがよく太った役職　対神徳が受けるのは　ただ恵み」

などに見られる通り、枢要徳が権威、利権を志向し、それを「所有」することに汲々とする危険を露呈するのに対して、対神徳はおよそそれらの欲求とは関わりない、謙虚、質実な「貧しさ」に自足する徳であることを強調している。この対比は繰り返し現れ数百篇を数えるが、趣旨は変わらない。ただ、ペギーの思想の本質にかかわる一篇として「枢要徳には歴史が　対神徳には記憶が」を記憶しておこう。「公教要理」的には枢要徳もまさに「徳」としてそれなりに重要視されるものであるが、ペギーのラディカリズムはそれを拒否してしまう。ダンテの「神曲」、「煉獄篇」の終末「二十九曲」にこの「枢要徳」と「対神徳」とが美しい女性の姿で現れ、共にダンテを導く役を受け持っており、そして「対神徳」のなかで「希望」はむしろ「信仰」と「愛」とに導かれて働く旨が歌われている。これはオーソドックスな思想であろうが、「希望」を最優先するペギーには面白くなかったようだ。ともあれすでに「復活」につながる新しい日を歌うに至ったペギー自身の内面の、ここまでの歩みはどのように捉えられているのか、以下、この時期における彼の「心」の動静が窺われる詩篇に目を向けておこう。

「いくたびも幸いを享けた心よ　苦しみを抱えつつ
いくたびも不幸に苦しんだ心よ　憎しみを抱えて」
「苦しみを素地に　喜びを織り上げた心よ
喜びは授かり物　苦しみは王妃なのだ」
「心よ　喜びの島　苦しみを踏まえた
喜びは絹の服　羊毛を素地にした」

などの比喩的イメージが多用されている。原詩は例えば joie, soie, proie, peine, reine, laine などの語を用い、韻をきっちりと踏んだ一篇の四行詩にしているが、訳は意味の繋がりを優先させざるを得ない。趣旨は、喜びを愛する心も、苦悩を素地に織りこまれた限りの喜び、それを享け入れる宿命にあることの認識であろう。この「心」はさらに深く堀下げられる。

「ただ一つの哀惜（regret）にみちた心よ
胸刺され言葉もなく　重すぎる荷を積んだ　小船そのもの」
「哀惜は目の前の　ただ一つの存在に占められ
目には見えぬ　ただ一人の主人の召使」

「ただ一つの存在に占められ」という詩行は「苦悩のバラード」にも現れていたが、その場合は「とり憑かれて」（possédé）の意味をも強調していた。

また「悔恨 remords 故の regret」「regret 故の remords」という関わりが歌われたこともあった。しかしここ、「バラード」の後半においては remords を超えた regret の深い意味に目覚め、それを読み解くことを求めていると見える。ここでは「哀惜」と訳すが、詩篇ではどのような文脈に置かれているか。「心」を「壷」Vase に譬えて歌っている詩篇

「敬虔な壷　大きな骨壷　哀惜の花々
物言わぬ案内びと　糸杉の下の」
「おお　哀惜の宮居　さらに親しく　美しく
そして影にじむ糸杉　数々の墓」

の詩句に見られるとおり、心を哀惜に満ちたものと歌うのだが、哀惜の内実は何なのか。それは「糸杉」が象徴する「死者への誠実」という心性と言おうか。

「心よ　記憶の花々よ　お前にはわかる　哀惜が何であるかが」

という詩篇も前に歌われていた。ここでは

「死者たちへの誠実　生者たちへのそれにも増して　宿命(さだめ)は人の思いを超え　日毎陽は昇る」
「墓たちの上　陽は日毎に昇る　美の極みなる　陽が」

と歌い、かつて「愛と望みとに　かくまで搏ち震えている心　お前は果たして　夕べの安息を見出せ

るのか」と歌われたその「心」は今

「愛と憎しみとに搏ち震える心　お前は　もはや　あれほどの苦しみに搏ち震えることはない」

と言う境域 climat に導かれるのであった。詩人自身、地上の死の苦しみに囚われる身として在るが、死を死と「受け取る」とは、さまざまな死を死んだ人々、それらの死を「過ぎ去った事」(tout fait)と見るのではなく、鮮烈な「記憶」として絶えず蘇り、「哀惜」によってのみ頒ち合える死、と実感することとなのである。それゆえ彼の「苦悩」が「死」への深い「哀惜」に重なることは、彼自身の救いの climat の予感でもあるのだ。

彼の思想の文脈として、随所に「記憶」と「歴史」の対比が現れる。「バラード」をほぼ書き上げていた頃、彼は「Clio II 歴史と異教的魂との対話」の構想が溢れるばかりに浮かんでいたはずである。そのためか、彼は「バラード」のまとめを放棄して「クリオ」に取り掛かってしまったのである(しかし、その「バラード」も「クリオ」も生前には発表されず仕舞いになってしまったが)。

その Clio の中で「老い」について「クリオ」つまり「歴史」が語っている言葉、「老い(vieillissement)とは本質的に回帰の働き、そして哀惜の働きである。自分自身のうちへの、自分自身への、自分の年齢への、いやむしろ、自分が自分の年齢、今現在の年齢になっていることを通じて、以前の年齢へ回帰する働きなのである」。

ペギーの言わんとするところは、「記憶」をまのあたり意識する「老い」が「老い」の現実であり、ただ「記載」(「歴史」の一こま)に帰した過去を見ているのは単なる「老人」であって、「老い」すなわち「年を重ねる」という貴重な「流れ」を生きている人間ではないのである。「老い」の問題はともかくとして、ここでは、「現在」に「生きる」ことは「記憶」あってはじめて可能であり、特に「哀惜」、つまり「死者への誠実」が記憶の主体をなすことにより「生」は普遍的な深みを持つことを語っているのだ。「クリオ」の同じ箇所で「このゆえに、哀惜より偉大で美しいものは何もないし、最も美しい詩篇は哀惜の詩篇なのだ」と言ってさえいる。「苦悩のバラード」が「恩寵」のそれへと熟してゆく契機はこの「哀惜」への目覚めにほかならなかったと言える。それは詩人自身の魂の救済に繋がる意識の表白にも繋がる。

「紛れ込むどんな憎しみとも関わりなく　魂よ
終末の苦悩から　おまえが救われんことを」
「苦しみが絡み合った網　魂よ
終末の苦悩から　おまえが救われんことを」
「愛が絡み合った網　魂よ
終末の日の火から　おまえが救われんことを」
「去来する声で糾われた網　魂よ

終末の時にこそ　おまえが救われんことを」

これらの詩篇が « Sois-tu sauvée » で終行を締めくくられる形は、言わば連祷 litanie のそれであり、「死者ミサ」の祈りとも聞こえる。

かくて愛憎、苦楽で身を引き裂かれる思いで行きつ戻りつした挙句、かの「枝の主日」を迎えた詩人の魂は、先に触れたあの「天の娘」への「呼びかけ」から新たな「呼びかけ」へ移って行く。それは彼の人生行路のおちこち、特に Beauce の原野に見え隠れする Chartres のノートルダム寺院、そこに祀られる聖母への呼びかけである。前年の詩劇 Porche の終末では、苦しむ衆生を癒し、明日への希望を抱きつつ眠らせる「夜」としての聖母の本質を、神が称揚していた。だが「バラード」は、地上における詩人自身の一歩一歩の歩みを顧み支える「扶助者」としての聖母への呼びかけの詩篇となる。

「海の星よ　ここにあなたの都が
この世での　最大の海が」
「最も深い海　その深さは
眼では測れない　ざわめくパリ」
「この上なく騒がしい石（pierre）の深淵

けれども漁師ペテロ（Pierre）には豊かな収穫が」
「ごらんください　この苦い淵
老いたパリを
ごらんください　我らの冷えた心の
大海ばらを」
「天の后よ　ここにあなたの都が
この都は　優れて清く
我らの心が　その穢れを洗われる都
我らの手が　その卑しさを」

「海の星」は教会の「マリアの連祷」におけるマリアへの呼びかけの一句であるが、詩人はそれに倣って、人間の喜怒哀楽の波立つ海である現世、街を見守るマリアに呼びかけている。「我らの心」が「生」の汚濁から洗われ「清さ」を願うのが本旨であろうが、単純ではないことは

「これは唯一の海原　限りなく深い
天の后よ　唯一の虚無です　測り知れぬ深さの」
「そして唯一の山頂　深さ無限の空に立ち向かう

そして唯一の深淵　底なしの」

など重ねて歌うところに見える。そのあと

「幾たびも病み　ひとたび死んだ　心よ
このバラードを　一つの宿命（さだめ）の足許に刻もう」
「お前は灰と塵になるだろう　色を喪くしたものよ
地獄の　雷火（いかずち）から　おまえが救われんことを」

と歌い「バラード」としても歌うべきことはほぼ歌い終わった印象を与える。だが最後にキリスト教的な終末論が想定される数篇、「終末の日の王」への「呼びかけ」に眼を通して置こう。

「終末の日の王が　彼の雷火を擲げないで欲しい
闇から闇へ　我らを塵にかえさぬよう」
「終末の日の王が　彼の雷火を擲げないで欲しい
その塔に閉じこめ　明るい日々を」
「終末の日の王が　彼の雷火を擲げないで欲しい

「最後の審判で　我らの罪が赦されるように」

という、最後の審判での罪の赦しを、王たるイエスに殊勝に願っている詩篇ではある。これらの詩篇が、一五世紀の奇矯な詩人フランソワ・ヴィヨン F. Villon の作とされている「絞首刑罪人のバラード」（Ballade des Pendus）に発想を得ているのではと見たのは J. Onimus であった（Introduction aux Quatrains de Péguy, 1954）。ヴィヨンと言えば、ペギーはすでに一九〇九年夏頃に書き始めた論説 Clio I で、ヴィヨンの膨大な作品「遺言の歌」の中の「兜屋小町恨歌」の詩篇を引用している。この論説の冒頭近くで、老女となった「歴史・クリオ」が、自分が若く美しい娘であった「昔」を、戻らぬ過去として嘆く言葉が語られている。一方、ヴィヨンの詩では、昔、「兜屋小町」ともてはやされた美女が、やはり老女となって「老いよ、おまえはあたしから、あの至上の特権、／美があたしに授与してくれた力を奪った…」（堀越孝一氏訳）と言った調子で「老い」の残酷さを切々と語る件りがある。

論説「クリオ」では「歴史」と「老い」との関わりを検証するのに引用したヴィヨンのこの「詩」にペギーも強い迫力をも感じたに違いない。「兜屋小町」の語りの切実さがペギーに乗り移ったかのように、「クリオ」がその「無念」を嘆く言葉も激しい（もっともペギーの散文の措辞が激しいのはここばかりではないが）。一方、右に引いたペギーの「終末の日の王」が発想を同じくしているのではと Onimus が引くヴィヨンの詩の一連は（安藤元雄氏訳）

「人みなの主たる　イエスの殿よ
地獄がわれらを支配せぬよう守らせたまえ
地獄とはどんなかかわり合いもごめんこうむる！
人々よ、ふざけたりする場合じゃないぞ、
われら一同赦されるよう　神に祈っておくれ。」

であるが、ペギーもヴィヨンも、ニュアンスは違うが、罪人が終末の日の審判では罪を赦されることを、祈り求めている。この最終行の「赦す」は、ヴィヨンは absouldre、ペギーは absoudre で新旧のスペルは少し違うが同じ意味である。この語は教会では「告解」のあと罪の赦免の意味と記憶するが、ペギーには、ヴィヨンの人生が奇矯、変転に満ちたものであったとしても、いや、それゆえにこそ、ヴィヨンがなかば揶揄気味に吐き出している「祈り」に、やはり「神秘」に無感覚になった社会にたいし孤独な戦いに終始して来た自分の「祈り」が重なるのを覚えたでもあろう。思い出すのは、前に触れた「罪人あってこそ聖人がある」というペギーの論考（「新神学者 Laudet」一九一一年）のなかで、ペギーは「罪人はキリスト教の当然の仲間である。罪人こそ最良の祈りが出来るのだ。ヴィヨン以上に深くキリスト教に連なった者があるだろうか。ヴィヨンが母の頼みで綴ったバラード『聖母マリアへの祈り』より優れているどんな祈り、どんな聖人の祈りがあるか」と、当時の教条的キリスト教に反旗を翻していたペギーは、ヴィヨンの「祈り」を称揚し、自説の主張に援用したのであった。こうしたペギーであるから Onimus が、右に挙げた詩篇の一節のみではなく、ペギーの「バラード」自体が多分にヴィヨンの作品の影響を受けていると言っているのもわかるが、もとより人生を見る詩人の姿勢が重なるなどとは言えない。ペギーの「バラード」は、前稿から本稿にかけて見て来た通り、彼の短い生涯の中、かなりの年月にわたった、「愛と憎しみ」に悶える「自愛」ゆえの「神への離反」を歌い、次いでそれが齎す「死」に等しい「苦悩」からの「救済」の願い、つまり人間自身の力では不可能な「転生」を「聖母マリア」に謙虚に祈るに至った経緯を綴ったものであるからだ。

さてキリスト教的精神状況にあっては、詩人が終末論を想定しての「罪の赦し」を祈願するのは作品の締めくくりとして唐突ではない。しかし、ペギーの「バラード」の結末は、この「罪の赦し」のあとにおかれている七編の Quatrains と見るのが自然であろう。これは、前にも触れた Blanche Raphael、すなわちペギーが女性として深く愛したが、その愛の喜びを敢えて絶つたというよりは、人間としてより真実な寛い愛を築く「闘い」のうちに交わって来た女性へ捧げた詩篇である。これらの詩篇は実際には一九一一年末、彼女への愛の苦しみが底流する「苦悩のバラード」を書き終えた、と詩人自身も判断した頃、一篇ずつ別の用紙に書いて彼女に送ったものである（詩集で「恩寵のバラード」のなかに置かれた位置は、この詩篇が「バラード」全体を締めくくるに相応しいとの編者の意図によったと見る）。つまりこれらの詩篇は、詩人が常に其処に還帰しつつ、新たに「恩寵」を歌う多くの詩篇創作の拠点となっていると見えるからである。ところでこの七篇の四行詩各篇の一行目、最初の文字がB、L、A、N、C、H、Eつまり彼女のprénomを表しており、詩はacrostiche「折句」となっていることからも、詩人の彼女への想いが読み取れるばかりでなく、ここでも以上論じて来たように、この時期の社会的、個人的苦闘と祈りとが、キリスト教的にも深い内容を示唆するものとなっている。本稿の結びとしてこの作品に一言触れて置こう。

Béni sois-tu, cœur pur, / Pour ta détrese,
Béni sois-tu, cœur dur, / Pour ta tendresse.
「純なる心よ　恵まれてあれ　お前の苦しみの故に
厳しい心よ　恵まれてあれ　お前の優しさの故に」

という祈願の言葉で始まり

Loué sois-tu, cœur las, / Pour ta bassesse
Loué sois-tu, cœur bas, / Pour ta hautesse
「讃えられよ　疲れた心よ　お前の低さの故に
讃えられよ　屈んだ心よ　お前の高さの故に」

そして

Honni sois-tu, cœur double, / O faux ami,
Honni sois-tu, cœur trouble, / Cher ennemi.
「災いあれ　裏表ある心よ　お前　偽りの友
災いあれ　濁れる心よ　お前　親しい仇」

など相変わらず屈折した心への呼びかけが続くが、終わりに

Et pardonné sois-tu, / Notre cœur vil,
Au nom des Trois Vertus, / Ainsi soit-il.
「お前が赦されんことを　我らの賤しい心よ
三つの徳の名において　アメン」

彼の道行きの助け手であった「信、望、愛」の「対神徳」を通して、二人の「心」が赦されることを謙虚に祈る。こうしてペギーは「恩寵」への道を歩み始めていたのであった。
三つの「神秘劇」の時代に続いたこの「バラード」には、「神秘劇」を書く最中で遭遇した理念的問題と詩人自身の心情との葛藤が歌われたのであるが、ペギーは「苦悩」との対決、その超克にいたる経緯を強くかつ多彩に表現するのにQuatrainという形式に拠ったと見ていい。内容として「心・

魂」の刻々の「生死」を主題とした「詩」がQuatrainであった。その後、形式を含めて「詩」の追求が齎した次の過程がAlexandrainによる長詩への発展であった。詩人としてのペギーはむしろこれら後期の長編詩によって評価されるのが通念であるが、それら作品で歌われる主題、その構成要素などはこの「バラード」時代の彼の「経験」、その「記憶」・「哀惜」によるものが多いことを付け加えておきたい。そうした視点から、次の機会にはペギーの一九一二年一二月末以降の長篇詩作品のうち、一三年五月発表のLa Tapisserie de Notre Dame（ノートルダムのタピスリ）に含まれているPrésentation de la Beauce à Notre Dame de Chartres（シャルトルのノートルダムにボースを捧げる・一二年一二月作）と「シャルトル聖堂内での祈り」など、シャルトルへの「巡礼」に関わる作品を採り上げてみたいと思う。

Ⅶ　シャルトル巡礼の詩

ペギーは一二年春に神秘劇Innocentsを発表したが、ほぼ完成していた「バラード」を発表せず、論文Clioを書き継いだが、これも生前には発表に至らなかった。この一二年二月には、毎年のように病いに苦しんでいる末子ピエールがまた腸チフスに罹り三週間ばかり病床にいた。父親ペギーの心痛は一段と深まるばかりであったが、幸い医者の手当ての甲斐あって、春を迎えるころにはピエールは回復した。

作品 Porche で描かれた、神への取り成し役である聖母マリアへ子供を委ねる父親の心情、それはペギー自身が抱いたものであったゆえ、彼はピエールの病気に際してシャルトル（Chartres）の聖母に参ることを想った。しかしこの時期、彼自身の健康がそれを許さぬ状況にあったゆえ、巡礼の機会は将来に待つことになった。

本論ではペギーが散文作品のほかに書き始めた本格的詩作品として著名な「シャルトルへの巡礼」をテーマにした詩を採り上げて見ようと思う。巡礼が息子ピエールの病気と関わりがあることは多くの論者が言う通りであろう。しかしペギーがシャルトルへの巡礼を考えたのは息子の為が初めてではなかった。たとえば、〇八年に夭折した友（Eddy Marix ユダヤ人、一八八〇年生）の場合。彼は二〇歳前から「半月手帖」の読者となり、ドレフュス事件ではペギーに協力、その後「手帖」にも作品を載せるなど、ペギーが信頼する若い友の一人となっていた。しかし腎臓を病み一八〇八年夏には父親のもとで静養していた。この時ペギー自身も心身ともに疲れていたが、愛する友の病気回復を祈ってシャルトルへの巡礼を思い立ったのである。その旨を「手帖」の協力者であり、〇七年にカトリックに入信していたマリタン（Jacque Maritain）に告げたところ、「正式に洗礼を受け、ミサに与かり典礼を遵守する信者でない者が巡礼などしても無意味」と反対された。そして〇八年八月三一日、エディは死亡したのである。この時の痛みをペギーは忘れていない。「巡礼」は諦めたが、約四年後、一九一二年のペギーはそれまでの著作活動を通じて彼なりの「神・マリア・イエス」観を深めていたことは既に述べた（本論Ⅲ、Ⅳ）。一二年の「巡礼」は息子のピエールの病気回復の感謝の為ばかりではないとすれば他にどんな動機があったのか。社会的には勢いを増し続ける politique の勢力との彼自身の苦しい戦い、「手帖」発行の経済的困難などで、ほとんど仕事を放棄したくなるほどの苦脳がつきまとっていた。またその中で命を落としたエディのみならず、彼の思想に共鳴してくれる多くの友の苦しみ、それら内と外との悩みをどう乗り越えるか、それがペギーの心を締め付けていたのだ。

巡礼を実行した一二年六月と言えば、その年のピエールの病気から四ケ月経っている。この間、Clio を纏める仕事にかかりながら、彼は何人かの友人に「巡礼」への同行の可能性を尋ねたりしている。だが結局承知したのは、やはり親しくしていたアラン・フルニエ（Alain Fournier, 後に小説 Grand Meaulne『モーヌの大将』を書く）だけであった。それも全行程をともにしたわけではない。また、巡礼をする旨だけを知らせておいた友のなかには、親しい女友達ブランシュもいる。ともあれペギーが現実に実行した巡礼の行程は

第一日…六月一四日（金）午前九時、パリ郊外 Lozère のペギーの家（Maison des Pins）を出発、Orsay 経由でシャルトルへの公道に出る。

Limours で昼食。回り道になるが Dourdan に夕刻着き、友人の母親の家に泊まる。

A・フルニエはここまでで、仕事のために同夕刻、列車でパリに帰った。

第二日…一五日（土）午前七時出発。Gué de Longray で昼食、夕刻五時頃シャルトルに着く。一時

間ほど、独り会堂で祈り、泊まりは近くの安宿。
第三日…一六日（日）早朝、ミサ前に会堂で祈る。ミサには出席せず、午前八時シャルトルを後にし、夕刻六時頃 Dourdan 着、泊。
第四日…一七日（月）朝 Dourdan 発。午後一時頃 Lozère 帰着。

大体、右のような経過で「巡礼」は無事成し遂げられた。そのあと Lozère の自宅でまた仕事にかかるわけだが「巡礼」について多くを語ってはいない。と言うより、八月に、息子のピエールが祖母に連れられて行った避暑先の海岸で、またしてもジフテリアにかかり、ペギーの妻も看護に駆けつけねばならなかった。家に残ったペギーも仕事が手につかぬ有様で、ひそかにシャルトル参りなどを思っていた。しかしまた介護の効果があって、ピエールは回復した。こんなわけで「巡礼」についてはこのあと（九月）親友ロット（Joseph Lotte）に語った言葉がよく引かれる。ここにもその一部を引いておこう。

「広がるボースの原野。一七キロメートルほど彼方にシャルトルの鐘楼が見えたときは、まさに忘我の境地。自分のあらゆる汚れが見る見る落ちて、自分は別人になった。私は祈った。あんなに祈ったのは初めてだった。敵のために祈ることが出来たのだ、初めて。」

そしてその年末、つまり六月の巡礼から六ヵ月経った一二月に「ボースをシャルトルのノートルダムに捧げる」Présentation de la Beauce à Notre Dame de Chartres という、ずばり「巡礼」を主題とする詩が生まれる。一二音節四行詩が九〇連、それも年末ぎりぎり、すぐにロットに、彼が責任者で出している雑誌 Bulletin des Professeurs Catholiques Universitaires の次号に載せてくれと頼んで承知させるといった慌しさであった（掲載されたのは翌一三年一月二十日）。

一二月に何故急いで仕上げ、かつ発表したかったのか。仕事の面ではその直前に数篇のソネットのほか「聖ジュヌヴィエーヴとジャンヌ・ダルクのタピスリ」などかなり長い詩篇を書いていたため、そちらに時間をとられていた事情はあった。これらの詩はやはりこの時期に彼の宗教的心情を表すものであったが、十分に理解されず評者によっては失敗作との厳しい意見もあった。それらの事情はともかく、この「ボース」の詩の発表を急いだのは、思うに、詩の執筆が終わりにさしかかっていたクリスマスの時節（二一日）になって、突然亡くなった若い友人ルネ・ビシェ（René Bichet）を、この詩のなかに何らかの形で採り上げずにはいられなかったからと思われる。詩の終末部分に明らかにビシェとわかる人物が出ている。年末でのこの事件が六ヵ月前に歩いた巡礼の詩に出てくることに違和感を持った評者もいる。だが「詩」の場合、こうした書き方が否定されるものではないだろう。それが全体として詩を失敗に導くことがあるかも知れないとしても、である。A・フルニエなどはこれまでの作より良いとほめていたし、とくにビシェの部分には感動していた。いずれにせよここで、アレクサンドラン形式の作品として、ペギー自身が自信作と言っていたこの「ボース奉献」の詩、それから読み取れる彼の「詩想」を、私なりにまとめてみたいと思う。
先ずは冒頭の数連（数字は連の順番）を見よう。

1
海の星よ　御覧あれ　ここに広がる重い卓布
深々とうねる　小麦の大海原を
沸き立つ泡　我らの豊かな穀倉を
果てしない裾を引く祭服に　注がれるあなたの眼差し

2
そしてあなたの声がわたる　この重々しい麦穂の上
姿の見えぬ友たち　人の気配もない我らの心に
いま　両の手は垂れ　拳はほどけたまま
疲れた姿と見えるであろうが　内には力が漲っている

3
暁の星よ　近寄り難き妃よ
我らはいま　あなたの栄えある宮居へと歩んでいる
いま　我らの貧しい愛の丘を越え

いま　我らの限りない悼みの海原を越えて
4
すすり泣きはさまよい　地平の彼方に消える
二つ三つ穂波に浮かぶ屋根は　列島の切れ端
古びた鐘楼からの鐘の音は　祈りへの誘いか
どっしりとした教会は　うずくまる農家のよう

「海の星よ」(étoile de la mer)「暁の星よ」(étoile du matin) は前の「バラード」にも使われていたが教会の「マリアの連祷」にある聖母への呼びかけの言葉。パリの南方、シャルトル、オルレアン方面に広がるボース地方は、起伏はあるが広々とした平原、それを「小麦の大海原」(l'océan des blés) と呼び、風にうねる緑の麦畑をマリアの聖なる裳裾と見つつ進む巡礼の空に静かにマリアの声が渡る。この l'océan des blés という捉え方もペギーにとっては「ボース」のかけがえのない象徴的表現なのである。そこで生まれ育った彼が、われらの「貧しい愛」pauvre amour の丘を越え、我らの「限りない悼み」immense peine の海原を越えて歩み続ける climat の象徴なのだ。消し去ろうとしても消し難い友たちの面影がうかぶ。しかしマリアは「近寄り難き」存在なる故、巡礼ペギーの「哀惜」の念は溢れて止まない。歩き始める巡礼のやや緊張した心情と四囲の風景の点描が続く。決して明るい詩篇ではない。

繰り返しになるが近現代の知性・技術を優先する政治運営の危険と虚しさは、mystique な社会主義者として出発したペギーにとっては耐えられぬ人間性無視の所業に他ならなかった。都市のみならずボースの自然までが、その近代化の爪の下にさらされていることを、ペギーは既に一九〇七年の論文で触れている。l'océan des blés という言葉を使い、この大地を見殺しには出来ない、大地は「生きた存在」un être vivant とも言っていた。それから五年後のいま、その自然が呼びかけるボースの野を「我らの貧しい愛の丘」「限りない悼みの海原」と見つつ越え歩もうとしているのだ。「貧しい愛」「限りない悼み」とは、彼も例外ではない人間が、実らせ得ない愛、そして踏み込んではならない愛の悼みであるだろう。「巡礼」とは自負に己れを見失った卑小な人間が、「時間」の下で喘ぐ大地の生命を l'océan des blés として体感、想起すると共に、「時間」を越えた愛の源である「海の星」にまみえることを念じつつ、ひたすら歩くことに他ならなかったのである。

7
御覧あれ　埃にまみれ　泥によごれ　雨さえ唇に含み
この真っ直ぐな道を歩む　我らの姿を
四方の風を受け　大きく開いた扇の上にのびる

8
この公道こそは　我らの狭き門

ただ前に進むのみ　両手を垂らし
何も持たず　この身ひとつ　物も思わず
いつも同じ歩調　急ぎもせず　脚だけを頼りに
目の前の野から　すぐ次に見える野へ

13
我らは生まれた　あなたの平らなボースの野の外れで
幼い頃から親しんでいた
牧場の柵や　いかつい農夫たち
また村の囲い地　鋤や　農地の窪み

14
我らは生まれた　あなたの平らなボースの野の外れで
初めて哀しく思い知ったのは
赫く燃える空に沈む太陽が
人知れぬ絶望を　秘めていることだった

「詩」はボースの子の哀歓を歌い、かつ無心になろうとする巡礼の道行きを綴る。ここの主語は一貫して複数の nous。これはペギーが同行を頼み、途中まで実際に歩いてくれたA・フルニエがそのまま同行していると見ているからである。43には「我らはもう二人の良き使徒であるかのように歩み進んでいた、左に行くか、右に行くか　それだけが大事なことだった」という節もある。しかし二人にせよ一人にせよ、多くの苦しむ友人たちの代わりに歩んでいることに変わりはない。この詩の半ばあたりには、フランスのさまざまな地方から、このボースのカテドラルを目指し、「日常」を脱け出そうとする多くの人々の巡礼が描かれている。ここでは少し眼を先に移そう。

46
我らはいま　この高台に辿りついた
ここではもう人間を　神の眼から隠すものは何もない
時間の扮装　空間の扮装に身をやつしても
主よ　あなたの狩りから我らを匿うことなどはできない

47
ここにある麦の大きな束　その大きな重なり
臼でひかれる穀粒　押し潰される我らの姿
畝に並べられた細い麦の束は　我らの断念の姿

49
そして一望の下　果てしない地平

しかし今　尊き妃よ　遥か彼方に見えるあなたの姿
どうして出来たのか　絶望に身を任せることなどが
あなたを眼に留めずに　どうしてここまで歩めたのか
ひっきょう我らは永久に惑い　途方にくれる者なのか

巡礼が無心に成ろうとしても成りきれない地上生活を象徴する風景。それは詩人積年の罪業が心中に疼くからか。ペギーの巡礼発起は「恩寵」のなせる業ではなく、払拭しきれない罪障からの解放を求めての「請願」という論者は少なくない。しかし息子の健康回復の場合は「感謝」が主たる動機であったはずである。友人の場合は、友を失った彼の悲しみが癒されることよりは、その非運にめぐり合った友の魂の安らぎをを求める祈りの心情からであったろう。これを「請願」と言うなら言えなくもない。しかし、それらの動機を離れて、巡礼者が予想しなかった事態の体験を通して新たな世界を見るということもあるだろう。この詩について言えば

52
しかし神秘の妃よ　いま　あなたは姿を現された
穂波と森のうねりのかなた
ゆらめく地平の果てるあたりに　立つ尖塔

あれは　樫の樹などではない
53
どれも似て見える樹の影ではない
それはさらに遠く　進むにつれて低くまた高く
最後の丘からは希望のように力強く
最後の坂にかかるとき　比類ない尖塔が現れた

旅路の終わり近くにカテドラルの尖塔がくっきりと姿を見せる。「比類ない尖塔」la flèche inimitable がペギーのボースにとって l'océan des blés と並んで重要な象徴となって現れたことを歌っている。じつは詩の始め近く18の中に「ダビデの塔よ　御覧あれ　あなたのボースの塔を　寛やかに澄みわたる空に向かって伸びた　もっとも力強い麦の穂　あなたの冠を飾るもっとも美しい花」とあるように、尖塔は、大海原をなす麦穂の中から選ばれて、聖母の冠つまりカテドラルを飾る「力強い」〝石の麦穂〟なのである。巡礼がボースのなだらかな丘陵地帯を歩むとき、遠いカテドラルは時に森に遮られて消え、時に真近にさやぐ麦穂の間から遠望される。まさに大地と天とを繋ぐ「比類ない」存在、そこでペギーが生きかつ死ぬであろうボースの climat の収斂する中心、支点として認識されたわけである。この「尖塔」すなわち「丈高い石の麦穂」が「麦の大海原」の一角に立つ限りボースは人間の命と魂とを育む選ばれた場として在ることをあらためて感じとっている。

以上を取り敢えずこの詩の要点としておこう。しかしこの詩の成立の動機の一つと私が見る終末近くの数連を覗いておかねばならない。

72
我らは哀れな若者のため　あなたに祈るべくやってきた
今年　あなたの子が藁と飼葉の中で生まれる前
彼は数日病んでのち
道化のように死んだ

74
彼は生まれた　ガチネ地方の我が家の近くで
彼は　我らが降ろうとしている人生の道を登っていた
我らが日々に失うものを自分のものにしていった
しかし　死よ　お前が生贄に選んだのは彼　であった

76
天の妃よ　いま　あの若者は　あなたの御手の中にいる
あなたは　天の妃であり母であり　それを証しなさる
彼の生涯は純粋であった　どうか彼を迎え入れ給え

あなたの守護のもと　あなたの寛容なみ心の内に

これは一人の不運な青年ビシェをマリアに委託する詩である。ビシェは高等師範入学準備時代からのA・フルニエの友人であったし、オルレアンのリセ出身でもあった。ペギーは「手帖」の熱心な読者として、また彼の文学的研究にも期待していた。その青年が年末の師範学校同窓の集まりが終わったあと、その場の空気を壊すのをおそれ、誘われてモルヒネを打った。友人たちには「普通」の量が、常習者ではなかった彼には致命的であったのだ。しかも彼の死を悼む者はいなかった。前途有望であった彼の死をペギーはいたく哀しんだ。まさに書き終わろうとしていたボース巡礼の詩で彼をマリアに託さずにはいられなかったのである。

82

聖なる母よ　今　彼はここに　彼は我らの仲間だった
二〇年の隔たりを越え　我らと同じ生き方をしていた
天の妃よ　あなたが償う者の数に　彼を受け入れたまえ
死が過ぎたところ　そこに　恩寵は訪れる

ボース巡礼の詩には突然の人物の登場ではある。しかし、時も時、ペギーが信頼、期待していた青年の死に遭遇し、彼はこの若者の死がせめてボースの守護者であるマリアに拾われることを祈りたかった。それは彼の「巡礼」の本旨に適うことであったのだ。

さて詩はここから、「巡礼」の帰途の美しい祈りの数連、全詩篇の締めくくりとなる。

84

〝今もそして永遠に〟我らは我らのために祈る
あの哀れな若者よりはるかに愚かで
おそらくは更に汚れ　あなたの御手からは遠く
聖なる膝元からは　いっそう離れている我らのために

85

我らが人生の最後の芝居を演じ終えたとき
我らが頭巾をとり　マントを置いたとき
我らがマスクと剣とを投げ棄てたとき
我らのこの長い巡礼の旅を顧み給え

89

我らの願いはただ一つ「罪人の避難所」なる聖母よ
我らはあなたの〝煉獄〟の下層に留まり

我らの哀しむべき歴史を顧み　涙を絶やすことなく
はるかに　あなたの若々しい麗しさを見つめていたい

かくて「ボースをシャルトルの聖母に捧げる」巡礼の詩は終わる。詩人は、麦の大海原 l'océan des blés であるボースが、選ばれた麦穂を la flèche inimitable すなわちカテドラルの尖塔としてマリアに捧げていることで、罪に苦しむ人間の憩いの場所 refuge du pécheur として存在することをこの「巡礼の詩」によって人々に告げたかったのであろう。

ペギーの詩と思想という観点から若干付け加えたいことがある。それは、この詩がボースを巡礼することで創られたことは事実であるが、見逃せないことは、もうひとつの巡礼、正確に言うなら「詩的」彷徨の経験なしには成立しなかったであろうということである。前稿で触れておいたが一二年春まで書き続けていた一五〇〇篇に近い Quatrains、「苦悩のバラード」と「恩寵のバラード」はペギーの精神的肉体的両面にわたる格闘を書き綴ったものであった。「海の星よ　ここにあなたの街が　もっともおおきな海が」「神の聖なる御母　ここにあなたの街が　世界でもっとも母性的な」そして「これは唯一の大海　妃よ　深くそして唯一の　底知れぬ　無」とか人間の住む「街」への聖母マリアの関わり、それを、まだ安易には「罪人の避難所」とは言えない胸苦しさ。また「シャルトルの聖堂　ボースに立ち　巨大な十字架のように　墓穴の上」「〃貧しさ〃をまとい　ボースの入り口に　あなたの街の　墓穴の上」などボースとノートルダムを歌った詩篇も多かった。当時のペギーの苦悩、別の言葉で言えば悲嘆 détresse の中での「詩」による「巡礼」と言える。つまり、「詩語」の大海にほかならぬこの四行詩の世界での苦闘を背後にした詩人が、「現実の」「巡礼」を経て絞り出すことができた（一二月）のが、今回ここで採り上げた「ボース奉献」の詩にほかならない。「バラード」で既に「苦悩」と「恩寵」を歌っていたが、恩寵の世界に辿りついたとは言えない。ならばこの度の巡礼の詩によって所謂恩寵の経験を深くしたかといえば、簡単に然りと言えない。しかし、この悲嘆の極まる境地、そこで出発する巡礼というものは、一種の放棄を内包している。それは、投遣りではない。ペギーが友の苦しみが和らげられることを心から「祈る」ために、巡礼に出たのはその通りであろう。しかしさらに本質的なことは、彼は「貧しい愛」などというが、その前に彼がそれまでに「身につけた感情、思想など」すべてを脱ぎ棄てることが出来ていたか、と言う意味の指摘がある(Jacque Perrier, シャルトル司教)。厳しいが当を得た言葉であろう。ペギーは巡礼前後の時期に書いていた Clio の中で極限の悲嘆には「神も警戒を解く」と言っている。かかる悲嘆は神が与える「徳」の兆しであると言いたげである。「徳」を実行する pratiquer 者より徳を受ける subir 者を神は喜ぶであろうといっている。私は、ペギーの巡礼は、もとより点稼ぎの徳の実行とは見ない。どちらかと言えば、すべてを脱ぎ捨てざるを得なかった苦悩に縛られた者として「受ける」状況にはあったであろう。彼が続いて書いた「聖堂内での祈り」はこの辺りの事情を物語る美しい詩である。中途半端になるといけないので、彼の「詩と祈り」については、また考えておきたい。

Ⅷ・ペギーの詩と祈り

二〇世紀初頭のフランスにおいて、時代を主導する politique の故に人間生活における mystique が滅ぼされたと認識したC・ペギーは、「悲惨」misère、つまり、人間にとって地獄にも等しい生活苦を払拭することを目標とする、独自な社会主義思想によって戦うために、一九〇〇年から「半月手帖」を創刊し、思想的闘争を開始していたのであった。が、公私にわたる挫折、特にそれが自身の不明、傲慢の致せるところと深く思い至るに及んで、先ずは自身の「救い」を望まざるを得ない心情から、キリスト教、というより彼自身の特異な宗教心から聖母マリアに祈り求める「巡礼」を実行するに至ったこと、その事情については先の稿で詳しく触れた。つまり「ボースをシャルトルのノートルダームに捧げる」という長い詩を生んだ経緯である。続いて「カテドラルにおける祈り」の詩四篇を書き発表することになった（彼の死後公刊された詩集には五篇となっているが五番目の作は、後にシャルトル参りをしたときの作品ゆえ、ここでは採り上げない）。ここで考察する四篇のテーマは次の通りである。

（1）「住まいの祈り」Prière de résidence
（2）「願いの祈り」Prière de demande
（3）「打ち明けの祈り」Prière de confidence
（4）「繰越しの祈り」Prière de report

それぞれ、四行詩六二節、一二節、八節、二三節で構成されており、（1）が一番長い。「ボース奉献」の詩にせよ、つづくこれら四篇の作にせよ、当時（一九一二年頃）のペギーの心情を窺う上に格好の作品であることに違いない。それは同じ頃書き継いでいた散文 Clio「歴史との対話」についても言えることである。とまれ四篇の作品に眼を通しておこう。

（1）「住まいの祈り」は

ああ王妃よ　われらここに　長い旅路を終え
いま　同じ道を戻ろうとしております
ここは　貴女のたなごころに広がる唯一の聖域
そして　魂が底まで　己を開く密かな庭

ここには　重々しい柱　高く昇る穹窿
昨日を忘れ　明日を忘れ
人間のあらゆる企ての　無益さを知らされ
そして　罪よりも　罪をはなれる分別を

ここは　この世のすべてが　和やかになるところ
哀惜　旅立ち　痛ましい事件さえも
また　一時の別れ　わき道への迷い
すべてが素直になる　地上で唯一のささやかな場所

ここは　すべてがそれと見分けられる　この世の場所
この老いた頭　涙のみなもと
軍(いくさ)の仕事で固まった両の腕
すべてが抱きとめられる　地上で唯一の片隅

ここは　この世で　すべてが始めに戻った場所
いろいろな出発のあと　あちこち行き着いたあとに
ここはこの世で　すべて貧しく無一物でいるところ
かずかずの危険のあと　かずかずの骨折りのあとに

ここは　この世ですべてが立ち戻り言葉を失う場所
沈黙　闇　肉体の不在

そして　永遠の現在の始まり
魂がなにもかも　昔のままになる　奥まった部屋

という形で、多くの節がVoici le lieu du monde où… で始まって、詩人がこの祈りを呟くカテドラルという場が、それまでの人間の屈折した生活体験が根本的に見直され、素直に、「永遠」に触れている心境をうたっている。

続いて、「ほかのどこでも〜であるものごと、それはここでは〜にすぎない」（Ce qui partout ailleurs est 〜 N'est ici que 〜）という措辞の反復で、外の世界での体験が、ここマリア聖堂においてはどのように異質な体験となるかを歌う。

ほかのどこでも　圧制の苦しさなるもの　それは
ここでは　ある崇高な破滅の顕われに過ぎぬ
ほかのどこでも　熱意であるもの　それは
ここでは　遺産であり　相続するものに過ぎない
ほかのどこでも　激しい戦いであるもの　それは
ここでは　永い孤立が生む平和に過ぎない

ほかのどこでも　衰弱であるもの　それは
ここでは　世の規範　法でさえあるもの

ほかのどこでも老衰の姿
火のそばに座り　膝の上に拳をおいているだけ
ここでは　慈愛と心遣いに他ならず
母の両手がわれらに向けられる

この形の詩節が続く間に、詩人の詩想の波の変化というか、僅かであるが異なる形の節が顔をのぞかせる。たとえば

われらは　あのような苦しみから　身を洗いました
海の星　暗礁の潜む大海の星よ
われらは　あの汚れた泡から　身を洗いました
小船の　しなやかな投網の星よ

われらは　かくも遠く旅また旅をなしとげました

われらは　もう異国への興味を持ちません
証聖者たちの　乙女たちの　天使たちの王妃よ
われらはいま　われらの生まれ故郷にもどりました

人々が山ほど話をしてくれました使徒たちの王妃よ
われらは　もう長い話に興味を持ちません
われらは　あなたの祭壇以外に祭壇を持ちません
われらは　素朴な祈りしか知っていません

ペギーのそれまでの個人的、宗教的体験の想い、本音が顔を覗かせたと見ていい詩句。だがしかしここの作品全体は「ほかのどこでも……」の詩形が支配していることに変わりはない。

「ほかのどこでも　戦争と平和といわれるもの　それはここでは　失敗と明け渡しとにすぎない」

「ほかのどこでも　ひどい疲れを誘うもの　それはここでは　若々しい祈りの花にすぎない」など、さらに

ほかのどこでも　やがて失われる財産
ここでは　それは　穏やかで　容易い解放にすぎない

ほかのどこでも　尊大な振る舞い
ここでは　それは　薔薇　砂の上の足跡

ほかのどこでも　失われている柔軟さ
ここでは　それは　しなやか　無垢な泉
ほかのどこでも　名の知れた苦悩
ここでは　それは　深みある純なほとばしり

ほかのどこでも　喧嘩　口論
ここでは　それは　水源に近い美しい川
王妃よ　ここでは　魂は余すところなく遵います
行軍のさなかに倒れた　若い兵士のように

そして

ほかのどこでも　歩み続ける道また道
ここでは　それは　穏やかにして確固たる解脱

静かな聖堂のなか　世俗の苦悩を遠く離れ
生より生命にみちた死を待ち望みます

という詩節で「住まいの祈り」は終わる。けだし詩人が当時の身辺の騒がしさ、それも自己の至らなさの故に引き起こした争い、またそれ故の苦悩が、ここ聖堂に跪き祈りに専念する時に、さまざまな安らぎのイメージにつつまれ、ついには「生より生命にみちた死」の想念に浸るに至ったのであろう。この時点でペギーの信仰の歩みが一つの角を曲ったと見てもいいし、存在世界の彼方と此方を、理性と信仰との明確かつダイナミックな交錯のうちに把握しようとしているとも見られる。

さて、これに続く「願いの祈り」は上の「住まいの祈り」の心境から自ずから浮かび上がる「願い」を祈りの形にしたものと見ていい。ところでその「願い」の詩は「Nous ne demandons pas que ～ われらは願いません～」という句で始まって、「願う」ではなく「願わない」否定形の祈りで終始している。

われらは願いません　干草の底の麦粒が
穂のなかに戻されることなど
われらは願いません　迷える孤独な魂が
花咲く庭に連れ戻されることなど

われらは願いません　道に迷った魂が
幸福の道に連れて行かれることなど
王妃よ　われらは名誉が護られればいいのです
われらは　哀れみからの助けは望みません

そして終節は肯定形で

海の　荘厳な港の　女帝よ
われらはこの改悟を通じて
王妃よ　あなたの戒めのもと　ただ　願うことは
死よりも力ある忠誠を　守り通すこと

という、「改悟」を通じて想い知る「忠誠」心を守り通すことを、聖母へ痛切な「願い」として詠っている。

次の（3）「打ち明けの祈り」も自己の現状の、ペギー的には必然とも言える、空しさ、惨めさからの脱出を聖母に願うという点は、（2）の「願い」と軌を一にしていると言っていい。

二つの道の十字路に座り
哀惜と後悔と　どちらかを選ばねばならぬ時
重複する運命の片隅に座り
二つの穹窿の要に眼を釘付けにせねばならぬ時

徳にはよらずなぜならわれらは全く徳を持ちません
義務にはよらずなぜならわれらは義務を好みません
けれど　大工がいつも烏口をはなさずにいるように
われらは悲惨の真ん中にいなくてはなりませんので

われらを　まさに苦痛の中軸に置くために
さらに不幸になるという　この避けられぬ必要のため
さらに苛酷な路を歩み　いっそう深く苦しむため
悪を　欠けることなく正しい形で受け取るために

年来の手先の巧みさ　相変わらずの機転は

もう　幸福を求めるには　役立たずです

ならば　王妃よ　せめて名誉を保たせて下さい

それだけがわれらの貧しい愛それを守らせて下さい

ペギーが「幸福」bonheur を求めての欲望に徒らに苦しむよりは、謙虚に、「貧しい愛」に生き抜くこと、それが人間なるが故に求められる「名誉」honneur ある生き方なのだと言おうとしている。こうした思想を、友人、特に親しい女友達などとの付き合いから抱くに至ったことも、先の稿（「バラード」）で触れたが、この二者択一が常に彼の思想の軸を成している現実がここにも顕われているわけである。ただし、ここでの bonheur は「幸せ」でいいが honneur は「名誉」では硬すぎる。右に言ったように「貧しい愛」に生き抜くその志を指すと言おうか。

ここでは特に（1）で見たように、彼の信仰の深化が読み取れること、そしてその深化は常にマリアへの呼びかけ、願いの交叉に支えられていることも見られるとおりである。前の「巡礼」の祈りも聖母へ「ボースの野」を捧げる祈りを軸としていたから当然であるが、マリア無くしてはペギーの作品を語れない感を深くする。「海の星」ばかりでない、ペギー独特のマリアへの呼びかけの言葉はそれだけでマリアの「連祷」が出来るくらいだと言った人もいる。勿論既に論じたことであるが、大きな三篇の Mystères ではイエスの受難、あるいは人間世界の現実が神の言葉で語られるという構成になっている。だが、彼のマリアへの傾倒はどうしても教会会員信者になれないペギーの独自な信仰告白なのだと、いささか同情的に私は見る。それはともかく、これら四篇の詩作品のなかで、ペギーの思想、信仰の現れとして私が一番注目したのは次の（4）「繰越し report の祈り」と題された作品である。ほかの三篇の詩とはかなり意味が異なっているのに注目させられたのである。

この祈りは先ず

われらは　広大な王国を支配しました
王たちと国々の上に立つ女帝よ
われらは　藁くづ藁葺き屋根の下で幾夜も寝ました
貧しい乞食たちと反乱者の　女帝よ

われらはもう　ご大家の主などに興味はありません
権威と破壊との女帝よ
われらはもう　大騒動などに興味はありません
城壁　宮殿　穹窿の女帝よ

と詠って、苦しい戦いの末、大きな国、権力を手に入れた上で、そのような権力にも領土にも関心をもたないこと、また戦い armes にも涙 larmes にも関心がないことを「七つの苦しみ　七つの秘蹟の妃マリア」に告げたあと一転、われらが「大きな財産の手形」を手に入れたこと、とともに「賤しい遺恨などは棄て去って」いる旨を「失せることのない唯一の名誉の鍵」であるマリアに告げる。そして「われらは多くの罪を犯した者」として「罪人の避け所 refuge du pecheur」なるマリアに「支払い延期」を望まぬ旨、呼びかける。

そのあと

われらはもう　かかる滅びの財産は望みません
われらはもう　あなたの幸福の恵みを望みません
われらはもう　あなたの名誉の恵みしか望みません
われらはもう　われらの家を　砂の上には建てません

そして「われらはもう　従順によってしか　何も望みません」と「来るべき時の　過ぎ去った時の鏡」であるマリアに祈る。ここで詩は大きくまた一転する。

けれども　何も持たない者に　万一　ある日
何かが手に入り　遺贈することが出来るとしたら
神秘の薔薇なる方よ　何も持たぬ者にそんなことが

禁じられないとしたら
もし　浮浪者に遺言書を書くことが　許され
隠れ家　寝藁　藁葺き家の遺贈が許されたら
もし　王が王国を遺贈することが許され
第一王子が　また　遺贈を誓ったら

また　借金だらけの者が　口座を開き
信用取引を認められたら
手形交換が出来　拒否もされなかったら
もう望むものはない　往くところまで行くまで

こんな言葉で詩人が言いたいことは、金銭の運用のことなどではない。何も持たない者、持てない者が「遺贈」し得る物、その可能性が有るとすればどんな場合なのかを見出すことなのである。

何ら徳を備えていない者、恵みをまったく受けていない者、悲惨の路しか歩んで来なかった者、したがって財産らしきものを全く持たない人、それらの人々の中から、望むべからざることを望む言葉を発するのである。

われら　あなたの戦いの恵みしか知らなかったもの
あなたの悼みの恵み　苦しみの恵み
（それに　あなたの喜びの恵み　この重苦しい平原）
そして悲惨の恵みの道のり

われら　あなたの苦しい境涯しか知らなかった者
（その境涯に祝福あれ　ああ叡知の聖堂よ）
ああ　奇跡の施し手　繰り越して与えたまえ
あなたの幸いの恵み　栄えの恵みを

与え給え　四人の子供の上に
あなたの　優しさの　同意の　恵みを
かれらの額に　編み給え　純なる麦の王妃よ
収穫の祭に摘まれた穂のほんの少しで　編み飾りを

ここに出ている四人の子供とは、当時の彼自身の三人の子供つまり二人の息子と、その真ん中の娘、そしてもう一人は、前に触れた Blanche の娘、合わせて四人のことである。ペギーの radical な発想からすれば、彼は子供たちに贈るべき何も持たない。それ故子供たちへマリアの恵みが望まれるとすれば、まさに「恵み」の「繰越し」という形によってでしか望めない、ということに思い至ったのであろうか。自己の無為を知る人間が、せめて子供たちの未来に何かを贈ろうとすれば、マリアに「繰越し」を祈るしかない、詩としてはいささか観念にとらわれ過ぎた作品と見えるが、こうして「繰越し report」の祈りは終わるのである。ペギーの「繰越し」なる発想は、この頃べつに書いていた論文 Clio「歴史との対話」にも現れている。そこでペギーは歴史 Clio にこんなことを語らせている。「あたしの仕事、わたしの任務は、決して事前にではなく、事後に語ることであるし、わたしがつくられたのはまさにそのためなのだ。そう、現代世界はいっさいのキリスト教世界を、おのれから完全に排除するためにあらゆることを行なって来た。しかし繰越しがあるのだ（Mais il y a des reports）……」。

言う意味は人間がその意図、欲求のままに現代を金銭主導の世界に作り変え、神の意図はまったく無に帰したかに見える。だからこそ、「恩寵の陰謀」とも言うべき「繰越し」があるはずであり、「被造物世界」にキリスト教は立ち戻ってくるのだ、と言うのである。これは、いわばペギーの現代世界の荒廃を悼みつつも、一人の生活者として如何ともしがたい心情。その痛切さからの、次世代への「遺贈」の可能性としての「繰越し」の弁である。それが、聖堂内の祈りの終わりの作品の主題として採り上げられたのである。思えば人間の祈りは自分の可能性を願っての祈りが多いのではないか。

この「繰越し」の祈りは、自分はほとんど「無」の人間であり、それ故に自分のためではなく、他者のために祈るとすれば「繰越し」の祈りしかないことに思い至ると言おうか。それを祈りの中身としたといえる。この祈りの心情が、当時、ペギーがマリアを通じて求め、行き着いていた彼の「信仰」の現実であったと言っていいだろう。それ故、いつか、ペギーとマリアとの関わりをつぶさに考えてみたいと思っているが、結局は彼の畢生の大著 Eve を巡って考えることになるだろう。

Ⅸ．Eve

見分けられぬほど遠くから
こちらをみていたのだ　そして
見つけるのが当たり前と言わんばかりに
近づいて来るのだった

いつかは出会うのではと覚悟はしていたが
いざ出会うとなると
横道に逃げこむほかはない

気ばかり焦ると
どこに横道があったか　思い出せない
変なことに
相手が横道に逸れたので
やれやれと思う気持ちとは　裏腹
その横道まで速足で近づき
追いかけるように曲がるのだった

風景はガラリと変わり
この世のものではない
劫初の庭
そこに降りて来たのが
Eve　だったのだ

逃げ出したいとの必死の望みは
あとを追いたいという　強い望みと重なる

母よ　と呼びながら
沢山な人がEveを取り囲み
低い声で歌っている
そこに紛れこむ　座りこむ

幾千年を閲したのか
識る術も無く

終章　短歌作品

二〇一〇年六月

ひと日火の瞳ちぎりし人はるかひたに火かがくみかきもりわれ

かのひとはひたにひかりにひかれゆくわれ門に伏しこゑをまつ闇

こと問はずこと切れし人このくれのしげきことのはことわりも亡し

病み猫を闇に見放ちわが身病み猫や見えねば身は深みゆく闇

生けられし花の傷みを誰か知る麗しき貌みたす死の貌

こともなく琴の音ことに古都の夜はことくにびとのこととひもなく

二〇一〇年七月

言問はんこと切れて入る異（こと）くにの空の光か翁凝視（みつ）むる

竹林に透きとほる身横たふる旅の果てなる老いし風なり

衣裂き胸打ちて祈る日々虚し裂くべきものを未だ裂き得ず

死の舞の舞台は棺座して待ち息絶えてこそ自然（じねん）序の舞

かの人は無限の闇に迎へられわが手は掴む影淡き闇

母の母そのまた母の哀しみは地の果てにまろぶ子らの喚ぶ声

二〇一〇年八月

かきくらすはるのひとひのよもすがら火かきあぐるみかきもりわれ

血を燃やしこころを燃やし消えぬ火よ始まりし旅終りなき旅

遠き日の風の祭りに忘れ来しわがうすき影風抱き居り

こと終りこときれしそのことわりを糸切れし琴切れ切れにうたふ

身を半ば土に埋めし石人（いしびと）のこの世人（くにびと）に化（な）り出づる夜半

二〇一〇年九月

葉脈を流れる言葉さはやかにきこゆると思ひしはむなし幻聴

鶴と呼べば雲は見る間に鶴に化（な）り雲と呼ぶ声鶴は雲間に

山鳩のくぐもり声の報せなる重さしかなき意味の堆積

燃やしても燃えつきはせぬ言葉あり燭台となりし胸かかへをり

陽の動き黙す谷の崖影目ざめ新しき言葉連ねあらはす

風の中はこばれ来たる風がありわが骨のなか骨かしぐなり

未だ育たず骨なる意味も意味の骨もこの世に生まれし骨の宿命（さだめ）か

病める目の一つを捨てし友ありき戦ひに征（ゆ）く友の掌のなか

オマージュ——島朝夫詩集に寄せて——

『佝僂の微笑』を読んで

柴田元男

島朝夫氏とは数年以前に一度お会いしたことがある。たしか「山の樹」の例会を大河内令子さんのお宅で催した時で、僕も伊藤桂一、牧章造君らに誘われて出席したのだが、その他に誰々が居合わせていたのか、どんなことを話しあったのかは殆ど記憶に残っていない。したがって島氏についての印象もはなはだ漠然とした頼りないもので、ただお会いしたということを記憶しているだけのものに過ぎない。その限りでは、ぼくは、今日に到るまで島氏の思想や芸術について語る何らの手がかりを有たなかったに等しい。

今度、氏の近業を蒐めた詩集『佝僂の微笑』を読むに及んで、氏が我が国では数すくないカトリシズムの立場にたつ詩人であり、三十編ちかいこれらの詩のいずれもが氏の長いあいだに亘る神とのひたぶるな対決のなかから産み出されたものであることを識った。神の問題を無視して詩や文学についてかんがえることは氏には不可能のことのように思われる。それゆえぼくのような生来神を畏れぬ異端の徒にとっては、本書の内容を正当に理解し、味読する等ということは凡そ至難のことであり、況んやそれについて私見を述べるなどということは氏の文学に対する一種の冒瀆でしかありえない。――しかし、それにも拘らず、これらの作品が僕らの内部に強い感銘と共感の波動を伝えずには措かないということは、これらの作品が詩的価値の面から見ても充分に成熟した高度の技術的所産であり同時に氏の人類および歴史に対する批判が、今日のぼくらの生存意識に鋭く訴えかける切実な現代的意味をもっているからに他ならない。クリストは一個のむきだしな人間像としてぼくらの眼前にあらたに蘇ってきている。神に迂遠なぼくにして、なおかつ氏の作品に親しみを感ずる所以でもあろうか。

本書の「あとがき」で氏自身が記しているように、これらの詩の全てを貫いているところのものは、「あること」にたいする問いかけである。「形を生むことに抵抗することが問いそのものであったから」そして「問うより先に答えが出る、そういう〈行動〉ほど私から遠いものはない」ところから、氏の孤独で誠実な批評の場が形成されたことは疑いえない。こうした氏の抵抗の姿勢は、他人が想像する以上に遥かに積極的で勁い意志の力を必要とすることはあきらかである。これをぼくらは理性と名づけてもよい。しかも理性はつねにまた自らを裏切り、傷つけずには已まない。「アトラス」はかかる氏自身の自画像とも受け取れぬことはあるまい。そしてそれはときに「へとへとのナルシス」のような形で氏を封じ籠めずにはおかない。だが、どのような場合にしろ逃避はありえないのだ。たとえば〈孤独〉においてすらが、

群衆の凝視をはねかえす香具師の眼差
くしゃみに歪む教壇の先生の口元
泥棒の胸に向けた巡査のピストル

そうしたところに、「逃げ場を失った」氏の孤独は「はみ出して来る」のだ。

このような「問い」の形式が、ことばそのもののもつ本質的な機能とむすびついて見事な詩的達成を為し遂げたものに「星の習作」がある。ここでは氏の内部の暗黙の戦いがそれとして一つのあらたな決意にまで止揚されている。更にその決意は「佝僂の群」「デ・プロフンディス」等の一連の詩に於いて確乎たる自信にまで到達している。

氏の精神の系譜が今後どのような屈折を経て、苦

悩する巨大な〈歴史〉への輝かしい証言としての役割を果たすかは、ぼくには甚だ興味のあるところだ。何故ならば、それこそが現代の詩人に課せられた最も重要な責務――謂うところの「問い」に他ならないと信じられるからである。

（「内在」一九五六年十月）

『遠い拍手』黙しとうた

平井照敏

島朝夫さんの新詩集『遠い拍手』は二部にわけられていますが、『詩集・イエスの生涯』に発表された「幼児虐殺」「復活」の二篇を第三部にして、三部立てにすることも考えられることでした。というのは、第二部の二十一篇は、島さんの折々のうたという印象で、さまざまな傾向の詩がそれぞれの貌をして並んでいて、多面体の光を放っているのですが、「幼児虐殺」と「復活」の二篇は、はっきりとキリスト教詩ですし、予定された主題に意識的に取組むものだからです。この二篇を第三部にして、掛井五郎の彫刻と取組んだ第一部の十二篇と対応させることも十分に考えられることでした。キリスト者である島さんは、聖書的テーマに正面から取組むことを避けていたようですが、第一部とこの幻の第三部では、「書かされ」て、まともに、そのテーマに食いさがっていたのでした。しかし、私の想定する第三部は、二篇しかありませんので、第一部とのアンバランスが考えられて、そうならなかったのかもしれません。それはともかく、この詩集は、多かれ少なかれ、キリスト教的主題をもつ詩を前後におき、中に多面的な詩をはさんだ形で構成されているわけです。

私は、詩集を見る前に、すでに第一部の詩のいくつかは知っていましたから、その感触は予想できました。ですから私は知らなかった第二部の詩篇にとりわけ強い関心を抱きました。第二部には相当数の亡くなった夫人を思い抱いての作が見られ、心が痛みましたが、詩としてきわめて重要なものと思われたものは、「落葉」という作品でした。「遠い拍手」という詩集名がこの作から取られていることを見れば、島さんもさりげなくこの詩の重みを暗示しているのかも知れませんが、私にはこの詩が、詩集全体の心臓部にもあたるように思われたのでした。

どこかで
言葉が散ってゆく
神が洩らす
かすかな吐息の
風にさそわれ

この詩句から私はすぐに「太初(はじめ)に言(ことば)あり、言は神と偕(とも)にあり、言は神なりき」というヨハネの福音書冒頭の一節を思い出します。この言(ことば)をロゴスと考えてみると、黙すキリスト者島さんのうたの本質がわかってくるような気がします。ことばの真実、あるいは真実のことばは、神とともにあり、神であるという信念なのです。

背負わされた　意味は
背負わされた　その手に返し

自分自身のささやかな重みで
言葉は舞降りる

遠い拍手に送られ
時が姿を消したあとの
もう一つの季節の
素顔の上に

私は島さんと十五年来の同僚ですが、また詩の先輩として親しくさせていただいてきました。著書のすべては読んでいただいており、私の考え方を理解し共鳴していただいておりますが、その同心の思いでいえば、この引用部分は、ことばの自律性、おのがいのちを生きはじめて、現実と一枚切れた真実の相をあらわしはじめることばの働きをあらわしているのではないかと考えられます。島さんは、じつに時の意識の強い詩人ですが、ことばがおのずから成じはじめることばの真実の世界は、時が姿を消した、陳腐な語でいえば、永遠の相をもつ世界で、神につながる、神とともにある世界だといえます。「遠い拍手」とは、そのことをあらわす暗喩なのではないのでしょうか。

こんなふうに「落葉」を読むと、これは島さんのことば論であり、詩の本質論なのであって、詩集全体を読み解く鍵ということになります。私はこの詩集のやはり中心は第一部の秀作にあると思いますが、それらの詩篇もこの「落葉」の信念、あるいは信仰によって解読してゆくことが出来るものと考えています。そして私は、島さんが掛井五郎の秀品をことばで読み解くという形で、それらに体当りし、そのためにやや合作のにおいを帯びて作詩していったことを喜びとしています。形而上詩を志しつづけてきた島さんの詩は、時にやや思弁の袋小路に入りがちでしたが、第一部の詩は、どこか明るく開かれて、掛井氏の何かを受け入れ、そこからあたらしいことばをさぐり、出会っているからです。

　それが匕首のような「チョキ」のまえに
　調子を合わせた「パア」でないなら

というような「ヨブ」の二行は、島さんのあたらしいことばでした。孤独な詩作や思いを去らぬ死者の顔から、このある意味で合作ともいえるあたらしい詩作方法は、大きく超えたあたらしいことばをもたらしたものといえましょう。

　ここに在（い）ないけれどもここに在（お）り
　ここに在（い）る　けれども　ここに在（い）ない

は「復活」の中の焦点的な二行ですが、この超論理は島さんの詩のいたるところに見られて、島さんの詩の平衡感覚と、弱そうでつよい存在感を示唆しています。私の知っている島崎教授もそんなふうであり、生と詩が一つ印象をあたえます。学長という大仕事に耐えてゆかれる力もそんなところにあるのかもしれません。そのあたらしい仕事が今後詩作の上にどんなあたらしい展開をもたらすか、いま私はそんな期待をもって、島さんの傍らに立っています。

抒情の故郷

村上博子

「抒情の故郷は本来、無名にあり、ぼくらは無記名で作品を書いてもいいのだ。」

　二十数年前、ある同人雑誌に引用されていた島朝夫氏の私信の一節を、いま氏の第二詩集『遠い拍手』を手にして私は今更ながらはっきりと思い出す。およそこの言葉くらい島氏の詩の本質をよく語っている言葉はないのではなかろうか。

流れはとうに過ぎてしまった　心待ちしていた
死もまた
わたしはわたしの影とともに　わたしの死をも
喪った
涸れた流れ　それは鏡　わたしのそしてわたしの愛のありかだったが

〈磧にて〉

　一九五六年に出版されている第一詩集『佝僂の微笑』はこの詩句で始まる。このときから氏の作品を貫ぬく主調音は、一口に言うことを許されるならば、限りなく自己を消していくこと、であったように思われる。その限りなく消していく行程の中に、ふとひらめく微笑、吐息、おののき、彼方からの呼びかけ、遠い拍手など……

昨日の身振りを　切捨てたのではない
今日の身振りを　想わぬではない　けれども
日々の言葉が暗礁の形して沈む　海峡の
透きとおる闇の波をわたって

あなたは　つつましく運んで来た
遠くで明けそめているという　一つの朝を
あなたのうなじに　微風が　流れる
言葉という言葉の源の　ただ一つの言葉のため
に
半ばひらかれた聖なる口もとからもれる　霊の
息吹きが

そして　あなたの額を刷いているのは
言葉という言葉が去っていく　終末の日の空に
歩みをとどめ
あなたを振りかえる　太陽の光影

おお　かがやく存在（もの）となるために　自らの光を
消し
みちて来る静寂（しじま）にひっそりと　胸を浸している
あなた　朝の貌よ

〈静かな朝から来た少女〉

第二詩集のⅠ部〈掛井五郎彫刻によせる〉十二篇を読むと、長い年月聴かれなかったこの詩人の息吹にふたたび接して、よろこびがひたひたと打ちよせる。まず彫刻作品があって、それが詩人の思念をときほぐし誘い出すすぐれた呼び水の役目を果しているのを見ると、〈書くよりも書かされる〉ということの詩人にもっともふさわしい情況のもとに、この連作が成立したと思われる。ここでは緻密に刻まれた言葉の中に、この詩人の抒情の故郷とも言うべきものが、以前からの軌跡をいっそう深め、鮮明にえがき出されている。黙そうとして、ひとりでにはばたいてしまう言葉が、はじらい、彫刻の面のように顔を伏せている。もはや自己に死のうとする地点から流れ出る歌ではなく、すでに死んだ者の低い呟き、そこから生まれようとする新らしい身振り、新らしい朝、あたらしい歌のひそやかな、しかし鮮明な予感。

土は　知っている
成り出づるものを　待つために
しばらく　死者について
語ってはならない　ことを

年経た樹は　憶えている
かつて　どんな深い夜が明けたとき
あなたが目覚め　光をまとうたかを

そして　どんな疲れた生きものに
あなたの生命を
口うつしに与えたか　を

〈果実〉

ところでこの詩人がひたすら待ち望む〈もう一つの季節〉は、はたして来るのだろうか、もう来ているのだろうか。島氏の抒情の故郷は、はたしてみんなの故郷となる力をもっているのだろうか。どんな力をもとうともせず、どんな慾に向かっても開かれていないこの詩集と、もし人々が出会わないとすれば、それは島氏の責任でもなく、読者の責任でもない。むしろこの風景の中を作者も共に、作品の静けさとは裏腹に、騒々しくみんなで旅することを私は願う。なぜならこの詩集は本当は少しも静かな詩集ではなく、ここに演じられているドラマは、無数の対話を喚びおこすはずのものであるから。

詩集〝遠い拍手〟に

堀口太平

ある日　ゴッホは耳を切った
ところが世界は　相変らず
光であふれているので
おのれのナイフの愚かさに焦れた

——ギリシャが影でくまどられているのは
　廃墟の壁や柱のせいではない
　いつも　どこかで　誰かがひっそりと
　胸につけている喪の印
　数知れぬ夜の瞳のせいなのだ——

ある日ゴッホはひまわりを描いた
伏して燃えつきるひまわりのそばで
烈日を受けとめつづける
いっそうむざんなひまわりを

そのキャンバスのうしろには
黄泉の入口　あの
闇を満たしたカテドラルの
重い扉が切って落されているが

　　　——或る日ゴッホは

〝ギリシャが影でくまどられているのは〟というところは、ギリシャの暗さをいってるのじゃなくて、ギリシャは明るい、その明るさは単に表相的な明るさじゃないっていってるので、燃えてる花のうしろには、暗いカテドラルが口をあけてて、その口のなかの暗さは、これまた、ひとつの表相にすぎないって、二重否定の含みで、文明の両面を捉えている。

闇ってなんだってことは、私も考えてるが、明るいとか暗いとかいったものが、私のなかで、いまは雑居して、その前後・次第ってのが、はっきりしなくなってきてる。いま私のいってることにも、そんなところが、もしかしたらでてきてるかもしれない。はなしをすこし、ずらしていくが、因果関係にも同時性ってことがいわれ、ユングがそれをいいだしていて（彼はそれに synchronisity と名づけた）、彼は科学的合理性をいうアメリカの人たちの反応は冷たいって、当のアメリカの心理学者エヴァンスとの対話のなかで、こぼしてたのを読んだことがある。

迷いってのは、闇ってことだろうか。通俗的でとおりのいいことばだが、そうとはいえないんで、むしろ、それはまちがいで、かえって、もう逆説でもなんでもなく、なにもかも知りつくしてるってのが、闇ってことなんだ。私は、私をいためつけるものだけを――是が非でも私に必要なくるしみだけを、あの、まっくらやみのなかで手に入れてきたってことに、いま、ここで、ほんとにおどろいてる。なぜかっていえば、例えば、ろうそくひとつつけてない停電の部屋で、小さな時計の分解掃除をやってたとして、砂粒ぐらいの捻子（ねじ）のひとつ、蝉の目玉ぐらいしかないルビのひとつもなくなさないで仕あげたってのと同じほどに、私は微妙な選択をやってのけたってことになるんだから――

島君が、暗いってのを、私が表相の問題だっていったのは、ここのところで、闇のなかには、事柄の演繹と解釈が渦をまいてて、むしろ、まぶしい。だから、ひまわりよりも、むざんに燃えるゴッホの、炎で、カテドラルの闇をてらすって救いが、ゴッホに用意されてるんでなければならない。これは島君のためにも――。仏家（ぶっけ）で無明即法性っていってるが、このあたりの消息をつたえたものじゃないのかとおもう。

「聖書的テーマに正面からとりくむのを避けていた私」と、ここのところの状況を、島君は〝あとがき〟のなかで、こういってる。これは、これが、彼の不壊(ふえ)の領土(テリトリー)だったたって、わかってくれなければ困る点だ。

　苦しみの染(し)みた
　かずかずの言葉が　散った

　土は　知っている
　成り出づるものを　待つために
　しばらく　死者について
　語ってはならない　ことを

　年経た樹は　憶えている
　かつて　どんな深い夜が明けたとき
　あなたが目覚め　光をまとうたかを
　そして　どんな疲れた生きものに
　あなたの生命を
　口うつしに与えたか　を

——果実

　闇を成熟の意味にまで高めてうけとってく考えは、そううけとる人の現実からきてるんで、その人は、彼のこの至福が、彼のいたましい現実を、一直線につきぬけているのを見ている。これは、歴史(ゲシヒト)ってことで、島君にはキリストの受難も、復活も、島君の現実が、島君自身の心中で成熟したものとしてわかってるにちがいない。

　人の世の面影はすでに無いが
　水面を噛みしめる歯と化(な)った
　古い石の意志が　白い

　遠く横たわる沖が黒い

うねる波の肌が黒い
すり寄る水の指先が黒い
ゆれる巻貝の口が黒い
頬を擦る颪の吐息が黒い

打上げられた難波船の
竜骨に舞い降りる
一羽の鳩の
乳房なき丸い胸が　白い

――A Dove of Dover

明暗の交錯のなかで、（彼の心中風景のなかで）鳩の胸が、実に肉感的で、悲しい。これは、私がうらやましくおもう、島君の優れた感性の技倆だ。

島朝夫詩集『遠い拍手』

川田靖子

およそ詩の評で「わからない」と言われるくらい腹の立つことはない。日本人が日本語で書いたものを「わからない」とは何ごとか。本当に「わからない」のなら、読解力がないのであろうし「わからないふり」をしているのであれば嘘つきだ。「わかろうとする」意志がないのは怠慢の部に入る。そもそも人の心の中をのぞくのであるから、労せずして百パーセントわかるほうがおかしい。あんぐりと口を開いて天を仰げばマーシュマロのごとく歯もつかわずにフワフワと食べられるような平易な作品が降ってくるというのも変なものではないだろうか。街って難しくする必要はないけれども、何の抵抗もなしにスルスルと入ってくる作品は、記憶の中に何の爪あとも残さずに、またスルスルと通りぬけてしまう作品でもあるのではなかろうか。

　それにしても……とため息が出てしまう……世の中には「わかりにくい」作品がたしかにあることはある。島さんの詩集『遠い拍手』に悪戦苦闘してしまったのは、どこが、どのように「わかりにくい」のか、それがきわめて「わかりにくかった」からであった。語彙が難しいのではない。奇抜なのでもない。思想が高遠なのでもない。視覚型でもないし、聴覚型でもない。瞑想的なのである。

　第Ⅰ部の掛井五郎の彫刻に霊感を得て書かれた詩は、いずれも深深としたよい詩なのだが、あいにく私は彫刻という芸術ジャンルをもっとも好まない。理由は簡単なことなので彫刻というものには、いわば次元の転換という手続がなくてすむ。例えば文学作品は、出来事を文字に置き換えねばならず、絵画は三次元のものを二次元に置き換えねばならないというのに、彫刻は三次元のものを三次元につくるだけのこと。せいぜいのところデフォルメが関の山なのに、それさえ骨惜しみしているような作品に出会うと、その安易さに辟易して気が滅入ってくるのだ。掛井五郎の作品は幸いにしてそういう作品ではない。島さんは、これらの彫像を入口として四次元の世界へ深く侵入していったと見られる。ところがこの四次元の世界がとにかく厄介な世界で私の心の空間に図像を結ぶところと結ばないところがあるのだ。たとえば「あなたはどこにいるのですか」の中の

　　わたしはここに在(い)ますと応えようにも
　　わたしはここに在(い)ないのです

であるとか

わたしが　わたしを　はじめて見たとき
　わたしは　わたしを　見失った

などは、いったいどのような図式を思い描けばよいのかわからない。私が浅墓なのかもしれないが、何だかこれは脆弁のような気がしてくる。私は眉に唾をつけながら、首をかしげ目を見開き、ウーンウーンとうなったあげくに結局ほうり投げてしまう。どうやら私の理解力の主たるものは図式的な把握であるらしく、第Ⅱ部の「遡航」においても再びつまずいてしまった。第一連は

なぜなら
わたしの未来は　きみの過去であり
きみの未来を　すでにわたしは生きてきたから

とあり、図に描けば二匹の蛇がたがいに尻尾をくわえて輪になったような具合なのだなと早合点するのだが、第二連に入って

　きみが死のかべのうしろで
　きみ自身にはじめてむき合う
　二人のきみになったとき

で困ったことになったぞと思いはじめ、第三連で

　むかい合う二人の君の　唇がふれ合うとき
　みるみる君らは　小さくなる　小さくなり
　巨大な眼の中に吸われてゆく

こうなるとどうして二人の君の唇がふれ合うのだろうかと心配になり、巨大な眼って誰の眼なのだろうと途方に暮れてしまうのだ。

「私は死」はもっと絶望的な気持にさせられる。私＝死の等式をひとまずつくって読みはじめると、とつぜんあなたが出て来て、そのあなたは死に瀕し

ており、私はあなたから縁を切られることになるので、なぜ私（＝死）が死んでいく人から縁を切られてしまうのかなあと不思議に思っていると私はもうひとりのあなたをさがしに行くらしい。ところが私なる人物は、このもうひとりのあなたをきみと呼ぶので、私は頭をかかえこんでしまう。

　語彙が難解なのは私は割合い平気である。解けない暗号などというものはこの世にはないのであるから。思想の難解も同じことで、人間の案出した思想が人間に理解できない筈はないのである。ところが島さんの詩の晦渋さは人称及び文脈の晦渋からくるのであるから始末がわるい。まったく度の合わない眼鏡をかけているとか、ところどころ目盛りの変えてある物指でものを計っているときのような実態のつかみにくい焦りを感じてしまう。

　みながみなわかりにくい作品なのではないので、巻末の旅の小品は別の味わいがあるけれども、やはりどちらに魅力があるかといえば断然第一部のほうである。してみると「わかりやすさ」は詩の必要条件でもなければ、十分条件でもないのであろう。「静かな朝から来た少女」や「雅歌」は異様に美しく、また日本の詩人たちにはめったに見られないメタフィジックがある。島さんの作品の中で私の気に入っている詩はいずれも、同じ作者のほかの詩にくらべてはるかに物としての手ざわりを感じさせるイマージュに富んでいると思われる。これは私の好みの基準でもあるのだろう。「山の樹」では島さんの軽い作品しか見ていなかったので、一人の詩人の一部の作品を見ているだけでは、いかに不十分であるかということがわかった。

　ただ、一つだけ島さんの聖書の解釈に異論を唱えたい箇所があった。ヨブについての考え方である。ヨブの生涯は、巨視的に見れば、コメディとなるのはいたしかたないとしても、ヨブは断じて道化役者ではなかったと私は思っている。ヨブ自身に道化たるの意識が皆無であったことにこそ、彼の生涯全体がコメディになってしかるべき意味があったのだし、道化の態度をとらずに耐えたヨブの剛直さに絶大な敬愛の念を私はいだくのである。

透明な水晶像

伊藤桂一

はじめに、個人的なことをいうと、私は島さんとは、つきあいがもうずいぶん長い。昭和二十六年に発刊された文芸同人誌「新表現」（庄司総一主宰）に加わっていたころからだろう。このころ島さんは、散文詩のような小説「黄昏れる午前」などを書いていた。

同じころに、この雑誌に西垣脩が加わっていて、私は西垣のこの雑誌の第二号に発表された「蝶」という詩作品（『西垣脩詩集』では昭和二十四年「新現実」発表となっているが）にみられる、蝶の死の鮮烈な姿に惹かれた記憶がある。

島さんはその後「波紋」という同人誌を出し、私もそれに加わった。「波紋」の第二号に島さんの「ささやかな死者の遺書」という詩があり、その中に「小さな子供たちが、陽の下でたわむれているのを見ていると、死がやさしく近づいて来るのが、よくわかる／わたしは子供たちに気づかれぬまに、死にはこばれてゆきたい」といった一節があるが、この詩の中の「死」はごく淡い予感的なものであるにしても、西垣詩の「蝶」と対比して、どこか感性の似通うものを感じるし、いま『遠い拍手』と、たまたま送られてきた『西垣脩詩集』とを机上に並べているると、私なりに、懐旧の情を含めての、いいがたい感慨の去来するのを覚える。

『遠い拍手』の第一部を一篇ずつ読み進みながら、詩がよくこれほども、彫刻との緊密な一体化をもてたものだと思い、詩のイメージがそのまま彫刻作品に溶け込んでゆく、微妙な呼吸に惹き込まれた。それに、これらの詩は、彫刻作品と溶け合いながらも、それに拘束されるわけでもなく、心情はごくのびやかに叙されている。彫刻作品とつきあったのはたいへんたのしく意味ある仕事だった、と、あとがきで作者自身もいっているが、彫刻には、絵画と違って、詩のイメージを自由に増幅させてくれる作用があるからだろう。これは彫刻とさしむかいながら詩を書いてみるとすぐにわかる。

自身の詩的イメージを透明に彫刻してゆく作者の手さばきには、一見、奇術をみているような器用さを覚えるが、実際には、作者自身の浄化された精神、その密度の作用に深くかかわってくるものだろう。第二部を、その解説であるように、読むこともできる。

第二部の作品の中の半数以上のものは、悼意に満ちた鎮魂の歌である。作者が、自身の分身へ捧げる、ゆきとどいた心遣い、それが清冽な飛沫をでも浴びるように、こちらにも感応してくる。というより、一種甘美な酩酊感のようなものを覚えてしまうのは、作者の感情が、十二分に濾過され、きびしく抑制されて、表出されているからであろう。いわば、私たちは、遠い潺湲のようなものを（哀切に）聴きとるだけである。そうして、そのためにかえって、作者に呼びかけたい衝動をしきりに覚えるのだが、といって、語りかける言葉のあるはずもない。なぜなら作者自身が、まるで水晶像のように、凍結してしまっているのだから。

島さんのもっとも身近な友人であった、今は亡き牧章造が、かつて私に「島朝夫というのは、何事をもつねに自身の原罪観の上において考えてゆく人だ」といったことがある。『遠い拍手』に私が、作者自身の浄化作用――というういい方をしたのも、この牧の言葉を踏まえてのことである。私などには島さんの実体も虚体も、正直のところわからない。ただ、その影をみているに過ぎない。それにしても、たとえば「不在」の中の「そうだ　これからは／星と石とが交わす言葉を／何とか聴きわける修業をしなくては」といった、世にもきびしく美しい詩句に接すると、彼の年齢の上を流れた久しい歳月の重みが、どのようなものであったかを、おぼろげながら測りとれる気がしてくるのである。

『供物』キリスト教精神と言語的超越

中村不二夫

日本の近代化は、一八五八年（安政五）のアメリカ、オランダ、ロシア、イギリス、フランスとの修好通商条約の締結などと共に始まった。翌年以降、横浜、長崎、函館、神戸、新潟、大阪川口、東京築地に、つぎつぎに外国人の居住や通商のための特別区（居留地）が設けられた。一八七三年（明治六）に禁制の高札が撤廃されるや否や、それらの居留地を基点にキリスト教伝道が始まった。

日本の近代詩の受容もまた、島崎藤村、北村透谷を端緒として、こうしたキリスト教の布教とパラレルで、その内実は飯島耕一のいうように「ヨーロッパの詩の容器に、短歌の心、俳句の眼をはじめとして、漢詩人の気魄、狂歌人の戯れ、小唄、端唄、梁塵秘抄、とりわけ讃美歌」（『定型論争』）などを詰め込んだオジヤであった。

島朝夫の詩は、そうした日本の近代化の側面からみていったとき、湯浅半月『十二の石塚』（一八八五・明治十八年）、北村透谷『禁囚之詩』（一八八九・明治二十二年）、島崎藤村『若菜集』（一八九七・明治三十年）など、キリスト教詩の源流に遡ってみることができる。いわば島の詩には飯島の指摘する雑多な夾雑物はなく、キリスト教詩人の正統にして希少な継承者としての格式と、いわゆる「何も足さない、何も引かない」高い言葉の純度がある。

タイトル・ポエム『供物』は内なる慟哭が渦巻く絶唱である。

黒い海の　浜辺の草むら
細長く黒い草をつんでは
黒い糸を紡ぎ
黒い布を織っている

座り込んでいる独り住まいの小屋を
訪れては
ここは　黄泉の国かと
慌ただしく立ち去り
消えた人々

ごく　たまに　ゆっくり座る人もいた
織られてゆく黒い布の上に
いつまでも　目を留め
織り上がるのを待つかのように　座っていた
いつの間にか　息をとめていた
織り上がった黒い布で
息絶えた体を包み
黒い海に運ぶ

黒い海の波頭が　砕け
待っていたように
真っ赤な喉を見せている

布にくるんだ亡骸を　波間に　浮かべる
真っ赤な波は　供え物を呑み込み
何事も無かったかのよう
黒い海が　水面をゆすっている

小屋に戻って　座り込むと
また　黒い布を紡ぎ
黒い布を織り続ける　のであった

まずは人間と神の問題、そして国境、時代を超越したスケールの大きさに圧倒される。この詩はキリスト教信仰が詩的言語に内在化し、どの国の言語に翻訳されても、かなりの共感を呼ぶにちがいない。そして、ここでの技巧を越えた暗喩的世界には、島の辿った人生がみごとなまでに形象化されていて、読み手の内面をつよくゆり動かす。日本で象徴詩というと、言語主義に特化されてしまいがちであるが、本来そこには、ここでの島の詩のように血もあり肉もなければばならない。

キリスト教詩というと、一般に聖書的ドグマでみられがちであるが、そもそも、どのようにそこからの論理的逸脱が可能なのか。島にとってのドクマは、キリスト教詩の限界ではなく、むしろ無限の可能性を秘めた言語的挑戦となって展開する。島の言語領域では此岸と彼岸は厳密に区別されることはない。現世では独り座って、黒い海で黒い糸を紡いでいる、そして、そこを通り過ぎる人々の群れ。「黒い布で／息絶えた体を包み／黒い海に運ぶ」と、「真っ赤な波は　供え物を呑み込み／何事も無かったかのよう／黒い海が　水面をゆすっている」。ここでの島の世界観には神の摂理に従って生きる人間の真実の姿があり、これを恩寵といわずして何といえばよいのかという主張がある。キリスト教の価値観では、イエスの死と復活によって補償された永遠の命がある。そこでは生と死が逆転している。そうしてみると、ここでの黒の儀式は、キリスト者にとっての復活と再生の奇蹟を現わすことになる。私は黒が内包する暗喩の意味をそのように解釈した。

島のいう「供え物」とは、パウロの「自分の体を神に喜ばれる聖なる生けるいけにえとして献げなさい。」（ローマの信徒への手紙　十二・一）にあるように、これはわれわれが人生のクライマックスに臨んでの、復活と再生のための厳粛な儀式と読みかえてもよい。そして、作者は「生け贄は　おのれ自身である」（「生け……」）と断言し、神の祝福の中、「私は　旅する／終わりなき旅を」（「ピエタ・ロンダニーニ」）続けるのである。

そして、島にとってイエスの死と復活が現実体験として在ったことが明かされる「Veronica」。ここで島は「若い日の十二年　血を　洩らし続け」、キリストの磔刑にも似た現実経験があったことを告白する。おそらく、その体験が血肉化し、現在のキリスト者詩人島朝夫を誕生させたのであろうか。この詩はキリスト教詩として秀逸。

こうして島の詩に触れてくると、「骸骨が近づいてくる／手を取り　一緒に歩こうと言う」（「ダンス・マカーブル」）、「気凋れ　穢れて　息絶えるのが／私にふさわしい終末」（「業」）は、パウロの「自分の体を神に喜ばれる聖なる生けるいけにえとして献げなさい」に対しての応答のようにも受け取れる。ボオドレェルは自虐ともいうべき『悪の華』で逆説的に神を求めたように、ここで島は汚辱に満ちた自分を演出し、一方で対極的に聖なる空間を渇望する。島の立体的なキリスト教的アレゴリー世界は、どの詩も神と自我との対決を越えた、超越的世界の出現を促し印象深い。

島朝夫は、その詩的業績により、〇六年度、日本現代詩人会の先達詩人に選ばれている。日本ではじめてキリスト教詩が普遍性を得た快挙であった。

プロフィール

島　朝夫（しま　あさを）

一九二〇年、東京生まれ。本名島崎通夫、一九四四年東大農学部卒。戦後一九五〇年から青山学院女子短期大学に勤める。八〇年から九二年（定年）まで同学長。九四年から九七年まで星美学園短大学長。研究面では生命現象の分子論的研究から現代生命思想論に転じ、同短大、聖心、清泉女子大等で講義。テイヤール・ド・シャルダン『自然の中の人間の位置』翻訳・春秋社。関連論説を「理想」などに執筆。〝自然・生命・人間〟の関わりを考え続ける。旧制一高在学時、吉満義彦氏から、フランス詩人シャルル・ペギーの存在を識らされ、以後長くその作品に親しむ。後年、数次に亘るフランス在外研究、調査後、その代表作の一つ『ジャンヌ・ダルクの愛の神秘（劇）』を翻訳（遠藤周作ほか編集『キリスト教文学の世界』第三巻・主婦の友社、一九七八）。詩作は学生時代から始め、戦後、原民喜氏を通じ三田文学に作品を発表、後、鈴木亨、西垣脩、牧章造、伊藤桂一氏らの第二次「山の樹」終刊まで同人。作品、評

論を「詩学」ほか諸誌に発表。詩集『佝僂の微笑』（ユリイカ）、『遠い拍手』（永田書房）、『さるうゔぇ・れじな』（黄土社）、詩写真集『火の果て』（彫刻家掛井五郎作品と詩—麻布霞町画廊）、『風来刻刻』（詩学社）、『あやつり』（夢人館）、『供物』（土曜美術社）。日本生命倫理学会、日本現代詩人会、キリスト教詩人会会員。「六分儀」同人。

あとがき

父、島崎通夫が亡くなってから四年の月日がながれました。
生涯、父の精神を貫いていたものは「コレスポンダンス」（交感）だったのではないかという気がします。それは、生前出版した七冊の詩集の中から聞こえてくる主調音のようにも思え、敬愛していた詩人や芸術家たちへの共感と応答として、書きためていた文章からも響いてきます。父はいつか、ひとつの本に纏めたいという願いを果たせぬまま他界しました。

独り暮らしの父の陋居をしばしば訪ねてくださっていた樋口淳氏に、おそらくその思いを漏らしていたのだと思います。氏が遺稿集の出版を熱心に勧めてくださり、率先して奔走してくださったおかげでこのたびの出版に漕ぎつけることができました。

詩人であると共に、キリスト者であり、教育者、科学者でもあった父の書き残した文章は多岐に亘っていました。そのため一冊の本に纏めるのは頭を悩ます作業でした。初期に同人誌に掲載された小説や一連の詩論を一章に、公私に亘って交流のあった詩人、芸術家の方々の作品評を二章に、雑感やエッセイを三章に、ライフワークとなった「シャルル・ペギー論」を四章に収めました。

父の生き方や思想を決定づけたのは、フランスの詩人シャルル・ペギーであったと思います。悲惨な状況に置かれている人々の痛みに向けられるペギーの「コンパッション」という言葉に出逢い、その深淵な意味を問い続け、格闘していたようです。「シャルル・ペギーの作品と思想」は死の半年前まで、同人誌「六分儀」に連載しており、最終回は力およばず未完に終わってしまいました。心残りであったはずです。けれど臨終の父の微笑を思い出すたび、力尽きたというより、力を尽くし果たした人の安堵にも似た至福を享受していたように思えるのです。

生前、父がよく口にしていた言葉は「へりくだること、謙虚であれ」でした。最後まで私たちを戒め、奮い立たせてくれた父に、果たして応答できたかどうか……。

多くのかたがたのご協力が結実して、此処にこの本を上梓する事ができました。これまで私たち遺族の気持ちに寄り添い濃やかなご配慮を下さった樋口淳さん、原稿の打ち込みを引き受けて下さった小宮市郎さん、装幀に作品を寄せて下さった掛井五郎先生、編集者の長岡正博さん、戸坂晴子さんにはたいへんお世話になりました。ここに厚く御礼申し上げます。

娘一同

詩人 島朝夫の軌跡

発行日●2015年10月7日　初版発行

著者●島 朝夫

発行者●長岡 正博

発行所●悠 書 館
〒113-0033　東京都文京区本郷2-35-21-302
TEL 03-3812-6504　FAX 03-3812-7504
http://www.yushokan.co.jp

装画●掛井 五郎
装丁●戸坂 晴子

印刷●株式会社理想社
製本●株式会社松岳社

ISBN978-4-86582-004-1 C1095
定価はカバーに表示してあります